CHRISTINE MILLMAN

LANDSBY - VERLORENES HERZ

Christine Millman

LANDSBY
Verlorenes Herz

Band 3

1. Auflage Juli 2016

Covergestaltung:
Christine Millman
Umschlagbild: Shutterstock

»Die Liebe ist ein Wunder.
Das Böse eine Tatsache.«

1

Die Stille ist unheimlich. In Landsby ist es schon nicht besonders laut, vor allem, wenn die Bewohner auf den Feldern arbeiten, aber die Stadt erscheint mir wie eine riesige, aus Trümmern und leerstehenden Gebäuden bestehende Gruft. Keine Vögel, kein Wasserrauschen, nur rostige Autos, aufgerissener Asphalt und Häusergerippe, die wie düstere Steinriesen auf mich hinab glotzen. Heißer Passatwind fegt durch die Straßen, weht mir Sand ins Gesicht, weswegen ich mir ein Tuch vor Mund und Nase gebunden habe.

Viel zu laut hallen die Schritte unserer Gruppe zwischen den Häuserschluchten wider und ich ertappe mich dabei, wie ich langsamer gehe und immer wieder einen Blick über meine Schulter werfe. Den anderen scheint es ähnlich zu ergehen. Carl, der die Gruppe anführt, verlangsamt das Tempo. Vor jeder Abzweigung hält er inne und sieht sich aufmerksam um, bevor er uns weiterwinkt. Niemand spricht. Je weiter wir in die Stadt vordringen, umso angespannter ist die Stimmung. Wenigstens lenkt mich das Gefühl der Bedrohung von Galens Gegenwart ab. Hätte ich gewusst, dass er die Mission begleitet, wäre ich in Landsby geblieben. Da er die Feldarbeit koordiniert, wollte er eigentlich nicht mitgehen, hat zumindest Medina gesagt, also habe ich mich gemeldet. Einerseits um der verhassten Feldarbeit zu entgehen und natürlich auch Galen, dessen Anblick mir jedes Mal einen Stich versetzt.

Ja, ich gebe es zu.

Ich vermisse den Mistkerl, obwohl er mir das Herz aus der Brust gerissen hat. Manja würde mich auslachen, weil das echt pathetisch und so gar nicht nach mir klingt, aber anders kann ich das Gefühl nicht beschreiben, das mich in langen, schlaflosen Nächten quält. Außerdem wollte ich mal raus. Eine blöde Idee, wie sich nun herausstellt, denn als wir uns im Morgengrauen versammelt haben, stieß Galen plötzlich zu der Gruppe und meinte, er würde uns begleiten.

Um ihm keine Löcher in den Rücken zu starren, laufe ich vor ihm, direkt hinter Carl und neben Klara, die sich ebenso überraschend wie mutig für die Mission gemeldet hat. Warum sie das getan hat, ist mir ein Rätsel, weil sie eher ängstlich ist und den Schock über den Verlust ihres Babys gerade erst überwunden hat.

Eigentlich wollten wir es bis zum Nachmittag in die Stadtmitte geschafft haben, uns dort einen Unterschlupf suchen und morgen früh weiter Richtung Norden marschieren. Mutter Deliah hegt die Hoffnung auf ein paar brauchbare Funde, denn den nördlichen Teil der Stadt haben wir noch nicht durchkämmt. In dem Schneckentempo, in dem wir vorankommen, sind wir allerdings frühstens morgen Abend im Nordsektor und erst übermorgen am Ziel. Niemand spricht es aus, aber die anderen geben Klara und mir die Schuld. Weil wir zu langsam sind. Egal. An die vorwurfsvollen Seitenblicke habe ich mich gewöhnt.

Ohne diesen verfluchten Wind und die Stille wäre die Zeit kein Problem, doch im Augenblick würde ich am liebsten umkehren. Ich bin nicht mehr der Angsthase Jule und auch kein Jammerlappen, das bedeutet aber nicht, dass ich die Gefahr suche. Ich mag es beschaulich und halbwegs sicher.

Carl hebt den Arm. Wir stoppen abrupt. Ich versuche herauszufinden, was ihn misstrauisch macht. Hätte ich nur Galens Gehör, Blues olfaktorische Wahrnehmung oder wenigstens Carls Orientierungssinn, dann könne ich vielleicht was erkennen. Doch ich habe nur meine unterentwickelten menschlichen Sinne und so starre ich mit zusammengekniffenen Augen die vierspurige Straße entlang. Ich sehe nichts außer Sand und halbvertrocknetes Unkraut, das die Autoleichen überwuchert und den Asphalt aufreißt, als wären die Wurzeln aus Stahl. Der Wind wirbelt durch meine Haare, feine Staubkörner kleben auf meiner verschwitzten Haut.

Klara schaut mich fragend an. Sie wirkt ängstlich, trotzdem bin ich immer wieder überrascht, wie sehr sie in Landsby aufgeblüht ist und wie gut sie die Ereignisse in dem unterirdischen Labor verkraftet hat. Allerdings spricht sie nie darüber. Weder über das, was General Albert ihr angetan hat, noch über den Verlust ihres Babys. Ab und zu fragt sie nach Paul, redet über ihn und die gemeinsame Zeit, die sie hatten. Manchmal sitzt sie vor der Hütte und schaut unablässig hoch zu dem Weg neben den Höhlen, als würde sie darauf warten, dass er plötzlich erscheint. *Paul war mein bester Freund* würde ich dann am liebsten sagen, *aber er ist ein Feigling. Er wählt immer den Weg des geringsten Widerstands.*

Ich versuche, zuversichtlich zu wirken, damit Klara nicht noch mehr Angst bekommt. Das hilft so lange, bis Blue hörbar den Atem einzieht. »Es riecht nach Blut«, sagt sie.

»Vielleicht ein totes Tier«, schlage ich vor.

Blue sieht mich verächtlich an, als hätte ich etwas Dummes gesagt. »Unwahrscheinlich. Hast du in den letzten Stunden irgendein Tier gesehen?«

Natürlich muss sie mir widersprechen. Das ist sowas wie ein Reflex für sie. Bevor ich etwas erwidern kann, hält Carl einen Finger an die Lippen und bedeutet uns, still zu sein. Dann zeigt er auf einen umgekippten Kleintransporter. Eine der Hecktüren steht offen, die andere wurde aus der Verankerung gerissen und liegt verbeult auf dem Gehweg.

»Schöne scheiße«, zischt Blue.

Ich schaue sie an. Wenn sie weiß, was hier los ist, könnte sie mich ruhig aufklären, damit ich nicht wie ein Trottel dastehe. »Was ist?«

Blue antwortet nicht. Ob Galen mich ansieht, kann ich nicht beurteilen, denn er trägt seine dunkelste Sonnenbrille. Damit schützt er seine lichtempfindlichen Augen, doch dadurch wirkt er hart und unnahbar. Seit das Implantat in seinem Kopf aktiviert worden ist, hat er sich verändert. Er ist schweigsam und lächelt nie, zumindest nicht, wenn ich in der Nähe bin. Wahrscheinlich verachtet er mich, obwohl das Implantat angeblich deaktiviert ist und er mich nicht mehr töten will. Das mag stimmen, aber ich traue dem Frieden nicht. Zu groß war der Schock über die Mordlust, die ich in Galens Augen sah und seine Zurückweisung später. Er hat mich nicht getötet, aber dafür seine Gefühle für mich.

»Da liegt jemand im Laderaum.« Carls gezischte Worte holen mich in die Wirklichkeit zurück. Warum muss ich auch ständig über Galen nachgrübeln? Unsere Beziehung ist Geschichte. Aus und vorbei.

Langsam schleichen wir näher. Es könnte einfach nur ein umherirrender Wanderer sein, der einen Unterschlupf gesucht hat. Oder ein Toter.

Oder eine Falle.

Galen rückt auf, läuft nun direkt hinter mir, so nah, als wollte er sich an meinen Rücken heften. Ein Schauer rieselt meine Wirbelsäule hinab. Seine Nähe ist mir vertraut, doch ich kann seinen Angriff in dem unterirdischen Bunker nicht vergessen. Wenn er mir so nahe kommt, will ich ihn am liebsten umarmen und befürchte zugleich, dass er mir ein Messer zwischen die Rippen jagt.

Über die Schulter hinweg werfe ich ihm einen misstrauischen Blick zu. Ich könnte schwören, dass er ihn erwidert, auch wenn ich das durch die dunklen Brillengläser natürlich nicht erkennen kann.

»Zieht eure Waffen«, befiehlt Carl.

Der Befehl ist unnötig, denn außer Galen und mir hält jeder ein Messer in der Hand. Wir verteilen uns um den Einstieg des Kleintransporters. Angespannt spähe ich hinein. Ein unangenehmer Geruch dringt aus dem Inneren. Eine Mischung aus feuchtem Metall und dreckigen Socken. Eine blutige Schleifspur führt über die Ladefläche zu einer Frau, die leblos an der Rückwand lehnt, die Arme baumeln seitlich an ihrem Körper, die verfilzten

Haare hängen in ihrem schmutzigen Gesicht. Sie sieht aus, wie eine verdreckte Riesenpuppe die jemand mit roter Farbe besprüht hat.

Wir ziehen die Tücher von unseren Mündern. Carl steigt auf die Ladefläche und schleicht geduckt auf die Frau zu. Sie rührt sich nicht, auch nicht, als er sie vorsichtig mit der Fußspitze anstupst. Ihre Augen sind unter dem verfilzten Haar verborgen. Blue schnaubt, steigt ebenfalls in den Transporter und tritt grob gegen die Füße der Frau, die in klobigen Stiefeln stecken. »Die ist hinüber.«

Typisch Blue. Sowas wie Mitgefühl ist ihr fremd. Karla neben mir schlägt wimmernd die Hand vor den Mund, was ihr einen abfälligen Blick von Blue beschert. Galen und Liam stehen mit dem Rücken zum Van und schauen sich aufmerksam um. Die tote oder zumindest halbtote Frau interessiert sie weniger als ein möglicher Hinterhalt.

Carl geht neben der Frau in die Knie und kontrolliert ihren Puls. »Sie lebt.« Unbeeindruckt von dieser Feststellung tastet er ihren Körper ab. »Sie hat mehrere Stichwunden und hier«, er schiebt ihren Ärmel hoch und entblößt blutige Abdrücke, »ist ein Biss.«

»Glaubst du, das war eine Gang?«, will ich wissen.

Vorsichtig streicht Carl ihre Haare zur Seite und zieht ihre Oberlippe nach oben. Die Frau hat spitz zugefeilte Zähne. »Nein. Sie gehörte zu einer Gang.«

Ratlos sehen wir uns an. Würden die Gangmitglieder einander so etwas antun?

»Vielleicht hatte sie Streit mit einem aus der Gruppe«, mutmaße ich.

»Wen juckt's«, geht Blue dazwischen. »Wir müssen weiter. Was machen wir mit ihr? Lassen wir sie hier?«

Die Frau hustet plötzlich. Blut sprüht aus ihrem Mund. Angewidert zuckt Carl zurück und wischt sich die Blutspritzer aus dem Gesicht. Die Frau reißt die Augen auf und sieht uns panisch an. In ihrem schmutzigen Gesicht scheint das Weiß der

Pupillen zu leuchten, genau wie das Blut, das über ihr Kinn läuft und auf ihre Brust tropft. Sie öffnet die Lippen, ringt gurgelnd nach Luft.

»Hilf ... », stößt sie hervor, hebt zitternd ihren Arm und deutet aus dem Einstieg auf das mehrstöckige Gebäude mit der zerbrochenen Glasfront, hinter der sich laut Schild ein Matratzengeschäft befunden hat. »Alle ... tot.«

Mit letzter Kraft krallt sie sich in Carls Hosenbein und sieht zu ihm auf. Erneut quillt Blut aus ihrem Mund und ein seltsamer Laut, der sich anhört, als würde Luft aus einer fest verschlossenen Flasche entweichen. Ich möchte gerne wegsehen, doch mein Blick klebt wie Rattenschiss an der Frau. Sie wird sterben. Das kann selbst ein medizinischer Laie wie ich erkennen. Niemand überlebt so viele Stichwunden, von denen mindestens einer ihre Lunge durchbohrt hat.

Mit einem angewiderten Ausdruck im Gesicht schüttelt Carl die Frau ab und weicht zurück, damit sie ihn nicht mehr erreichen kann. Sie sackt zur Seite, bleibt röchelnd liegen und starrt aus dem Einstieg, als würde sie etwas betrachten, was nur sie sehen kann. Blue würde sagen, sie sieht bereits das Licht.

»Wir müssen das Gebäude durchsuchen«, sagt Carl.

Blue runzelt unwillig die Stirn. »Warum? Wir sollten lieber weiter.«

Das lässt Carl nicht gelten. »Wenn sich dort draußen irgendjemand rumtreibt, der andere kaltmacht, findest du nicht, dass wir das wissen sollten?«

»Vielleicht. Aber dieser jemand könnte sich in ebendiesem Gebäude befinden und darauf warten, dass wir reinkommen.«

»Lasst uns einfach nachsehen«, sagt Galen. »Wer nicht mitwill, soll hierbleiben.« Er schaut in meine Richtung. Wegen der Brille kann ich seinen Blick nicht deuten, aber scheinbar glaubt er, dass ich zu denjenigen gehöre, die draußen bleiben wollen. Will er damit andeuten, dass ich ein Angsthase bin? Das werde ich auf keinen Fall auf mir sitzen lassen.

»Ich bin dabei«, sage ich schnell.

»Ich auch«, sagt Liam.

Karla wirkt unschlüssig, schaut ängstlich zu dem Gebäude und der sterbenden Frau.

»Du musst nicht mit«, sagt Carl zu ihr. »Blue bleibt bei dir.«

Blue macht ein Gesicht, als hätte sie in eine faulige Tomate gebissen. »Spinnst du? Ich bin nicht ihr Babysitter.«

Carl lässt sich nicht aus der Ruhe bringen. »Keine Diskussionen. Du bleibst mit Karla hier. Wenn du was Ungewöhnliches bemerkst, rufst du.«

Damit klettert Carl aus dem Wagen und führt uns in das zerstörte Matratzengeschäft. Ich werfe einen letzten Blick in den Laderaum. Würde die Frau zu uns gehören, hätten wir sicher alles getan, um ihr zu helfen, egal wie vergeblich es ist. Bei dem Gedanken überkommt mich ein Anflug von schlechtem Gewissen, den Medina unterbricht, indem sie mich am Arm nimmt und über die Straße zieht.

»Wenn du den Anblick nicht ertragen kannst, dann schau nicht hin«, raunt sie mir zu.

Durch die zerbrochene Frontscheibe betreten wir das Gebäude. Glasscherben knirschen unter meinen Schuhsohlen. Viel gibt es in dem Laden nicht mehr. Matratzen, Bettdecken, Kissen, alles geplündert. Wachsam schlängeln wir uns zwischen demolierten Bettgestellen und leeren Regalen hindurch. Mit schweißfeuchten Fingern umklammere ich den Messergriff und hoffe, dass ich das Messer nicht benutzen muss. Ich kann mich verteidigen, kann sogar töten, wenn es sein muss, doch es kostet mich immer noch Überwindung.

Carl deutet auf die Tür, die laut dem Schild zum Lager führt. Geräuschvoll zieht Galen den Atem durch die Nase und verzieht angewidert das Gesicht. Carl nickt vielsagend. Ich schnuppere ebenfalls. Es riecht schwach nach kalter Asche und Schmutz, aber wenn ich mich konzentriere, ist da noch ein anderer Geruch. Süß und metallisch. Fragend schaue ich Liam an. Seiner besorgten Miene nach zu urteilen riecht er es auch. Wachsam schleichen wir auf den Lagerraum zu. Galen packt mich plötzlich und schiebt mich hinter sich, was mir einen kleinen Schreckenslaut entlockt. Schnell hebt er den Finger an seine Lippen. *Sei still.* Im Zeitlupentempo öffnet Carl die Tür. Der Geruch ist nun sehr stark, er wallt mir entgegen wie eine giftige Wolke. Ich wage es kaum, in den Raum zu sehen und versuche, aus Carls Miene zu lesen, was mich erwartet.

Sein Gesicht ist wie aus Stein gemeißelt. Seine Kiefermuskeln zucken, weil er so fest die Zähne zusammenbeißt. »Ach du scheiße«, stößt er hervor.

Ach du scheiße? Was soll das bedeuten? Meine Neugier siegt über meine Angst. Was auch immer mich hinter dieser Tür erwartet, ich will es wissen. Ich trete näher und spähe in den Raum. *Oh nein.* Mir stockt der Atem.

Eine Straßengang hat sich dort ein Lager errichtet. Auf der einen Seite liegen mit Schlafsäcken und Bettzeug bestückte Matratzen, auf großen Metallregalen stapeln sich Vorräte, Töpfe, Pfannen, Geschirr und Kleider. Auf der anderen Seite hat sich die Gruppe aus einem Schwenkgrill eine Feuerstelle konstruiert. Ich möchte gerne wegsehen, doch wie bei dem Anblick der sterbenden Frau in dem Kleintransporter bin ich wie erstarrt. Mein Herz schlägt im Stakkato.

Sie sind alle tot. Die ganze Gruppe.

Verstreut liegen sie auf den Matratzen, tränken sie mit ihrem Blut. Ein Regal liegt umgestürzt auf dem Boden. Überall sind Scherben. Fliegen surren umher. Es ist das reinste Chaos.

»Wer hat das getan?«, wispere ich.

Eine unsinnige Frage. Woher sollen Carl und Galen das wissen?

»Raus hier.« Galen fasst nach meinem Arm. Ich erschrecke nicht mal, so geschockt bin ich. Fluchtartig stürmen wir aus dem Gebäude. Karla und Blue kommen uns auf der Straße entgegen.

»Was ist?«, will Blue wissen. Sie erkennt sofort, dass etwas nicht stimmt.

»Sie sind alle tot«, berichtet Carl, »die ganze Gruppe.«

Blue reißt die Augen auf. »Oh verdammt. Und was jetzt?«

»Wir verschwinden.« Carl deutet auf den Wagen. »Was machen wir mit der Frau?«

»Gar nichts. Sie ist tot«, gibt Blue ungerührt zurück. Niemand stellt ihre Behauptung in Frage.

»Okay, dann los.«

Wir rennen. Tiefer in die Stadt hinein. Nach dem Anblick würde ich am liebsten in die vermeintliche Sicherheit von Landsby zurückkehren, doch Galen, Blue und Carl ziehen eine Mission durch. Außerdem brauchen wir dringend Vorräte und Medikamente, wie Galen betont. Das scheint ihm enorm wichtig zu sein. Eines Tages wird es keine Sachen aus der alten Welt mehr geben. Ich mag mir gar nicht vorstellen, wie wir dann leben. Laufen wir nackt herum, jagen mit Holzspeeren und essen unsere Beute roh?

Eine halbe Stunde später drosselt Carl endlich das Tempo. Mittlerweile ist meine Kondition gut, aber mit den anderen kann ich trotzdem nicht mithalten. Karla auch nicht. Sie ist verschwitzt und völlig außer Atem und hat wahrscheinlich nur aus Angst so lange durchgehalten. Galen schließt zu mir auf. Eine Weile läuft er schweigend neben mir her, den Blick nach vorne gerichtet, als wäre es Zufall, dass er an meiner Seite geht. Ich frage mich, warum er ständig in meiner Nähe herumlungert und werfe Karla einen fragenden Blick zu. Vielleicht hat sie eine Ahnung, was das soll. Doch sie zuckt nur mit den Schultern. Also beschließe ich, Galens Wachhundgehabe zu ignorieren, obwohl in meinem Bauch Schmetterlinge flattern. Galens permanente Nähe bringt meine Gefühlswelt komplett durcheinander.

»Ist alles okay bei dir?«, fragt er plötzlich.

Verwirrt runzle ich die Stirn. »Ja klar. Warum nicht?«

»Die Sache mit der Gang war ein harter Brocken«, gibt er zurück.

Das war es, aber ich will nicht wie ein Weichei wirken. Nach allem, was ich seit meiner Flucht aus der Kolonie durchgestanden habe, schaffe ich auch eine tote Straßengang. »Ich komme zurecht.«

»Gleich suchen wir uns einen Unterschlupf für die Nacht«, fährt er fort. »Zu deiner Sicherheit solltest du in meiner Nähe bleiben.«

Das muss ein Scherz sein. Bevor ich es stoppen kann, entweicht mir ein abfälliges Schnauben. »Sehr witzig.«

Galen trägt zwar noch immer seine Sonnenbrille, aber wenn mich nicht alles täuscht, habe ich ihn damit gekränkt. Er presst die Lippen zusammen und ballt die Hände zu Fäusten. Hat er den Vorschlag etwa ernst gemeint? Ich weiß einfach nicht, was ich von ihm halten soll und ob ich ihm trauen kann und das tut fast noch mehr weh als die Trennung. Es ist, als hätte sich ein tiefer Graben zwischen uns aufgetan, den wir unmöglich überwinden können.

»Jule«, fängt er an, setzt die Sonnenbrille ab und schaut mich an. »Du brauchst keine Angst vor mir zu haben. Niemand wird mich mehr manipulieren. General Albert und seine Handlanger sind tot. Vor was du aber Angst haben solltest, sind die Leute, die diese Gang abgeschlachtet haben.«

»Vielleicht war es eine verfeindete Gruppe«, gebe ich zurück. Ein kläglicher Versuch, eine Erklärung für den Vorfall zu finden. »Kann doch sein, oder?« *Bitte sag ja.*

Galen wirft Klara einen Blick zu und rückt näher. Mit gesenkter Stimme fährt er fort. »Das glaube ich nicht. Sie achten ihre Territoriumsgrenzen, lassen sogar uns in Ruhe, obwohl viele von ihnen wissen, wo sich Landsby befindet. Außerdem sah das eher nach einem Schlachtfest aus als nach einem fairen Kampf.«

Schlachtfest, wie das klingt. Grauenhaft. Ich schlucke. »Warum erzählst du mir das?«

»Damit du wachsam bleibst. Das ist nicht der erste Vorfall. Letzte Woche fanden wir zwei tote Siedler, als wir Saatgut holen wollten. Jemand hat ihnen in den Kopf geschossen.«

»Was meint Mutter Deliah dazu?« Meine Stimme klingt plötzlich ganz hohl. Die Vorstellung, dass ein mordender Mob durch die Gegend zieht, ist beängstigend.

»Sie überlegt, Tore zu errichten und hat die Wachen verstärkt.«

Ich muss an Sentas Gruppe denken, die in dem Zug wohnt und die ich schon längst nach Landsby holen wollte. Gegen einen feindlichen Übergriff könnten sie sich nicht wehren, falls die Malaria sie nicht bereits dahingerafft hat. Sobald wir zurück sind, werde ich mit Lee und Mutter Deliah darüber sprechen und sie bitten, die Überlebenden nach Landsby holen zu dürfen.

Galen betrachtet mich aufmerksam, als versuchte er, meine Gedanken zu lesen. Schweigend wartet er auf meine Reaktion. Ich habe keine Ahnung, wie ich reagieren soll, also richte ich meinen Blick nach vorn und stapfte entschlossen weiter. Galen fällt wieder zurück und läuft neben Blue.

2

Die Nacht vergeht ohne Zwischenfälle. Wir haben uns in einer kleinen Wohnung verbarrikadiert. Das Haus ist komplett geplündert worden, doch die Möbel sind noch da und zum größten Teil intakt. In einer Regentonne finden wir sogar Wasser, mit dem wir uns waschen können. Das ist auch dringend nötig. Ich bin durchgeschwitzt und überall ist Sand. In meinen Haaren, in meinen Kleidern, sogar in meiner Unterwäsche.

Nach einem kargen Essen aus kalten Bohnen und Kartoffeln legen wir uns schlafen. Obwohl Galen mir geraten hat, in seiner Nähe zu bleiben, teile ich mir lieber mit Klara und Liam das ausziehbare Sofa im Wohnzimmer. Schlafen kann ich allerdings nicht. Klara kuschelt sich an Liam, was wirklich komisch für mich ist. Liam ist fünfzehn Jahre älter als Klara und die beiden kennen sich kaum, aber Klara braucht viel Nähe und männliche Bestätigung. Sie liebt bewundernde Blicke und genießt es, dass sofort jemand zur Stelle ist, wenn sie Hilfe braucht. Ein Verhalten, das ich befremdlich finde und das der Grund dafür gewesen ist, warum Manja und ich nie etwas mit ihr anfangen konnten.

Im Augenblick bin ich allerdings eifersüchtig, denn ich hätte auch gerne jemanden zum Kuscheln. Weit entfernt von Landsby und noch weiter entfernt von meinen Freunden in der Kolonie, fühle ich mich so einsam wie nie zuvor. Seltsamerweise muss ich an die Nacht denken, als ich mit Galen alleine in dieser Stadtwohnung bleiben musste und ich weggelaufen bin. Wenn er mich nicht gerettet hätte, wäre ich der Straßengang in die Hände gefallen, die wer weiß was mit mir angestellt hätte. In dieser Nacht merkte ich zum ersten Mal, dass Galen mehr für mich ist als ein Mutant, nur wollte ich das damals nicht wahrhaben. Zu tief saßen meine Vorurteile.

Eine Weile liege ich wach, lausche auf Karlas leise Atemzüge und Liams Schnarchen, dann stehe ich auf und schleiche im

Dunkeln in die Küche. Die Schlafzimmertür steht offen. Neugierig spähe ich hinein. Galen liegt neben Blue. Sie hat ihm den Rücken zugedreht, doch er liegt in der gleichen Position hinter ihr. Der Anblick versetzt mir einen Stich. So hat er mit mir früher immer gelegen und mich im Arm gehalten. Schnell husche ich weiter, bevor Carl mich bemerkt, der am Fenster Wache hält.

In der Küche reibe ich mit dem Ärmel meines Shirts über die schmutzige Fensterscheibe und blicke durch die entstandene Öffnung nach draußen. Wie eine bleiche Kugel schwebt der Mond am nächtlichen Himmel, verleiht den Gebäuden eine düstere Kontur. Nichts rührt sich auf den Straßen. Zumindest nichts, was ich mit meinen menschlichen Augen erkennen könnte.

Gedankenverloren träume ich vor mich hin, stelle mir vor, Galen würde aus dem Schlafzimmer kommen und mich in den Arm nehmen. Wie damals, als ich auf die Straße gesehen und überlegt habe, ob ich mich bei den Menschen, die unten vorbeigelaufen sind, bemerkbar machen soll. Er war mir so nah und ich schrecklich verkrampft gewesen, weil er ein Mutant ist und ich nicht wusste, was ich von ihm halten soll. Alles hat sich seitdem geändert. Traurig lehne ich die Stirn gegen die Scheibe. Meine Sehnsucht nach dem alten Galen, nach meinen Eltern, Manja und Paul ist in diesem Augenblick so stark, dass ich am liebsten weinen möchte, doch sofort ist da diese Stimme in meinem Kopf, die verdächtig nach Blue klingt und die es mir verbietet. Heulsuse, schimpft sie mich.

Ein Geräusch hinter mir. Erschrocken fahre ich herum. Eigentlich erwarte ich Carl, doch im Türrahmen steht Galen.

»Warum schläfst du nicht?«, fragt er leise.

Mir fällt auf, dass er kein Shirt trägt. Wie gebannt betrachte ich seinen definierten Oberkörper, die breiten Schultern und die schmalen Hüften, und verspüre sofort wieder diese beunruhigende Mischung aus Unbehagen, Aufregung und Sehnsucht. »Dasselbe könnte ich dich auch fragen.«

Er zögert kurz, bevor er antwortet. »Ich löse Carl beim Wachdienst ab.«

Das ist komisch. »Jetzt schon? Hat seine Schicht nicht erst vor einer Stunde begonnen?«

»Er ist müde«, gibt Galen knapp zurück und tritt näher. Nur einen Schritt, aber ich merke, wie ich mich verspanne. Scheinbar merkt er es auch, denn er hält inne und nickt Richtung Fenster. »Hast du draußen was gesehen?«

»Nur den Mond und die deprimierenden Zeichen einer vergangenen Zivilisation.« Ich klinge bedrückt und schäme mich dafür. Er soll mich nicht für einen Trauerkloß halten.

Galen tritt neben mich und späht aus dem Fenster. Sein warmer Atem beschlägt die Scheibe. Gebannt betrachte ich sein scharf geschnittenes Profil. Wie oft habe ich seine glatte Haut gestreichelt und die Sorgenfalten auf seiner Stirn geglättet? Je länger ich mit ihm zusammen gewesen bin, umso mehr gefielen mir die völlige Haarlosigkeit und sein intensiver Blick, der mir die Knie weich werden ließ. Ich schaue in seinen Nacken, auf die Stelle, wo das Implantat unter seine Haut gepflanzt worden ist, fest verbunden mit seiner Wirbelsäule, sodass es nicht herausoperiert werden kann. Das Ding hat unsere Beziehung zerstört. Das und die Menschen in der Kolonie mit ihren Vorurteilen und ihrem Hass.

Ich räuspere mich. »Befürchtest du, jemand könnte uns gefolgt sein?«

»Ich glaube nicht«, sagt Galen. »Aber wir sollten auf alles gefasst sein.«

»Hältst du es unter diesen Umständen für richtig, weiterzugehen? Vielleicht sollten wir lieber umkehren und Mutter Deliah über den Vorfall informieren.«

Galen sieht mich an. Die Hälfte seines Gesichts liegt im Schatten, die andere leuchtet im Mondlicht. Eine helle und eine dunkle Seite. Genau so erscheint er mir jetzt. Zwiegespalten wie dieser Typ aus dem Roman, den ich mir aus Mutter Deliahs Bibliothek geliehen habe. Dr. Jekyll und Mr. Hyde.

»Wir sind schon fast am anderen Ende der Stadt. Es wäre dumm, jetzt umzukehren«, meint Galen.

Wie dumm wäre es, wenn wir alle abgeschlachtet werden, weil wir irgendwo sind, wo wir uns nicht auskennen und überrannt werden? Ich verkneife mir eine bissige Erwiderung und wundere mich zugleich über meine Zurückhaltung. Will ich Galen nicht verärgern? Oder will ich, dass er mich weiterhin so ansieht, wie er es gerade tut? Forschend, als würde er in meinem Gesicht nach einer Antwort suchen, deren Frage er noch gar nicht gestellt hat und ein wenig auch so, wie er mich früher angesehen hat. Zumindest bilde ich mir das ein.

Plötzlich zuckt er herum und späht wieder aus dem Fenster. »Hörst du das?«

Ich lausche, höre aber nichts als unsere Atemzüge in der Stille der Nacht. »Nein, was meinst du?«

»Da ist ein Brummen. Noch ziemlich weit entfernt.«

Nebeneinander stellen wir uns ans Fenster, atmen gegen die Scheibe. Galen wischt Feuchtigkeit und Schmutz fort und vergrößert das Sichtfeld.

»Da ist nichts.« Ich sage das nicht, weil ich wirklich überzeugt davon bin, sondern weil ich mich beruhigen will.

»Doch. Das Brummen ist da. Hör genau hin.« Er öffnet das Fenster, legt eine Hand auf meinen Rücken und schiebt mich vor, was meine Konzentration nicht gerade verbessert. Seine Berührung brennt sich durch mein Shirt, meine Haut kribbelt. Warum nimmt er seine Hand nicht wieder weg?

»Hörst du es?« Er sieht mich an, seine Atemzüge auf meiner Wange mischen sich mit der Brise, die von draußen hereinweht.

Mit angehaltenem Atem lausche ich. Tatsächlich. Da ist ein leises Brummen, das ich nicht zuordnen kann. Es klingt ein wenig wie fernes Donnergrollen oder wie der Lastwagen, mit dem wir in der Kolonie das Wasser verteilt haben, aber doch auch wieder nicht. Mein Herz pocht aufgeregt.

»Was ist das?«, wispere ich.

Galen zuckt mit den Schultern. »Keine Ahnung.«

»Sollen wir die anderen wecken?«

Er zögert und schüttelt den Kopf. Das Brummen wird lauter, ziemlich laut sogar. Wir recken die Hälse aus dem Fenster, können aber nichts entdecken. Nicht mal Galen mit seiner außergewöhnlichen Nachtsicht. Allerdings befinden wir uns auch in einer Seitenstraße und unser Blickfeld ist durch die umliegenden Gebäude stark eingeschränkt. Nach wenigen Minuten entfernt sich das Geräusch, bis es verklingt. Galen nimmt seine Hand von meinem Rücken und schließt das Fenster. Es fühlt sich an wie ein Verlust. Unbehaglich rücke ich von ihm ab und tippe mit der Fußspitze auf dem Laminatboden herum, als hätte ich einen Käfer entdeckt. Bescheuert.

»Du solltest versuchen, zu schlafen«, sagt er. »Ich bleibe hier und passe auf. Wenn ich was Verdächtiges bemerke, wecke ich euch.«

»Okay.« Ich zögere kurz und überlege, was ich sagen könnte, um nicht gehen zu müssen, aber mir fällt partout nichts ein. Also drehe ich mich um und verschwinde.

***

Im Morgengrauen brechen wir auf. Carl zieht das Tempo an, was vor allem für Klara schwierig ist. Irgendwann nimmt Liam sie an der Hand und schleift sie hinter sich her, damit sie einigermaßen mithalten kann. Zwischendurch trägt er sie sogar huckepack.

Wir laufen stundenlang, überqueren eine vierspurige Schnellstraße, die sich quer durch die Stadt schlängelt. Ich habe Bilder gesehen von früher und sehe vor meinem geistigen Auge die Wagenkolonnen, die mehrere Spuren verstopften. Man nannte das Stau. Jetzt sind wir die Einzigen, die diese Straße benutzen. Sechs Menschen, die marschieren, statt zu fahren. Wir sind schweigsamer als sonst, jeder ist angespannt und will die Mission so schnell wie möglich hinter sich bringen.

»Wie weit ist es noch?«, will Klara wissen, während wir nacheinander über die Leitplanken steigen. »Dieser Wind macht mich fertig.«

Ich kann den quengelnden Unterton in ihrer Stimme hören und frage mich, ob ich früher genauso geklungen habe.

»Pscht. Sei still«, zischt Blue. Einen Moment lang denke ich, dass sie Karla ermahnt, weil wir schutzlos mitten auf der Autobahn stehen, doch plötzlich hält Galen inne und schaut in den Himmel. Alle Köpfe rucken nach oben. Wolkenfetzen schweben über uns hinweg. Ein Vogel.

»Hört ihr das?«, wispert Galen.

Blue nickt. Ihre Miene ist angespannt. »Was ist das?«

»Ich höre es«, wirft Carl alarmiert ein und blickt in die Richtung, aus der er das Geräusch zu hören glaubt. Ich folge seinem Blick und lausche konzentriert. So ein Mist. Warum kann jeder es hören außer ich?

»Was auch immer es ist, wir sollten uns lieber verstecken«, schlägt Liam vor. »Lasst uns zu den Häusern gehen.«

»Keine Zeit.« Galen deutet auf das Grünzeug am Rand. »Wir ducken uns hinter die Sträucher.«

Hastig überqueren wir die letzten beiden Straßen, klettern über die Leitplanken und verteilen uns im dem stacheligen Gebüsch. Das blöde Zeug pikst mich überall, und ob es uns wirklich schützen wird, wage ich zu bezweifeln. Mittlerweile höre ich das tiefe Brummen, das ich auch schon in der Nacht zuvor gehört habe. Mit klopfendem Herzen starre ich zwischen den Zweigen hindurch in den Himmel. Das Brummen wird lauter und fängt an, unangenehm in den Ohren zu dröhnen. Und dann sehe ich es. Ein dunkler Fleck im unendlichen Blau, der sich rasch nähert. Immer deutlicher treten die Konturen hervor.

Es ist ein Hubschrauber.

Fassungslos starre ich das Ding an. Mein Herz pumpt so schnell und hart, dass ich am liebsten aufspringen und wegrennen würde, um meine Bewegungen dem irren Rasen anzupassen. Mein Körper drängt zur Flucht. Der Hubschrauber fliegt in hohem Tempo und doch dauert es viel zu lang, bis er endlich über uns hinweg ist. Eine kleine Ewigkeit schwebt er direkt über uns und ich bin mir sicher, dass wer auch immer in dem Ding sitzt, uns gesehen hat. Panisch halte ich mir die Ohren zu und ducke mich so tief wie möglich in das Gestrüpp. Das Dröhnen ist beängstigend.

Als der Hubschrauber sich entfernt, bleiben wir noch eine Minute lang hocken. Die ganze Gruppe steht unter Schock. Irgendwann rappeln wir uns auf.

»Was zur Hölle war das?« Carl ist leichenblass.

»Ein Hubschrauber«, sagt Liam tonlos.

Schweigend sehen wir uns an. Wer wird das aussprechen, was uns alle bewegt?

Es ist Galen. »Wo kommt der her?«

Tja. Das ist die eine Millionen Dollar Frage. Wo kommt der Hubschrauber her? Wir fahren keine Autos, benutzen nicht mal motorisierte Boote oder Mofas, geschweige denn Fluggeräte.

»Wir müssen nach Landsby und das melden«, sagt Carl.

»Wenn wir jetzt umkehren, sind wir den weiten Weg umsonst gekommen«, gibt Blue zurück. »Wir sollten uns wenigstens einen Tag Zeit nehmen und die Häuser und Geschäfte durchkämmen.«

Sie hat recht. Trotzdem will ich unbedingt umkehren. Der Hubschrauber wäre vielleicht noch zu verkraften aber in Verbindung mit der toten Gang macht er mir Angst. Wer einen Hubschrauber fliegen kann, ist uns waffentechnisch überlegen, das ist ein Fakt. Ganz abgesehen davon, dass Mutter Deliah von der Sache erfahren sollte.

Die Diskussion über eine Umkehr geht eine Weile weiter. Am Ende setzt Blue sich durch, weil sie Unterstützung von Galen erhält. Seine Mitstreiter hören auf ihn, wahrscheinlich, weil sie glauben, dass er für Mutter Deliah spricht.

Wir marschieren nach Norden. Am Nachmittag kommen wir endlich in ein Gebiet, das Carl als Neuland bezeichnet. Das Stadtbild hat sich komplett gewandelt. Statt Hochhäuser gibt es schicke Einfamilienhäuser, teilweise sogar mit umzäuntem Garten. Seit ich den Hubschrauber gesehen habe, fahre ich bei jedem ungewohnten Geräusch zusammen, mittlerweile schmerzen meine Augen, weil ich mich auf die kleinste Bewegung konzentriere. Hinter jeder Hausecke vermute ich eine Falle. Am liebsten möchte ich mich unsichtbar machen.

»Wir wissen nicht, ob es hier Gangs gibt«, wispert Carl. »Also passt auf. Wir teilen uns in zwei Gruppen auf. Galen führt eine an, die Zweite übernimmt Blue. Wer eine unversehrte Tür entdeckt, gibt den anderen Bescheid.«

Ich überlege gerade, welche Gruppe das kleinere Übel darstellt, als Blue mich Richtung Galen schiebt und sich selbst Klara schnappt. Ihrem Gesichtsausdruck nach zu urteilen ist diese Entscheidung nicht auf ihren Mist gewachsen.

Eine unversehrte Tür entdecken wir schnell, aber unsere Ausbeute ist mager, genauso wie im nächsten Haus. Nach zahllosen Häusern und zehn Stunden wühlen und suchen, habe ich blaue Flecken und mir tut alles weh. Das Ergebnis unserer Bemühungen sind Kopfscherztabletten und zwei Rucksäcke mit Konserven. Das ist nicht viel und macht vor allem Galen nervös, der sich den Bewohnern von Landsby und Mutter Deliah im besonderen Maße verpflichtet fühlt. Ohne Essensvorräte müssen wir bis zur ersten Ernte hungern. Entsprechend schlecht ist die Stimmung, als wir unsere Suche schließlich abbrechen und beschließen, nach Landsby zurückzukehren.

3

Wir hören die Hunde schon von Weitem. Sie kündigen unsere Rückkehr noch vor den Wachen an, die sich zwischen den Felsen versteckt haben und den Gebirgspfad im Auge behalten. Bis wir das Plateau vor den Höhlen erreichen, warten die Bewohner bereits auf uns, um uns zu begrüßen und die Ausbeute in Augenschein zu nehmen. Sonst sind es höchstens zwei oder drei Dutzend Einwohner, doch diesmal hat sich fast ganz Landsby eingefunden.

Die Menschen haben Hunger.

Ein wenig habe ich ein schlechtes Gewissen, als wir unseren mageren Fund präsentieren, aber der Gedanke an den Hubschrauber und die tote Gang rückt meine Gefühlswelt wieder gerade. Wir mussten umkehren, denn es ist keinem geholfen, wenn wir da draußen draufgehen.

Die Hunde stürmen uns entgegen und begrüßen uns kläffend. Unwillkürlich krampfe ich meine Hände um die Rucksackgurte und schiebe mich schutzsuchend zwischen Galen und Carl. Der letzte Suchtrupp hat die Streuner aufgegriffen und hierher gebracht, weil Mutter Deliah meinte, sie könnten uns beschützen. Mir sind sie nicht geheuer, vor allem der bullige schwarze Hund kommt mir ziemlich gefährlich vor.

Auf dem Plateau suche ich nach Mutter Deliah, kann sie jedoch nirgendwo entdecken. Normalerweise begrüßt sie die Rückkehrer und koordiniert die Verteilung der Fundsachen. Während Carl diese Aufgabe übernimmt, gehen Galen und Blue in die Höhlen, ich nehme an, sie wollen Mutter Deliah Bericht erstatten. Ich überlege gerade, wie ich mich unauffällig davon stehlen kann, als ich Lee sehe, der sich in meine Richtung durch die Menge schiebt. »Jule, endlich.«

Strahlend hebt er mich hoch und drückt mich fest an sich. Seine Freude ist ansteckend und ich lache, während er mich im Kreis wirbelt. Lee ist riesig und ein echter Muskelprotz, was zuerst einschüchternd wirkt, wenn man ihn kennenlernt, aber er ist der netteste Kerl, den ich kenne. Freundlich, loyal und unkompliziert. Bei ihm weiß ich immer, woran ich bin.

Lee stellt mich wieder auf den Boden. »Wie war's in der Stadt? Ich hab mir Sorgen gemacht.«

Ich deute auf den kleinen Haufen in der Mitte des Plateaus. »Nicht gut. Du siehst ja, was wir mitgebracht haben.«

Skeptisch nimmt er die Fundsachen in Augenschein. »Nicht viel, dafür, dass ihr so lange weg gewesen seid. War schon alles geplündert?«

Soll ich ihm die Wahrheit sagen? »Das auch. Aber es gab ein paar Probleme.«

Sorge huscht über sein Gesicht. »Ich hab's geahnt. Du hättest hierbleiben sollen.«

Manchmal nervt mich Lees übertriebene Sorge um mein Wohlergehen, aber meistens bin ich froh, einen Freund wie ihn zu haben. Denn das ist er für mich. Mein bester Freund. Ich weiß, dass er gerne mit mir zusammen wäre. Hin und wieder lässt er das durchblicken, doch solange ich noch nicht über Galen hinweg bin, lasse ich mich auf nichts ein, schließlich will ich nicht von einem Beziehungsdrama ins nächste stürzen.

»Ein Ball«, höre ich einen der Mutanten rufen.

Aufgeregt umringt ihn die Menge, hauptsächlich Männer, als wäre der Ball ein Huhn, das täglich zwanzig Eier legt. Grinsend schüttle ich den Kopf. Als wir den Lederball gefunden haben, hat Carl eine solche Reaktion prophezeit.

»Wir können Fußball spielen«, ruft Carl in die Menge. »Mit einem Tor und Regeln und so.«

Grinsend schaue ich Lee an und will gerade einen sarkastischen Kommentar loslassen, als ich seinen begeisterten Gesichtsausdruck bemerke. »Wenn wir richtig spielen wollen, brauchen wir zwei Mannschaften«, ruft er.

Die Frauen freuen sich, keine Frage, doch der Ball scheint vor allem die Männer in Erregung zu versetzen. In der Kolonie waren Ballsportarten ebenfalls angesagt, aber weil es ein Jungsding gewesen ist, habe ich nicht viel davon mitbekommen.

»Neben Kartenspielen war Fußball unsere einzige Freizeitbeschäftigung«, erklärt Lee an mich gewandt. Seine himmelblauen Augen leuchten wie die eines Kindes beim Anblick von kandierten Früchten und Honigbrot.

Lee begleitet mich zu der Hütte, die ich mir mit Klara teile, und schaut mir auf meinem Bett sitzend zu, wie ich meinen Rucksack auspacke. Unter seinem Gewicht hängt die Sitzfläche meines Feldbetts ziemlich durch.

»Erzählst du mir, was ihr erlebt habt.«

Ich seufze. Das Thema ist mir unangenehm. Ich bin froh, wieder in Landsby zu sein und würde den Vorfall am liebsten vergessen.

»Jule?«, bohrt Lee nach.

»Können wir das nicht auf später verschieben?« Ich halte den Rucksack kopfüber und schüttle Unterwäsche, einen Kamm, Seife und eine Zahnbürste raus.

»War es so schlimm?«

Für einen Mann und noch dazu einen Supersoldaten ist Lees Feingefühl ziemlich ausgeprägt. »Wir haben eine Straßengang gefunden, die regelrecht abgeschlachtet worden ist.«

»Uff.« Geräuschvoll stößt Lee den Atem aus. »Das ist heftig.«

»Und es war nicht der Angriff einer verfeindeten Gang. Es wurde nichts gestohlen, nicht mal die Vorräte«, füge ich hinzu. Ich halte inne, drehe mich um und sehe ihn an. »Außerdem haben wir einen Hubschrauber gesehen.«

Lee runzelt die Stirn. »Einen *Hubschrauber*? Du machst Witze.«

»Leider nicht.« Als genmanipulierter Supersoldat konnte Lee hinter die Kulissen der Kolonie blicken, kannte die militärische Seite. »Hast du eine Ahnung, woher der gekommen sein könnte?«

Lee weicht meinem Blick nicht aus, doch ich merke, dass er nicht ratlos ist, sondern absichtlich schweigt. Ich verschränke die Arme vor der Brust und gebe ihm Zeit, seine Gedanken zu sortieren.

»General Albert hat mal was erzählt über eine andere Kolonie«, fängt er schließlich an. »Eine Stadt, gegen die die anderen Kolonien winzig und primitiv wären. Angeblich würden die Menschen dort leben wie früher.«

Von den Erzählungen meiner Eltern und aus Büchern habe ich eine ziemlich genaue Vorstellung vom Leben, wie es einst gewesen ist, aber wie das heute noch möglich sein soll, ist mir ein Rätsel. »Wenn das stimmt, warum haben wir bisher nichts von dieser Stadt gehört?«

»Sie ist ziemlich weit weg«, meint Lee. »Irgendwo im Norden, soviel ich weiß.«

Bevor ich weitere Fragen stellen kann, stolpert Klara in die Hütte, hält inne und blickt zwischen uns hin und her. »Störe ich?«

»Nein, komm rein. Du wohnst schließlich auch hier.«

Ächzend wirft sie ihren Rucksack in die Ecke und lässt sich auf ihr Bett fallen. »Ich bin total fertig.«

Lee mustert Klara schweigend. Selbst verschwitzt und schmutzig vom Straßenstaub sieht sie noch fantastisch aus. Normalerweise komme ich damit klar, dass jeder sie anstarrt, aber im Augenblick versetzt es mir einen Stich. Meine weiblichen Rundungen sind eher angedeutet und meine Sommersprossen vermehren sich inflationär, sobald ich mich der Sonne aussetze. Karlas Haut dagegen ist makellos. Kein Pickel, keine Sommersprosse und ihre Poren muss man mit der Lupe suchen. Dazu die blonden Haare, die auf Männer eine Signalwirkung zu haben scheinen. Missmutig schnappe ich Handtuch und Seife. »Ich geh mich waschen.«

Einen Augenblick lang scheint Lee verwirrt über meinen spontanen Beschluss, dann springt er auf. »Ich begleite dich.«

»Nicht nötig«, murre ich. Ich weiß, ich benehme mich albern. Lee ist nur ein Freund, wenn er Klara angaffen will, darf er das tun, solange er möchte.

Trotz meiner abweisenden Art folgt Lee mir hinaus. Ich laufe, so schnell ich kann, aber das könnte ich mir auch sparen, denn Lee holt mich mühelos ein. Er fasst mich am Arm. »Hey. Was ist los?«

»Nichts.« Ich reiße mich los und stapfe weiter Richtung Wasserfall. So wie Lee gerade Klara angesehen hat, hat Galen mich immer betrachtet und mir damit das Gefühl gegeben, wunderschön zu sein. Jetzt bin ich wieder die graue Maus.

Lee wirkt verwirrt. Ausnahmsweise hilft ihm sein Einfühlungsvermögen nicht weiter. Gut so. Soll er ruhig ein wenig zappeln.

Mein spontaner Beschluss erweist sich als fatal, denn im abgegrenzten Badebereich am Wasserfall treffe ich Galen und Blue, die anscheinend ebenfalls beschlossen haben, sich vom Straßenstaub zu befreien. Galen hockt am Rand und starrt ins Leere. Blue kniet vor ihm im Wasser, eine Hand auf seiner Schulter liegend, und redet auf ihn ein. Als ich den Beckenrand erreiche, schaut er auf. Die Verzweiflung in seinem Gesicht verschlägt mir den Atem. Was ist mit ihm los? Belastet ihn die misslungene Mission mehr als er zugeben will? Oder steckt hinter seiner Niedergeschlagenheit ein anderer Grund?

Es drängt mich danach, ihn zu fragen, doch weil Blue dabei ist, lasse ich es lieber bleiben. Sie würde nur eine giftige Bemerkung machen und Galen nicht offen sprechen. Stattdessen ziehe ich mich bis auf die Unterwäsche aus und husche schnell ins Wasser. Während ich mich einseife und den Schaum unter dem Wasserfall abspüle, achte ich darauf, Galen und Blue den Rücken zuzukehren, doch aus den Augenwinkeln erhasche ich immer wieder einen Blick auf die beiden. Während Lee mit Medina redet, die mit wiegenden Hüften und einem Korb im Arm vorbeikommt, stapft Galen tiefer ins Wasser. Seine Miene ist wie eingefroren. Blue folgt ihm und reicht ihm ein Seifenstück.

Nebeneinander stellen sie sich unter den Wasserfall, nur wenige Schritte von mir entfernt. Jetzt kann ich nicht mehr so tun, als sehe ich sie nicht.

»Alles klar?«, rufe ich, um das Rauschen des Wassers zu übertönen. Mein Mangel an geistreichen Kommentaren ist wirklich bemitleidenswert.

Galen sieht mich ernst an und nickt dann zögerlich. »Ja. Alles in Ordnung.«

Es ist eine unangenehme Situation. Blue beäugt uns. Lee, der am Beckenrand mit meinem Handtuch wartet, beäugt uns ebenfalls. Es ist, als würden die beiden darauf warten, dass Galen und ich einander entweder in die Arme fallen oder uns an die Gurgel gehen.

»Gut.« Ich ringe mir ein Lächeln ab und verlasse das Wasser.

4

Nervös mache ich mich auf den Weg zu den Höhlen. Mutter Deliah hat mich rufen lassen und ich habe keinen Schimmer warum. Falls es was mit der Kolonie zu tun hat, will ich davon nichts wissen. Diesen Ort, an dem ich mein Leben verbracht, und an dem ich so viel Leid erfahren habe, möchte ich am liebsten aus meiner Erinnerung löschen. Landsby ist jetzt mein Zuhause.

Nachdem ich gebadet und zwölf Stunden geschlafen habe, fühle ich mich ausgeruht und voller Tatendrang, den ich eher für Wäschewaschen und Putzen nutzen müsste, als für einen Besuch bei Mutter Deliah. Morgen muss ich wieder mit aufs Feld, dann bin ich abends zu k.o. für Haushalt und entspanne mich lieber mit Karla und Medina beim Karten spielen. Mittlerweile bin ich ein richtiger Skatprofi.

In den Höhlen ist nicht viel los, nur noch Wenige leben dort. Die meisten haben sich eine Hütte gebaut. Ich nicke den Bewohnern zu und gehe in Mutter Deliahs Wohnbereich. Obwohl sie sich in der Nähe des Eingangs eingerichtet hat, ist es düster und kalt. Eine alte Frau wie Mutter Deliah sollte in einer Hütte leben und gemütlich im Schatten eines Baumes sitzen, anstatt in dieser feuchten Höhle. Selbstversunken steht sie vor ihrem Bücherregal und fährt mit den Fingern über die Buchrücken.

Ich räuspere mich. »Mutter Deliah?«

Erschrocken fährt sie herum. »Oh, Jule. Ich hab dich gar nicht kommen gehört.«

Sie ist eine zierlich Frau und sah schon immer alt aus, aber nun erscheint sie mir regelrecht eingefallen. Ihr Haar ist strähnig und grau und das geblümte Kleid, das sie trägt, hängt an ihr wie ein Sack, und entblößt klapperdürre Arme und Beine. Mutter Deliah ist nur noch Haut und Knochen.

»Jetzt schau nicht so entsetzt. Ich weiß, ich seh schrecklich aus«, sagt sie.

»Geht es dir nicht gut?«, frage ich.

»Es ging mir schon besser.« Ächzend lässt sie sich in den Sessel neben das Bücherregal sinken und deutet auf einen Hocker. »Setz dich. Ich möchte mit dir reden.«

Beklommen folge ich ihrer Bitte. »Brauchst du Medizin? Sollen wir nochmal in die Stadt gehen?«

Traurig sieht sie mich an. »Das ist sehr freundlich von dir, aber Tabletten können gegen das, was ich habe, nichts ausrichten.«

Diese Antwort ist ein Schock, deshalb brauche ich ein paar Sekunden, um meine nächste Frage zu formulieren. »Was ... was hast du denn?«

Sie seufzt tief. »Ich habe Krebs. Hautkrebs.«

Der Schreck fährt mir durch den Bauch. Das ist also der Grund, warum Galen so verzweifelt gewirkt hat. Hautkrebs ist in der Kolonie keine seltene Erkrankung. Vor allem Menschen mit heller Haut und jene, die sich nicht ausreichend schützen, sind davon betroffen. Deshalb hat mein Vater immer darauf geachtet, dass ich mich bedecke, auch wenn es noch so heiß gewesen ist. In der Schule haben sie uns intensiv über die Gefahren gebrieft, aber die Feldarbeiter und Erntehelfer haben keine andere Wahl, als sich den ganzen Tag der prallen Sonne auszusetzen. Vielen ist die Gefahr irgendwann egal und sie ziehen ihre T-Shirts aus. Wenn ich es recht bedenke, wundert es mich, dass es in Landsby bisher keine Erkrankungen gegeben hat. Sind die Mutanten genetisch besser geschützt?

»Seid wann weißt du es?« Meine Stimme klingt seltsam hohl.

»Dass mit mir etwas nicht stimmt, wusste ich schon länger, aber erst vor zwei Wochen hat sich mein Verdacht bestätigt.« Sie fährt sich über die Stirn, die Geste wirkt müde und resigniert. »Mittlerweile ist es sogar in meinem Kopf.«

Kaltes Entsetzen lässt mir die Knie weich werden. »Oh Gott. Woher weißt du das?«

»Ich habe furchtbare Kopfschmerzen und kann nicht mehr richtig sehen.«

Das wird ja immer schlimmer. »Das tut mir leid. Kann ich irgendwas tun?« Schlagartig wird mit bewusst, dass Mutter Deliah sterben wird. Und nach allem, was ich gehört habe, wird es ein schrecklicher Tod. Was wird dann aus Landsby? Sie ist der Kitt, der alles zusammenhält.

Sie deutet auf einen kleinen Tisch. »Gibst du mir bitte einen Schluck Wasser? Das Aufstehen fällt mir schwer.«

Dass sie ihrer Schwäche offen zugibt, ist ein weiteres Indiz für ihre schlechte Verfassung. Beklommen trete ich an den Tisch, fülle das bereitstehende Glas mit dem Wasser aus dem Krug und reiche es ihr. Ich möchte gerne etwas sagen, doch ein dicker Kloß in meiner Kehle versperrt meinen Worten den Weg. Mutter Deliah erwartet bestimmt Stärke von mir, deshalb will ich jetzt nicht weinerlich klingen.

Während ich mich setze, versuche ich den Kloß runterzuschlucken. »Was ...«, ich räuspere mich. »Was soll ich tun?«

»Du sollst mir helfen, Landsby starkzumachen.«

»Wie?«

»Als Erstes feiern wir ein Fest und du sollst es organisieren. Ich weiß, das kannst du gut.«

Ich will ihr nicht widersprechen, aber ich sehe den Sinn darin nicht. »Wozu soll das gut sein?«

»Um den Zusammenhalt zu stärken und für ein paar Stunden unsere Sorgen zu vergessen.« Sie beugt sich näher und sieht mich eindringlich an. »Was in der Stadt vorgefallen ist, ist ernst, Jule. Wir müssen mit allem rechnen, aber wir dürfen uns nicht unterkriegen lassen und deshalb brauchen wir dieses Fest. Such dir ein paar Helfer. Ihr seid bis auf Weiteres von anderen Arbeiten befreit.«

Trotz Mutter Deliahs Argumente bin ich mir immer noch unsicher, ob ein Fest eine gute Idee und vor allem, ob es das Richtige in unsere Situation ist. Mutter Deliah ist krank, außerhalb von Landsby lauert eine unbekannte Gefahr und irgendjemand ist dem Rest der Welt technologisch überlegen und da sollen wir feiern?

»Sollten wir uns nicht lieber auf den Ernstfall vorbereiten?«, gebe ich zu bedenken.

»Das tun wir. Im Hintergrund. Ich verstärke die Wachen und schicke Leute aus, um Schusswaffen und Munition zu besorgen. Doch darüber hinaus dürfen wir nicht vergessen, zu leben. Das ist jetzt wichtiger als je zuvor.« Sie kramt in ihrer Hosentasche und holt einen Schlüssel hervor. »Damit kommst du in die Vorratshütte. Nimm dir, was du brauchen kannst. Ich lasse das Fest für Samstag in einer Woche ankündigen.«

Ehrfürchtig ergreife ich den Schlüssel, meine Hände zittern fast genauso sehr wie ihre. Erschöpft sinkt Mutter Deliah in den Sitz. »Gut. Dann hätten wir das geklärt. Informiere mich bitte täglich über deine Pläne und Fortschritte.«

Scheinbar ist das mein Stichwort. Mutter Deliah braucht Ruhe oder sie will nicht mit mir über Sinn und Unsinn ihres Vorhabens diskutieren. Ich verabschiede mich und verlasse die Höhle, benommen von der Hiobsbotschaft, die ich eben erhalten habe. Am Rand des Plateaus halte ich inne und blicke über das Tal. Zwischen den Bäumen stehen die Blockhütten enger als zu der Zeit, als ich nach Landsby gekommen bin, und sie werden immer professioneller. Einige haben sogar kleine Gärten angelegt. Kräuter- und Gemüsebeete. Das Aussehen der Mutanten ist für mich mittlerweile normal, ich bemerke die Unterschiede nur noch, wenn sie eine Beeinträchtigung im alltäglichen Leben darstellen.

Der Wasserfall, der von den Felswänden herabstürzt und sich in einem Becken am Fuß des Berges sammelt, ist der zentrale Punkt unserer Siedlung. Dort baden und waschen wir oder treffen uns zu einem Plausch. Alles ist friedlich und gerecht. Bisher habe ich diese Idylle für selbstverständlich gehalten, doch das ist sie nicht. Mutter Deliah ist das Herz und Hirn dieses Ortes, ihr Tod würde alles verändern.

In der Ferne zwischen den sich öffnenden Bergen beginnen die Felder, wo wir in wochenlanger Arbeit die Minen zerstört, den Boden umgegraben und Kartoffeln, Mais, Tomaten und

Hülsenfrüchte gesät haben. Es war ein Knochenjob, der sich hoffentlich auszahlen wird. Am Rand stehen Oliven- und Apfelbäume. Nach der Ernte dürfte die Lebensmittelknappheit Vergangenheit sein. Bis dahin müssen wir irgendwie durchhalten und das werden wir auch, sollte kein mordlustiges Überfallkommando dazwischenkommen.

Bei dem Gedanken, aus Landsby fliehen zu müssen, zieht sich mein Herz schmerzhaft zusammen. Dieser Ort ist zu meiner Heimat geworden. Mehr, als es die Kolonie je gewesen ist. Dass Mutter Deliah meine Sorge teilt, gibt meinen diffusen Ängsten eine Gestalt. Wir schweben in Gefahr, das bilde ich mir nicht ein. Vielleicht hat man uns noch nicht entdeckt, weil die Berge uns schützen, aber dieser Hubschrauber kommt überallhin. Früher oder später werden sie uns finden.

Ich würde so gerne mit Galen über meine Ängste und Mutter Deliahs Krankheit sprechen, er würde mich verstehen und meine Sorgen teilen, doch wir sind kein Liebespaar mehr, und ob wir jemals Freunde sein können, steht in den Sternen. Im Moment tut mir sein Anblick zu weh, ganz abgesehen davon, dass ich ihm nicht traue.

Trotzdem mache ich auf dem Heimweg einen Umweg, damit ich an Galens Hütte vorbeikomme. Das ist albern, ich weiß, und ich schäme mich für meine Schwäche, aber loszulassen fällt einfach unglaublich schwer. Als ich nur noch wenige Meter entfernt bin, geht die Tür zu Galens Hütte auf. Mein Herz macht einen Sprung, nur um dann umso schneller weiterzupochen. Doch es ist nicht Galen, der rauskommt, sondern ... Medina. Mir bleibt fast das Herz stehen. Unter einem Arm hat sie einen gefüllten Wäschekorb geklemmt, in dem ich eindeutig Galens Sachen erkenne. Medina steht nämlich auf bunte Kleider und davon sehe ich kein Stück. Alles ist khaki und grau.

»Hey Jule.« Fröhlich lächelnd winkt sie mir zu, was ich regelrecht als Beleidigung empfinde, schließlich weiß sie, dass ich an Galen hänge.

»Wohnst du jetzt hier?« Ich kann mir die Frage einfach nicht verkneifen.

Sie zwinkert mir zu. »Ja. Bin gestern eingezogen. Mal schauen, wie lange.«

Bestimmt spielt sie darauf an, wie beliebt sie bei den Männern ist, noch beliebter als Karla und im Gegensatz zu Karla ist sie diversen Affären nicht abgeneigt. Für sie ist Galen wahrscheinlich nur ein Zwischenspiel, bis ein Besserer vorbeikommt. Wer das sein soll, ist mir zwar ein Rätsel, denn für mich gibt es keinen Besseren, aber für Medina findet sich immer was.

Damit sie nicht merkt, wie geschockt ich bin, murmele ich was von einer dringenden Erledigung, und eile davon. Am liebsten würde ich rennen. Wegrennen vor der Faust, die mein Herz zerquetscht, bis es sich anfühlt wie ein hilflos zuckender Muskel. *Medina und Galen. Medina und Galen.* Die beiden Namen pochen in meinem Kopf. Meine letzte Hoffnung ist endgültig zerstört.

Eine Hoffnung, von der ich gar nicht wusste, dass ich sie hatte.

Kopflos stürme ich zum Wasserfall, wate in meinen Kleidern ins Wasser und klettere in die Höhle, die sich dahinter verbirgt. Das ist mein geheimer Ort, mein Rückzugspunkt. Es ist feucht und kalt und düster, aber genau das gefällt mir. Das weiche Moos fühlt sich glitschig an, die Felsen klamm. Wassertropfen sprühen in mein Gesicht. Ich höre nichts als das Rauschen des Wasserfalls, es füllt mein gesamtes Denken, dahinter ist die Welt nur ein verschwommener Schattenriss. Ich ziehe die Beine an, umklammere sie mit meinen Armen und berge meinen Kopf zwischen den Knien. Endlich kann ich das tun, was ich mir schon seit Wochen verbiete: Weinen.

Ich weine um Galen und mich. Um meinen Vater. Um meine Freunde und mein Leben. Laute Schluchzer schütteln mich durch, die das Rauschen des Wasserfalls verschluckt.

Als ein Schatten auf mich fällt, schrecke ich hoch. Neben mir im seichten Wasser steht Lee. Er hat die Hosenbeine hochgekrempelt und sieht mich bestürzt an. »Jule. Was ist los?«

Meine Tränen sollten mir peinlich sein. Sind sie aber nicht. Lee und ich haben einiges miteinander durchgestanden. Ich habe an seinem Kopf herumgeschnippelt und versucht, sein Implantat herauszuschneiden. Und er hat mich beschützt, als Mars versucht hat, mich zu vergewaltigen. Selbst wenn ich weine, würde er mich nie Heulsuse nennen. Nicht so wie Blue oder früher auch Galen.

Schniefend wische ich mir die Tränen fort. »Wie hast du mich gefunden?«

Leichtfüßig klettert Lee auf den Absatz und hockt sich neben mich. »Ich hab dich hinter den Wasserfall stürmen sehen. Als du nicht mehr rausgekommen bist, hab ich mir Sorgen gemacht.« Er sieht sich um. »Hierher verdrückst du dich also, wenn du deine Ruhe haben willst.«

»Scheint nicht mehr zu funktionieren«, gebe ich seufzend zurück. Ich schaue in Lees hellblaue Augen. Am Anfang war mir sein kantiges Gesicht hart erschienen, die Augen kalt. Sein massiger Körperbau wirkte einschüchternd, doch seit unserer gemeinsamen Flucht sehe ich nur noch einen Freund und Beschützer in ihm. Mitfühlend sieht er mich an.

»Tschuldige. Wenn du mit Kleidern ins Wasser stapfst, kann ich das nicht einfach ignorieren.«

»Schon okay.« Trostsuchend lehne ich mich an seine Schulter. Lee legt den Arm um mich und zieht mich näher.

»Mutter Deliah wird sterben«, sage ich in die entstandene Stille hinein.

Mutter Deliah hat mir nicht ausdrücklich verboten, über ihre Krankheit zu sprechen, weil klar ist, dass ich es nicht jedem erzählen darf, doch bei Lee ist das was anderes. Er tratscht nicht.

»Das hab ich mir gedacht«, erwidert er. »Sie sieht schlecht aus. Bist du deshalb traurig?«

Natürlich nicht, zumindest nicht nur, aber mein Stolz verbietet mir, Galens und Medinas Liebschaft zu erwähnen, also nicke ich. »Sie ist besorgt wegen der Vorfälle in der Stadt und sie will, dass ich ein Fest organisiere, um die Leute auf andere Gedanken zu bringen.«

»Gute Idee«, brummt Lee.

»Findest du?«

»Ein Fest ist immer eine gute Idee. Wir arbeiten hart und brauchen Ablenkung.«

»Aber vielleicht schweben wir in Gefahr. Ist ein Fest unter diesen Umständen nicht irgendwie absurd?« Außerdem erinnere ich mich nur zu gut an den Ausgang des letzten Festes, das ich organisiert habe. Mein Vater wurde ermordet und Galen musste fliehen. Alles, was wir uns aufgebaut hatten, wurde in dieser einen Nacht zerstört.

Lee grinst schief. »Falls wir morgen sterben, sollten wir heute feiern. Was nutzt es uns, wenn wir die ganze Zeit Trübsal blasen?«

Lee überrascht mich immer wieder. Seine Wandlung von der Kampfmaschine zum einfühlsamen Helden ist beachtlich. Liebevoll sieht er mich an, wischt eine Träne von meiner Wange. »Ich will, dass du glücklich bist.«

Unwillkürlich muss ich lächeln. »Das ist lieb von dir.«

Ich sollte seinen Blick nicht erwidern, denn etwas hat sich verändert. Ein Knistern erfüllt die Luft, das mir einen Schauer über den Rücken jagt. Lee beugt sich näher und mir wird klar, dass er mich küssen will. Ich will es auch, aber die Gründe dafür sind die Falschen. Es wäre Trotz und verletzter Stolz. Es wäre die Suche nach Trost in den Armen eines anderen. Dennoch warte ich, bis seine Lippen meine berühren. Es fühlt sich fremd an, aber nicht schlecht. Vielleicht könnte ich es sogar genießen, wenn die Stimme der Vernunft nicht immer lauter werden würde, bis sie den Wasserfall übertönt. Entschlossen schiebe ich Lee zurück. »Tut mir leid. Das ist nicht der richtige Zeitpunkt.«

Keine Ahnung, ob er das versteht. Wahrscheinlich nicht, denn der Zeitpunkt ist für ihn bestimmt so gut wie jeder andere, doch Lee bleibt rücksichtsvoll. »Okay.«

»Ich sollte mich an die Planung machen.« Schnell rapple ich mich auf und wische mir über den nassen Po. Meine Hosenbeine triefen. »Und ich sollte mich umziehen.«

Lee springt ins Wasser. »Ich trag dich raus.«

Bei der Vorstellung muss ich kichern. »Wozu? Ich bin sowieso schon nass.«

Kurzerhand umfasst Lee meine Beine und hebt mich hoch. Erschrocken quietsche ich auf. Ich zapple ein wenig, jedoch nicht ernsthaft, denn erstens gefällt es mir und zweitens ist Lee so stark, dass jeder Befreiungsversuch ein sinnloses Unterfangen wäre. Im nächsten Augenblick kommen wir hinter dem Wasserfall hervor und werden von einem spektakulären Sonnenuntergang begrüßt. Die Sonne, die gerade hinter der Gebirgskette verschwindet, leuchtet wie ein roter Feuerball und taucht das Areal in goldenes Licht. Der Himmel verläuft von leuchtendem Orange zu rot. Die meisten Bewohner sind von der Arbeit auf dem Feld gekommen und tummeln sich am Wasserbecken. Manche sitzen einfach nur da, lassen die Füße ins Wasser baumeln und genießen den Sonnenuntergang, andere waschen sich oder schwimmen eine Runde. Ich sehe Medina mit Blue und Carl. Blue starrt mich aus zusammengekniffenen Augen an. Es ist, als würde sie es spüren, wenn ich in der Nähe bin.

»Lass mich runter«, bitte ich Lee, weil mir Blues Blick unangenehm ist und ich so schnell wie möglich weg will.

Lee begleitet mich zu meiner Hütte. »Wir gründen zwei Fußballmannschaften«, sagt er.

»Ach wirklich? Wo wollt ihr spielen?« Ich bin froh über den Themenwechsel, denn er lenkt mich von meinem Kummer ab.

»Auf dem unbepflanzten Feld. Wie wär's, wenn wir vor dem Fest ein Turnier veranstalten? Zwei Mannschaften, der Sieger bekommt irgendeine Belohnung.«

»Hey, das ist gar keine schlechte Idee.« Männer lieben Fußball und sie schauen auch gerne dabei zu, das weiß ich aus der Kolonie. Ein Turnier ist bestimmt lustig. »Dann hätte ich schon ein Highlight für das Fest.«

Lee grinst schief. »Ein Highlight? Du hast uns noch nicht spielen sehen.«

Es tut gut, mit Lee herumzuflachsen und ich fasse neuen Mut. »Das hole ich nach. Mutter Deliah hat mich von der Feldarbeit befreit, also habe ich Zeit. Sag mir, wann und wo und ich bin da.«

5

Kurz vor Sonnenuntergang beginnt das Fußballspiel. Die Gewinnermannschaft bekommt ein Fresspaket mit Leckereien wie Honig, getrocknete Tomaten mit Wildkräutern und Olivenöl sowie ein Buch oder eine neue Decke für diejenigen, die nicht lesen können.

Das Fest zu organisieren war nicht schwer, die freiwilligen Helfer haben sich mir regelrecht aufgedrängt, wahrscheinlich um der Feldarbeit zu entkommen. Karla war so froh, dass sie sich sogar für die unliebsame Aufgabe der Speisenorganisierung hat einspannen lassen. Sie ist von Hütte zu Hütte gelaufen und hat die Bewohner gebeten, etwas zum Fest beizusteuern.

Prüfend gehe ich nun die beiden langen Klapptische entlang, auf denen sich die Schüsseln und Teller stapeln. Bohnen in Tomatensauce, gebratene Kartoffeln, gefüllte Zucchini, Tomatensalat, gekochter Mais, Honigplätzchen und vieles mehr. Ich bin überrascht, mit welcher Kreativität die Speisen aus dem Wenigen, das wir haben, zubereitet worden sind. Mutter Deliah hat fünf Hühner schlachten lassen, ein halbes Dutzend Männer ist auf die Jagd gegangen und hat acht Hasen und ein Wildschwein erlegt, die nun über einem großen Feuer braten. Der köstliche Duft lockt die ersten Neugierigen herbei, die auf dem Weg zu unserem provisorischen Fußballfeld einen Umweg in Kauf nehmen, um einen Blick auf die Leckereien zu erhaschen.

Um den kleinen See herum bis zum Wasserfall habe ich bunte Lampions aufgestellt, die Mutter Deliah aus ihren erbeuteten Schätzen gewühlt hat. Caine bestückt sie gerade mit Teelichtern. Er würde lieber Fußball spielen, aber seit ihm das halbe Gesicht weggeschossen worden ist, bekommt er schlecht Luft und hat permanent Schmerzen, ganz abgesehen davon, dass er auf einem Auge nichts sieht. Da ich trotz meiner gedrückten Stimmung zu dem Fußballspiel gehen möchte - immerhin habe ich es Lee versprochen - überlasse ich Caine und Karla die restlichen Vorbereitungen und mache mich auf den Weg. Unterwegs treffe ich Emish und Sylvia. Als ich Emish das erste Mal gesehen habe, hatte ich Angst vor ihm wegen seines deformierten Unterkiefers und den kleinen, eng zusammenstehenden Augen und Sylvia mit ihren verkümmerten Armen jagte mir einen Schauer über den Rücken. Mittlerweile bemerke ich das ungewöhnliche Aussehen der beiden nicht mal mehr.

»Hey. Spielst du nicht mit?«, frage ich Emish.

Seine wulstigen Lippen verziehen sich zu etwas, das ich als Lachen deute. »Ne. Fuschball is nix für mich.«

Sylvia lehnt ihren Kopf an seine Schulter. »Wir schauen lieber zu.«

»Ich auch«, bekräftige ich. Gemeinsam schlendern wir Richtung Feld.

»Musst du nicht das Fest vorbereiten?«, will Sylvia wissen.

»Bin fast fertig, den Rest übernehmen Klara und Caine.«

Wir passieren den Kartoffelacker und stapfen auf die Menschenmenge zu, die sich um das Feld herum versammelt hat. Der provisorische Fußballplatz ist mit Pfosten abgesteckt, zwischen denen Seile gespannt sind, dahinter versammeln sich die Zuschauer. Die Tore bestehen ebenfalls aus Pfosten, ein Seil am oberen Ende markiert die Höhe. Wir suchen uns einen freien Platz an der Absperrung und schauen nach den Spielern. Die beiden Mannschaften stehen etwas außerhalb im Kreis und stecken die Köpfe zusammen, wahrscheinlich, um ihre Strategie zu planen. Lee ist der Torwart, Galen spielt in der gegnerischen Mannschaft als Stürmer, wie Caine mir erklärt hat. Mutter Deliah kann ich nirgends entdecken.

Die Aufregung der Zuschauer überträgt sich auf mich, sodass ich ungeduldig darauf warte, dass die Mannschaften das Spielfeld betreten. Was sie kurze Zeit später auch tun, angeführt von Sol, einem kleinwüchsigen Mutanten, der den Schiedsrichter mimt. Eine Hälfte der Spieler und Spielerinnen hat blaue Stofffetzen um den Oberarm gebunden, die andere Rote, damit man weiß, wer zu welcher Mannschaft gehört.

Lee kommt zu dem Tor, neben dem ich stehe. Ich winke und zeige ihm, dass ich ihm die Daumen drücke, er zwinkert mir grinsend zu. Obwohl ich nicht verstehe, was daran toll sein soll, wenn zwanzig Männer einem Ball hinterherrennen, macht das Spektakel Spaß, denn es gibt mir das Gefühl von Zusammengehörigkeit. Die Männer stellen sich auf. Der Schiedsrichter schwenkt eine Fahne und signalisiert damit den Spielstart. Aufgeregt beobachte ich den Kampf um den Ball. Wenn Lee einen Schuss hält, freue ich mich, als er Galens Schuss hält, reiße ich sogar die Arme in die Luft und juble mit der Menge mit. Scheinbar juble ich besonders laut, denn Galen wirft mir einen missmutigen Blick zu. Ups. Schnell lasse ich die Arme sinken, kann mir aber ein Grinsen nicht verkneifen. Galen hasst Verlieren.

Die beiden Mannschaften geben alles und kämpfen bis zum Abpfiff. Am Ende gewinnt Lees Mannschaft mit einem knappen Vorsprung von einem Tor.

»Team Blau siegt vier zu drei«, ruft der Schiedsrichter aus.

Es wundert mich nicht, dass Team Blau gewonnen hat. An einem Schrank wie Lee vorbeizukommen, ist fast unmöglich. Triumphierend reckt er die Faust in die Luft, er wirkt euphorisch, und obwohl ich eigentlich schleunigst zum Fest zurück muss, will ich ihm unbedingt zu seinem Sieg gratulieren. Kurzentschlossen ducke ich mich unter dem Absperrseil hindurch und werfe mich in seine Arme. Er nimmt mich lachend hoch und wirbelt mich im Kreis, bis mir schwindlig wird. Ich weiß nicht, wie es passiert, habe es auch nicht kommen sehen, aber plötzlich küsst Lee mich. Ohne Vorwarnung. Ich bin so perplex, dass ich nicht weiß, wie ich das finden und wie ich reagieren soll. In unserer ausgelassenen Stimmung fühlt es sich passend an. Andererseits steht halb Landsby um das Spielfeld herum. Jeder wird denken, dass ich mit Lee zusammen bin. Auch Galen.

Einen Augenblick lang küsse ich Lee zurück, presse meinen Lippen auf seinen unerwartet weichen Mund. Der Kuss voller Sehnsucht. Dann lässt Lee mich runter. Ein rascher Blick in die Runde erleichtert mich. Die Zuschauer haben das Feld gestürmt, um wahlweise die Gewinner zu beglückwünschen oder die Verlierer zu trösten, es ist ein einziges Durcheinander aus schnatternden, lachenden Menschen. Niemand interessiert sich für Lee und mich.

Ich räuspere mich. »Ich muss zum Fest.«

Lee lächelt unsicher. »Alles klar. Ich geh mich waschen und komme nach.«

Spontan stelle ich mich auf die Zehenspitzen und drücke ihm einen Schmatzer auf die Wange. »Bis dann.« Beim Gehen werfe ich noch einen Blick über die Schulter. Lee steht da und fährt sich durch die dunkelblonden Haare. Er wirkt genauso verwirrt, wie ich mich fühle. Verwirrt und trotzdem glücklich. Meine bedrückte Stimmung ist wie weggeblasen. Das Spiel, der Kuss, das hat mir gefallen. Es zeigt mir, dass Glück auch ohne Galen möglich ist. Beschwingt schlage ich den Weg zum Festplatz ein, die Andeutung eines albernen Lächelns auf den Lippen.

Das Fest läuft grandios. Alle Bewohner von Landsby sind gekommen, und damit meine ich wirklich ALLE. Sogar Mutter Deliah, die in einem Schaukelstuhl neben dem großen Feuer sitzt und nachdenklich in die Flammen starrt. Wer Augen im Kopf hat, kann sehen, dass es ihr nicht gut geht. Galen scheint rührend um sie besorgt, bringt ihr Essen und Trinken und deckt ihre Beine zu. Bei dem Anblick krampft sich mein Herz zusammen. Mutter Deliah ist wie eine Mutter für ihn, er muss in Panik sein, bei dem Gedanken an ihren bevorstehenden Tod. Doch ich bin nicht mehr diejenige, die ihn trösten wird, das ist jetzt Medinas Aufgabe. Die ist allerdings weit und breit nicht zu sehen.

Da Lee noch nicht erschienen ist, gönne ich mir einen Becher Apfelwein. Die angenehme Säure rinnt wohltuend meine Kehle hinab. Zwischendurch lausche ich den beiden Musikanten, die auf ihren Gitarren irgendwelche Melodien zupfen und dabei singen. Es klingt schön. Ich wechsle ein paar Worte mit Liam und Caine und tue so, als würde ich Blue nicht bemerken, während ich auf dem Weg zum Apfelweinstand an ihr vorbeischlendere. Nach einem zweiten Becher Apfelwein strömt ein warmes Gefühl in meinen Bauch und in meinem Kopf beginnt dieses Summen, das vom Alkohol herrührt.

»Hey, hier steckst du also. Ich hab dich gesucht.« Lee taucht hinter mir auf. Wie ein menschlicher Riese baut er sich vor mir auf.

Ich fühle mich beschwingt und gut gelaunt. »Heeey. Endlich. Warum hast du so lange gebracht?«

Die Frage scheint Lee zu verunsichern, als hätte ich ihn bei etwas Ungehörigem ertappt. Zuerst verstehe ich nicht, warum, doch dann bemerke ich, dass er sich aufgebrezelt hat. Die helle Hose habe ich noch nie an ihm gesehen und das dunkelblaue T-Shirt hat einen kleinen Kragen und scheint nagelneu zu sein. Es sitzt ein wenig eng. Außerdem ist er frisch rasiert und riecht lecker. Ich schnuppere. »Was ist das? Neues Duschzeug?«

»Rasierwasser. Liam hat es in der Stadt gefunden. Ich hab es ihm abgeschwatzt.«

Fragend hebe ich eine Augenbraue. Ich glaube kaum, dass Liam seinen Fund einfach so hergegeben hat. »Abgeschwatzt?«

Lee grinst schief. »Naja, so ähnlich. Beim Kartenspielen hatte ich ein gutes Blatt.«

Das bringt mich zum Lachen. Im Gegensatz zu Medina, Karla und mir spielen die Männer um einen Einsatz, weil sie der Meinung sind, dass es sich sonst nicht lohnt. »Gratuliere. Es riecht gut. Warum hast du dich eigentlich so schick gemacht? Hast du ein Date?« Ich grinse verschmitzt.

Wenn mich nicht alles täuscht, wird Lee tatsächlich rot. Der riesige Kerl mit den stählernen Muskeln errötet wie ein junges Mädchen. Das ist echt süß.

»Das hoffe ich«, sagt Lee und zwinkert mir zu.

Ich greife nach einem bereitstehenden Apfelweinbecher und reiche ihn an Lee weiter. »Trinken wir auf unser erstes Date?«

So draufgängerisch wäre ich bei Galen nie gewesen. Bei ihm war ich immer ein wenig verunsichert. Mit Lee ist flirten ganz einfach und es macht unerwartet viel Spaß. Wir stoßen an und trinken, schlendern dann gemächlich Richtung Wasserfall. Die Stimmung ist gut, das Wetter perfekt. Eine leichte Brise kühlt meine erhitzten Wangen. Die bunten Lichter spiegeln sich auf dem nachtblauen See, der Wasserfall glitzert, als würden winzige Sterne in den Tropfen wohnen. Gitarrenklänge verzaubert die Nacht. Romantischer geht es nicht. Lee legt den Arm um meine Taille und ich tue es ihm gleich, mit dem Unterschied, dass mein Arm kaum um ihn herumreicht. Sein Griff ist fest und ich verschwinde fast in seinem Arm, was mir ein wohltuendes Gefühl von Geborgenheit gibt.

»Wollen wir uns ans Wasser setzen?«, frage ich.

Wir sind nicht die Einzigen, die es sich zwischen den Lampions bequem machen, die Musik genießen und die nackten Füße ins Wasser tauchen. Entspannt lehne ich mich an Lee, während er mich im Arm hält.

»Jule«, sagt er plötzlich in die Stille hinein.

Ich bin zu träge zum Reden, vor allem, wenn es dabei um ernsthafte Themen geht. Und leider legt Lees Tonfall genau das nahe. »Hm?«

»Willst du mit mir zusammen sein? Als meine Freundin?«

Die Frage kommt nicht wirklich überraschend. Immer wieder hat Lee sein Interesse durchblicken lassen, und durch den Kuss auf dem Fußballfeld und dieses Date fühlt er sich wahrscheinlich ermutigt. Ich horche in mich hinein. Was fühle ich für ihn? Es ist nicht die verzehrende Leidenschaft und das heftige Herzklopfen, das ich bei Galens Anblick bekomme. Es ist eher etwas Warmes, Tröstliches, wie ein Feuer in einer sternenlosen Nacht. Lee ist zum wichtigsten Menschen in meinem Leben geworden, ich will nicht mehr ohne ihn sein.

»Ja«, höre ich mich sagen.

Lee nickt brummend. Ein paar Minuten lang sitzen wir schweigend da. Ich schaue zu ihm hoch, kann aber nicht erkennen, welche Emotionen sich in seinem Gesicht spiegeln. Regungslos schaut er zum Wasserfall, als könnte eine falsche

Bewegung den Zauber des Augenblicks zerstören. Zögerlich lege ich meine Hand an seine Wange und drehe seinen Kopf in meine Richtung. »Wie wär's mit einem Kuss?«

Lee betrachtet mein Gesicht, ehrfürchtig, wie etwas Wertvolles, in dessen Besitz er unverhofft gelangt ist. Dann schlingt er die Arme um mich, hält mich so fest, dass ich mich nicht mehr rühren kann. Nach der Zurückhaltung von eben ist sein Kuss unerwartet leidenschaftlich. Ich schlinge die Arme um seinen Hals und presse mich an seine breite Brust. Himmel, dieser Mann besteht nur aus Muskeln. Stürmisch drückt er mich ins feuchte Gras. Sein intensiver Kuss bringt mein Herz zum Pochen. Ich wollte Lee nicht als faden Ersatz für Galen benutzen, deshalb habe ich seine Annäherungsversuche monatelang ignoriert, doch er ist kein fader Ersatz mehr. Lees Leidenschaft weckt auch meine und das lässt mich endgültig an eine gemeinsame Zukunft glauben.

6

Müde blinzle ich in die Morgensonne, die penetrant durch das Fenster scheint und mich nachdrücklich daran erinnert, dass ich aufstehen sollte. Ich will aber nicht. Trotz der Enge in meinem Bett war es schön, in Lees Armen zu schlafen. Das erste Mal seit Monaten fühle ich mich nicht allein.

Da Karla bei Liam übernachtet hat und Ezra sowieso nur selten da ist, hatten wir die Hütte für uns, diesen Zustand würde ich gerne noch ein wenig länger genießen. Draußen wartet wieder der Alltag auf mich. Feldarbeit, die Sorgen um unsere Sicherheit und Mutter Deliahs Krankheit.

Lee rührt sich und zieht mich näher an sich, doch er wacht nicht auf. Ich schließe die Augen und beschließe, eine Weile in meinem Kokon zu verweilen, bis es entweder zu warm oder Lee wach wird.

Dann höre ich das Brummen.

Schlagartig öffne ich die Augen, hoffe, dass ich mich irre. Vielleicht hat irgendjemand ein Elektrogerät in Gang gesetzt. Einen Rasenmäher oder eine Motorsäge. Wir haben einen kleinen Vorrat an Benzin. Aber das Brummen klingt anders, weiter entfernt und zugleich dröhnend, wie fernes Donnergrollen. Nur dass es nicht vergeht, sondern lauter wird und sich nähert.

»Scheiße.« Hektisch schäle ich mich aus Lees Arm, schnappe die Jeansshorts und ein T-Shirt von dem Stuhl neben dem Bett und ziehe mich an.

»Jule. Was ist los?«, fragt Lee.

»Ein Hubschrauber«, sage ich so hektisch, wie ich mich fühle.

Während Lee sich aufsetzt und nach seiner Hose angelt, bin ich schon halb aus der Tür. Viele Mutanten haben ein hervorragendes Gehör, weswegen die meisten bereits vor ihren Hütten stehen und in den Himmel starren. Der Hubschrauber hat die nördliche Bergkette passiert und fliegt direkt auf Landsby zu.

Aufgeregte Stimmen und ängstliche Rufe überall. Mit zusammengekniffenen Augen schaue ich hoch zum Plateau. Ist die Person, die auf jemanden gestützt steht, Mutter Deliah?

Lee tritt hinter mich und legt beschützend seine Hände um meine Taille. Er ist barfuß, trägt nur seine Hose, was er normalerweise vermeidet, weil es seinen enorm muskulösen Oberkörper noch mehr betont, aber sein beindruckender Körperbau juckt in dem Moment wohl niemanden. Alle starren auf den Hubschrauber. Zu meiner Rechten kommt Bewegung in die Menge, als Liam eine Pistole zieht und in den Himmel zielt. Der Schuss hallt laut durch den frühen Morgen. Erschrocken fahre ich zusammen.

»Warte, bis das Ding näher kommt«, höre ich jemanden rufen.

Ich glaube kaum, dass man das Flugobjekt mit einer Pistole abschießen kann, doch was sollen wir sonst tun? Irgendwo weint eine Frau. Mehrere Mutanten verlassen das Plateau. Einer von ihnen ist Galen, wie ich beim Näherkommen erkenne. Er hält direkt auf mich zu, stoppt dann aber abrupt, als er Lee sieht. Fassungslosigkeit spiegelt sich in seinem Gesicht, gefolgt von Zorn. Mein Magen krampft sich zusammen und ich verspüre plötzlich ein seltsames Gefühl, das starke Ähnlichkeit mit schlechtem Gewissen hat. Was völliger Blödsinn ist, schließlich sind wir kein Paar mehr und er wohnt mit Medina zusammen. Einen Atemzug lang treffen sich unsere Blicke. Ich bin nicht sicher, was ich in seinen Augen lese, aber was es auch ist, es macht mich traurig und wütend zugleich. Traurig, weil Galen nach wie vor ein Teil von mir ist und wütend, weil er zugelassen hat, dass wir einander verlieren. Ich werde Lee niemals auf die gleiche Weise lieben wie Galen. Bedingungslos und mit an Besessenheit grenzender Hingabe. Wahrscheinlich ist das gut so, denn eine solche Liebe ist einfach nicht gesund.

Demonstrativ wende ich den Blick ab und schaue wieder in den Himmel. Der Hubschrauber schwebt nun direkt über uns. Statt uns zu überfliegen, dreht er ab und zieht eine Runde über das gesamte Areal. Das dröhnende Brummen klingt wie eine Warnung, selbst als er endlich verschwindet, hallt es zwischen den Felsen wider und erinnert uns deutlich daran, dass da draußen jemand lauert, der es garantiert nicht gut mit uns meint.

Als der Hubschrauber weg ist, mache ich Katzenwäsche, kämme notdürftig meine verwuschelten Haare und stopfe mir Maisbrot in den Mund, während ich mit Lee zu den Höhlen eile. Auf dem Plateau herrscht Gedränge. Jeder will mit Mutter Deliah sprechen, doch die hat sich in die Höhlen zurückgezogen. Statt ihrer kommt Blue nach draußen und stellt sich auf einen kleinen Felsen. Fragen prasseln auf sie ein. Wer war das? *Was* war das? Schweben wir in Gefahr? Haben wir genug Waffen? Was tun wir zu unserer Verteidigung?

Blue hebt die Arme. »Seid ruhig!«

Nach und nach verstummen die Menschen. Angespannt greift Lee nach meiner Hand, drückt sie so fest, dass es wehtut.

»Was da über uns hinweggeflogen ist, nennt man einen Hubschrauber«, ruft Blue. »Wir wissen nicht, wer ihn geflogen ist oder was diejenigen von uns wollen. Ob sie überhaupt etwas wollen. Vielleicht sondieren sie auch nur die Gegend, suchen andere Überlebende, ganz ohne schlechte Absichten.«

Es ist deutlich zu sehen, wie schwer Blue die Worte fallen. Bestimmt soll sie den Menschen Mut machen. Dabei befürchtet sie dasselbe wie ich: dass wir das Schicksal der Straßengang teilen könnten.

»Zur Sicherheit wird Mutter Deliah den Wachdienst verstärken und alle werden Schusswaffen bekommen«, fährt Blue fort. Ich sehe, wie sie die Fäuste ballt und sie dann wieder öffnet. Offensichtlich erscheint ihr die Maßnahme nicht ausreichend. Wir haben nicht genug Handfeuerwaffen und kaum Munition, aber falls jemand versuchen sollte, über die beiden Zugangswege nach Landsby zu kommen, könnte man ihn mit Schusswaffen aufhalten. In meinen Augen ist es die beste Vorgehensweise. Ich nicke Lee zu und schlängle mich durch die Menge Richtung Höhle.

Vor dem Eingang wacht Emish. »Ich muss mit Mutter Deliah sprechen«, sage ich.

»Sie will keinen Beschuch«, gibt Emish zurück und mustert Lee. Sein Vertrauen in die ehemaligen Supersoldaten ist ziemlich begrenzt.

Ich schaue Lee an und dann Emish. »Lee wartet draußen.« Ich versuche mich an einem flehenden Blick, doch ich brauche ihn gar nicht, denn Emish gibt sofort nach. »In Ordnung. Allein kannscht du rein.«

Trotz der Kerzen erscheint mir die Höhle düster und ich frage mich, warum überhaupt irgendjemand hier wohnt. Da wäre ein Zelt ja noch besser. Gerade Mutter Deliah sollte raus in die Sonne.

Mit mehreren Kissen im Rücken sitzt sie halb aufgerichtet auf ihrem Bett. Galen steht neben ihr und hält eine Landkarte, in die sich beide vertieft haben. Mit dem Zeigefinger zieht er einen Kreis auf der Karte. »Der Radius ist riesig. Sie könnten von überallher gekommen sein.«

Ich bleibe stehen und räuspere mich. Mutter Deliah blickt auf. Ihre Augen liegen tief in den Höhlen und es scheint, als wäre sie noch dünner und blasser als vor ein paar Tagen. Ihr Gesundheitszustand verschlechtert sich rapide.

»Jule. Schön, dass du da bist. Galen und ich überlegen gerade, wo der Hubschrauber hergekommen sein könnte.«

Sie winkt mich näher. Beklommen trete ich neben ihr Bett. Auf dem Nachttischschrank glimmt eine Schale mit Kräutern, die einen süßlichen Geruch verströmen, der mir in den Augen brennt. Galen beachte ich nicht. »Wie geht es dir, Mutter Deliah?«

Sie stößt einen Seufzer aus. »Das siehst du ja. Mir bleibt nicht mehr viel Zeit.« Sie nimmt Galens Hand und lächelt ihn liebevoll an. Die beiden sind wirklich wie Mutter und Sohn. »Ich bin froh, dass Galen zu mir in die Höhlen gezogen ist, um mir zu helfen.«

Habe ich richtig gehört? Galen wohnt in den Höhlen? Die Information ist ein Schock. »Du wohnst hier? Seit wann?« Ich kann nicht anders als ihn direkt zu fragen.

»Seit einer Woche. Ich habe mit Medina getauscht.« Galen klingt kühl und distanziert.

»Das hab ich nicht gewusst.« Betroffen senke ich den Blick. Bedeutet das, er ist gar nicht mit Medina zusammen? Das wirft eine neue Frage auf, die ich mir eigentlich nicht stellen sollte, aber sie drängt sich förmlich in meine Gedanken.

Wäre ich mit Lee zusammen, wenn ich das gewusst hätte?

Galen ist kein Mönch und die Frauen stehen auf ihn. Es ist also durchaus möglich, dass er ein Verhältnis mit Medina hat, auch wenn er nicht mit ihr zusammenwohnt. Mit dem Gedanken versuche ich, mich zu trösten.

Ich spüre Mutter Deliahs forschenden Blick auf mir ruhen. »Ihr habt eure Probleme noch nicht geklärt. Warum nicht?«

»Das ist doch jetzt unwichtig«, sagt Galen.

»Da gibt es nichts zu klären«, füge ich eilig hinzu. »Galen hat mit mir Schluss gemacht. Punkt.« Mutter Deliah soll nicht glauben, dass ich ihn einfach habe gehen lassen.

Galen wirft mir einen giftigen Blick zu und deutet auf die Karte. »Wie können wir herausfinden, wo der Hubschrauber herkam?«

»Jule. Hast du eine Idee?«, will Mutter Deliah wissen. »Hat dein Vater irgendwas darüber erzählt?«

»Er kannte die Standorte der anderen Kolonien, aber soweit ich weiß, waren sie nicht besser ausgerüstet als wir. General Albert könnte was gewusst haben.« Es fällt mir immer noch schwer, den Mann, der so viel Leid gebracht und mir meine Familie genommen hat, als Mutter Deliahs Bruder zu sehen. Die beiden sind so unterschiedlich wie Tag und Nacht.

Überrascht hebt Mutter Deliah die Augenbrauen. »Woher weißt du das?«

»Lee hat mal was erwähnt.«

»Ich möchte mit ihm reden. Wo ist er?«

Ich deute auf den Höhleneingang. »Er wartet draußen. Soll ich ihn holen?«

Mutter Deliah nickt zustimmend. Was Galen davon hält, weiß ich nicht, denn ich schaue ihn nicht an. Habe ich bisher so etwas wie Genugtuung empfunden, nagt nun das schlechte Gewissen an mir. Trotzig wende ich mich um und stapfe zum Ausgang. Immer wieder hat Galen in den letzten Wochen meine Nähe gesucht, ohne mich zu bedrängen oder den Versuch zu unternehmen, über das, was zwischen uns vorgefallen ist, zu reden. Sollte er seine Entscheidung bereut haben, hätte er mir das sagen müssen. Da er es nicht getan hat, muss ich annehmen, dass er keine Gefühle mehr für mich hat. Und überhaupt. Statt mir über meine vergangene Beziehung den Kopf zu zerbrechen, sollte ich mich lieber um die Zukunft von Landsby kümmern und um meinen neuen Freund. Lee ist toll!

Mit vor der Brust verschränkten Armen steht er am Rand des Plateaus und redet mit Blue. Das gefällt mir nicht. Was will sie von ihm? Bisher hatten die beiden kaum Kontakt. Reicht es nicht, dass sie meine Beziehung zu Galen sabotiert hat?

»Mutter Deliah will mit dir reden«, sage ich an Lee gewandt und werfe Blue einen kühlen Blick zu, der ihr zeigen soll, dass sie sich von meinem Freund fernzuhalten hat. Während meiner Zeit mit Galen musste ich sie lange genug ertragen. Blue mustert mich mit der üblichen Herablassung. Blöde Kuh.

»Soll ich einen Wachdienst übernehmen?«, will Lee wissen.

»Nein. Komm einfach mit.« Es ist albern, ich weiß, aber ich verschweige absichtlich den Grund, um Blue im Unklaren zu lassen. Da sie normalerweise alles mitbekommt, wird sie das hoffentlich fuchsen. Ihrer Miene nach zu urteilen tut es das auch. Hihi. Sie sieht aus, als hätte sie in eine Stinkfrucht gebissen.

Lee hat Mutter Deliah länger nicht gesehen und zeigt sich erschüttert über ihren Zustand. Unbehaglich tritt er von einem Bein aufs andere und ballt immer wieder seine Fäuste. Auf die Frage nach General Albert wiederholt er hastig, was dieser gesagt hat und bietet dann seine Hilfe beim Wachdienst an. Ein paar Minuten lang denkt Mutter Deliah über die Information nach.

»Wenn es tatsächlich eine Kolonie gibt, die lebt wie vor der großen Epidemie, müssen wir sie finden«, sagt sie schließlich. »Ich werde einen Spähtrupp Richtung Norden ausschicken.«

7

Amüsiert schaue ich Lee und den anderen Spielern zu, wie sie den Ball über das Feld kicken. Lee pflügt durch die Männer wie eine Dampfwalze, sodass viele freiwillig den Ball abgeben, denn wo Lee hintritt, wächst kein Gras mehr. Aus diesem Grund steht er meistens im Tor.

Wenn ich mit der Arbeit fertig bin, gehe ich oft zum Fußballlatz, nicht nur weil Lee einen regelrechten Narren an dem Spiel gefressen hat, sondern auch, weil mich das Zuschauen von meinen Grübeleien ablenkt und mich nach einem harten Tag auf dem Feld entspannt. Die erste Ernte hat begonnen. Ich bin zäher und stärker geworden, trotzdem tut mir abends der Rücken weh vom vielen Bücken.

Seit dem Auftauchen des Hubschraubers ist eine Woche vergangen. Vor zwei Tagen hat Mutter Deliah einen Spähtrupp ausgeschickt. Vier Männer und eine Frau, darunter auch Galen und Blue. Logisch. Die beiden sind wie siamesische Zwillinge. Außerdem halten die kampferprobtesten Männer Tag und Nacht Wache, passen auf, dass uns niemand überrascht.

Mein Blick wandert zu dem Pfad, der zwischen den Steilhängen verschwindet, sich dort in viele kleine Wege verzweigt, die kreuz und quer durch das Gebirge führen. Nur einer endet auf der großen Straße. Sollte jemand zufällig den richtigen Pfad finden, käme er nicht weit, denn unsere Leute haben sich oberhalb des Weges zwischen den Felsen versteckt und beobachten alles. Zwei zusätzliche Aufpasser weiter hinten würden uns sofort Bescheid geben, falls jemand versucht, an den Wachen vorbeizukommen.

Der Sonnenuntergang hinter der Bergkette ist atemberaubend und lenkt mich vom Fußballspiel ab. Ich liebe die leuchtenden Farben. Sie lassen alles in hellem Licht erstrahlen, als wäre das Gebirge aus brennendem Gold. Mehrere Silhouetten schälen sich aus dem Flammenmeer. Sie kommen den Gebirgspfad entlang direkt auf uns zu. Mein Herz stockt. Erschrocken springe ich auf und rufe nach Lee.

Er hält inne und schaut in die Richtung, in die ich deute. »Wir bekommen Besuch«, stellt er fest. Obwohl er auf einem Auge fast blind ist, sieht er immer noch besser als ich.

Es wird hektisch. Männer rufen, zwei von ihnen rennen nach Landsby, um Mutter Deliah Bescheid zu geben, die anderen bauen sich wie eine Wand vor den Ankömmlingen auf.

»Geh nach Landsby«, ruft Lee mir zu.

Ich rühre mich nicht von der Stelle. Kommt gar nicht infrage.

Lee macht ein finsteres Gesicht. »Jetzt mach schon! Ich will, dass du in Sicherheit bist.«

Entschlossen stapfe ich an seine Seite. »Und ich will wissen, wer da kommt.«

Lee stößt einen ergebenen Seufzer aus. »Du bist ein stures Weib, weißt du das?«

Als stur würde ich mich nicht bezeichnen, ich lasse mir nur nicht vorschreiben, was ich zu tun und zu lassen habe. Diese Zeiten sind vorbei. Die Fremden kommen näher. Es sind eine Frau und ein Mann, sie werden begleitet von unseren Wachen. Ihre Augen sind nicht verbunden, wie es eigentlich Pflicht wäre. Das ist seltsam.

Der Mann ist groß und sehr schlank, sein hellbraunes Haar hat er im Nacken zu einem Pferdeschwanz gebunden. Die Jeans und das kurzärmelige Hemd, das er trägt, wirken sauber, wie neu, als hätte er die Sachen gerade erst aus einem Laden geholt. Was das gepflegte Äußere betrifft, steht ihm die Frau in nichts nach. Lange, schwarze Haare, schmale Augen. Eine Asiatin. Wie ihre weiße Bluse so weiß bleiben kann, ist mir ein Rätsel. Und überhaupt. Wer trägt heutzutage eine *Bluse*?

Der Fremde lächelt uns freundlich an, als würde er sich freuen, uns zu sehen. Die Frau dagegen sieht sich misstrauisch um. Sollte die beiden das Aussehen der Mutanten überraschen, zeigen sie es zumindest nicht.

»Halt!« Lee schiebt sich nach vorne und baut sich mit vor der Brust verschränkten Armen vor uns auf. »Wer seid ihr?«

Der Mann bleibt stehen und lächelt weiter. »Ich bin Marvin«, sagt er und deutet auf die Frau. »Und das ist Cleo. Wir kommen aus Glücksstadt.«

Glücksstadt? Was ist das denn für ein bescheuerter Name? Klingt total lächerlich. »Was wollt ihr hier?« Die unterschwellige Drohung in Lees Stimme ist unüberhörbar.

»Wir suchen Überlebende«, sagt Marvin.

Ein fragendes Heben der Augenbrauen ist Lees einzige Reaktion.

»Wir wollen Beziehungen aufbauen«, fährt Marvin fort. »Je mehr Siedlungen und Kolonien sich zusammenschließen, umso stärker sind wir. Wir wollen die alte Welt zurück.«

Aha. Klingt plausibel, sogar regelecht verlockend, aber wenn ihre Stadt so gut funktioniert und so reich ist, wie es den Anschein hat, warum sollten sie sich arme Schlucker wie uns ans Bein binden?

»Wir wollen mit eurem Anführer sprechen«, fordert Cleo.

Lee bleibt misstrauisch. »Wo liegt eure Stadt und warum haben wir nichts von ihr gehört?«

»Unsere Heimat liegt nordöstlich von hier, rund vierhundert Kilometer entfernt.«

Ich muss mich einfach einmischen. »Wart ihr das in dem Hubschrauber? Habt ihr uns ausgekundschaftet?«

Marvin mustert mich aufmerksam, als würde er versuchen, mich einzuschätzen oder sich fragen, was ich an diesem Ort verloren habe. »Ja, wir sind mit dem Helikopter gekommen. Wir verfügen über sämtliche Technologien aus der alten Welt.«

Lee wendet sich an die beiden Wachen. Einer davon ist Liam. »Sind sie alleine?«

»Scheint so. Ob sich außerhalb unseres Beobachtungsradius jemand versteckt, können wir nicht sagen«, sagt Liam.

»In Ordnung. Dann bringt sie zu Mutter Deliah, ich suche mit ein paar Männern die Gegend ab.«

Die Gegend absuchen? Fragend schaue ich zu Lee auf. Sein Plan gefällt mir nicht. »Ihr solltet euch zuerst Waffen besorgen.«

»Brauch ich nicht.« Lee winkt seine Fußballfreunde herbei. Ich lege eine Hand auf seinen Arm und schaue ihn eindringlich an. »Bitte Lee. Tu jetzt nicht Unüberlegtes. Geh mit uns zurück und hol dir Waffen.«

Der Trupp zieht weiter nach Landsby und ich bin erleichtert als Lee es ebenfalls tut. Auf dem Weg versucht Marvin, ihn in ein Gespräch zu verwickeln, fragt ihn, wo er geboren wurde und wie alt er ist. Das alles in einem Tonfall, als wäre er ein guter Bekannter. Lee antwortet, wenn überhaupt nur einsilbig, schließlich wendet Marvin sich an mich.

»Seit wann existiert diese Siedlung?«

»Das kann ich nicht genau sagen«, gebe ich zu. »Ich bin noch nicht lange hier.«

»Wo hast du vorher gelebt? In einer Kolonie?«

Misstrauisch runzle ich die Stirn. »Woher wisst ihr von den Kolonien? Kennt ihr sie?«

»Wir standen in Kontakt mit den jeweiligen Anführern.«

Das ist eine ziemlich einsilbige Antwort. Welche Anführer? Und warum standen sie in Kontakt mit ihnen? Bevor ich eine weitere Frage formulieren kann, fährt Marvin fort. »Bist du aus der Alpenvorland Kolonie?«

»Keine Ahnung. Wenn das die Nächstgelegene ist, dann ja.« Meine Unwissenheit ist mir peinlich. Was haben sie uns in der Schule eigentlich beigebracht? Das schreit nach einer Ausrede. »Sie haben uns nicht viel über die anderen Kolonien erzählt. Bis vor ein paar Jahren dachte ich, wir wären die Einzigen.«

Marvin lacht. »Das klingt nach Frido Albert, hab ich recht?«

»Ihr kennt ihn?«

»Natürlich. Unter den Anführern gibt es einige sture und verbohrte Kerle, aber Frido ist der Schlimmste. Manipulativ und ein Kontrollfreak. Bist du wegen ihm weggegangen?«

»Könnte man so sagen.« Nur zu gerne würde ich ihn fragen, ob er von dem Reproduktionsprogramm weiß, aber das würde zu weit führen, ganz abgesehen davon, dass Lee mir bereits den dritten warnenden Blick zuwirft. Außerdem erreichen wir die Hütten.

Marvin schaut sich neugierig um. »Die Kundschafter haben nicht übertrieben. Es ist schön hier. So viel Grün sieht man selten und dann auch noch ein Wasserfall. Ihr habt euch den perfekten Ort ausgesucht.«

Er klingt regelrecht begeistert. Das gefällt mir nicht. Menschen haben die lästige Angewohnheit, sich das Land anzueignen, das ihnen zusagt und wenn sie uns technologisch tatsächlich überlegen sind, hätten wir keine Chance. Es wäre wie der Kampf primitiver Ureinwohner gegen ihre Besatzer.

Da ich bei der Unterredung sowieso nicht dabei sein darf, folge ich dem Trupp nicht mit auf das Plateau. Lee wohnt in den Höhlen, und obwohl er im Augenblick immer bei mir schläft, dient ihm das als Vorwand, Marvin und Cleo zu begleiten. Mir soll's reicht sein, denn so kann er später meine Neugier stillen. Um mir die Zeit zu vertreiben, nehme ich einen Korb Wäsche und stapfe zum Wasserfall. Ganz Landsby befindet sich außerhalb der Hütten, die Nachricht von den Neuankömmlingen scheint sich in Windeseile herumgesprochen zu haben. Manche gehen zu den Höhlen und lungern auf dem Plateau herum.

Die Stunden vergehen. Ich seife fünf T-Shirts und zwei Hosen ein und spüle sie anschließend unter dem Wasserfall aus. Zur Badezeit ist das verboten und der Bereich dafür begrenzt, deshalb waschen viele lieber in einem Bottich in ihren Hütten, doch ich mag es, meine Sachen unter fließendem Wasser auszuspülen. Dann werden sie sauberer. Vor der Hütte hänge ich die Sachen über eine Leine, die zwischen zwei Pfosten gespannt ist. Endlich kommt Lee. Aufgeregt versuche ich, aus seiner Miene zu lesen, wie das Gespräch verlaufen ist. Weder wirkt er erleichtert noch besorgt.

»Und? Was hat Mutter Deliah gesagt?«, frage ich, als er wortlos neben mir stehen bleibt.

»Sie ist misstrauisch, hat sich aber mit Verhandlungen einverstanden erklärt.« Während er redet, weicht er meinem Blick aus. Er verheimlicht etwas vor mir.

Herausfordernd stemme ich die Arme in die Hüften. »Was ist los?«

Lee druckst kurz herum und seufzt dann ergeben. »Marvin hat mir angeboten, ihn nach Glücksstadt zu begleiten.«

Das verstehe ich nicht. Warum sollte er gerade Lee mitnehmen wollen? Und überhaupt - wie kommt er darauf? »Du hast doch hoffentlich nein gesagt?« Während ich das frage, wird mir klar, dass er das nicht getan hat, denn dann würde er nicht so schuldbewusst schauen.

Lee zuckt mit den Schultern. Ein riesiger Kerl, der plötzlich aussieht wie ein kleiner Junge. »Eigentlich nicht. Landsby ist in Ordnung, aber ich will nicht für den Rest meines Lebens Feldarbeit machen und Angst vor Missernten haben müssen. In Glücksstadt brauchen sie dringend Männer wie mich hat Marvin gesagt.«

Ich fasse es nicht. Was redet er da? »Hat er dir auch verraten, für was sie dich so dringend brauchen?«

Er strafft sich. »Ist doch egal. Schlimmer als diese elende Feldarbeit ist es auf jeden Fall nicht.«

»Wir hatten eine schwierige Zeit«, gebe ich zu. »Aber es wird besser. Landsby wächst und gedeiht und eines Tages werden wir mehr sein als ein Haufen Mutanten, die sich irgendwie durchzuschlagen versuchen.«

»Vielleicht. Vielleicht auch nicht. Das kann uns niemand garantieren.«

Irre ich mich oder steht seine Entscheidung bereits fest? »Du weißt nichts über diese Leute. Wie kannst du nur in Erwägung ziehen, ihr Angebot anzunehmen? Für mich klingt das nach einer Falle.«

»Ist es nicht«, beharrt Lee.

»Woher willst du das wissen?«

»Marvin hat mir ein paar Dinge erzählt.«

Warum muss ich ihm alles aus der Nase ziehen? »Aha. Darf ich fragen, was genau er dir erzählt hat?«

Nervös fährt Lee sich über den Kopf. »Sie veranstalten Shows. Schaukämpfe und so ein Zeug. Marvin meint, ich könnte einer der Kämpfer sein und ein gutes Leben führen. Ich würde eine Wohnung bekommen, das beste Essen und alles, was mir gefällt.«

Ich sehe das Blitzen in seinen Augen. Die Vorstellung von Luxus und Anerkennung ist ein riesen Anreiz für ihn. Höchstwahrscheinlich habe ich mit meinen Argumenten keine Chance.

»Mein Leben lang habe ich den Kampf trainiert«, fährt er fort. »Und dafür in dieser Baracke gehaust, wo ich gehalten wurde wie ein Gefangener. Du hast es ja gesehen. Zum ersten Mal könnte ich jemand sein, zu dem die Menschen aufschauen.« Er ergreift meine Hände und sieht mich flehend an. »Bitte Jule. Lass es uns probieren. Begleite mich nach Glücksstadt. Wenn es uns nicht gefällt, kommen wir einfach zurück.«

Ich verstehe ihn und doch auch wieder nicht. In Landsby hat er alles, was er braucht, er ist gleichberechtigt und frei. Wer weiß, wie das in Glücksstadt läuft. »Ich will nicht weg von hier. Landsby ist meine Heimat.«

»Du kannst dich überall wohlfühlen, wenn du es versuchst. Bitte. Ich will, dass du an meiner Seite bist.«

Er setzt mich unter Druck. Wenn ich nicht mitgehe, bin ich wieder allein. Und wenn er mir zuliebe hierbleibt, wird er sich immer fragen, was er verpasst hat. Ich ziehe meine Hände aus seinen. »Ich will das nicht, Lee.« Trotzig schnappe ich den leeren Korb und wende mich ab.

»Bitte denk darüber nach«, ruft Lee mir nach.

Er will nicht ohne mich gehen, das verstehe ich. Was ich nicht verstehe, ist, wie er mich nur wenige Stunden, nachdem die Fremden hier angekommen sind, mit dieser fixen Idee unter Druck setzen kann. Das ist nicht fair. Wortlos zucke ich mit den Schultern und stapfe in die Hütte. Natürlich werde ich nachdenken, aber tief in mir weiß ich, dass ich in Landsby bleiben will.

* * *

Den Rest des Tages gehe ich Lee aus dem Weg, was nicht schwer ist, denn er führt Marvin und Cleo herum. Seine neuen besten Freunde. Einmal sehe ich ihn herzhaft lachen. Das versetzt mir einen Stich, weil er nur selten lacht und es mir verdeutlicht, wie sehr Marvin ihn mit seinen glanzvollen Erzählungen von der perfekten Stadt eingefangen hat.

Gegen Abend kommen sie zu meiner Hütte. Wiederstrebend lasse ich sie ein. Ich wünschte, Karla wäre hier, damit ich nicht so allein dastehe.

Aufmerksam sieht Marvin sich um. »Gemütlich. Hier lässt es sich leben.«

»Danke.« Misstrauisch beäuge ich ihn. Er sieht wirklich gut aus. Groß und blond mit einem umwerfenden Lächeln. Vertrauenserweckend. Wer auch immer ihn ausgewählt hat, um seine Stadt zu repräsentieren, hat klug gehandelt.

Ohne Geplänkel kommt er sofort zur Sache. »Lee erzählte mir, dass er dich gerne nach Glücksstadt mitnehmen will und dass du dir nicht sicher bist, ob du ihn begleiten möchtest.«

Nicht sicher ist untertrieben. Ich will nicht mit, das ist Fakt. »Hier weiß ich, was ich habe.«

Ungefragt setzt Marvin sich auf einen Stuhl, Cleo nimmt den anderen. Lee hockt sich auf mein Bett. Ich bleibe demonstrativ stehen und verschränke abwehrend die Arme vor der Brust. Mich wird er nicht so leicht überzeugen.

»Eure Anführerin stirbt«, sagt Marvin geradeheraus.

Dass er dermaßen dreist auf sein Ziel zuschießt und Mutter Deliahs Krankheit als Argumentationsgrundlage benutzt, damit habe ich nicht gerechnet. »Das geht niemanden was an.«

Marvin seufzt, als müsste er mir eine unangenehme Wahrheit verkünden, die ich eigentlich längst wissen müsste oder als wäre ich schwer von Begriff. »Gibt es einen Nachfolger?«

»Noch nicht«, gebe ich zu.

»Kommt jemand infrage?«

Ich zucke mit den Schultern. »Keine Ahnung. Darüber habe ich mir bisher keine Gedanken gemacht. Aber Mutter Deliah hat alles im Griff. Zu gegebener Zeit wird sie ihren Nachfolger bekanntgeben.«

Und wenn nicht, werde ich sie nach diesem Gespräch darauf hinweisen.

»Die Frau ist das Herz euer Gemeinschaft«, stellt Marvin folgerichtig fest. »Ihr Tod wird diesen Ort destabilisieren und euren Zusammenhalt zerstören, vor allem, wenn es keinen Nachfolger gibt, hinter dem alle stehen.«

Damit spricht er das aus, was ich die ganze Zeit verdrängt habe. Das macht mich wütend. »Was hat das mit eurer Stadt zu tun?«

Selbstgefällig lehnt Marvin sich zurück und legt einen Arm über die Stuhllehne. »Ganz einfach: Du solltest verschwinden, bevor Landsby den Bach runter geht. Du bist kein Mutant und hast dir einen fähigen Kerl geangelt. Dadurch bietet sich dir ein Ausweg. Außerdem kann ich mir vorstellen, dass du hier viele Neider hast.«

Ich werfe Lee einen vorwurfsvollen Blick zu. Hat er ihm das erzählt? Auf jeden Fall steht ihm das schlechte Gewissen ins Gesicht geschrieben. Dass ich immer erkennen kann, was er fühlt, mag ich an Lee. Galen dagegen kann das perfekte Pokerface aufsetzen, vor allem, wenn er seine Sonnenbrille trägt. Dann ist er undurchschaubar. Der Gedanke an ihn versetzt mir einen Stich. Wenn ich Landsby verlasse, werde ich ihn nie wiedersehen und je nachdem wie schnell Marvin abreisen will, kann ich mich nicht mal von ihm verabschieden.

»Ich bin nicht die einzige Normale, die hier lebt«, gebe ich zurück. »Außerdem könnte ich meine Freundin nicht zurücklassen.«

Marvin scheint sofort zu wissen, von wem ich rede. Er hat gut recherchiert. »Du kannst deine blonde Freundin gerne mitnehmen. Für hübsche Mädchen ist in Glücksstadt immer Platz.«

Karla würde das vielleicht sogar gefallen. Sie hat ihr neues Leben akzeptiert, aber richtig wohl fühlt sie sich in Landsby nicht.

»Du müsstest nicht mehr auf dem Feld arbeiten«, fügt Marvin hinzu und grinst. Auch über meine Abneigung gegen die Feldarbeit weiß er offensichtlich bescheid. Lee scheint eine richtige Tratschtante zu sein.

»Aha. Und was würde ich stattdessen tun?« Ich gebe meiner Stimme absichtlich einen abfälligen Klang. Marvin soll nicht merken, dass er mein Interesse geweckt hat.

»Kommt darauf an, was dir gefällt. Wir haben Geschäfte und Lokale und eine Verwaltung. Dort werden ständig Mitarbeiter gesucht. Wenn dir das nicht reicht, könntest du dich auch ausbilden lassen. Techniker brauchen wir immer.«

Das klingt tatsächlich nach einer gut organisierten, wohlhabenden Stadt und zugleich unvorstellbar für mich.

Als hätte Marvin meine Gedanken gehört, beugt er sich vor und sieht mich eindringlich an. »Landsby ist ein primitives Kaff gegen uns, Jule. Du würdest staunen, wenn du es siehst.«

Lee steht auf, kommt zu mir und zieht mich in seinen Arm. Ich wehre mich ein bisschen, gebe aber schnell nach. »Bitte Jule, lass es uns probieren«, sagt er. »Wenn es dir nicht gefällt, kehren wir zurück. Das verspreche ich dir.«

Seine Umarmung überzeugt mich fast. Es tut gut, im Arm gehalten zu werden und ich bin das Kämpfen so leid. Vielleicht sollte ich tatsächlich ernsthaft über das Angebot nachdenken. »Gebt mir eine Stunde«, sage ich. »Dann teile ich euch meine Entscheidung mit.«

Ziellos schlendere ich durch Landsby, betrachte die Bäume, das Gras, den Wasserfall. Direkt außerhalb der Siedlung beginnen die Felder, eingebettet in ein sich öffnendes Tal. Majestätisch recken sich die Berge in den Himmel. Obwohl sie oft bedrohlich auf mich wirken, beschützen sie uns. Aber welchen Schutz bieten sie vor Menschen mit Fluggeräten und Schusswaffen? Wird es wirklich zu Unruhen kommen, wenn Mutter Deliah stirbt? Wer käme überhaupt als ihr Nachfolger in Frage? Als Erstes fällt mir natürlich Galen ein. Er ist loyal und willensstark. Doch qualifiziert ihn das zum Anführer? Diplomatie ist nicht gerade seine Stärke, und wie ich ihn kenne, hat er keine Lust, den Boss zu spielen.

Nachdenklich hocke ich mich ans Ufer des Sees, streife meine Zehensandalen ab und hänge die Füße ins Wasser. Lächelnd winke ich den anderen zu, die am gegenüberliegenden Ufer sitzen. Ich gehöre dazu, und doch auch wieder nicht. Nicht jeder ist abweisend wie Blue, viele Mutanten mögen mich, trotzdem sind sie ausgesondert und verbannt oder sogar gezüchtet worden, nur um anschließend weggeworfen zu werden wie ein alter Schuh. Sie werden mir gegenüber immer misstrauisch sein. Durch die Gegenwart von Klara, Liam und mir werden sie außerdem ständig an ihre Defizite erinnert. Blue wird nie eine normale Frau sein, auch wenn sie sich das noch so sehr wünscht, Sylvia wird niemals Arme haben und Emish wird sie nie küssen können, so wie Lee mich küsst.

Vielleicht werde ich nie irgendwo dazugehören. Aber so ist das Leben. Warum sollte ich das, was ich habe, aufs Spiel setzen und mit Lee nach Glücksstadt gehen?

Am Ufer gegenüber taucht Medina auf. Ein Stich durchfährt mein Herz bei ihrem Anblick. Die Vorstellung von Galen und ihr als Paar tut immer noch weh, obwohl ich mit Lee zusammen bin und obwohl ich nicht mit Sicherheit sagen kann, ob die beiden mehr als nur Freundschaft verbindet. Wenn ich meine verletzten Gefühle und die Tatsache, dass ich nicht aufhören kann, mich nach Galen zu sehnen, bedenke, sollte ich Landsby vielleicht wirklich eine Weile verlassen. Es ist Lee gegenüber nicht fair, wenn ich heimlich einen anderen anschmachte.

Hastig erhebe ich mich, kremple meine Hosenbeine hoch und schlüpfe hinter den Wasserfall, dem einzigen Ort, an dem ich in Ruhe nachdenken und weinen kann. Ich weiß nicht, wann Marvin nach Glückstadt zurückkehren will, deshalb könnte das mein letzter Besuch hinter dem Wasserfall sein. Schniefend suche ich Halt in den unebenen Felsen und ziehe mich hoch, setze mich dann hin und lasse mich von der kühlen Gischt besprühen.

* * *

Übermütig reißt Lee mich von den Füßen und küsst mich stürmisch. Seine Begeisterung ist ansteckend, sodass ich fast an die Richtigkeit meiner Entscheidung zu glauben beginne.

»Du wirst sehen. Unser Leben wird viel besser werden«, sagt er überzeugt.

Ich wünschte, ich hätte sein Vertrauen. Nach allem, was mir widerfahren ist, fällt es mir schwer, an diesen paradiesischen Ort zu glauben.

Lee stellt mich wieder auf den Boden. »Ich geh und sag Marvin bescheid. Er wartet schon auf unsere Entscheidung.«

Ich zwinge mich zu einem Lächeln. »Tu das.«

Lee drückt mir einen Kuss auf die Stirn und stapft zur Tür. Er wirkt so beschwingt, als hätte Marvin ihm ein Füllhorn geschenkt, dass sich magischerweise mit den leckersten Sachen füllt. Sobald er weg ist, sinke ich benommen auf einen Stuhl. Unglaublich. Ich ziehe es wirklich durch.

Ich werde Landsby verlassen.

8

Schlaflos liege ich im Bett und starre in die Dunkelheit. Lee hält mich fest in seinem Arm, als wollte er mich nie wieder loslassen. Ich muss den Impuls niederringen, ihn wegzuschieben.

Durch das Fenster sehe ich den Schatten eines Baumes und dahinter den Mond, der rund und voll am Himmel steht. Im Morgengrauen brechen wir auf, das ist der Hauptgrund für meine Schlaflosigkeit. Ich habe mich noch nicht von Mutter Deliah verabschiedet, weil ich weiß, dass es ein Abschied für immer sein wird. Mein Blick irrt zu dem gepackten Rucksack neben der Tür. Ein olivgrünes Riesending, vollgestopft mit allem, was ich nicht zurücklassen will. Seltsam, wie schnell sich Dinge ansammeln, sobald man sesshaft wird.

Vorsichtig, um Lee nicht zu wecken, löse ich mich aus seinem Arm und schiebe mich aus dem Bett. Ich kann einfach nicht mehr stillliegen. Meinem Gefühl nach ist es sowieso bald an der Zeit, aufzustehen. Hastig schlüpfe ich in Jeans, T-Shirt und meine Zehensandalen und werfe einen Blick auf die alte Standuhr in der Ecke. Halb vier. Um fünf wollen wir los. Ich liege gut in der Zeit. Leise öffne ich die Tür und husche nach draußen. Die Vögel zwitschern bereits und kündigen den Morgen an, das Rauschen des Wasserfalls hallt durch die Stille. Am Tag ist er von meiner Hütte aus nur zu hören, wenn man die Ohren spitzt und sich konzentriert, doch in der Nacht dringt das Rauschen bis in den letzten Winkel.

Schweren Herzens mache ich mich auf den Weg zu den Höhlen. Hoffentlich ist Mutter Deliah schon wach. Von Galen weiß ich, dass sie eine Frühaufsteherin ist, aber durch ihre Krankheit könnte sich das geändert haben. Ich bin überrascht, als ich Blue vor der Höhle Wache halten sehe. Das bedeutet, der Spähtrupp ist wieder da.

Ich könnte mich von Galen verabschieden ...

»Guten Morgen«, sage ich so freundlich wie möglich. »Wann seid ihr zurückgekommen?«

»Gestern Abend«, antwortet Blue knapp.

»Habt ihr die Stadt gefunden?«

»Nein. Und das ist wohl auch nicht mehr nötig, wie ich gehört habe.« Unter Blues verächtlichem Blick komme ich mir wie eine Verräterin vor.

Am liebsten würde ich sie nach Galen fragen, aber das verbietet mir mein Stolz. »Lässt du mich hinein? Ich will mich von Mutter Deliah verabschieden.«

Blue schnaubt abfällig und deutet einladend auf den Eingang. »Geh nur. Sie ist wach.«

»Danke.« Vielleicht bilde ich mir das ein, aber irgendwie erscheint es mir, als wäre sie sauer auf mich, dabei sollte sie froh sein, wenn sie mich endlich loswird. Zögerlich betrete ich Mutter Deliahs Wohnbereich. Ihr Bett steht hinter zwei Paravents verborgen, Licht flackert durch die Ritzen.

»Mutter Deliah?«, wispere ich.

»Komm rein«, höre ich sie mit brüchiger Stimme sagen.

Beklommen quetsche ich mich durch den Spalt zwischen den beiden Paravents. Mutter Deliah sitzt auf ihrem Bett, ein Buch in der Hand, das sie extrem nah vors Gesicht hält. Ihr Haar hängt in dünnen, fettigen Strähnen herab. Sie ist allein, was mich zugleich erleichtert und enttäuscht. Nach der Begegnung mit Blue hatte ich irgendwie erwartet, Galen bei ihr vorzufinden.

»Guten Morgen. Ich wollte mich verabschieden«, sage ich unsinnigerweise. Warum sollte ich sonst gekommen sein?

Schwach klopft Mutter Deliah neben sich auf das Bett. »Komm näher und setz dich. Ich seh nicht mehr so gut.«

Süßlicher Geruch hängt in der Luft wie von fauligem Fleisch. »Wie geht es dir?«

Mutter Deliah stößt einen Seufzer aus. »Ach. Was soll ich sagen? Es geht bergab. Das war zu erwarten.«

»Tut mir leid.« Ob ich unter diesen Umständen die Sache mit dem Nachfolger ansprechen soll?

Aus trüben Augen sieht Mutter Deliah mich an. »Du hast dich also dazu entschlossen, wegzugehen?«

Wieder nagt das schlechte Gewissen an mir, ich komme mir vor, als würde ich sie und Landsby im Stich lassen. »Ich tue es Lee zuliebe«, gebe ich zu.

Mutter Deliah lächelt traurig. Tief graben sich die Falten in ihr ausgezehrtes Gesicht. »Du solltest solche Dinge nicht nur wegen eines Mannes tun, sondern weil du es willst. Liebe ist vergänglich, was übrig bleibt, bist du.«

Zitternd tippt sie gegen meine Brust. Überrascht hebe ich die Augenbrauen. Diese Einstellung habe ich bei Mutter Deliah nicht erwartet. »Glaubst du, ich tue das Falsche?«

»Ich weiß es nicht, Jule. Nach allem, was Marvin mir erzählt hat, könnte es ein Glück für dich sein, doch ich weiß nicht, ob ich seinen Erzählungen trauen kann. Mein Instinkt ist nicht mehr das, was er mal war.« Sie hustet unterdrückt. »Ich habe eine Bitte an dich.«

»Natürlich, alles, was du willst.«

»Wenn du in dieser Stadt bist, halt Augen und Ohren offen, ob die Menschen auch das sind, was sie vorgeben zu sein. Sollten sie eine Gefahr für Landsby darstellen, dann schick uns eine Warnung oder komm auf dem schnellsten Weg zurück. Wirst du das für mich tun?«

Ich schlucke nervös. »Das werde ich. Versprochen.« Mutter Deliah will, dass ich spioniere. Ich habe keine Ahnung, was auf mich zukommt, ob ich überhaupt gefahrlos herumschnüffeln kann. In der Kolonie wäre das nicht möglich gewesen. Aber ich bin es Mutter Deliah und den Bewohnern von Landsby schuldig.

Zitternd tastet Mutter Deliah nach meiner Hand. Ihre Haut fühlt sich kalt und trocken an, brüchig wie Pergament. »Du bist hier immer willkommen, das weißt du. Wenn es dir dort nicht gefällt, dann komm zurück.«

Ich nicke betroffen. Ein dicker Kloß im Hals versperrt meinen Worten den Weg. »Das mache ich«, presse ich hervor.

Mutter Deliahs Kopf sinkt in die Kissen, als hätte dieses kurze Gespräch sie verausgabt. »Leb wohl, Jule.«

Langsam erhebe ich mich. Mein Körper fühlt sich taub an, mein Herz schwer wie Blei. »Leb wohl, Mutter Deliah.«

Von Blue verabschiede ich mich nicht, nicke ihr nur kurz zu. Sie starrt stur geradeaus. Ein strahlender Morgen zieht am Horizont herauf und ich beschließe spontan, einen Umweg zu machen und am Wasserfall vorbeizugehen. Am Ufer bleibe ich stehen und schaue auf die schäumende Gischt, die der Wasserfall aufwirbelt. Hach, wie schön. Dieser Anblick wird mir am meisten fehlen.

»Du darfst nicht gehen«, höre ich jemanden hinter mir sagen.

Erschrocken fahre ich herum. »Galen. Was machst du hier?«

Seine Miene ist ernst. Da es noch nicht hell ist, trägt er keine Sonnebrille, sodass ich seine Augen sehen kann. Dadurch erscheint er mir irgendwie näher. Offener.

»Ich vertraue diesen Leuten nicht«, sagt er.

»Geht mir genauso.« Galen ist komplett der Falsche, um mit ihm meine Bedenken zu teilen, doch die Worte sind raus, bevor ich es verhindern kann.

Er runzelt die Stirn. »Aber du willst trotzdem mitgehen?«

»Ich habe keine andere Wahl und vielleicht ist es besser so. Hier ist zu viel passiert.« *Und ich kann deine Nähe nicht ertragen,* füge ich im Stillen hinzu.

»Man hat immer eine Wahl«, gibt Galen zurück.

Was soll ich dazu sagen? Er würde nicht verstehen, warum ich keine Wahl zu haben glaube. »Manchmal nicht.« Ich versuche, seinen durchdringenden Blick so fest wie möglich zu erwidern. »Was ist mit deiner Wahl? Wirst du Mutter Deliahs Nachfolger werden?«

Zum ersten Mal hat Galen seine Mimik nicht im Griff. Er ballt die Hände zu Fäusten, sein Gesicht wird hart. »Darüber habe ich noch nicht nachgedacht.«

Seine Stimme klingt kalt. Auch das hat er drauf - von einer Sekunde zur anderen kann er von freundlich zu abweisend wechseln.

»Das solltest du aber. Es geht ihr nicht gut, Galen.«

»Hör auf, Jule! Ich will nicht darüber reden.« Er hebt die Hand und macht eine abwehrende Geste als wollte er meine Worte einfach zur Seite wischen.

Ich gebe nicht nach. Dafür ist das Thema zu wichtig. »Du kannst ihren Zustand nicht ignorieren, Galen. Landsby steht vor einer großen Veränderung. Darauf musst du dich vorbereiten.«

Sein abfälliges Schnauben schneidet wie ein Messer in mein Herz. »Glaubst du, das weiß ich nicht? Was schert es dich überhaupt? Du haust einfach ab.«

Schon als wir noch in der Kolonie gewesen sind, hat er mich ausgeschlossen und Probleme lieber mit sich selbst oder Blue und den anderen Mutanten ausgemacht. »Ich haue nicht ab. Ich begleite meinen Freund. Das ist ein Unterschied. Außerdem muss ich mich vor dir nicht rechtfertigen. Diese Zeiten sind vorbei.«

Ich höre den Trotz in meiner Stimme und komme mir albern vor, weil ich in seiner Gegenwart einfach nicht souverän bleiben kann, sondern mich immer benehme wie ein kleines Kind.

Er schluckt schwer und wird wieder ruhig. »Du hast recht. Was du tust, geht mich nichts mehr an.«

Kurz verhaken sich unsere Blicke. Ich will wegsehen, kann es aber nicht. Der Abschied von Landsby ist zugleich ein Abschied von Galen, und auch wenn wir keine fünf Minuten zusammen sein können, ohne uns zu streiten, zerreißt es mir das Herz. Meine Sicht verschwimmt, meine Augen brennen. Verdammte Tränen. Entweder muss ich jetzt was sagen oder gehen, denn stehenzubleiben und Galen anzustarren, geht gar nicht.

Bevor ich eine Entscheidung treffen kann, gibt er sich einen Ruck und tritt näher. Das habe ich nicht erwartet, genauso wenig wie seine Hände, mit denen er mich schnappt und an sich zieht. Im nächsten Augenblick liegen seine Lippen auf meinen. Sein

Kuss ist hart und fordernd und irgendwie auch verzweifelt. So verzweifelt, wie ich mich fühle. Ich sollte den Kuss unterbrechen, aber das kann ich genauso wenig, wie ich zuvor wegsehen konnte. Das Rauschen des Wasserfalls erfüllt meine Sinne und Galens Lippen, seine Zunge, die sich tiefer vorwagt. Ich schmecke seinen Atem, den Hauch von Zitronengras, auf dessen Stängel er gerne herumkaut. Mir werden die Knie weich, also halte ich mich an dem Einzigen fest, was erreichbar ist: an Galen.

Er zieht mich näher, fasst mich fester und küsst mich so gierig und hingebungsvoll, wie er es am Anfang getan hat, als wir uns so sehr wollten, dass uns unsere Probleme klein und unwichtig erschienen sind. Damals glaubten wir, unsere Liebe sei stark genug, um der Welt zu trotzen.

Wir haben uns geirrt.

Doch hier, am Ufer des Sees, ist es einen Augenblick lang wie früher, als wäre die Zeit stehengeblieben. Die vollkommene Illusion. Ich presse mich an Galen, spüre, wie sein Körper gegen meinen drückt. Er hält mich fest. Wenn wir unsere Lippen auch nur einen winzigen Moment lang voneinander lösen, wird der Zauber vergehen. Mein Herz schlägt im Takt mit seinem, ich fühle es, weil wir uns so nahe sind und weil ich ihn mit jeder Faser meines Körpers begehre.

Schließlich ist es Galen, der sich von mir löst und mich atemlos und schwankend zurücklässt.

»Liebst du ihn?«, fragt er. Seine Stimme klingt belegt. In seinen Augen brennt ein dunkles Feuer, unter dem jeder klare Gedanken in meinem Kopf verglüht. Ich weiß nicht, was ich sagen soll, bin komplett verwirrt. Ich könnte meinem Herz folgen und seine Frage mit einem Nein beantworten. Ich könnte auf den Kuss vertrauen und darauf hoffen, dass wir es im zweiten Anlauf schaffen, doch was ist, wenn ich mich irre? Wenn uns die Welt wieder einen Strich durch die Rechnung macht?

Mit jeder Sekunde, in der ich zögere, verschließt Galen sich mehr. Ich kann es sehen. Er ist ein stolzer Mann, er wird nicht betteln und er wird auch kein Versprechen geben, von dem er nicht überzeugt ist, dass er es halten kann. Wenn ich bleibe, tue ich das aus eigenem Willen und auf eigene Gefahr.

»Ich weiß es nicht«, wispere ich. *Dich liebe ich mehr.*

Galen nickt, als hätte er verstanden. Wie kann er etwas verstehen, was mir nicht annähernd in den Kopf will? Bei Lee fühle ich mich sicher, er trägt das Herz auf der Zunge und macht es mir damit leicht, ihm zu vertrauen. Er ist fürsorglich und stark. Galen trägt eine Bürde und das merkt man ihm an. Loyalität gegenüber seinen Leuten geht ihm über alles, auch über die Liebe. Er ist alles zugleich - fordernd, zärtlich, ungebändigt und verschlossen. Eine Beziehung mit ihm ist wie die Fahrt auf einem wilden Fluss.

»Es tut mir leid«, presse ich kläglich hervor.

»Das muss es nicht. Pass auf dich auf.« Abrupt wendet Galen sich ab und stapft davon.

* * *

Zu sechst verlassen wir Landsby. Marvin, Cleo, Liam, Karla, Lee und ich.

Sobald wir die Bergpfade hinter uns gelassen haben, steuert Cleo auf einen toten Baum zu, der wie ein Mahnmal auf freier Fläche steht. Marvin geht in die Hocke und fängt an zu graben. Fragend schaue ich Cleo an. Sie ist eher der schweigsame Typ, trotzdem hoffe ich auf eine Erklärung. Die bekomme ich wenige Sekunden später, als Marvin einen Stoffbeutel aus der Erde zieht und ihn auf dem Boden entleert. Gefährlich aussehende Messer, Pistolen und zwei komische Geräte mit kleinen Metallstäbchen an der Spitze sowie zwei Dosen fallen heraus.

Marvin nimmt die Geräte und die Dosen und reicht sie an Klara und mich weiter. »Hier, für euch. Pfefferspray und Elektroschocker.«

Misstrauisch betrachte ich das Ding mit den Stäbchen. »Wofür ist das?«

»Damit könnt ihr einen Angreifer auf Abstand halten.« Er verteilt die anderen Waffen, nimmt mir den Elektroschocker aus der Hand und betätigt den Schalter. Es knackt laut. Die Metallstäbe blitzen. Erschrocken weiche ich zurück.

»Wenn ihr es auf volle Leistung stellt, tut es verflucht weh, aber es hält einen Angreifer nicht lange auf. Das Pfefferspray«, er greift nach der Dose und hält sie hoch, damit wir sie alle sehen können. »Ist wesentlich effektiver. Sprüht das jemandem ins Gesicht und er lässt euch eine Weile in Ruhe.«

Die Vorstellung, kein Messer oder eine Schusswaffe benutzen zu müssen, gefällt mir. »Kann ich das auch zur Abwehr von Tieren benutzen?«

»Natürlich.«

Lee legt den Arm um meine Taille und zieht mich an sich. »Das wirst du nicht brauchen.« Die Pistole in seiner Hand und das Messer in seinem Gürtel unterstützen seine Behauptung.

Klara macht ein panisches Gesicht. Marvin zwinkert ihr zu. »Keine Angst. Unsere Route ist fast menschenleer. Außer zufällig umherstreifenden Wanderern sollten wir niemandem begegnen. Außerdem haben wir ein Auto.«

Ein Auto? Das hört sich viel versprechend an und ist auf jeden Fall besser als laufen. Bei dem Gefährt handelt es sich um einen schwarzen Kleinbus, den Marvin und Cleo hinter einer Felsformation geparkt und mit einem sandfarbenen Netz abgedeckt haben. Aufgeregt steige ich in den Wagen. Die Sitze sind um einiges bequemer, als es auf der Ladefläche des Lastwagens gewesen ist und das Ding fährt auch ruhiger. Zumindest wenn wir nicht gerade durch irgendwelche Schlaglöcher oder über Schotterpisten rumpeln. Die Landschaft zieht zügig an mir vorbei und ich kann den Anblick fast genießen, weil ich mich im Wagen sicherer fühle als draußen.

Fasziniert betrachte ich Städte und leere Felder. Anfänglich ist das Grün noch spärlich gesät, doch je länger wir fahren, umso grüner wird es. Das gefällt mir. Nach ein paar Stunden werde ich müde und döse an Lees Schulter gelehnt ein. Ein riesiges Schlagloch in der Fahrbahn weckt mich wieder auf. Wir verlassen die Autobahn und fahren nach *Unterwaldhausen,* wie mir das verblasste Ortsschild verrät. In der Nähe des Ortes liegt der Güterbahnhof, wo Senta und ihre Leute leben. Sie haben Lee und mir geholfen, deshalb stehe ich in ihrer Schuld. Mutter Deliah wollte sie aufnehmen, doch erst nach der Ernte, damit wir sie auch satt bekommen, meinte sie. Obwohl die Gruppe von Krankheit und Hunger bedroht ist, blieb mir nichts anderes übrig, als das zu akzeptieren.

Vor unserer Abreise hat Lee Marvin davon überzeugt, bei ihnen Halt zu machen, sehr zum Leidwesen von Cleo, die den Umweg als gefährlich und unnötig erachtete. Aber das war die Bedingung im Gegenzug für Lees Begleitung.

9

Marvin parkt den Wagen direkt vor dem Tunnel. Die restliche Strecke ist unwegsam, deshalb legen wir sie zu Fuß zurück. Die Gleise und der dunkle Tunnel rufen ungute Erinnerungen an die Ratten und die Leiche, die darin lag, wach. Auch die Mücken sind noch da, wie mir das aufdringliche Summen und die Pikser auf meinen nackten Armen verraten. Das macht mich nervös. Hoffentlich hat die Malaria nicht alle dahingerafft. Instinktiv lege ich einen Schritt zu. Zum einen will ich schnellstmöglich aus diesem Tunnel raus, zum anderen habe ich ein mulmiges Gefühl. Viel zu lange habe ich mich meinem Versprechen und damit meiner Verantwortung entzogen. Marvin und Cleo passen sich meinem Tempo an. Niemand zweifelt an meiner Entschossenheit.

»Wie viele Leute sind es?«, will Marvin wissen. Seine Stimme hallt von den dunklen Wänden wider. Es riecht feucht, wie in einem modrigen Keller, unterlegt mit dem Geruch nach Verwesung.

»Sieben und ein halbes Dutzend Kranke«, sage ich.

Cleo stoppt abrupt und fährt zu mir herum. »*Kranke*? Was hatten sie?«

Mist, das hätte ich lieber verheimlichen sollen. »Malaria«, gebe ich zerknirscht zu. »Die Mücken sind schuld.«

Wie zur Bestätigung klatscht Marvin auf seinen nackten Arm und schnickt die zerquetschte Mücke weg. Ein Blutfleck bleibt zurück. »Warum hast du uns das verschwiegen?«

»Wärt ihr einverstanden gewesen, wenn ich es euch gesagt hätte?«

Cleo funkelt mich finster an. »Natürlich nicht. Warum sollten wir unsere Gruppe unnötig in Gefahr bringen?«

»Siehst du. Und genau deshalb habe ich den Mund gehalten.«

»Du hättest es uns sagen müssen, damit wir entscheiden können, ob wir dieses Risiko eingehen wollen«, wirft Liam ein. »Wir kennen diese Leute nicht, warum soll ich für sie mein Leben aufs Spiel setzen?«

»Sie haben Lee und mich gerettet«, gebe ich zurück. Es klingt trotziger als beabsichtigt. »Ich schulde ihnen was.«

»Du vielleicht, aber wir schulden ihnen nicht das Geringste«, zischt Cleo.

»Leute«, mischt Lee sich ein. Obwohl es kühl im Tunnel ist, wirkt er verschwitzt, seine Wangen sind gerötet. »Hört auf zu streiten. Wir sind hier. Das ist nicht mehr zu ändern. Lasst uns die Sache so schnell wie möglich hinter uns bringen und verschwinden.«

Cleo brummt irgendwas und setzt ihren Weg fort. Wir folgen ihr. Die Stimmung ist hinüber. Bis auf Lee sind alle sauer auf mich und ich kann es ihnen nicht mal verdenken. Was ich getan habe, war nicht fair. Trotzdem hat mir Cleos Reaktion etwas gezeigt: Der Zusammenhalt ist in Glücksstadt nicht besser als in der Kolonie. Auch dort ist jeder sich selbst der Nächste.

Schweigend setzen wir unseren Fußmarsch fort. Der Schotter zwischen den Gleisen erschwert das Laufen und ich muss aufpassen, nicht zu stolpern. Schatten huschen über den Boden, begleitet vom Schaben winziger Krallen und leisem Quieken. Die Ratten.

Ich schlage Mücken tot und hefte meinen Blick stur auf das Tunnelende. Direkt dahinter kommen die beiden Züge und der Güterbahnhof in Sicht. Alles ist ruhig. Fast schon gespenstisch ruhig. Lee behält aufmerksam die Gegend im Auge. Mein Magen krampft sich nervös zusammen. Hinter den Zugfenstern rührt sich nicht das Geringste, und auch draußen bewegt sich nichts, nur die Mücken summen eifrig um uns herum und versuchen, ihre Rüssel in unser Fleisch zu schieben, um unser Blut zu saugen. Neben dem Zug liegt eine schwarze Segeltuchtasche, aus der Kleidungsstücke quellen, ein Stück weiter ein einzelner

Schuh. Das gibt Anlass zur Sorge. Die Gruppe würde sowas nicht einfach herumliegen lassen.

»Stopp.« Lee hebt die Hand. »Marvin und ich werden den Zug überprüfen. Die anderen warten hier.«

Ganz Soldat hat er die Führung übernommen. Ich will nicht zurückbleiben, aber auf den Anblick von Leichenbergen wie bei der Gang in der Stadt kann ich verzichten, deshalb füge ich mich. Vorsichtig schleichen Lee und Marvin näher, die Waffen im Anschlag. Ich habe ein mieses Bauchgefühl und beginne mich zu fragen, warum zum Teufel ich nicht in Landsby geblieben bin, wo alles vertraut, und das Leben halbwegs sicher ist.

Misstrauisch beäuge ich Cleo. Sie schaut sich aufmerksam um, wirkt aber längst nicht so ängstlich wie Klara. Zugegeben, das ist keine Kunst. Klara fürchtet sich vor ihrem eigenen Schatten. Trotzdem. Sollte Cleo nicht etwas weniger ... abgebrüht wirken?

Die Männer steigen in den Zug. Meine Anspannung wächst. Wären Senta und ihre Gruppe da, hätten sie sich längst gezeigt. Wo könnten sie sein? Ich schlucke nervös und lausche auf verdächtige Geräusche, warte auf einen Warnschrei oder einen Schuss. Die Stille ist unerträglich. Mein Herz pocht. Eine Mücke summt direkt neben meinem Ohr. Genervt scheuche ich sie weg.

Eine Stelle neben dem halb verfallenen Bahnhofsgebäude zieht meine Aufmerksamkeit auf sich. Die Erde ist dunkler und leicht erhöht, als wäre dort etwas vergraben worden. Ein Fliegenschwarm kreist aufgeregt darüber hinweg. Ich suche Liams Blick und deute auf die Stelle.

»Glaubst du, da ist was?«, fragt er mit gesenkter Stimme.

Ich zucke mit den Schultern. »Keine Ahnung.« *Hoffentlich nicht.*

»Lass uns nachsehen«, schlägt Liam vor.

»Was macht ihr denn? Wir müssen zusammenbleiben«, zischt Karla.

»Wir gehen nur schnell da rüber«, gebe ich zurück. Liam stapft bereits los. Hilflos sieht Karla zwischen Cleo und mir hin und her, als würde sie hoffen, dass Cleo uns aufhält. Das tut sie nicht. Unbeeindruckt steht sie da und schaut auf den Zug.

Liam hat die Stelle mittlerweile erreicht. Er geht in die Knie, nimmt eine Handvoll Erde, riecht daran und lässt sie dann langsam durch seine Finger rieseln. »Sie ist feuchter als der restliche Boden.«

Ich gehe neben ihm in die Knie. »Das bedeutet, hier wurde etwas vergraben.«

»Oder jemand.« Liam wirft mir einen bedeutungsvollen Blick zu und misst dann den Hügel. »Groß genug ist er.«

Ein eisiger Schauer rieselt meinen Rücken hinab, die Haare in meinem Nacken stellen sich auf. *Es könnte ein Malariaopfer sein,* versuche ich mich zu beruhigen, doch das komische Gefühl in mir, eine Vorahnung oder was auch immer, prophezeit mir ein wesentlich beklemmenderes Szenario.

»Wollen wir nachschauen?« Meine Stimme klingt hohl. Ein Teil von mir wünscht sich, dass er nein sagt.

Statt mir eine Antwort zu geben, fängt Liam zu graben an. Mt bloßen Händen. Vergeblich schaue ich mich nach etwas Schaufelähnlichem um, bevor ich ebenfalls anfange, zu graben. Im selben Moment steigen Lee und Marvin aus dem Zug. Sie wirken besorgt, aber nicht panisch. Immerhin.

»Jule?« Hektisch sieht Lee sich um.

»Ich bin hier«, rufe ich, während ich eine Handvoll Erde zur Seite werfe.

Mit wenigen Schritten ist er bei mir. »Was macht ihr da?«

»Irgendwas wurde hier vergraben.« Dass es auch *irgendwer* sein könnte, bringe ich nicht über die Lippen.

»Ist doch egal«, gibt Lee unwirsch zurück. »Wir müssen weiter.«

Ich reagiere nicht auf seine Worte. »Habt ihr was gefunden?«

»Kein Lebenszeichen. Nichts außer ihren persönlichen Sachen.«

»Das ist komisch. Wer würde denn seine Sachen zurücklassen?« Für mich ist das ein eindeutiges Indiz dafür, dass Sentas

Gruppe ihr Zuhause nicht freiwillig verlassen hat und ein Grund zum Weiterbuddeln.

Lee zuckt mit den Schultern. »Vielleicht mussten sie fliehen oder haben nur das Nötigste mitgenommen.«

Meine Reaktion ist ein vorwurfsvoller Blick. »Im Ernst jetzt?«

Marvin tritt hinzu. »Was ist los? Wir müssen weiter, wenn wir noch vor der Dunkelheit in Glücksstadt sein wollen.«

»Wenn ihr uns helfen würdet, ginge es schneller«, sage ich.

Marvin schaut auf das langsam tiefer werdende Loch und geht dann seufzend in die Knie. »Himmel nochmal, Frau, du machst es einem wirklich nicht leicht.«

Zu viert schaufeln wir die Erde raus. Plötzlich dringt ein Geruch in meine Nase, der so ekelhaft ist, dass ich ihn kaum beschreiben kann. »Iiih. Was ist das?«

»Das ist Leichengeruch«, stößt Liam hervor.

»Was?« Ruckartig ziehe ich die Hände zurück.

Die Männer graben vorsichtig weiter, legen Stück für Stück den Körper frei. Angewidert schaue ich zu, wie sie behutsam das Gesicht des Toten befreien. Ich schlage den Handrücken vor Mund und Nase. Der Gestank ist grauenhaft.

»Ich glaube, das ist der alte Mann«, stellt Lee fest. »Wie hieß er noch gleich?«

Widerwillig beuge ich mich vor. Die Haut des Toten ist grünfleckig, das Gesicht wirkt aufgedunsen. Der Anblick ist genauso widerwärtig wie der Geruch. »Georg«, presse ich hervor.

Lee schaut Marvin an. »Was meint ihr? Wie ist er gestorben?«

»Wahrscheinlich an der Malaria«, sagt Marvin. »Oder an Altersschwäche. Können wir jetzt gehen?«

Warum ist Marvin so ungeduldig? Er hat keine Angst, zumindest wirkt er nicht so, aber er will definitiv weg, und zwar so schnell wie möglich. Vielleicht bin ich auch einfach nur paranoid, doch sein Verhalten erscheint mir nicht normal. Vor uns liegt ein Toter. Berührt ihn das kein bisschen?

Lee sucht meinen Blick. »Wir können nichts mehr tun, Jule. Georg ist tot und wir wissen nicht, wo die Gruppe hin ist. Lass uns verschwinden. Ich will heute Nacht in einem richtigen Bett schlafen.«

Damit spielt er sicher auf mein Feldbett an, das für uns beide ziemlich eng und ungemütlich gewesen ist. Natürlich könnten wir auch im Bahnhof übernachten, doch der Gedanke behagt mir genauso wenig wie den anderen.

»Okay«, gebe ich nach und halte meine erdverkrusteten Hände hoch. »Wer hat das Wasser?«

10

Marvin lenkt den Wagen querfeldein einen Hügel hinauf. Es holpert gewaltig und schüttelt uns alle richtig durch. Oben angekommen hält er inne. »Steigt aus und seht es euch an.«

Gespannt steige ich aus und geselle mich zu den anderen. Von unserem Standort aus kann man die ganze Stadt überblicken. Marvin stellt sich neben mich, die Arme vor der Brust verschränkt. Seine Augen leuchten. »Und? Was sagt ihr?«

Auf den ersten Blick kann ich seine Begeisterung nicht teilen. Die Ausmaße der Stadt sind gigantisch, das stimmt, aber die fünf Meter hohe Wand aus mit Wellblech verkleideten Stahlpfeilern, die sich um das gesamte Areal zieht, gibt der Stadt den Anschein, als wäre sie ein riesiges Gefängnis. Die Außenbezirke um die Wand herum wirken ungepflegt, die Häuser sind kaum mehr als Ruinen. Trotzdem scheint es Leben zu geben, denn ich sehe Menschen in den Straßen. Die Gegend ist grüner als die Kolonie und der Sonnenuntergang badet die Stadt in ihrem goldenen Licht, aber das ist das einzige Positive, was ich im Augenblick sagen kann.

»Außerhalb dieser Wand leben Menschen«, stelle ich fest.

Marvin nickt. »Ja.«

Die knappe Antwort ist mir zu wenig. »Warum sind sie nicht innerhalb der Stadt?«

»Dafür gibt es die unterschiedlichsten Gründe«, erklärt Marvin. »Manche sind verbannt worden, andere sind Vagabunden und wollen lieber draußen leben.«

Bei dem Wort Verbannung krampft sich mein Magen zusammen, zu sehr klingt das nach der Kolonie, wo fast jedes Vergehen mit Verbannung bestraft worden ist. Ich beobachte Marvins Gesicht genau. Ist ihm meine Frage unangenehm? Will er etwas verheimlichen? Soweit ich es erkennen kann, wirkt er völlig entspannt, aber natürlich könnte das geschauspielert sein.

Wir machen uns auf den Weg Richtung Tor. Marvin lässt die Fenster runter, sodass wir die Stadt mit allen Sinnen erfahren können. Es riecht nach Lagerfeuer und Staub und klingt wie das Summen in einem Bienenstock. Eine zweispurige Straße führt zum Tor, die im Gegensatz zur Umgebung sehr sauber und aufgeräumt aussieht. Kein Unkraut wuchert aus dem Ritzen, keine Steine liegen herum. Mit einem mulmigen Gefühl betrachte ich die halb zerfallenen Gebäude und die Menschen, die in ihnen leben. Wäsche hängt zum Trocknen auf Leinen, die zwischen die eng stehenden Häuser gespannt wurde. Lagerfeuer brennen auf den Vorplätzen, größtenteils in Tonnen, um die mehrere Leute herumsitzen. In einem Garten zupfen eine Frau und ihre kleine Tochter Schädlinge von kümmerlich wirkenden Tomatenstauden. Die Menschen scheinen nicht gerade ausgezehrt, aber auch nicht gut genährt. Vor allem aber sind sie schmutzig.

»Gibt es hier keinen Fluss oder einen Brunnen?«, frage ich.

Cleo wirft Marvin einen Blick zu und rollt mit den Augen, als wäre meine Frage eine Zumutung.

»Nicht direkt. Die beiden Brunnen befinden sich in der Stadt«, erklärt Marvin.

Wasser ist das wertvollste Gut in unserer Zeit. Wer Zugang zu einer Wasserquelle hat, hat die Macht. »Und woher bekommen die Menschen ihr Wasser?«

»Das geben wir aus«, sagt Marvin ausweichend. Er deutet nach vorn auf das gigantische Tor. »So. Und jetzt bitte alle freundlich lächeln. In einer Minute betreten wir Glücksstadt.«

Als wir vor dem Tor halten, geschieht erstmal nichts. Wir sitzen schweigend da, grinsen dämlich vor uns hin und warten. Lees Grinsen wirkt angespannt. Ich sehe, wie er unauffällig zu seiner Waffe greift. So ganz traut er diesen Leuten scheinbar doch nicht.

»Müssen wir nicht klopfen oder uns irgendwie bemerkbar machen?«, frage ich mit gesenkter Stimme.

Marvin nickt nach oben. »Nein. Sie haben uns bereits gesehen.«

Kurz darauf öffnet sich das Tor. Mit einem unangenehmen Quietschen gleitet das rostige Ding zur Seite, gerade genug, damit wir hindurchfahren können. Dahinter erwartet mich eine andere Welt. Die Sonne steht mittlerweile so tief, dass sich lange Schatten zwischen den Häusern bilden müssten. Tun sie aber nicht. Überall ist künstliches Licht. Bunte Reklametafeln, die blinken und leuchten und mich ganz wuschig machen. Die Lautstärke ist überwältigend. Menschen in kreischbunten Kleidern wuseln die Gehwege entlang, schnatternd und lachend als wären sie auf einem riesigen Straßenfest. Handelswaren werden auf Karren und Tischen feilgeboten, es riecht nach gebratenem Fleisch und scharfen Gewürzen, nach Bratfett und Popkorn. Die Bewohner fahren mit Fahrrädern und Motorrollern herum und verursachen ein unentwegtes Hupkonzert, das mich jedes Mal zusammenfahren lässt. Die Hauptstraße ist mehrspurig, die Seitenstraßen dagegen sind eng und voller Menschen, die geschäftig umhereilen oder einfach nur in Hauseingängen sitzen und irgendein süß duftendes Kraut rauchen. Viele tragen weite Gewänder, auch die Männer. Eine Schar Kinder hüpft über die Straße, jagt einem Ball hinterher.

»Das hier ist das Arbeiterviertel«, erklärt Marvin. »Glücksstadt ist genauso organisiert wie die Städte vor dem großen Sterben. Wir haben ein Regierungsviertel, die Industrie, Landwirtschaft, den Mittelstand und die Vermögenden. Für jeden gibt es ein eigenes Viertel.«

Das klingt ähnlich wie in der Kolonie, nur dass die Armen dort wirklich erbärmlich wohnten. Wenn das hier die Ärmeren sind, geht es ihnen auf jeden Fall besser. Andererseits ist der Außenbezirk wahrscheinlich das Gegenstück zum Armenviertel der Kolonie.

»Wo werden wir wohnen?«, will Klara wissen. Sie ist natürlich neugierig und möchte lieber zu den Bessergestellten gehören.

Marvin schmunzelt unbestimmt. »Das entscheidet unser Anführer.«

Viele Bewohner halten mit ihrer Arbeit inne und starren uns an, manche nicken uns zu, doch niemand schenkt uns ein Lächeln oder winkt, als wäre der Gruß nur eine lästige Pflicht. Wir folgen dem Gewirr aus Gassen und Straßen und ich staune darüber, wie viele Menschen an diesem Ort leben. Es müssen Tausende sein. Auf einer Kreuzung bremst Marvin abrupt ab. Eine Menschenmenge versperrt die Straße. Neugierig recke ich den Kopf aus dem Fenster. Sie tragen Eimer, Kanister und große Schüsseln mit sich herum und drängen sich um drei Männer, die einen armdicken Schlauch an einem Hydranten befestigen.

»Was ist da vorne los?«, will ich wissen.

»Das ist die Wasserausgabe«, erklärt Marvin. »Zweimal täglich jeweils morgens und abends wird es ausgeteilt.«

Ich bin überrascht. Bisher schien mir Glücksstadt moderner als Landsby oder die Kolonie, immerhin gibt es überall Strom. »Gibt es kein fließendes Wasser?«

»Nicht in jedem Haus und auch nicht rund um die Uhr«, gibt Marvin zu. »Die andauernde Hitze lässt unser Grundwasservorkommen schmelzen, deshalb müssen wir haushalten.« Er schaut uns über die Schulter hinweg an. »Aber keine Angst, euch betrifft die Sparmaßnahme nicht.«

Bevor ich fragen kann, warum uns das nicht betrifft, schließlich betrifft die Hitze jeden, legt er den Gang ein und fährt weiter, drängt sich im Schritttempo durch die Menge. Die Leute weichen erst aus, als er hupt. Erneut habe ich ein mulmiges Gefühl in der Magengrube.

Wassernot kann eine Stadt zerstören.

Menschen drängen sich um den Kleinbus, ich sehe verschwitzte Gesichter, rieche die erhitzten Körper, atme den Staub, den zahllose Füße und die Autoreifen aufwirbeln. Ständig rempelt jemand gegen das Fahrzeug, als hätten die Menschen keine Angst, dass es ihnen über die Füße fährt. Ich fühle mich eingezwängt. Meine Hände werden feucht, die Brust eng, Vorbote einer Panikattacke. Ich reibe meine Handflächen über meine Hosenbeine und schließe die Augen, atme tief durch und versuche, meinen rasenden Herzschlag zu beruhigen. Diese Stadt mit der unüberwindlichen Wand erscheint mir plötzlich wie ein riesiges Gefängnis, aus dem ich nicht mehr herauskomme.

»Alles in Ordnung?«, fragt Lee.

Ich nicke mit geschlossenen Augen und stelle mir vor, ich sitze in meiner Hütte in Landsby. »Alles gut. So viele Menschen bin ich nicht gewöhnt.«

Endlich werden die Stimmen leiser, das Stoßen und Rempeln hört auf und ich wage es, die Augen zu öffnen. Die Menschenmenge liegt hinter uns. Wir fahren wieder schneller, direkt auf einen Maschendrahtzaun zu. Dahinter befindet sich ein zwanzig Meter breiter, unbebauter Landstrich. Wir stoppen vor einem Schlagbaum. Ein finster dreinblickender Mann späht ins Wageninnere und mustert uns mit gerunzelter Stirn, als wüsste er nicht recht, was er von uns halten soll. Trotz der Hitze trägt er komplett schwarze Kleidung.

»Ihr seid spät«, stellt er an Marvin gewandt fest.

Marvin seufzt ungeduldig. »Komm schon Ricardo. Du weißt doch, wie es ist.«

Ricardo brummt etwas Unverständliches, kehrt zum Schlagbaum zurück und öffnet ihn. Wir setzen unseren Weg fort. Das Stadtbild hinter dem Zaun verändert sich. Die Straßen werden breiter und weniger bunt. Die Häuser stehen weiter auseinander. Zwischen den Gebäuden befinden sich Bäume mit hängenden Blättern und kleine, halb vertrocknete Rasenflächen. Man merkt, dass hier die Bessergestellten leben.

»Für was ist der Zaun?«, frage ich.

Lee wirft mir einen Seitenblick zu und rollt seufzend mit den Augen. Wahrscheinlich wünscht er sich, dass ich schweige, aber das kann ich nicht. Neugier ist eine meiner Schwächen.

»Bevor Ilja Sadraz den Regierungssitz übernahm, gab es viele Übergriffe«, erklärt Marvin geduldig. »Deshalb hat Sadraz die Zäune ziehen lassen und Grenzkontrollen eingeführt. Seitdem ist die Stadt sicherer.«

Ich frage mich, was für ein Typ dieser Ilja Sadraz sein muss, um eine riesige Stadt wie diese unter Kontrolle zu halten. Wie funktioniert das?

Etwa fünfzehn Minuten lang fahren wir durch dieses Gebiet und ich beginne langsam, mich zu entspannen. Die Nacht legt sich wie eine Decke über die Stadt und mit ihr angenehmere Temperaturen. Sterne sind keine zu sehen, was wahrscheinlich an den vielen Lichtern liegt. Reklametafeln, Laternen, Mofas und Fahrräder. Überall leuchtet es. Ein Energieproblem hat die Stadt jedenfalls nicht.

»Woher bezieht ihr den Strom?« Diesmal ist es Liam, der fragt.

»Wir haben eine große Solaranlage, mit der wir mehr Energie erzeugen als wir brauchen. Wenn es unser Anführer erlaubt, zeige ich es euch demnächst.«

Eine ganze Weile fahren wir durch die Nacht, vorbei an Wohnhäusern, riesigen Hallen und ebenso riesigen Gewächshäusern, bis wir zu dem Gebiet mit den Hochhäusern kommen. Gerade als ich mich zu fragen beginne, wie lange das Benzin eigentlich halten wird, deutet Marvin nach vorn. »Da ist das Rathaus.«

Ich sehe ein hell erleuchtetes, längliches Backsteingebäude. Unzählige Fenster und ein breiter Eingang mit einer ebenso breiten Treppe zieren die Gebäudefront. Auf dem großen Platz vor dem Gebäude entdecke ich mehrere Fahrzeuge. Autos, Mofas und Fahrräder und ... ich fasse es nicht ... einen Hubschrauber. Staunend starre ich das Fluggerät an. Es so nahe vor mir sehen, verschlägt mir den Atem.

»Wow«, stößt Liam hervor.

»Ich würde nicht fliegen wollen«, sagt Klara. »Du etwa?« Sie sieht mich fragend an.

»Ich weiß nicht.« Die Vorstellung, mich in diese Blechbüchse zu setzen und vom Boden abzuheben, ist beängstigend und aufregend zugleich.

Marvin wirkt amüsiert. »Wenn ihr die Möglichkeit bekommt, solltet ihr es versuchen. Der Ausblick von oben ist unvergleichlich.«

Vom Wasserturm in der Kolonie aus war der Ausblick auch unvergleichlich, und da hatte ich wenigstens halbwegs sicheren Boden unter den Füßen. Dennoch würde mich das Fliegen reizen.

Marvin parkt den Wagen neben der Treppe direkt vor dem Gebäude. Zwei komplett in Schwarz gekleidete Männer flankieren die Eingangstür. Scheinbar geht es auch in Glücksstadt nicht ohne Wachen. Schwarz sieht auf jeden Fall gefährlicher aus als das grün-beige Zeug, das die Soldaten in der Kolonie getragen haben.

»Ihr trefft gleich unseren Anführer«, erklärt Marvin. »Er ist der Präsident und zugleich Kommandeur der Ordnungshüter. Er wird sich freuen, euch kennenzulernen.«

In Cleos Gesicht sehe ich sowas wie Vorfreude, sie nimmt bereits Haltung an, ihre Wangen sind gerötet. Lee tritt neben mich und legt beschützend einen Arm um meine Taille. Seine Nähe beruhigt mich. Die beiden Männer begleiten uns durch die Flure, führen uns eine breite Treppe hinauf in den zweiten Stock. Am Ende des Flurs befindet sich eine Flügeltür, die sie schwungvoll öffnen. Der Raum dahinter ist groß und schick eingerichtet. Dunkler Parkettfußboden, Ledersessel, eine Wand voller Bücher. In der Mitte des Raumes steht ein wuchtiger Schreibtisch. Ein Mann sitzt dort, ganz allein. Er ist ein wenig jünger als mein Vater jetzt wäre, ich schätze ihn auf Mitte vierzig. Seine Haare sind dunkel und an den Schläfen ergraut. Dazu trägt er einen gestutzten Bart, der an den Seiten ebenfalls ins Grau wechselt, sowie eine randlose Brille. Gekleidet ist er in einen Anzug, samt Hemd und Krawatte. Nicht schlecht. Einen Anzug habe ich höchstens mal auf einer Hochzeit gesehen. In der Kolonie bestand die formelle Kleidung für Männer meist aus ihren Uniformen.

Mit einem einnehmenden Lächeln kommt er auf uns zu und streckt uns die Hand hin. »Guten Abend. Willkommen in Glücksstadt. Ich bin Ilja Sadraz.«

Ich weiß nicht, ob ich mich verneigen oder seine Hand nehmen soll, so einschüchternd ist seine Präsenz. Seine tiefe, volltönende Stimme in Verbindung mit dem selbstbewussten Auftreten imponiert mir. Er mustert uns eingehend, einen nach dem anderen. Erst an Lee bleibt sein Blick hängen. »Du bist ein Soldat aus General Alberts Bestand. Ich nahm an, sie sind alle tot.«

Lee nickt, ich spüre, wie sein Körper sich strafft, als hätte Sadraz unbewusst an seine militärischen Instinkte appelliert.

»Bist du der Einzige?«, will Sadraz nun wissen.

»Ich weiß es nicht. Gut möglich«, antwortet Lee.

Sadraz' Augen blitzen. »Umso mehr freut es mich, dich kennenzulernen. Ich bin gespannt, was du drauf hast.«

Mir war klar gewesen, dass Lee Schaukämpfe bestreiten soll, doch bisher habe ich die Vorstellung erfolgreich verdrängt. Nun wird mir bewusst, dass dies der einzige Grund ist, warum Marvin und Cleo uns hierher gebracht haben. Sadraz erwartet etwas von Lee, hat wahrscheinlich nach einem wie ihm gesucht. Nach einer Kampfmaschine. Der Gedanke gefällt mir nicht.

»Meine Assistentin zeigt euch eure Zimmer. Ihr habt ein paar Tage Zeit, um euch einzugewöhnen, bevor wir entscheiden, wo ihr am besten hinpasst.« Sadraz betätigt einen Schalter auf seinem Schreibtisch, woraufhin eine junge Frau durch eine Seitentür tritt. Sie ist groß und dunkelhaarig und trägt ein hautenges Kleid, das ihren kurvigen Körper betont, ihre Lippen sind unnatürlich rot. Wahrscheinlich hat sie Lippenstift aufgetragen. Meine Mutter hatte einen, der war allerdings eher rosa und ist irgendwann zerbröselt, weil sie ihn so selten benutzt hat.

Die Assistentin stellt sich als Helena vor. Nachdem sich Marvin und Cleo verabschiedet haben, führt sie uns durch die breiten Gänge in das obere Stockwerk. Noch nie habe ich eine Frau so elegant laufen sehen. Obwohl ich eine Frau bin, muss ich ständig auf ihren Hintern glotzen, den das enge Kleid eher betont als verhüllt. Ein Blick auf die Männer bestätigt meine Vermutung: Sie starren ebenfalls. Es würde mich nicht wundern, wenn sie anfangen zu sabbern.

Helena hält inne und deutet auf eine Reihe weiß gestrichener Türen. »Das sind die Doppelzimmer. Auf der anderen Seite findet ihr die Einzelzimmer. Am Ende des Flurs befinden sich die Toiletten und das Badezimmer, dort könnt ihr euch frisch machen.« Sie rümpft ein wenig die Nase, wie um zu demonstrieren, wie dringend wir Wasser und Seife brauchen. »Später bringe ich euch noch einen Snack.«

Sie wendet sich an Lee und mustert ihn auf eine Weise, die mir einen eifersüchtigen Stich beschert. Das Blitzen in ihren Augen und ihr Lächeln zeigen deutlich, dass er ihr gefällt. »Für dich habe ich ein Zimmer mit eigenem Bad hergerichtet.«

Instinktiv greife ich nach Lees Hand. Auch das entgeht Helena nicht. Überrascht hebt sie die Augenbrauen. Lee scheint von alldem nichts mitzubekommen, denn er nickt nur und steuert gut gelaunt auf das ihm zugewiesene Zimmer zu.

»Wow. Wie schön«, höre ich Karla hinter mir sagen und verstehe im nächsten Moment, warum. Das Zimmer ist der Hammer. Ein riesiges gepolstertes Bett mit einer unglaublich dicken Matratze. Davor eine Holztruhe, in der man Sachen verstauen, auf der man aber auch sitzen kann und ein Schreibtisch neben einem mannshohen Spiegel. Der Parkettfußboden glänzt, sodass ich mich mit meinen staubigen Schuhen kaum getraue, ihn zu betreten. Eine Tür führt direkt ins Badezimmer, das, wie ich bemerke, als ich um die Ecke spähe, sogar eine Badewanne zu bieten hat.

Lee grinst breit. »Ich würde sagen, so lässt sich's aushalten.«

Da hat er allerdings recht. Aber was ist der Preis? Im Augenblick bin ich zu müde, um mir darüber Gedanken zu machen, aber die Zeit wird kommen. Irgendwann wird man uns die Rechnung präsentieren, davon bin ich überzeugt. Übermütig wirft Lee seinen Rucksack auf das Bett, schnappt mich dann und wirbelt mich herum. Einen kurzen Kuss lasse ich zu, bevor ich ihn wegdrücke. »Hör auf, ich bin völlig verschwitzt.«

»Das macht mir nichts«, sagt Lee und zieht mich wieder an sich.

Energisch stemme ich mich von ihm weg. »Aber mir.«

Trotz des umwerfenden Zimmers und der Aussicht auf eine bequeme Nacht ist meine Laune nicht die Beste. Im Badezimmer schließe ich die Tür ab, ein Luxus, der mir neu ist und den ich natürlich genieße, und stelle mich unter die Dusche. Das Wasser ist warm und kommt als kräftiger Strahl aus dem Duschkopf. Ich schließe die Augen und konzentriere mich auf das herrlich entspannende Gefühl, bis die Gedanken, die in meinem Kopf herumwirbeln, wieder an die Oberfläche drängen. Nachdenklich seife ich meinen Körper ein. Alles ist anders in Glücksstadt, manches verwirrt mich oder erscheint mir verdächtig, wie z. B. der Zaun, der das Arbeiterviertel vom Rest der Stadt trennt. Und was ist so toll an diesem Ilja Sadraz? Zugegeben, er ist charismatisch und für sein Alter sehr attraktiv, aber reicht das, um eine Stadt zu regieren?

Aus dem Nebenzimmer höre ich Stimmen. Eine Frau spricht. Wahrscheinlich bringt Helena das versprochene Essen. Mein Magen knurrt ungeduldig. Weil ich Helena nicht nur mit einem schnöden Badetuch bekleidet begegnen will und nicht weiß, wie lange ich das Privileg von fließend warmem Wasser behalte, lasse ich mir trotz meines Hungers Zeit beim Ausspülen der Seife. Während ich mich abtrockne, höre ich Lee und Helena noch immer reden. Das heißt, hauptsächlich redet Helena, Lee begnügt sich mit kurzen Sätzen oder zustimmendem Brummen. Warum lässt sie nicht einfach das Essen da und geht?

Eilig schlüpfe ich in Sweatshorts und ein T-Shirt und verlasse das Badezimmer. Lee sitzt auf dem Bett, gegen die Rückenlehne gelehnt und mampft ein dick belegtes Brot. Helena lächelt mich verkrampft an. »Ich habe euch Essen und eine Flasche Apfelsaft gebracht.«

»Danke«, sage ich kühl.

Lee klopft neben sich auf die Matratze. »Komm her. Die Brote sind lecker.«

Ich klettere auf das Bett und setze mich im Schneidersitz an seine Seite. Helena druckst herum. »Tja dann. Lasst es euch schmecken und schlaft euch aus. Morgen wird ein aufregender Tag.«

Damit verschwindet sie. Lee hält mir sein Brot hin. »Probier mal.«

Mein knurrender Magen lässt mich nicht lange zögern. Das Brot ist weich und hat einen kräftigen, würzigen Geschmack. Der helle Käse ist unglaublich cremig und passt perfekt zu den Gurken- und Tomatenscheiben. Lee deutet auf den Teller am Fußende des Bettes. »Gibst du mir eins mit Bratenfleisch?«

Eine Weile kauen wir schweigend, geben zwischendurch genussvolle Laute von uns. Unser Brot in Landsby ist grobkörnig und schmeckt nur gut, solange es warm ist. Sobald es abkühlt, wird es so trocken, dass man einen Liter Wasser braucht, um es runterzuspülen. Deshalb halten wir uns lieber an Maisbrot.

Nachdem unsere Bäuche gefüllt sind, leeren wir den Apfelsaft, der mindestens genauso lecker schmeckt wie das Brot. Unglaublich fruchtig und süß. Anschließend geht Lee duschen. Es dauert nur fünf Minuten, dann wirft er sich neben mich ins Bett, noch feucht vom heißen Wasser. Müde kuschle ich mich in seinen Arm. Wir sind beide dermaßen erledigt, dass wir keinen Versuch unternehmen, einander näherzukommen. Eine Minute nachdem wir uns hingelegt haben, höre ich Lees tiefe Atemzüge und seinen langsamen Herzschlag an meinem Ohr. Sein Arm liegt schwer auf meiner Taille, sein warmer Atem streift meinen Nacken. Mein Haar ist noch nicht getrocknet, aber auch wenn ich morgen früh wahrscheinlich aussehe wie ein gerupftes Huhn, schaffe ich es nicht, mich nochmal aufzuraffen und die Haare durchzukämmen.

Unter schweren Lidern schaue ich aus dem Fenster auf das gegenüberliegende Gebäude und die vielen Lichter, die so ungewohnt sind. Mein Herz zieht sich schmerzvoll zusammen. Ich vermisse Landsby.

Ich vermisse Galen.

11

Als ich die Augen öffne, bin ich überrascht. Sonnenstrahlen stechen durch das Fenster, zeichnen helle Streifen auf die Bettdecke. Ich kann mich nicht erinnern, wann ich eingeschlafen bin oder was die Nacht über passiert ist. Kein Traum, kein Halbschlaf. Nichts. So tief habe ich seit Ewigkeiten nicht mehr geschlafen. Lee liegt auf dem Rücken, den Mund ein wenig geöffnet, und schnarcht leise. Normalerweise schreckt er bei dem kleinsten Geräusch hoch. Auch er hat einen ungewöhnlich tiefen Schlaf. Der misstrauische Teil von mir überlegt sofort, ob Helena uns ein Schlafmittel in den Saft gemixt haben könnte.

Jemand klopft. Gähnend rutsche ich vom Bett und wanke zur Tür. Ich fühle mich benommen. Meine Laune rutscht in den Keller, als ich Helena erblicke. Ihre Haare sind ordentlich frisiert und glänzen wie lackiert, der dunkelblaue Rock sitzt wie angegossen und passt perfekt zu der hellen Bluse. Solche Sachen gab es in der Kleiderkammer der Kolonie oder in Landsby nicht, sie wären sowieso viel zu unpraktisch gewesen. Unbehaglich streiche ich über meine Haare, die wahrscheinlich in alle Richtungen abstehen. Hätte ich sie wenigstens vor dem Schlafengehen durchgekämmt.

Helenas kirschrote Lippen teilen sich zu einem strahlenden Lächeln. »Guten Morgen.« Schwungvoll reicht sie mir ein Tablett mit Essen und einer Kanne, der köstlicher Kaffeeduft entströmt. »Ilja lässt euch ausrichten, dass ihr in einer Stunde runterkommen sollt. Er möchte Lee das Trainingscenter zeigen.«

Sie späht an mir vorbei zum Bett, wo Lee noch immer schläft. Das ist definitiv nicht normal für ihn. »Da ist aber jemand müde«, stellt Helena folgerichtig fest.

»Liegt wahrscheinlich an dem bequemen Bett. Ich hab auch geschlafen wie ein Bär«, sage ich und beäuge ihre Reaktion.

Helena strahlt wie ein Sommermorgen, erfüllt den Raum mit ihrem blumigen Duft. »Dann seid ihr ja hoffentlich ausgeruht. Ich warte unten auf euch. Bis gleich.«

Erleichtert schubse ich hinter ihr die Tür zu, stelle das Tablett auf den Schreibtisch und versuche dann, Lee zu wecken, indem ich ihn vorsichtig rüttle. »Lee. Wach auf.«

Unvermittelt schlingt er seine Arme um mich und zieht mich lachend auf sich.

Ich quietsche erschrocken auf. »He. Hast du dich etwa schlafend gestellt?«

Lee wirft mich auf den Rücken, rollt sich über mich und presst meine Arme in die Decke. »Natürlich hab ich das. Ich wollte, dass Helena verschwindet.«

Seine Worte sind Balsam für mein eifersüchtiges Herz. Während er auf mir liegt und mich festhält, merke ich wieder, wie groß und stark er ist. Mit einem Ruck könnte er mir das Genick brechen oder mich einfach zerquetschen und doch ist er der netteste Kerl, den ich kenne.

»Lässt du mich bitte los?«, frage ich mit einem koketten Augenaufschlag. Ein wenig winde ich mich unter ihm, aber nicht so, dass er denkt, ich könnte es ernst meinen.

Lee grinst listig. Seine blauen Augen blitzen. »Nur wenn du mich küsst.«

Ich recke mein Kinn und lecke mir über die Lippen. »Hm. Ich weiß nicht. Das ist ein hoher Preis.«

Spöttisch hebt Lee die Augenbrauen. »Ach ja?«

»Den ich gerne zahlen werde«, fahre ich augenklimpernd fort.

»Du Hexe.« Stürmisch presst er seine Lippen auf meine. Was als ungestümer Kuss beginnt, wird schnell zärtlicher und intensiver, bis ich deutlich fühle, was Lee will.

»Wir müssen frühstücken und uns anziehen«, hauche ich zwischen den Küssen. Ich lege meine Hände auf seine Oberarme, taste über seinen Bizeps, der so riesig ist, dass meine Hand regelrecht winzig erscheint. »Die warten auf uns.«

»Macht nichts«, keucht Lee zurück. »Lass sie warten.« Zielstrebig schiebt er eine Hand unter mein Shirt und ich spüre das vertraute Kribbeln auf meiner Haut. Seit Tagen waren wir keine Minute allein. Er hat recht. Ilja Sadraz und sein Gefolge können ruhig eine Weile auf uns warten.

Während ich mich anziehe, stopfe ich mir ein Honigbrot in den Mund, das meine Finger ganz klebrig macht. Seit zehn Minuten müssten wir unten sein und ich habe mich noch nicht mal gekämmt. Lee hat es leichter. Sein Haar ist so kurz, dass er sich nur mit der Hand über den Kopf fahren braucht und alles sitzt. Hektisch stürme ich ins Badezimmer, schnappe den Kamm und zerre ihn durch meine Haare. So ein Mist. Das Schäferstündchen mit Lee hat meiner Frisur den Rest gegeben, dabei wollte ich wenigstens optisch einen guten Eindruck machen, stattdessen sehe ich aus, als hätte mich jemand unter Strom gesetzt.

Lee steckt den Kopf durch die Tür. »Bist du fertig? Wir müssen los.«

»Das weiß ich«, fauche ich. »Hätte ich bloß nicht mit nassen Haaren geschlafen.«

Lee tritt hinter mich, umfasst meine Taille und küsst meinen Scheitel. »Macht doch nichts. Ich liebe deinen Wuschelkopf.«

Für diesen Spruch werfe ich ihm den vorwurfsvollsten Blick zu, den ich zustande bringe. *Wuschelkopf* bedeutet, dass ich statt Helenas glänzender Haarpracht einen Wischmopp trage. In meiner Verzweiflung fasse ich meine Haare am Hinterkopf zusammen und binde sie zu einem straffen Pferdeschwanz. Seufzend betrachte ich mich im Spiegel. »Oh Mann. Jetzt seh ich aus wie unsere Geschichtslehrerin in der Kolonie.«

»Hey, das ist sexy«, grinst Lee, fasst mich fester und haucht einen weiteren Kuss auf meine Schläfe. »Bei einer Lehrerin wie dir möchte ich gerne der willige Schüler sein.«

Das bringt mich wenigstens zum Lachen, sodass ich mich nicht mehr ganz so schrecklich fühle. Entschlossen schiebe ich

Lees Hände weg, die sich schon wieder unter mein Shirt stehlen. »Lass das. Wir müssen los.«

So schnell wir können stürmen wir die Treppen hinab und zum Eingang. Wie befürchtet sind Ilja Sadraz, Helena und zwei Ordnungshüter bereits da.

»Tut uns leid, beim Frühstück haben wir völlig die Zeit vergessen.« Eine bessere Ausrede fällt mir gerade nicht ein.

Ilja Sadraz lächelt unergründlich. Wenn es ihn genervt hat, dass wir ihn haben warten lassen, so zeigt er es nicht. Wir besteigen zwei seltsame Gefährte, die ich tags zuvor bereits bemerkt habe, eine Art Motorroller mit Dach und zwei Sitzen hinter dem Fahrer, die Autorikschas genannt werden, wie Helena uns erklärt. Manja würden die Dinger bestimmt gefallen. Sadraz besteht darauf, dass Lee bei ihm einsteigt. Ich muss mit Helena fahren. Um das Regierungsviertel herum ist es ruhig, doch je weiter wir uns entfernen, umso mehr Menschen sind auf der Straße. Die Häuser machen auch im Tageslicht einen gepflegten Eindruck und es gibt richtige Geschäfte.

»Ilja hat Papiergeld als Zahlungsmittel wiedereingeführt«, erklärt Helena.

Für jemanden wie mich, die in einer Welt gelebt hat, in der Geld nur ein abstraktes Produkt aus einer vergangenen Zeit ist, ist es eine komische Vorstellung, mit Papierscheinen zu bezahlen. In Landsby gehört alles der Gemeinschaft und wird von Mutter Deliah gerecht aufgeteilt, in der Kolonie hat der Offiziersrat nach Rang und Ansehen entschieden, wie viel dem Einzelnen zusteht.

Zweifelnd runzle ich die Stirn. »Funktioniert das denn?«

»Oh ja, es funktioniert sogar sehr gut. Ilja sagt immer: Geld begünstigt Ehrgeiz und Ehrgeiz ist das, was wir brauchen. Das Streben nach Besitz schafft Konkurrenz und die bringt uns voran. Wer das nicht versteht, lebt irgendwann wieder wie in der Steinzeit.«

Wie sie das sagt, klingt es plausibel. Trotzdem erscheint mir das Konstrukt Geld ungerecht. Meiner Meinung nach schafft

Konkurrenz Unzufriedenheit und Besitz ist nur gut, wenn er gerecht verteilt wird, sonst entsteht Neid und der führt zu Straftaten, Aufständen und Gewalt. Aber vielleicht bin ich auch einfach nur zu dämlich, um das Prinzip zu verstehen. Meine Eltern haben noch mit Geld bezahlt, doch sie haben nie darüber gesprochen, ob ihnen das gefallen hat. Zumindest schienen sie es nicht vermisst zu haben.

Wir fahren eine schnurgerade Straße entlang, die mich an eine Allee erinnert, wie ich sie aus Geschichtsbüchern kenne. Mit Häusern zu beiden Seiten und stattlichen Bäumen, die die Straße säumen. Die Blätter wirken ein wenig welk, aber alles in allem ist es ein beeindruckendes Bild.

Helena deutet nach vorne. »Da ist es.«

Ich lehne mich aus dem Fenster, um besser zu sehen. Ein riesiges, bunt gestreiftes Zelt steht auf einem Platz, der so groß wie das Zentrum von Landsby ist. Mehrere flache Gebäude am Rand erwecken den Anschein, als würden sie das Zelt flankieren.

»Das Herz von Glücksstadt«, erklärt Elena. »Zentrum von Vergnügungen aller Art. Dort finden die größten Veranstaltungen statt.«

Die Autorikschas halten vor dem Eingang. Ich würde gerne zu Lee gehen, doch Ilja Sadraz nimmt ihn vollständig in Beschlag. Er redet auf ihn ein und führt ihn ohne sich nach uns umzudrehen in das Zelt. Helena folgt Sadraz in gebührendem Abstand und zeigt mir die Manege und die kreisförmig angeordneten Sitzreihen. »Hier passen eintausendzweihundert Menschen rein und die Plätze sind heiß begehrt, vor allem bei den Schaukämpfen und dem UFNs.« Ihre Augen leuchten auf.

»Juefenns? Was ist das?«

»Die Ultimative Fight Nights. Die besten Kämpfer treten in diesen Nächten gegeneinander an. Es gibt keine Regeln und Vorschriften. Der Kampf endet entweder mit Unterwerfung oder einem Knockout.«

Und dafür haben sie Lee hergeholt? Das gefällt mir immer weniger. »Hört sich ziemlich brutal an. Warum sollte sich jemand für sowas hergeben?«

»Ein guter Kämpfer führt ein großartiges Leben. Er bekommt alles, was er will. Geld, das beste Essen, die teuerste Wohnung.« Elena grinst verschmitzt. »Hübsche Frauen. Je höher er in der Hierarchie aufsteigt, umso reicher wird er und umso mehr Frauen liegen ihm zu Füßen.«

Eine kräftige Portion Genugtuung begleitet Helenas Worte, als wollte sie mich mit dieser Offenbarung verunsichern. Schon klar, sie hält mich für nicht gut genug für jemanden wie Lee, von dem ihr Chef scheinbar Großes erwartet. Wenn die beiden sich da mal nicht täuschen. Lee ist kein leidenschaftlicher Kämpfer, sein Aggressionspotential ist niedriger als z. B. Galens oder Blues.

Nach der Besichtigung führt Sadraz uns in eines der flachen Nebengebäude. Schon am Eingang riecht es durchdringend nach Gummi, Leder und Schweiß. Der Trainingsraum ist vollgestopft mit Hanteln, niedrigen Bänken, Boxsäcken und riesigen Reifen, die hintereinander auf dem Boden liegen. In der Mitte befindet sich ein Kampfring. Mindestens ein Dutzend Männer und eine Handvoll Frauen trainieren an den verschiedenen Stationen. Manche sind eher drahtig und durchtrainiert, andere so muskelbepackt, dass ihre Arme vom Körper abstehen. Überhaupt sind die meisten Männer stiernackige Riesen, aber niemand ist so groß wie Lee. Als wir den Trainingsraum betreten, halten nach und nach alle inne und starren uns an. Wie eine Welle schwappt unser Auftauchen durch den Raum, bis sie auch den Letzten erreicht.

Mit zufriedener Miene stemmt Ilja Sadraz die Arme in die Hüfte und sieht sich um, wartet darauf, bis er die volle Aufmerksamkeit erhält. »Lasst euch nicht stören Männer«, sagt er dann. »Ich will unserem Neuzugang nur die Trainingsräume zeigen.«

Alle Blicke wandern zu Lee, die Männer mustern ihn prüfend, manche bekommen einen feindseligen Ausdruck im

Gesicht. Beunruhigt schaue ich Lee an. Er wirkt völlig entspannt. Sein Gleichmut und seine Arglosigkeit sind wirklich bewundernswert. Wahrscheinlich hält er diese Männer für Kameraden und nicht für Gegner.

»Hier wirst du trainieren«, sagt Sadraz an Lee gewandt und dann in den Raum. »Zeigt ihm, was ihr drauf habt, Männer.«

Sofort wenden sich alle wieder ihrem Training zu. Ein kleiner Kerl mit sehnigen Armen drischt wie verrückt auf einen von der Decke hängenden Ball ein, ein hagerer Lulatsch kickt gegen eine dicke Matte, die ein Dritter vor sich hält. Er tritt hart zu, sodass der Mann rückwärts gegen die Wand stolpert. Eine dunkelhäutige Frau springt leichtfüßig über ein Seil, so schnell, dass ich das Seil kaum noch erkennen kann.

Sadraz führt uns in einen abgedunkelten Raum. Vor einer Trennwand aus Glas hält er inne. Rote Strahlen bilden ein Netz, das kreuz und quer die Dunkelheit durchbricht. Meine Augen brauchen ein paar Sekunden, bis ich zwischen den roten Lichtern drei Gestalten ausmachen kann, die sich unter und über die Strahlen schlängeln. Zwei Männer und eine Frau. Plötzlich rast irgendwas auf sie zu. Ich sehe nur Schatten. Fast gleichzeitig springen sie auf und schwingen die Fäuste.

»Das ist ein spezieller Trainingsraum«, erklärt Sadraz voller Stolz. »Dort werden die Instinkte und Reflexe unserer Kämpfer geschult. Die Laserstrahlen bilden eine zusätzliche Erschwernis, denn sie dürfen nicht berührt werden.«

Sadraz lässt uns noch eine Weile zusehen und führt uns dann wieder hinaus in das nächste Gebäude. Wir betreten einen Speisesaal mit langen Holztischen und Klappstühlen aus Plastik. Durch eine offene Tür erhasche ich einen Blick in die Küche, wo ein halbes Dutzend Frauen und Männer mit Töpfen und Messern hantieren.

»Für die Kämpfer beginnt der Tag um sechs Uhr mit einem dreißigminütigen Lauf«, erklärt Sadraz. »Anschließend gibt es Frühstück. Das Kampftraining geht dann bis zur Mittagszeit im Trainingsraum weiter. Die besten Zehn trainieren den ganzen

Tag, der Rest wird nebenbei zum Ordnungsdienst eingeteilt.« Er schaut mich an. »Wir suchen übrigens eine Hilfe für die Küche. Kann deine hübsche Freundin kochen?«

»Ich glaube nicht.« Warum fragt er nach Karla und nicht mich? Weil ich Lees Freundin bin? Ist Kochen unter meiner Würde? Allerdings gehört Kochen weder zu Karlas noch zu meinen Stärken, und soweit ich weiß, hat sie null Interesse daran, es zu lernen. Sie hilft lieber bei der Wäsche und beim Ausbessern der Kleider.

Nach dem Speisesaal führt Sadraz uns im Regierungsviertel herum. Im Gegensatz zur Kolonie ist alles sauber, kein Müll liegt herum, die bräunlichen Rasenflächen sind ordentlich gestutzt und nirgendwo sehe ich ein verrostetes Auto oder Wäscheleinen.

Alle Menschen, die uns begegnen, grüßen uns freundlich mit einem ehrerbietigen Kopfnicken und einem Lächeln, alle scheinen Sadraz zu achten. Er verzieht keine Miene, nickt nur knapp zurück. Selbst in der Mittagshitze bleibt seine Haltung würdevoll. Weder lockert er den Krawattenknoten, noch öffnet er sein Jackett. Das einzige Zugeständnis an die Hitze ist ein weißes Taschentuch, mit dem er sich regelmäßig die Stirn abtupft.

Sadraz führt uns in ein dreistöckiges Haus mit makellos weißer Fassade und kleinen Balkonen. Der Hausflur ist genauso weiß wie die Fassade, keine Schmierereien an den Wänden und kein demoliertes Geländer. Ich bin beeindruckt. Helena fischt einen Schlüssel aus ihrer Handtasche und öffnet eine der Türen im oberen Stockwerk.

Sadraz macht eine einladende Handbewegung. »Diese Wohnung ist für euch.«

Zögerlich betrete ich den Flur und sehe mich um. Keine halb zerfetzten oder heruntergekommenen Möbel, die ein Suchtrupp unter Schutt hervorgezogen hat und auch keine selbst gezimmerten Schränke, die mehr schlecht als recht ihren Dienst verrichten. Die Möbel sind schick und sehen aus wie neu. Die Küche ist der Wahnsinn. Cremefarbene, glänzende Schränke und ein großer Herd. Im Schlafzimmer liegt ein dicker Teppich und das Himmelbett in der Mitte sieht so bequem und einladend aus, dass ich mich am liebsten draufwerfen würde.

»Hier dürfen wir wohnen?«, fragt Lee. Er klingt fassungslos.

Sadraz nickt. »Natürlich. Unsere Kämpfer bekommen nur das Beste.«

Eigentlich dürfte ich mich nicht blenden lassen, aber ich kann nicht anders, als mich zu freuen. Die Wohnung ist wie ein Märchenschloss für mich. Seufzend lasse ich mich auf das Sofa plumpsen. Himmel. Ist das weich. Andächtig fahre ich mit den Fingern über den Wohnzimmertisch, taste über das polierte Holz. Alles ist so sauber und edel, sodass ich mir fast vorkomme wie ein Schandfleck.

Helena übergibt Lee den Schlüssel, dabei verweilt ihre Hand einen Augenblick zu lang in seiner. Und wie sie ihn ansieht. Der eifersüchtige Stich holt mich in die Wirklichkeit zurück. Dies ist eine andere Welt. Eine Welt, in der Lee ein begehrter Mann ist. Nicht, dass er das in Landsby nicht auch gewesen ist, nur war die Konkurrenz dort kleiner und bis auf Medina hat ihn niemand offen angeflirtet. Das macht mir Sorgen. Was ist, wenn Lees Liebe doch nicht so groß ist, wie er behauptet? Kann er den weiblichen Verlockungen widerstehen?

Nach der Wohnungsbesichtigung kehren wir in den Speisesaal zurück. Mittlerweile duftet es köstlich nach Fleisch und Bratkartoffeln. Helena stellt sich an die Essensausgabe, während wir uns einen Tisch suchen. Einige Kämpfer sind bereits da, andere kommen gerade, aber niemand setzt sich zu uns. Lee sieht sich neugierig um.

Sadraz deutet auf einen dunkelhaarigen Mann mit einer großen Narbe auf der Wange. »Das ist Murat, aktuell unser bester Kämpfer. Dreimal in Folge hat er die UFN gewonnen. Das ist ein Rekord. Aber ich hab ja jetzt meine Geheimwaffe.« Grinsend beugt er sich näher und sieht Lee eindringlich an. »Dich.«

Er will, dass Lee Murat vom Thron stürzt, das ist sonnenklar. »Alle Kämpfer haben einen Sponsor«, fährt er fort. »Bei Murat bin das leider nicht ich, doch als Oberhaupt will ich natürlich den besten Kämpfer protegieren. Im Augenblick habe ich nicht mal den Zweitbesten, das ist Rasmus. Ein Mann mit Potenzial. Sein Aufstieg muss unbedingt gestoppt werden.«

»Und dass soll ich übernehmen?«, stellt Lee trocken fest.

»Richtig.« Sadraz lehnt sich grinsend zurück. »In zwei Monaten findet die nächste Fight Night statt. Bis dahin sollst du der Beste werden. Wenn es stimmt, was ich in Alberts Aufzeichnungen gelesen habe, wird das kein Problem für dich sein.«

Ich frage mich, wie Sadraz an General Alberts Unterlagen gelangt ist? Wie gut kannte er ihn? Lee beäugt Murat, als wollte er abwägen, ob er ihn besiegen könnte. Murat bemerkt seinen Blick und schaut auf. Seine Augen werden schmal, die Lippen presst er fest aufeinander. Mein Magen krampft sich zusammen. Mein Appetit ist wie weggeblasen. Nur zu gut erinnere ich mich an den Kampf, den General Albert inszeniert hat, um herauszufinden, welcher seiner Supersoldaten mich schwängern darf. Es war brutal gewesen, und am Ende gab es nicht nur Platzwunden und blaue Flecken, sondern auch gebrochene Knochen und verrenkte Glieder. Damals hat Lee gewonnen, weil er mich vor dem Zugriff der anderen schützen wollte. Vor allem vor dem brutalen und rücksichtslosen Mars. Lee ist stark, der perfekte Kämpfer, vorausgesetzt er hat etwas, für das es sich zu kämpfen lohnt.

Reichen eine luxuriöse Wohnung und gutes Essen als Motivation?

Doch selbst wenn es ausreicht, ich will nicht, dass er sich in einem Zirkuszelt prügelt wie ein dressierter Affe, nur um irgendwelche Snobs zu unterhalten. Schon gar nicht mit Kerlen wie Murat oder dem Typ mit dem komischen Haarschnitt, der neben ihm sitzt und der aussieht wie ein Bär, so behaart, wie er ist. Ist das dieser Rasmus?

Außerdem ist Lee auf dem linken Auge blind, was sein Gesichtsfeld einschränkt. Während eines Kampfes ist das ein großer Nachteil. Ob Sadraz davon weiß?

»Und? Was denkst du?«, fragt Sadraz lauernd. »Glaubst du, du kannst ihn besiegen?«

»Kein Problem«, sagt Lee. Er setzt eine gleichmütige Miene auf, doch wie ich ihn kenne, geht er im Kopf bereits die Möglichkeiten durch.

Zufrieden grinsend klopft Sadraz ihm auf die Schultern. »Das ist mein Mann.«

Mit gerunzelter Stirn mustere ich Lee, versuche herauszufinden, ob er sich wirklich auf sowas einlassen will. Hat er nicht genug Gewalt erlebt, um zu wissen, dass ein gewaltfreies Leben besser ist? Er bemerkt meinen Blick und zwinkert mir zu. Falls er glaubt, mich mit seiner betonten Lässigkeit beruhigen zu können, hat er sich geirrt, das zeige ich ihm mit meinen *darüber reden wir noch* Blick.

* * *

Zurück in unserem Zimmer zieht Lee mich in seine Arme und küsst mich stürmisch. Seine Stimmung ist euphorisch.

»Lass uns zusammenpacken und in unsere Wohnung ziehen«, schlägt er vor und grinst verschmitzt. »Ich habe eine Idee, wie wir sie einweihen können.«

Seine *Idee* ist mir im Augenblick egal. Ich hab anderes im Kopf. »Was ist mit Karla und Liam?«

Er winkt ab. »Die werden bestimmt irgendwo unterkommen.«

»Aber ich will wissen wo.«

Lee stößt einen tiefen Seufzer aus. »Bevor wir gehen, fragen wir sie, okay? Jetzt freu dich einfach auf unser neues Leben.«

Er will mich wieder küssen, doch ich schiebe ihn zurück. »Die Kämpfe scheinen ziemlich hart zu sein. Findest du es in Ordnung, dass du andere k.o. schlagen sollst?«

»Das ist, was ich am besten kann. Und ich bringe meine Gegner ja nicht um. Es sind faire Kämpfe.« Lee deutet in die Runde. »Und wenn ich dafür gutes Essen und das weichste Bett meines Lebens bekomme, warum soll ich mein Talent nicht nutzen?«

»Ich weiß nicht. Mir gefällt das alles nicht.«

Lee umfasst meine Schultern und rüttelt ein wenig. »Ach komm schon Jule. Sei doch nicht immer so brummig. Genieß es einfach. Uns wird es hier gutgehen, glaube mir.«

Natürlich glaubt er das. Er wird ja auch hofiert und umworben. Die Aussicht auf Luxus vernebelt seine Sicht. »Was wird aus mir, falls du mich eines Tages nicht mehr willst? Wie komme ich dann nach Landsby zurück?«

Zuerst wirkt er entgeistert, dann sieht er mich ernst an. »Das wird nicht passieren, Jule. Ich liebe dich und sorge für dich, das verspreche ich dir.«

Ich glaube ihm, aber er kann nicht in die Zukunft blicken. Gefühle können sich ändern. Ich habe es erlebt. Doch ich will nicht mit ihm darüber diskutieren und ihn zu weiteren Liebesschwüren zwingen, schließlich ist die Angst vor einem Beziehungsaus nicht meine einzige Sorge. »Und was ist, wenn du nicht mehr kämpfen kannst?«

Er lacht auf, als wäre die Vorstellung absurd. »Das wird nicht passieren.«

»Es könnte durchaus passieren, Lee. Wenn du zum Beispiel zu alt wirst oder dich ernsthaft verletzt.«

Er nimmt meine Hände und versucht, zuversichtlich zu lächeln. Auf mich wirkt es gekünstelt. »Ich bin überzeugt davon, dass Ilja für seine Kämpfer sorgt.«

Ich ziehe eine Schnute. Jetzt nennt er den Typen also schon beim Vornamen. »Da wäre ich mir nicht so sicher.«

Seufzend deutet Lee aus dem Fenster. »Sieh dich doch um Jule. Die Stadt ist der Wahnsinn. Die Menschen haben alles, was man sich nur wünschen kann. Das Leben hier ist toll. Viel besser als in der Kolonie, wo sie mich behandelt haben wie einen Sklaven. Oder in Landsby, wo wir in Hütten leben und von morgens bis abends auf den Feldern schuften mussten, um genug zu Essen zu haben. Du hast es gehasst, Jule und warst unglücklich. Das hab ich gesehen.«

Er hat recht, ich hasse die Feldarbeit und bin unglücklich gewesen, aber Letzteres nur wegen Galen. »Das war doch nur am Anfang, weil wir die neuen Felder bepflanzen mussten. Wenn erstmal alles wächst, wird es besser.«

Seine Miene wirkt hart. »Überleben ist ein Kampf Jule und es wird immer einer sein. Der Frieden in Landsby ist bedroht. Durch Pflanzenschädlinge, Feinde, das Wetter. Und wenn es sich herumspricht, dass ein Haufen Mutanten irgendwo in den Bergen lebt, könnte das ziemlich übel ausgehen. Denk nur mal dran, was in der Kolonie passiert ist.«

Seine Argumente fordern mich heraus. Aufgeregt gestikuliere ich herum. »Das ist aber noch lange kein Grund, abzuhauen. Manchmal muss man eben kämpfen für den Frieden, für Sicherheit, für die Menschen, die man liebt.«

»Hey. Beruhig dich.« Lee legt die Hände um meine Taille und zieht mich näher. Ich muss den Kopf in den Nacken legen, um zu ihm aufzuschauen. »Ich kämpfe für Frieden und für dich, aber nicht in Landsby, sondern hier, verstehst du? Gib der Stadt eine Chance. Wenn es dir nicht gefällt, kehren wir nach Landsby zurück. Das habe ich dir versprochen und ich werde mein Versprechen halten. Nur bitte versuch es. Lass dich auf das Leben hier ein. Ich bitte dich, Jule.«

Sein Blick ist flehend und liebevoll zugleich. Es liegt ihm viel daran, dass es mir in Glücksstadt gefällt und vielleicht hat er ja recht. Wenn ich mich innerlich sperre, wird es mir nie gefallen. Ich habe Lee begleitet, also muss ich der Sache eine Chance geben.

Ich stoße einen tiefen Seufzer aus. »Na gut. Ich versuch's.«

* * *

Trotz meines Versprechens liege ich in der Nacht wach und starre aus dem Fenster auf die Lichter der Stadt, die es mir unmöglich machen, die Sterne zu sehen. Lee schläft neben mir tief und entspannt. Für ihn ist die Welt in Ordnung. Ich verstehe nicht, warum ich ständig am Zweifeln bin. Liegt es wirklich nur an der Stadt? Oder hat meine innere Abwehr eine andere Ursache? Ich vermisse Landsby und die Menschen, die dort leben. Auch der Gedanke, Manja und Paul nun tatsächlich niemals wiederzusehen, quält mich. Aber das ist nicht alles. Etwas nagt an mir und ich muss eine ganze Weile grübeln, bis ich mir den wahren Grund eingestehe.

Ich vermisse Galen immer noch.

Ich vermisse es, mit ihm zu reden, ihn zu sehen. Ich vermisse seinen besonderen Gang und die Art, wie er die Arme beim Laufen schwingt, oder wie er das T-Shirt über den Kopf zieht und seinen trainierten Oberkörper entblößt. Wie die Tropfen von seiner glatten Haut perlen, wenn er unter dem Wasserfall steht. Seine Sorge um mich, seinen scharfen Verstand. Galen würde meine Zweifel verstehen, er ist noch misstrauischer als ich.

Traurig schaue ich auf den schlafenden Lee. Mein zärtlicher Riese. Ihn sollte ich lieben. Das tue ich auch, aber auf andere Weise, als ich Galen geliebt habe. Ich hatte keine Ahnung, dass es so viele verschiedene Arten von Liebe gibt und Leidenschaften, die man unmöglich kontrollieren kann, egal wie sehr man es versucht.

Fühlt sich so erwachsen werden an?

* * *

Im Morgengrauen steht Lee auf, um zu seiner ersten Trainingseinheit zu gehen. Ich bin erst kurz zuvor eingeschlafen und schaffe es nicht, mit ihm aufzustehen. Stattdessen murmele ich ein viel Spaß, schlinge meine Arme um sein Kissen und schlafe weiter. Geweckt werde ich zwei Stunden später als Lee mir Frühstück bringt. »Aufwachen Schlafmütze.«

Er ist verschwitzt vom Training und strotzt vor Energie, die mir völlig abgeht. Ich könnte den ganzen Tag im Bett bleiben. Gähnend setze ich mich auf. Mein Blick fällt auf das Tablett.

Käsebrot, Tomaten und ein Apfel. Daneben liegt ein Bündel Scheine. »Ist das Geld?«

Lee strahlt. »Richtig. Heute Abend gibt Ilja eine Willkommensparty. Du sollst dir die Haare machen lassen und dir was Schönes kaufen.«

Aha. Ich soll also meinen Wischmopp in Form bringen, damit ich was hermache. Missmutig nehme ich die Scheine und blättere sie durch, addiere im Kopf die aufgedruckten Zahlen. »Dreihundert Euro. Ist das viel?«

»Ilja meint, das wäre mehr als genug.«

»Hat er dir auch verraten, wo ich hingehen soll? Ich habe keine Kleiderkammer gesehen.«

Lee schnaubt. »Vergiss die Kleiderkammer. Hier gibt es richtige Geschäfte. Helena zeigt sie dir.«

Oh nein, nicht ausgerechnet die makellose Helena. Da verliere ich schon die Lust, bevor ich mit dem Einkaufen überhaupt begonnen habe. Doch ich will nicht undankbar erscheinen. Außerdem kann ich bei Helena sicher sein, dass ich hinterher nicht wie eine Vogelscheuche aussehe. Ich schiebe mir eine Tomate in den Mund und beiße in das Brot. Hmm. Die perfekte Geschmackskombination. »Wie war deine erste Trainingseinheit?«

»Gut. Ich war der Schnellste. Aber das habe ich erwartet. Bin gleich zwei Runden gelaufen.«

»Und wie sind deine Konkurrenten? Kommt ihr miteinander klar?«

Lee zuckt mit den Schultern. »Keine Ahnung. Ich mach mein Ding. Was die anderen tun, ist mir egal.«

Typisch Lee. Männer sind für ihn Kameraden oder Gegner. Sowas wie Freundschaft kennt er nicht. Durch das Fußballspielen hat er einen ersten Schritt in die richtige Richtung getan, doch bevor er lernen konnte, wie man eine Männerfreundschaft schließt, sind wir fortgegangen.

»Du solltest versuchen, Freunde zu finden«, schlage ich vor. Ein paar Verbündete in dieser Stadt können nicht schaden.

»Brauch ich nicht.« Lee steht auf und stapft ins Badezimmer. »Zieh dich lieber an. Helena kommt gleich, um dich abzuholen.«

»Was? Schon? So ein Mist.« Schnell esse ich auf und schnappe mir was zum Anziehen. Viel Auswahl habe ich nicht. Bisher war mir das egal, doch bei dem Gedanken an Helenas Kleider kommt mir meine Garderobe plötzlich schäbig vor. Was soll's. Wenn ich sparsam bin, kann ich mir mit dem Geld vielleicht mehr kaufen als ein Kleid für die Party.

Lee macht sich wieder auf zum Training und ich hüpfe unter die Dusche und versuche anschließend, meine feuchten Locken in Form zu bringen. Als ich gerade beschließe, sie wie üblich zu einem Pferdeschwanz zu binden, klopft es.

Helena mustert mich flüchtig. Ihr Blick ist nicht direkt abfällig, aber es ist deutlich zu sehen, dass sie mich für verwahrlost hält.

»Es wird wirklich Zeit, dass wir dich auf Vordermann bringen«, stellt sie fest und deutet auf mein T-Shirt mit dem verwaschenen Aufdruck und dem ausgefransten Saum. »Sowas solltest du als Freundin des zukünftigen Champions auf keinen Fall tragen. Du willst doch nicht, dass ihn dir eine andere wegschnappt.«

Mist. Ich hätte mein Glitzertop anziehen sollen. Eigentlich wollte ich selbstbewusst erscheinen und so tun, als interessieren mich mögliche Konkurrentinnen nicht, aber die Worte sprudeln einfach so aus mir heraus. »Sind die Kämpfer denn wirklich so beliebt?«

Spöttisch hebt Helena die Augenbrauen. »Allerdings. Schau dir die Kerle an. Diese Muskeln.« Helena bekommt einen verträumten Gesichtsausdruck. »Sie sind so groß und stark, sie werden geachtet und haben Geld. Mehr kann man sich von einem Mann nicht wünschen.«

Naja. Das ist Ansichtssache. »Ist das nicht ziemlich oberflächlich? Was ist mit dem Charakter?«

Helena lacht, als hätte ich gerade etwas Absurdes gesagt. »Du bist so naiv, Jule. Was nutzt dir der Charakter, wenn du dafür in einem winzigen Zimmer oder, Gott bewahre, im Außenbezirk leben musst?« Wie eine tadelnde Mutter legt sie einen Finger unter mein Kinn und hebt meinen Kopf ein wenig an. Ihr rot lackierter Fingernagel bohrt sich in meine Haut. »Weil du ein nettes Mädchen bist, gebe ich dir einen Rat: Pass gut auf deinen Freund auf, denn sobald Ilja ihn offiziell als seinen Schützling präsentiert, werden sich die Frauen auf ihn stürzen wie Löwinnen auf ein saftiges Steak.«

Ich schlucke nervös und verachte mich zugleich dafür, dass ich mich von ihren Worten verunsichern lasse. »Und wann wird Sadraz ihn vorstellen?«

»Heute Abend auf der Party.«

Ein Fahrer bringt uns mit einer Autorikscha in die Einkaufsstraße. Der Anblick überwältigt mich. Es gibt alles: Kleider, Backwaren, Schmuck, sogar einen ganzen Laden nur für Bücher und einen für Parfums. Die Auslagen sind bunt und wirken teuer und exklusiv. Ein Geschäft reiht sich ans nächste, als hätte mich jemand durch die Zeit in die alte Welt katapultiert. Eine Welt, von der mir meine Eltern erzählt haben, die ich mir aber nie so recht vorstellen konnte. Jetzt sehe ich sie mit eigenen Augen.

Helena grinst über mein staunendes Gesicht. »Nicht schlecht, was?«

Fassungslos deute ich auf die tausend Möglichkeiten um uns herum. »Wie habt ihr das geschafft?«

»Wir hatten gute Voraussetzungen. Industrie, Landwirtschaft, helle Köpfe, die aus dem, was wir hatten, das Beste rausgeholt haben und einen fähigen Anführer.«

»Ilja Sadraz«, sage ich.

Sofort bekommt Helena wieder leuchtende Augen. »Der Mann ist ein Genie.«

Elegant steigt sie aus und führt mich zu einem Geschäft mit kompletter Glasfront, in der in Abendkleider gewandete Schaufensterpuppen stehen. Das Geschäft selbst ist hell und ordentlich, kein Vergleich zu der muffigen Kleiderkammer. Eine Frau eilt auf uns zu, sobald wir den Laden betreten. Sie ist groß und sehr schlank, ihre langen, blonden Haare trägt sie offen und sie ist sogar noch stärker geschminkt als Helena.

»Anina, ich hab hier einen Problemfall«, erklärt Helena. »Jule. Sie kommt aus einer Siedlung.« Sie sagt das so, als wäre das eine Erklärung für alles.

»Das sehe ich. Hallo Jule.« Anina mustert mich mit gerunzelter Stirn. »Ich schätze, es hat keinen Sinn, dich selbst etwas aussuchen zu lassen. Am besten, du gehst in die Umkleidekabine und ich bringe dir ein paar Sachen.«

Im Grunde habe ich keine Lust, mich durch die zahllosen Kleider zu wühlen, doch Aninas bevormundende Art weckt meinen Trotz. Vielleicht hatten wir keine schicken Anziehsachen, aber ich kann ein schönes Kleid von einem hässlichen unterscheiden und bin auch nicht farbenblind. Anina duldet jedoch keinen Widerspruch und schiebt mich entschlossen in eine Kabine. Verdrossen plumpse ich auf den Hocker. Die beiden Frauen geben mir das Gefühl, als wäre ich eine verwilderte Kreatur. Frustriert höre ich zu, wie sie draußen schnattern und lachen.

»Die Farbe passt gut zu ihren Haaren«, sagt Helena.

»Hm. Nein. Der Schnitt steht ihr nicht. Dafür hat sie nicht genug Oberweite.«

Missmutig schaue ich an mir hinab. Meine Oberweite lässt tatsächlich zu wünschen übrig. Kein Vergleich zu Karla mit ihrem üppigen Busen. Ich wäre zierlich, hat mein Vater gesagt. Manja nannte es knabenhaft. Dazu die blöden Sommersprossen und die helle Haut. Nein, eine Augenweide bin ich leider nicht. Bisher hat mich das nicht besonders gestört. Paul und Lee mögen mich so, wie ich bin und für Galen war ich sowieso die schönste Frau, zumindest bevor das Implantat seine Gefühle abgetötet hat.

Wusch. Anina reißt den Vorhang auf und hält mir mehrere Bügel hin. »Hier. Die kannst du anprobieren.«

Wusch. Der Vorhang ist wieder zu. Zweifelnd betrachte ich die Kleider. Eines ist schwarz mit transparenten Spitzeneinsätzen. Bei dem Beigen kann ich nicht sagen, was vorne und was hinten ist. Das Blaue mit den Punkten und Schleifen sieht irgendwie albern aus und das dunkelgrüne Kleid ist so zart, dass ich Angst habe, es zu zerreißen, wenn ich es anziehe. Zahllose schimmernde Plättchen sind darauf vernäht wie auf meinem Glitzertop.

»Ist die Größe richtig?«, will Anina wissen.

Herrje. Ich hab noch nicht mal begonnen. »Einen Moment. Ich fang gerade erst an«, beeile ich mich zu sagen, bevor sie wieder den Vorhang aufreißt. Hastig schlüpfe ich aus meinen Sachen und in das schwarze Kleid. Es ist lang, reicht bis zum Boden, durch die Spitzeneinsätze wirkt es fast ein wenig verrucht. Der Stoff fühlt sich kühl und glatt auf meiner Haut an. Angenehm.

Zögerlich trete ich nach draußen und betrachte mich in dem großen Spiegel. Wow. Etwas so Schönes habe ich nie zuvor getragen.

»Nicht schlecht.« Anina tritt hinter mich und zupft an meiner Taille herum. »Ein bisschen zu groß vielleicht.«

Zu groß? »Ich finde es passt perfekt«, gebe ich zurück.

Anina ignoriert meinen Einwand, dreht mich stattdessen nach links und rechts. »Hm, ja. Mit der richtigen Frisur könnte das funktionieren. Das Kleid kommt in die engere Auswahl. Was meinst du?« Sie wendet sich an Helena, nicht an mich.

»Ja. Nicht schlecht.« Ein seltsamer Ausdruck liegt in Helenas Gesicht, den ich nicht deuten kann. Ich würde sagen Widerwille gepaart mit Überraschung. Trotzig recke ich das Kinn. Vielleicht kann aus mir doch noch was werden.

»Okay. Nächstes.« Anina schiebt mich in die Kabine zurück. Da ich nicht sicher bin, wie ich das beige Kleid anziehen soll und mir das Gepunktete nicht gefällt, greife ich nach dem Dunkelgrünen. Die Plättchen funkeln bei jeder Bewegung und rascheln, während ich das Kleid vorsichtig über den Kopf ziehe. Die

Träger sind hauchdünn und ich bezweifle, dass sie den Abend überstehen. Auf der unteren Hälfte laufen die Plättchen langsam aus, was einen aufregenden Effekt erzielt, vor allen, weil der darunterliegende Stoff transparent ist und sich in der Mitte teilt. Bei jedem Schritt kann man meine Beine sehen. Trotz meiner Storchenbeine finde ich das ziemlich sexy.

Anina steckt den Kopf in die Kabine. »Brauchst du Hilfe? Oh wow.« Begeistert reißt sie den Vorhang zurück und zieht mich nach draußen. »Das ist es!«

Ich schaue mich im Spiegel an. Sie hat recht. Die Farbe des Kleides passt perfekt zu meinen rotbraunen Haaren und der hellen Haut, der Schnitt lässt meinen Körper weiblicher wirken. Helena presst die Lippen zusammen, ihr Blick ist hochmütig. »Schön. Dann nehmen wir das. Wie immer hast du ein gutes Auge, Anina.«

»Man könnte es in der Taille ein wenig enger machen«, meint Anina und zupft hinten am Kleid herum. Sie seufzt. »Für eine schmale Taille wie diese würde ich töten.«

Oha. Ich fühle mich geschmeichelt.

»Dafür bleibt keine Zeit. Die Party ist heute Abend und sie braucht noch Schuhe, einen Haarschnitt und Make-up«, wiegelt Helena ab.

Die beiden reden, als wäre ich gar nicht da. Meine Meinung zählt scheinbar nicht. Bevor ich protestieren kann, schiebt Anina mich wieder in die Kabine. »Da habt ihr viel vor. Hopp, hopp. Zieh dich schnell an.«

Blöde Kuh. Ich begnüge mich mit einem giftigen Blick und schlüpfe dann vorsichtig aus dem Kleid. Plötzlich höre ich, wie jemand den Laden betritt, gefolgt von einem schüchternen Hallo. Es klingt wie ein Mädchen oder eine junge Frau. Ein paar Sekunden herrscht Stille, dann sagt Anina mit deutlichem Missfallen in der Stimme: »Wie kann ich dir helfen?«

»Ich suche einen Job und wollte fragen, ob hier etwas frei ist.«

Anina lacht abfällig, als wäre die Frage völlig absurd. »Nein. Tut mir leid.«

»Wirklich nicht? Ich kann gut rechnen und nähen und den Laden sauber halten.«

»Nein! Wie bist du überhaupt hierher gekommen?«

»Ich ... habe einen Pass.«

»Ach ja? Was für einen Pass?«

Wieder herrscht Stille. Scheinbar druckst das Mädchen herum. »Einen Besucherpass«, gibt sie schließlich kleinlaut zu.

»Dir ist bewusst, dass ich das melden muss?« Das war Helena. »Besucherpässe beinhalten keine Bewerbungserlaubnis. Die kann nur der Zonenleiter erteilen.«

Das Mädchen sagt nichts, ich stelle mir vor, dass sie nickt und nervös ihre Hände knetet.

»Wen wolltest du angeblich besuchen?«, will Helena nun wissen.

»Meinen Cousin. Er arbeitet in der Kantine. Aber er wusste nichts von meinem Vorhaben und er macht seine Arbeit gut. Wir wollen keinen Ärger.« Das Mädchen klingt flehend, fast panisch.

Unsicher balle ich die Hände zu Fäusten. Soll ich die Kabine verlassen? Würde das dem Mädchen helfen? Anina und Helena schweigen. Ich wünschte, ich könnte sehen, was sie gerade tun. Warum reden sie nicht?

»Also gut«, gibt Helena nach. »Diesmal lasse ich es dir durchgehen, aber halt dich zukünftig an die Regeln. Verstanden?«

»Ja. Verstanden.«

»Jetzt geh!«

Meine Neugier siegt. Ich schlüpfe aus der Kabine und sehe gerade noch, wie die Tür zufällt und das Mädchen davonhastet. Sie ist dünn, fast schon mager, und hat lange, dunkelblonde Haare, das Shirt, das sie trägt, ist labbrig und verwaschen. Man sieht ihr die Armut an. Mit eingezogenem Kopf und hängenden Schultern hastet sie davon.

»Wer war das?«, frage ich.

Anina dreht sich zu mir um. »Niemand.«

Meine Anwesenheit scheint ihr unangenehm, denn sie weicht meinem fragenden Blick aus, schnappt stattdessen das Kleid und stöckelt zur Kasse. Weder Anina noch Helena verlieren ein Wort über das Mädchen.

»Wie ein Niemand sah sie aber nicht aus«, gebe ich zurück. So einfach lasse ich mich nicht abspeisen.

Geräuschvoll atmet Helena durch, als wäre meine Frage eine Zumutung. »Das war eine Bewohnerin aus dem Außenbezirk. Sie hat hier nichts zu suchen.«

Für eine freie, demokratische Stadt klingt das ziemlich elitär. »Warum nicht?«

»Denen kann man nicht trauen«, antwortet Anina an Helenas Stelle. »Sie klauen, was ihnen unter die Finger kommt und brechen in unsere Häuser ein.«

Das kommt mir irgendwie bekannt vor. Ein Leben lang habe ich gehört, dass man den Mutanten nicht trauen kann, nur um feststellen zu müssen, dass alles, was mir über die Verstoßenen erzählt worden ist, eine Lüge war. »Für mich klang es so, als wollte sie einfach nur einen Job.«

Helenas Augen werden schmal. »Ich weiß, du hast bei den Mutanten gewohnt, deshalb bist du misstrauisch, wenn es um Abgrenzung geht, aber mit diesem liberalen Mist kommst du hier nicht weit.« Sie deutet auf den Gehweg. »Dieses Mädchen weiß genau, wohin es gehört. Sie muss sich dort einen Job suchen. Unsere Stadt kann nur funktionieren, wenn jeder seinen Platz kennt und akzeptiert.«

Aha. So ist das also. Von wegen Gleichheit und Gerechtigkeit. Diese Stadt ist genauso wenig demokratisch, wie es die Kolonie gewesen ist. »Aber ihr Cousin arbeitet doch auch hier.«

»Entweder hatte er Glück oder ein besonderes Talent. Wenn du nichts von beidem hast, bleibst du, wo du bist. Niemandem in Glücksstadt geht es schlecht. Alle haben ein Dach über dem Kopf und genug zu essen.«

Helena spricht im Brustton der Überzeugung. Ich bin enttäuscht, aber bevor ich nicht alle Fakten kenne, will ich mich lieber nicht mit Sadraz' Assistentin anlegen. Also lasse ich das Thema vorerst auf sich beruhen, bezahle das Kleid und folge Helena zum nächsten Geschäft, wo wir passende Schuhe aussuchen, allerdings bin ich nicht mehr ganz bei der Sache. Das Mädchen geht mir nicht aus dem Kopf.

Da ich auf hohen Absätzen nicht laufen kann und mich stur weigere, es ernsthaft zu versuchen, sucht Helena ein Paar flache, goldene Schuhe aus, die einigermaßen bequem sind und meine Füße trotzdem zierlich aussehen lassen. Ihr Unverständnis hinsichtlich meiner Weigerung bringt Helena mit genervtem Schnauben und Augenrollen zum Ausdruck. Wenn ich mir ihre Schuhe betrachte, frage ich mich, warum Frauen sich in diese Folterinstrumente quetschen. Sie sind nicht nur eine Tortur für die Füße, wie ich feststellen muss, auch kann man in ihnen weder arbeiten noch richtig laufen. Im Falle einer Flucht wäre man aufgeschmissen.

»So. Fehlt nur noch ein anständiger Haarschnitt«, bestimmt Helena, als wir den Laden verlassen. »Dafür gehen wir in den Frisörsalon am Ende der Straße.«

In der Kolonie hat eine Nachbarin meine Haare gestutzt. Seit ich in Landsby bin, habe ich sie nicht mehr schneiden lassen. Mittlerweile reichen sie mir bis knapp unter die Schulterblätter, es ist also höchste Zeit. Trotzdem habe ich ein mulmiges Gefühl, als wir den *Salon* betreten. Misstrauisch betrachte ich die seltsam aussehenden Stühle und die komischen Waschbecken, wo ein älterer Mann gerade die Haare gewaschen bekommt. Eine Frau sitzt vor einem Spiegel auf einem der Stühle, hinter ihr ein Mann, der so klein ist, dass ich ihn fast als Mutant bezeichnen würde. Mit konzentrierter Miene schnippelt er an ihren grauweiß melierten Haaren herum.

»In der alten Welt war ein Frisörbesuch etwas ganz Normales«, erklärt Helena. »Deshalb behalten wir diese Tradition bei.«

Die Frau, die auf uns zukommt, ist groß und mollig, was sie durch die eng anliegende, bunte Kleidung zusätzlich betont. Sie trägt eine völlig verrückte Frisur, die ich in der Art noch nie zuvor gesehen habe. Feuerrot gefärbte Haarspitzen und eine Seite ist länger als die andere. Für mich sieht es aus, als wäre jemandem beim Schneiden die Schere ausgerutscht. Die Frau stellt sich als Bille vor, das ist das Einzige, was sie zu mir sagt. Ansonsten unterhält sie sich nur mit Helena. Ich werde auf einen komischen Stuhl verfrachtet, wo Bille meinen Pferdeschwanz löst, prüfend meine Haare durch ihre Finger gleiten lässt und sie anschließend in mein Gesicht zupft. Das mulmige Gefühl in meiner Magengrube weitet sich zu einer Panik aus. Bille bemerkt meinen panischen Blick. »Keine Sorge. Das bekomme ich hin. Wenn du hier rausgehst, wirst du dich nicht mehr wiedererkennen.«

Genau das ist meine Befürchtung. Meine Haare wachsen. Nach unten. Sowas Exotisches wie gefärbte Ponyfransen oder einen schiefen Schnitt interessieren mich nicht. Bille betätigt einen Hebel am Fuß des Stuhles und rollt mich dann zu einem der Waschbecken. Vor Schreck stoße ich einen spitzen Schrei aus. Helena und Bille lachen. Ich komme mir dumm vor. Primitiv, als wäre ich unter Wölfen aufgewachsen.

Das Haarewaschen inklusive Kopfmassage ist dagegen äußerst angenehm und entlockt mir ein entspanntes Seufzen. Ich könnte auf diesem Stuhl einschlafen, wenn mein Genick nicht anfangen würde, wehzutun. Bille besprüht mein Haar und knetet anschließend eine weiße, glibberige Masse hinein. Conditioner nennt sie das Zeug. »Den stellen wir selbst her«, erklärt sie stolz.

Ich versuche, mich zu entspannen und ihr zu vertrauen, während sie meine Haare schneidet. Helena erzählt ihr währenddessen von Lee und dass ich seine Freundin bin. Bille zeigt sich beeindruckt. »Die ganze Stadt spricht davon, dass der Boss einen neuen Kämpfer protegiert. Dein Freund muss richtig gut sein. Bin gespannt, was er zu bieten hat.«

»Nicht nur du«, gibt Helena zurück. »Der erste Kampf ist bereits restlos ausverkauft.«

Über den Spiegel hinweg sucht Bille meinen Blick. Ihre Wimpern sehen aus wie Spinnenbeine und können unmöglich echt sein. »Wie lange bist du schon mit ihm zusammen?«

»Ein paar Wochen«, sage ich. Das Thema ist mir unangenehm.

Bille hört auf zu scheiden und rückt näher. »Für einen solchen Kerl musst du dich mächtig ins Zeug legen. Hör am besten auf Helena, die weiß, was Männern gefällt.«

»Meine Worte«, stimmt Helena zu. »So wie sie bisher rumgelaufen ist, kann sie jedenfalls nicht bleiben.«

Wieder brennt die Scham heiß auf meinen Wangen, zugleich bin ich genervt, weil ich dieses Gelaber nicht hören will. Lee ist ein lieber Kerl mit ein paar Muskeln zu viel, aber diese Frauen tun so, als hätte ich mir einen Halbgott geangelt. Das ist doch nicht normal. Um keine weiteren gut gemeinten Ratschläge zu provozieren, nicke ich nur und vertiefe mich in mein Spiegelbild. Wäre ich so schön wie Karla oder meine Mutter, würde bestimmt nicht jeder betonen, wie sehr ich mich anstrengen muss, um Lee zu halten. Das ist dermaßen frustrierend.

Nach dem Haareschneiden werde ich geföhnt und geschminkt. Darauf besteht Helena. Mit jedem Farbauftrag komme ich mir mehr und mehr vor, als würde ich eine Maske tragen, bis ich mich kaum wiedererkenne. Ungläubig betrachte ich mich im Spiegel. Meine Haare fallen glänzend und glatt bis auf meine Schultern, Ponyfransen bedecken meine hohe Stirn. Die Schminke verdeckt meine Sommersprossen und lässt meine Lippen voller erscheinen. Meine Augen wiederum wirken größer und strahlen in einem geheimnisvollen Grün.

»Lee wird begeistert sein«, stellt Helena zufrieden fest.

Da könnte sie recht haben. Vielleicht findet er es aber auch übertrieben. Wer weiß. Was Manja wohl dazu sagen würde? Wahrscheinlich würde sie laut loslachen, einen schmierigen Öllappen holen und mich bitten, das Zeug schleunigst abzuwischen. Paul hingegen würde es bestimmt gefallen. Er mag hübsche Mädchen. Und Galen? Keine Ahnung, was er davon halten würde, aber ich muss gestehen - ich würde es gerne erfahren.

* * *

Lee bekomme ich leider nicht mehr zu Gesicht und auch Karla und Liam sind wie vom Erdboden verschluckt. Ganz allein muss ich mich auf den Weg in den Festsaal machen. Eigentlich kein Problem, denn er liegt im zweiten Stock des Rathauses, doch ich bin schrecklich aufgeregt und hätte gerne einen Arm, an den ich mich klammern kann. Ich bin eine Fremde in einer fremden Welt, deren Regeln ich nicht kenne und in der ich mich wahrscheinlich fürchterlich blamieren werde.

Schon auf der Treppe höre ich die Stimmen und die Klaviermusik. In der Kolonie hatten wir ein einziges Klavier. Es stand in der Schule und war verstimmt, weil jeder darauf herumgeklimpert hat. Wirklich spielen konnte niemand. Kurz halte ich inne, die Hand um das Geländer geklammert, und atme tief durch. Nur die Ruhe. Ich sehe gut aus. Niemand sieht mir mehr an, dass ich nicht dazugehöre. Ich muss mich einfach unter die Leute mischen und Lee finden. Kein Problem.

Mit geradem Rücken und erhobenem Haupt, wie Helena es mir gezeigt hat, stolziere ich den Gang entlang. Vor der Flügeltür wachen zwei Ordnungshüter. Gerade als ich zu überlegen beginne, ob sie mich überhaupt reinlassen, tritt einer zur Seite und verneigt sich sogar ein wenig, als wäre ich was Besonderes. Ich lächle und nicke huldvoll. Das Herz schlägt mir bis zum Hals. Der Saal ist riesig, überall stehen hohe Tische mit blütenweißen Tischdecken, am Rand sind Stühle verteilt, falls sich jemand setzen will. Klaviermusik schwebt durch den Raum, die so viel schöner klingt als das Geklimper, das ich in Erinnerung habe. Ich scheine eine der letzten Ankömmlinge zu sein, denn es ist bereits ziemlich voll, dabei bin ich überpünktlich. Halb acht hat Helena gesagt und jetzt ist es zwanzig nach sieben. Komisch.

Ist vorzeitiges Erscheinen eine der Gepflogenheiten an diesem Ort?

Zwischen den Gästen hasten Kellner mit gefüllten Tabletts umher. Mein Blick irrt durch den Raum auf der Suche nach einem bekannten Gesicht, am besten Lee. Ich sehe Ilja Sadraz an einem der Tische stehen, umringt von seinen Anhängern, unter anderem auch Helena und Lee. Ich atme auf. Meine Rettung ist in Sichtweite. Ein Kellner bietet mir im Vorbeigehen ein schmales, langstieliges Glas an. Da ich einen trockenen Mund habe und mich dringend an etwas festhalten muss, greife ich zu. Hunger habe ich ebenfalls, aber das wird noch eine Weile warten müssen, es sei denn, ich schnappe mir was von den Tabletts mit Häppchen, die einige Kellner herumtragen. Zu Lee zu gelangen hat im Augenblick allerdings Priorität.

Während ich auf Sadraz' Tisch zusteuere, nippe ich an dem Getränk. Es schmeckt säuerlich und prickelt im Mund. Durstig leere ich das Glas und greife mir gleich ein neues vom nächsten vorbeihuschenden Tablett. Die Menschen starren mich an. Das bilde ich mir nicht ein. Überall um mich herum bemalte Fratzen und neugierige Blicke, die mich förmlich zu durchbohren scheinen. Obwohl ich viel lieber mit gesenktem Kopf durch die Menge pflügen würde, halte ich mich gerade und zwinge mir ein Dauerlächeln ins Gesicht. Immerhin sehe ich aus wie eine Prinzessin aus einer der Geschichten, die ich gelesen habe, auch wenn ich mich nicht so fühle. In Wahrheit wünsche ich mich weit weg. Irgendwohin, wo ich in meine Jeans schlüpfen, mit Lee am Ufer des Wasserfalls sitzen und die Sterne zählen kann.

Lee entdeckt mich als Erster. Er dreht sich zu mir um, als würde er meine Anwesenheit spüren. Wahrscheinlich liegt es an dem Duft, den ich seit dem Haareschneiden verströme. Mein Haar riecht, als hätte ich mich auf einer Blumenwiese gewälzt. Zuerst wirkt Lee verdutzt, dann erhellt sich seine Miene und er winkt mich hektisch herbei. »Jule. Endlich«, ruft er quer durch den Raum. »Komm her.«

Nun wendet sich mir auch Sadraz zu. Sein Gesichtsausdruck wechselt von genervt über die Unterbrechung zu überrascht. »Endlich ist die junge Dame eingetroffen. Das, meine Freunde, ist Jule, die Lebensgefährtin meines neuen Kämpfers.«

Alle wenden sich mir zu, mustern mich wie ein interessantes Objekt. Lee zieht mich an seine Seite, legt stolz einen Arm um meine Taille und küsst mich aufs Haar. »Du bist wunderschön«, wispert er mir ins Ohr und entlockt mir damit das erste ehrliche Lächeln des Tages.

Anerkennend nickt Sadraz Helena zu. »Meine liebe Helena, ich muss dich loben. Du hast wirklich ein Wunder vollbracht.«

Was soll das denn bedeuten? War ich vorher so unansehnlich, dass nur ein Wunder aus dem hässlichen Entlein einen Schwan machen konnte?

Ein roter Hauch huscht über Helenas Wangen. Sadraz' Lob schmeichelt ihr.

»Ich dachte schon du kommst nicht«, sagt Lee. »Ich war kurz davor, dich zu suchen.«

»Es ist unhöflich, in der Tat.« Sadraz zwinkert mir zu. »Aber Damen lieben nun mal einen dramatischen Auftritt, hab ich recht?«

Die Umstehenden lachen amüsiert. Hitze schießt in meine Wangen. »Tut mir leid. Bin ich zu spät? Ich dachte, die Party beginnt um halb acht.«

Schmunzelnd hebt Sadraz die Augenbrauen. Er glaubt mir nicht. »Nein, um sieben. Aber keine Sorge, du hast nichts verpasst.«

Ich werfe Helena einen vorwurfsvollen Blick zu. Sie hat halb acht gesagt, ich bin mir sicher, doch wenn ich sie vor ihrem Boss darauf anspreche, wird sie das sowieso leugnen. Außerdem möchte ich keine öffentliche Diskussion. Die Frage ist: Hat sie das absichtlich getan? Und wenn ja warum? Vielleicht bilde ich mir das ein, aber in ihrem Lächeln liegt ein Hauch Schadenfreude.

Sadraz stellt mir die Männer und Frauen vor, die allesamt wichtige Jobs zu bekleiden scheinen. Der zuständige Leiter des Arbeiterbezirks fällt mir dabei besonders ins Auge. Seine Augen und die Art wie er lächelt wirken seltsam vertraut.

»Hallo. Ich bin Magnus«, stellt er sich vor und reicht mir seine Hand. Sein Händedruck ist fest, verbindlich und im Gegensatz zu den anderen sieht er mir direkt in die Augen. Er hat ein weiches Gesicht, sein Körper hingegen wirkt drahtig und zäh wie ein Läufer, der viele Kilometer rennen kann, ohne aus der Puste zu geraten.

Ausgiebig lässt Ilja Sadraz sich über Lees Vorzüge aus und erzählt von seiner ersten Trainingseinheit, bei der er natürlich anwesend gewesen ist. »Dieser Mann ist so gut, dass ich spontan beschlossen habe, heute Abend einen kleinen Schaukampf zu veranstalten.« Stolz klopft er Lee auf den Rücken. Lees Finger krampfen sich um meine Taille. Hat er davon gewusst? Die Antwort bekomme ich sofort.

»Entschuldige, dass ich dich nicht informiert habe«, meint Sadraz. »Es war ein sehr kurzfristiger Beschluss. Zudem wusste ich nicht, ob sich ein Freiwilliger findet, der gegen dich antritt.«

»Kein Problem«, sagt Lee. Seine Stimme ist deutlich abgekühlt.

Nachdem ich mich gerade ein wenig entspannt habe, weil sich die Aufmerksamkeit nicht mehr auf mich konzentriert hat, verkrampfe ich sofort wieder. »Soll das hier im Saal stattfinden?«

Sadraz deutet auf einen weißen Kreis auf dem Fußboden, den ich bisher noch nicht bemerkt habe. »Das ist der provisorische Kampfring. Es wird nur eine kurze Darbietung und sollte platzmäßig kein Problem darstellen.«

Verzweifelt suche ich ein Argument, das dagegen sprechen könnte, doch mir fällt keins ein. Das gierige Funkeln in den Augen der Umstehenden spricht zudem Bände. Sie können es kaum erwarten. Äußerlich wirkt Lee entspannt, nur an seinem festen Griff und dem abwesenden Gesichtsausdruck merke ich, wie angespannt er ist. Ich würde ihn gerne nach dem Grund fragen. Angst vor dem Kampf kann es nicht sein. Lee fürchtet sich nicht vor Kämpfen. Stören ihn diese Leute, die ihn beglotzen wie ein saftiges Steak? Spürt er jetzt doch die Demütigung, den ein solcher Kampf mit sich bringt?

Frustriert leere ich zwei weitere Gläser mit der prickelnden Brause und spüre die Wärme und den leichten Schwindel, den der Alkohol verursacht. Ich sollte vorsichtig sein. Das süße Zeug haut mehr rein, als ich dachte. Sadraz bekommt ein Mikrofon gereicht. Er stellt sich in den Kreis und verkündet den Anwesenden, dass sie Teil einer exklusiven Darbietung sein dürfen. »Ihr, meine Freunde, seid die Ersten, die meinen neuen Schützling in Aktion erleben.«

Alle klatschen begeistert. Lee wird von zwei Ordnungshütern durch eine Seitentür aus dem Saal geführt. Ich merke, wie ich schwanke, und greife haltsuchend nach dem Tisch. Zu viel Alkohol und zu wenig Essen - keine gute Kombination. Magnus stellt sich neben mich, in der Hand hält er eine Serviette mit einem Brot. Ich erkenne Tomaten, Wildkräuter und hauchdünn geschnittenes Fleisch. »Du siehst aus, als könntest du einen Happen vertragen.«

Dankbar nehme ich das Brot und beiße hinein. Würzig und knusprig. Das Essen in Glücksstadt ist wirklich lecker.

»Die Menschen lieben die Schaukämpfe«, sagt Magnus. »Und Ilja befriedigt ihre Schaulust.«

Ich lächle gequält. »Das hab ich mir gedacht. Er scheint es allerdings auch zu mögen.«

»Oh ja. Das tut er.« Magnus mustert mich. »Ich möchte dir nicht zunahe treten, aber du wirkst auf mich, als würdest du dich unwohl fühlen.«

Ich stoße einen Seufzer aus. »Ist das so offensichtlich?«

»Für mich schon. Ich achte auf die Körpersprache der Menschen.«

»Und was sagt meine?«

Er macht eine mitleidige Miene. »Dass du überall lieber wärest als hier. Das Kleid steht dir fantastisch, doch du zupfst ständig an den Trägern herum oder ziehst den Rock über deine Beine. Außerdem beißt du dir andauernd auf die Lippen.«

Ich verziehe das Gesicht. »Das könnte daran liegen, dass ich so etwas noch nie getragen habe. Ich komme mir vor, als hätte ich mich verkleidet.«

Väterlich tätschelt Magnus meine Hand. »Mach dich nicht verrückt. Du siehst wunderbar aus.« Er zwinkert schelmisch. »Alles Wichtige ist verdeckt.«

Dankbar lächle ich ihn an. Seine aufmunternden Worte tun gut.

»Kommst du aus einer der Kolonien? Ilja macht ein riesen Geheimnis aus der Herkunft seines neuen Kämpfers.«

Sadraz hat mir kein Redeverbot erteilt, trotzdem will ich lieber nicht über Landsby sprechen. Je weniger Menschen von dem Ort wissen umso besser. »Eine Kolonie genau.«

»Wer sind eure Regenten?« Plötzlich wirkt Magnus extrem interessiert.

»Vor dem Putsch hatte das Militär das Sagen«, gestehe ich. »Wer jetzt regiert, weiß ich nicht.«

Magnus' Augen werden groß. »Einen Putsch? Wie schrecklich. Es gibt viele unfähige Führungspersönlichkeiten, aber dass sich die Bürger tatsächlich auflehnen, ist mir neu. Wie konnte das passieren?«

»Das hatte viele Gründe. Hauptsächlich lag es an den Experimenten, die sie mit Menschen gemacht haben und dass sie junge Frauen eingesperrt und künstlich befruchtet haben. Sie nannten es das Reproduktionsprogramm.« Bei der Erinnerung spüre ich sofort wieder Wut in mir aufsteigen.

Ich weiß nicht, ob ich es mir einbilde, aber Magnus wirkt weniger geschockt, als man es erwarten könnte. »Wer war der Anführer?«

»General Albert. Ein widerlicher Kerl.«

Magnus' Bestürzung wirkt echt und ich verspüre plötzlich das Bedürfnis, über mein Martyrium zu reden. Jemandem mitzuteilen, dass ich es nicht ertragen kann, wenn Menschen unterdrückt und ausgebeutet werden. »Wegen ihm musste ich fliehen und wäre wahrscheinlich gestorben, wenn mich nicht Mutanten gefunden und in ihre Siedlung gebracht hätten.«

Magnus ergreift sein Glas und leert es in einem Zug. Seine Körpersprache hat sich verändert. Er wirkt plötzlich angespannt und unruhig. Ich werde nervös. Habe ich ihm zuviel verraten? Kannte er General Albert?

Geräuschvoll stellt er das Glas auf den Tisch. »Eine Mutantensiedlung. Interessant. Funktioniert das gut?«

»Es klappt super«, beteure ich. »Wir haben zwar eine Anführerin, aber sie unterdrückt uns nicht, wie General Albert es getan hat. Mutter Deliah ist gerecht und behandelt alle gleich.«

Himmel, warum kann ich nicht aufhören zu plappern? Liegt es an Magnus' ehrlich wirkendem Interesse? An den Augen, die mir so vertraut erscheinen? Magnus wirkt angespannt, seine Kiefermuskeln zucken. Schweigend mustert er mich, bis ich immer nervöser werde, weil ich mich frage, ob ich mich mit meinem Gerede in Schwierigkeiten gebracht habe.

Plötzlich kommt Bewegung in die Gäste, das Gemurmel hebt an. »Da ist Murat. Es geht los«, sagt Magnus. Aus irgendeinem Grund wirkt er erleichtert.

Ich folge seinem Blick und sehe den Kämpfer mit den dunklen Haaren und der Narbe im Gesicht. Breitbeinig steht er in der Tür, wo Lee zuvor hinausgeführt worden ist. Er trägt eine knielange Sporthose und einen glänzenden Mantel, der aussieht wie ein Bademantel, nur viel dünner. Mit finsterem Blick starrt er auf den provisorischen Kampfring, um den sich nun die ersten Zuschauer versammeln. Sadraz kündigt Murat vollmundig an und brüllt am Ende seinen Namen ins Mikrofon, woraufhin tosender Applaus ertönt. Schwungvoll wirft Murat den Umhang ab. Sein Körper glänzt, als wäre er eingeölt worden. Eine ältere Frau mit hagerem Gesicht und weißen Haaren tritt aus der Menge und begleitet Murat in den Ring. Ihr spitzes Raubvogelgesicht strahlt voller Stolz.

Anschließend erscheint Lee in der Tür. Auch er trägt den komischen Mantel. Murats Anblick war schon beeindruckend, doch Lee steht dem in nichts nach. Er ist ein Bär von einem Kerl. Sein Blick ist eher fokussiert als finster.

»Und nun präsentiere ich euch den Herausforderer und baldigen Champion«, ruft Sadraz. Ein Raunen geht durch die Menge.

»Alle Achtung. Ilja traut sich was«, murmelt Magnus neben mir.

Ich verstehe nicht, was daran mutig sein soll. »Warum?«

Magnus beugt sich näher. »Ihn vor dem ersten offiziellen Kampf als baldigen Champion zu bezeichnen ist ziemlich dreist.«

Die Frau mit dem Vogelgesicht wirkt entsprechend pikiert. Ob Lee sich daran stört? Seine Miene gibt keinen Aufschluss. Wie Murat zuvor wirft er den Umhang ab und präsentiert sich den Zuschauern. Sadraz führt ihn in den Ring. Mein Blick schweift über die Anwesenden. Spannung steht in den Gesichtern geschrieben, viele Frauen mustern Lee auf eine Weise, die mir nicht gefällt. Das ist keine Achtung vor seinem Können, denn das hat Lee ja noch nicht unter Beweis gestellt. Es ist auch keine Anerkennung. Sie mustert ihn, wie sie einen teuren Deckhengst mustern würden, bei dem sie sich fragen, ob er so potent ist, wie er aussieht.

»Entschuldige mich«, sagt Magnus. »Wir unterhalten uns später weiter.«

Sein Abgang wirkt fast wie eine Flucht. Ich kann nicht verfolgen, wohin er verschwindet, denn ein großer Mann mit schwarzem Frack stellt sich vor mich und versperrt mir die Sicht auf den Kampfring. Ich stelle mich auf die Zehenspitzen, um besser zu sehen und ärgere mich, dass ich mir wegen des Gesprächs mit Magnus nicht rechtzeitig einen Platz weiter vorne gesichert habe. Jetzt kann ich nur Ausschnitte erhaschen. Ein Gong ertönt. Lee und Murat umkreisen einander. Die Menge hält den Atem an, wartet auf den ersten Angriff. Murat platziert einen Tritt in Lees Magengrube, zumindest versucht er es, denn Lee weicht blitzschnell aus. Diese Wendigkeit traut ihm wegen seines Körperumfangs niemand zu. Das Umkreisen beginnt erneut. Gerade als ich mich zu fragen beginne, wie lange das so gehen soll, stürmen die beiden wie auf ein stilles Kommando aufeinander zu. Die Schläge sind heftig, so viel kann ich erkennen. Lee blutet aus einer Wunde an der Schläfe, Murats Auge ist zugeschwollen. Er versucht erneut, Lee zu treten und ihn rückwärts aus dem Ring zu bugsieren, doch Lee schnappt sein Bein und zieht, reißt Murat mit einem Ruck von den Füßen. Hart knallt er auf den Rücken. Ab diesem Moment ist der Mann mit der Narbe chancenlos. Lee stürzt sich auf ihn und verpasst ihm einen Schlag.

Durch eine Lücke in der Menge sehe ich, dass Murat mit einer Ohnmacht kämpft. Der Ringrichter, ein untersetzter Mann mit hellbraunen Haaren, zählt an. Benommen versucht Murat, sich aufzurappeln. Ich halte den Atem an und hoffe, dass dieser dämliche Kampf vorbei ist. Die Zuschauer teilen meine Meinung nicht, denn sie feuern Murat an, aufzustehen. Sieben Minuten sind ihnen nicht genug.

Als der Ringrichter endlich bei zehn angekommen ist, atme ich auf. Die Erleichterung währt allerdings nur kurz, denn während Sadraz Lees Arm hochhält und sich an dem Sieg erfreut als wäre es seiner, schaue ich auf Murat. Der Hass und die Verachtung in seinem Gesicht erschrecken mich und erinnern mich an Mars, der brutal und rücksichtslos kämpfte und mich sogar vergewaltigen wollte, nur weil General Albert es ihm befohlen hat. Ganz klar: Lee ist im Begriff, ihn vom Thron zu stoßen und das will er unter allen Umständen verhindern.

12

»Bis später.«

Ich spüre einen Kuss auf der Stirn und öffne blinzelnd die Augen. Draußen ist es noch dunkel. »Wie viel Uhr ist es?«

»Halb fünf«, wispert Lee. »Schlaf weiter.«

Jeden Tag verlässt Lee die Wohnung früher und ich wache alleine auf. »Warum gehst du schon?«

»Extra Trainingseinheiten. Der Kampf ist in vier Tagen.«

Ach ja. Der öffentliche Kampf, den Sadraz in Windeseile organisiert und groß angekündigt hat, nachdem der Schaukampf auf der Party ein solcher Erfolg gewesen ist. Lee denkt an nichts anderes mehr. Mir hat er Geld gegeben, damit ich mir was Schönes kaufe. Angeblich, um mir was Gutes zu tun, aber ich denke, er hat ein schlechtes Gewissen, weil er so wenig Zeit hat und will, dass ich mich zurechtmache wie Helena. Immer wieder betont er, wie umwerfend ich auf der Party ausgesehen habe und wie stolz er auf mich gewesen ist. Nach der Party hat er sich mit hinter dem Kopf verschränkten Armen aufs Bett gelegt und wollte, dass ich in dem Kleid ins Schlafzimmer komme und es langsam vor ihm ausziehe. Ich war beschwipst, deshalb habe ich mir nichts dabei gedacht, aber rückblickend betrachtet zeigt es mir, wie sehr es ihm gefällt, wenn ich mich aufhübsche.

Ich greife nach seiner Hand. »Noch nicht. Lass uns kurz kuscheln.«

»Jule. Ich muss weg. Josip wartet auf mich.«

Josip. Sein Trainer. Der Mann ist eine Maschine. Fast so groß wie Lee und ehemaliger Champion, bevor er sich während eines Kampfes einen komplizierten Beinbruch zugezogen hat. Seitdem humpelt er. Ich glaube, Josip schläft nie.

Lee drückt mir einen weiteren Kuss auf die Stirn, löst sich von mir und geht. Es ist der sechste Morgen, an dem ich alleine aufwachen werde. Eine Weile liege ich wach und überlege, wie ich den Tag verbringen soll. Vorgestern war ich mit Karla Kleider und Schminke kaufen. Sie hat mich beraten, und zwar so gut, dass sie gestern ein Gespräch mit der Chefin des Ladens hatte, um dort zu arbeiten. Ich frage mich, wie es ausgegangen ist. Auf jeden Fall ist Karla überglücklich. Für sie trägt die Stadt ihren Namen zurecht.

Irgendwann muss ich wieder eingeschlafen sein, denn als ich aufwache, ist es bereits nach neun. Jeden Tag schlafe ich länger. Lustlos pelle ich mich aus dem Bett, schlüpfe unter die Dusche und mache mir dann ein Brot. Mit dem Kaffee kochen komme ich noch nicht zurecht, er ist entweder so stark, dass ich Herzflattern bekomme oder dünn wie Tee. Heute brauche ich viel Milch, aber langsam wird er besser. Die neuen Kleider boykottiere ich und schlüpfe stattdessen in meine alten Sachen. In denen fühle ich mich mehr wie ich selbst. Das einzige Zugeständnis an meinen neuen Lebensstil ist der helle Lippenstift und das schwarze Zeugs für meine Wimpern. Derart aufgehübscht setze ich mich auf einen Stuhl ans Fenster und starre nach draußen. Ich habe keine Ahnung, was ich mit dem Tag anfangen soll. Einkaufen war ich zu Genüge, Spazieren ebenfalls. Gerade als ich überlege, ob ich mir eine Autorikscha besorgen und auf große Erkundungstour gehen soll, klopft es an der Tür.

Es ist Klara. Sie begrüßt mich freudestrahlend. »Hey. Guten Morgen. Ich hoffe, ich störe nicht.«

»Ach quatsch. Ich langweile mich zu Tode. Komm rein.« Überschwänglich reiße ich die Tür auf und ziehe sie in die Wohnung. Klara ist nicht zum ersten Mal bei mir, trotzdem sieht sie sich immer wieder um. »Oh Mann. Du hast es wirklich schön hier.«

Darauf gehe ich lieber nicht ein. Ich schäme mich ein wenig, als hätte ich den Luxus nicht verdient, was im Grunde auch so ist. Es ist Lees Verdienst und nicht meiner. »Willst du was trinken? Wie war das Vorstellungsgespräch?«

Klaras Miene hellt sich auf. »Das erzähl ich dir gleich. Hast du den leckeren Saft da?«

Ich nicke und hole ein Glas und eine Flasche Apfelsaft aus der Küche.

»Das Vorstellungsgespräch lief perfekt«, berichtet Klara. Ihre Wangen glühen vor Eifer. Es sieht hinreißend aus. »Am Montag kann ich anfangen. Eine Woche lang werde ich angelernt, dann bekomme ich Geld.«

»Gratuliere. Das ist toll.« Ein Stich fährt durch mein Herz. Karla hat bald eine Aufgabe und ich hänge in dieser Wohnung rum und kann nichts tun, als die Häuserblocks abzulaufen und hübsch auszusehen.

Scheinbar sieht man mir meinen Frust an, denn Klara beugt sich vor und legt eine Hand auf meinen Arm. »Wenn du arbeiten willst, legt Lee bestimmt ein gutes Wort für dich ein. Ich glaube, dieser Ilja Sadraz wird ihm nichts abschlagen.«

Ein bitteres Lächeln ist alles, was ich fertigbringe. »Natürlich nicht, aber ich will nicht, dass Sadraz irgendjemanden zwingt, mich einzustellen. Das traue ich dem Kerl nämlich zu.«

Karla stößt einen Seufzer aus und lehnt sich zurück. »Es gefällt dir hier nicht, oder?«

»Nein«, gebe ich zu. »Ich vermisse Landsby.« Und ich habe das Gefühl, dass mit diesem Ort was nicht stimmt, aber das behalte ich lieber für mich. Klara würde mich nur für paranoid halten.

»Hm.« Klara macht ein nachdenkliches Gesicht. »Weißt du was? Wir beide gehen heute Abend aus. Meine Chefin hat mir von einem Ort erzählt, wo Musik gespielt wird und wo man tanzen kann. Das wär doch was für uns, glaubst du nicht?«

»Meinst du wie ein Fest oder eine Party?«

»So ähnlich, nur findet das jedes Wochenende statt. Sie nennen es Tanzclub.«

»Ich weiß nicht.« Hätte sie gesagt, es gäbe einen Wasserturm und wir würden hochsteigen und eine Flasche Apfelwein trinken, würde mir das besser gefallen.

»Komm schon«, Karla stößt mich aufmunternd mit dem Ellenbogen an. »Wir waren noch nie in einer Stadt wie dieser. Da sollten wir alles ausprobieren. Wir haben ein wenig Spaß verdient.«

Ob das ein Spaß wird, wage ich zu bezweifeln, aber zumindest komme ich mal raus und lerne vielleicht sogar andere Leute kennen. Leute, die mehr so sind wie ich. »Also gut. Wir gehen hin. Wo ist das?«

Karlas Miene wird verschwörerisch. »Hinter der Grenze. Im Arbeiterviertel.«

* * *

Eine Rikscha zu besorgen war nicht schwer, dazu mussten wir nur einen der Wächter bezirzen und erwähnen, wessen Freundin ich bin, dann hat er uns den Schlüssel besorgt. Das Ding in Gang zu bringen und damit zu fahren, gestaltet sich allerdings schwieriger. Während wir auf dem Rathausplatz bremsen, lenken und Gas geben üben, hoffe ich, dass Lee nicht ausnahmsweise früher nach Hause kommt und meine Nachricht entdeckt, denn dann wird er bestimmt versuchen, mich aufzuhalten. Und ich hoffe, dass ich meine neuen Kleider nicht schmutzig mache, bevor ich diesen Tanzclub überhaupt erreiche. Zwar komme ich mir komisch vor mit dem kurzen Rock, den Ballerinas und dem für meinen Geschmack viel zu tief ausgeschnittenen Top, aber es sieht gut aus, das muss ich zugeben. Wider Erwarten macht mir die ganze Sache Spaß.

Nach ein paar Runden üben, kristallisiert sich Klara als die Bessere von uns heraus und übernimmt die Verantwortung, uns sicher zu diesem Tanzclub zu bringen. Ruckelnd fährt sie los. Ich klammere mich an die Schlaufen, die von der Decke baumeln, und bete, dass Klara nichts rammt. Nach einer Weile besiegt meine Aufregung die Angst. Zum ersten Mal werde ich die Straßenzüge zwischen meiner Wohnung und dem Trainingsgelände verlassen. Staunend betrachte ich die Häuser mit Vorgärten und Terrassen. Nichts liegt in Trümmern wie in den Städten, die wir regelmäßig durchkämmt haben, alles ist sauber und gepflegt.

Trotz der Trockenheit wächst bei vielen sogar Gras. Bei der Hitze müssen die Bewohner das bestimmt jeden Abend wässern.

An der ersten Schranke halten wir inne. Widerwillig legt der Ordnungshüter das zerfledderte Taschenbuch in seiner Hand zur Seite, rappelt sich von seinem Klappstuhl auf und kommt auf uns zu. Seinem Gesichtsausdruck nach zu urteilen ist er nicht froh über die Unterbrechung. Lässig lehnt er sich gegen die Rikscha und mustert uns mit gerunzelter Stirn. »Wohin wollt ihr?«

Karla lächelt ihn zuckersüß an. »Wir wollen in den Tanzclub.«

»Habt ihr einen Passierschein dabei?«

Karla dreht sich zu mir um. »Äh …«

Mist. Ich dachte, den braucht man nur, wenn man in den Regierungsbezirk rein will und nicht raus. »Ups. Den haben wir leider vergessen«, improvisiere ich spontan.

»Ihr seid neu hier.« Das war keine Frage und ist sowieso offensichtlich. Zwei alberne Gänse, die herum hibbeln wie Kinder.

»Ja«, gebe ich zu und schenke dem Typen ein Lächeln und einen Augenaufschlag. Wäre doch gelacht, wenn ihn geballte Frauenpower nicht beeindruckt.

»Ihr kommt nicht wieder rein, wenn ihr euch nicht ausweisen könnt«, murrt er.

Ich gebe nicht auf. »Das wissen wir. Könntest du nicht eine Ausnahme machen? Du weißt doch jetzt, woher wir kommen?«

Flehend schauen wir zu ihm auf. Karla fährt sich durch die langen, blonden Haare und streckt unauffällig ein Bein raus. Der Ordnungshüter starrt es an und schluckt nervös. Eigentlich sieht er gar nicht schlecht aus mit den schwarzen, millimeterkurz geschorenen Haaren und den dunklen Augen.

»Also gut. Ich hab Dienst bis um Mitternacht. Wenn ihr bis dahin zurück seid, werde ich euch durchlassen«, sagt er schließlich. Er zwinkert Karla zu. »Oder du holst mich ab und ich begleite dich in den Tanzclub.«

»Okay. Klingt gut«, sagt Karla. Offensichtlich gefällt ihr sein Interesse, denn sie streicht ihre Haare aus dem Gesicht und kichert geziert, wie sie es immer bei Paul getan hat. Nach allem, was sie mitgemacht hat, tut es gut, sie unbeschwert und fröhlich zu sehen. Und auch mir täte es gut, das wird mir in ebendiesem Moment bewusst.

Der Ordnungshüter grinst über beide Ohren. Dass er sich heute noch mit einer hübschen Frau trifft, damit hat er garantiert nicht gerechnet. »Dann haben wir einen Deal. Mitternacht. Hier am Schlagbaum.« Er stößt sich von der Rikscha ab, schlendert davon und kurbelt den Schlagbaum hoch.

Karla startet die Autorikscha. Das Ding macht einen Satz nach vorn, bevor es stotternd in Gang kommt. Die Sache mit dem Gas geben hat sie noch nicht ganz raus.

Das Stadtbild verändert sich. Die Häuser werden kleiner und stehen enger beisammen, bis sie sich so dicht aneinanderdrängen, dass es aussieht, als wäre es ein einziges Haus. Immer mehr Menschen tummeln sich auf der Straße, neben Fahrrädern und rostigen Autorikschas. Es wird bunter und lauter. Waghalsig schlängelt Karla sich zwischen den Menschen hindurch. Von allen Seiten wird gehupt und gerufen. In diesem Teil der Stadt findet das Leben komplett auf der Straße statt. Ich fühle mich sofort wohler. Irgendwann haben wir uns hoffnungslos verirrt und müssen anhalten, um einen Passanten nach dem Weg zu fragen. Wie sich herausstellt, sind wir schon ganz in der Nähe.

Der Tanzclub befindet sich im einzigen freistehenden Gebäude der Gegend. Es handelt sich um einen Flachbau mit Leuchtschrift über dem Eingang. *Phönix* steht dort in roten und blauen Lettern. Karla parkt die Autorikscha und ich krame Geld aus der kleinen Tasche, die ich um die Schultern trage.

Bereits am Eingang empfängt uns die Musik. Laut, hart und schnell. Es ist ungewöhnlich dunkel, und weil uns jeder mustert, komme ich mir vor wie ein Mutant. So müssen Galens Leute sich gefühlt haben, als sie damals in die Kolonie gekommen sind. Bunte Lichter zucken umher, die Musik wird immer lauter, bis wir in den Tanzraum gelangen. Dort wird sie regelrecht ohrenbetäubend. Die Gäste drängen sich auf der Tanzfläche, stehen herum oder sitzen auf komischen Sitzkissen. Ich bekomme vor Staunen den Mund nicht mehr zu.

Aus den Augenwinkeln sehe ich, wie sich Karlas Lippen bewegen, doch ich höre nicht, was sie sagt. Die Musik ist einfach zu laut. Der wilde Rhythmus fließt durch mich hindurch wie etwas Lebendiges. Karla deutet zur anderen Seite des Raumes auf eine Theke, wo scheinbar Getränke ausgegeben werden. Das ist unser erstes Ziel. Langsam schlängeln wir uns durch die Menge. So viele Menschen auf engstem Raum verursachen mir einen leichten Anflug von Panik, den ich mit irgendwas Alkoholischem unterdrücken muss, sonst halte ich es hier nicht aus. Wir stellen uns ans Ende der Schlange.

Die schwarze Tafel an der Wand preist alle möglichen Drinks an, von denen mir nur einer etwas sagt: Palmschnaps mit Johannisbeersaft. Eine gewagte Mischung. Ich bestelle das Getränk bei der aufgetakelten Bedienung und bekomme ein mit hellroter Flüssigkeit gefülltes Glas, das so schmal ist, dass es fast wie eine Röhre aussieht.

»Was machen wir jetzt?«, brüllt Karla in mein Ohr.

Ich deute auf eine dunkle Ecke, in der es etwas ruhiger zu sein scheint. »Wir stellen und dahinten hin und schauen zu.«

Ich hätte auch an der Theke stehenbleiben können, denn das lächerliche Gläschen habe ich in null komme nichts leer getrunken. Das Johannisbeerzeug schmeckt lecker. Also holen wir uns gleich ein zweites Glas und stellen uns anschließend in Position. Der Laden ist total verrückt. Die Menschen, die Kleider, die laute Musik. Falls ich keinen Hörsturz erleide, habe ich morgen bestimmt Kopfschmerzen.

Immer wieder schleichen Typen an uns vorbei und glotzen uns an. Kein Wunder. Selbst für Glücksstadt Verhältnisse ist Karla ein echter Blickfang. Irgendwann kommt ein Kerl auf sie zu und bittet sie um einen Tanz. Mit seinen dunkelblonden Haaren, den graublauen Augen und dem kantigen Gesicht ist er extrem attraktiv. Die wulstige Haut, die sich von der Unterseite seines Kiefers über den Hals bis unter sein Shirt zieht, ist der einzige Makel. In dem schummrigen Licht kann ich es schlecht erkennen, aber es sieht aus wie eine Brandnarbe. Karla schaut mich fragend an und ich nicke. Wenigstens eine von uns sollte Spaß haben. Interessiert beobachte ich, wie sie versucht, sich zum Rhythmus der Musik zu bewegen. Zuerst wirkt es ein wenig steif und unbeholfen, doch der Typ zeigt ihr, wie es geht. Nach ein paar Liedern sehen ihre Bewegungen zumindest nicht mehr albern aus.

Langsam gewöhne ich mich an die laute Musik und beginne mich zu entspannen. Zweimal werde ich zum Tanzen aufgefordert, aber ich wehre ab. Für dieses Experiment bin ich noch nicht bereit.

Als Karla zurückkommt, glühen ihre Wangen und sie ist regelrecht euphorisch. Der Typ begleitet sie.

»Das ist Raik«, stellt sie ihn vor und deutet dann auf mich. »Und das ist meine Freundin Jule.«

Raik grinst mich an. »Hi. Karla sagte mir, ihr seid neu in der Stadt.«

»Ja.« Hoffentlich folgt jetzt keine Fragerunde, denn ich habe keine Ahnung, was ich überhaupt erzählen will. Dass ich die Freundin des neuen Kämpfers bin jedenfalls nicht. Falls es ungemütlich wird, muss ich mich zur Not am Tanzen versuchen.

»Woher kommt ihr?«

»Aus einer der Kolonien«, antworte ich schnell, bevor Karla etwas sagen kann. Wir hätten uns vorher wirklich absprechen sollen.

»Seid ihr nach Glücksstadt gezogen oder nur zu Besuch?«

Karla kichert. »Wir leben jetzt hier. Im Regierungsviertel.«

Oh Mann. Das sollte sie im Arbeiterviertel nicht jedem auf die Nase binden. Versteht sie das denn nicht? Raik wirkt überrascht. »Echt jetzt? Neuankömmlinge lungern normalerweise im Außenbezirk herum und hoffen auf einen Deal. Wie habt ihr es geschafft, ins Regierungsviertel zu kommen?«

»Ihr Freund ist der neue Kämpfer«, sagt Karla und klingt so stolz, als wäre Lee ihr Freund und nicht meiner.

Ich verdrehe genervt die Augen. So viel zum Thema Geheimhaltung. Raik hingegen scheint begeistert. »Wow. Ist das cool. Alle sagen, er sei unbesiegbar. Und dass er genetisch verändert worden ist. Stimmt das?«

Ach verdammt. Was soll ich darauf antworten? Ich will nicht über Lee und seine Sonderstellung reden. »Er ist einfach nur sehr groß und stark. Ein gut ausgebildeter Soldat.«

Hoffentlich stellt ihn das zufrieden. Raik beäugt mich, versucht wahrscheinlich herauszufinden, ob ich lüge oder einfach nur tiefstaple. »Alles klar«, meint er schließlich, wühlt in seiner Hosentasche rum und hält uns dann zwei Kapseln hin. Dabei entdecke ich weitere Narben auf seinem Handrücken. Woher hat er die bloß? »Hier. Für euch. Ein kleines Willkommensgeschenk. Die geb ich nicht jedem.«

»Was ist das?«, will Karla wissen. Sie steht Drogen misstrauisch gegenüber und konnte nie verstehen, warum Paul immer mit Manja und mir Zauberpilze konsumiert hat. In ihren Augen waren wir ein schlechter Umgang für ihn.

Raik beugt sich näher. »Die verschaffen euch die Nacht eures Lebens. Ihr werdet euch wie Königinnen fühlen.«

Meine Vernunft rät mir ab, aber die Erinnerung an die Nächte auf dem Wasserturm, als meine Freunde und ich über der Welt zu schweben schienen, führt mich ernsthaft in Versuchung. »Lass mal. Das ist keine gute Idee«, sage ich schnell.

Karla nagt an ihrer Unterlippe und starrt wie gebannt auf die Kapseln. Raik erkennt ihren inneren Konflikt und hält ihr die Dinger auffordernd unter ihre Nase. »Greif zu. Es wird dir gefallen. Das verspreche ich dir.«

Ich fasse nach Karlas Arm und versuche, sie wegzuziehen. »Lass das lieber. Wir wissen nicht, was das ist.«

Abrupt reißt sie sich los. »Darüber hast du dir früher auch keine Gedanken gemacht. Ich war lange genug eingesperrt. Jetzt bin ich hier und will endlich wieder Spaß haben.«

Entschlossen greift sie nach einer Kapsel, wirft sie sich in den Mund und spült sie mit ihrem Drink runter. Raik grinst breit. »Was ist mir dir?« Seine Hand schwenkt zu mir.

»Nein.« Ich klinge entschlossener als ich mich fühle. Die Musik wummert durch meinen Körper, die bunten Laserstrahlen zucken umher, die Menschen tanzen und trinken, und ich stehe da als wäre ich gerade aus einer Höhle gekrochen und würde zum ersten Mal die große weite Welt sehen.

»Keine Sorge, das Zeug ist harmlos. Wir nehmen das hier alle. Auch meine Freunde.« Wie zum Beweis deutet Raik zu einem Tisch, an dem eine Frau und ein junger Mann sitzen. Sie lachen ausgelassen.

»Ich kenne euch nicht«, beharre ich. »Also nein, ich möchte die Kapsel nicht.« Warum bietet uns ein Mann, den wir gerade erst kennengelernt haben, Drogen an? Ist das in Glücksstadt üblich? Oder tut er das, weil er sich mit der Freundin des Kämpfers gut stellen will?

Raik lässt die Hand sinken. »Wie du willst. Kann ich dir wenigstens einen Drink spendieren?«

Dagegen habe ich nichts einzuwenden. Raik holt den Nachschub und bittet uns dann an seinen Tisch. Sein Freund, den er als Serge vorstellt, schleppt zwei Sitzkissen herbei. Karla plumpst in eines und bekommt einen Lachanfall, als sie bis zum Hals darin versinkt. Die Pille scheint bereits zu wirken. Die Frau am Tisch stellt sich als die Tia, Schwester von Serge vor. Sie hat wunderschöne, schwarze Haare, die ihr glatt und glänzend über den Rücken fallen, ein dicker Lidstrich lässt ihre dunklen Augen geheimnisvoll und auch ein wenig verrucht wirken. Einzig die schmalen, zu den Mundwinkeln hin leicht nach unten gebogenen Lippen, stören das harmonische Gesamtbild, weil sie ihr einen verkniffenen Ausdruck verleihen. Tia erzählt mir, dass sie auf ihren Freund wartet, der noch arbeiten muss. Meine Frage nach der Art der Arbeit beantwortet sie mit einem Lachen.

»Wo wohnt ihr?«, will Tia wissen.

»In der Hochstraße, in der Nähe des Rathauses«, sage ich. Da Raik es sowieso weiß, kann ich auch ehrlich sein. Tia und Serge starren mich verblüfft an.

»Ihr kommt aus Uptown?«, fragt Serge ungläubig.

»Und nicht nur das«, wirft Raik ein. »Sie ist die Freundin von Sadraz' neuem Spielzeug.«

Unbehaglich schaue ich von einem zum anderen. *Spielzeug* klingt nicht gerade nach einem Fan. »Ist das ein Problem?«

»Nein«, beteuert Raik eilig. »Wir kennen nur niemandem aus dem Regierungsbezirk. Wer hat euch vom Phönix erzählt?«

Ich deute auf Karla. »Die Chefin meiner Freundin.«

»Sie heißt Iiineees. Das Eeee mit Strich drüber«, kichert Karla. Aufseufzend neigt sie sich zu Raik und schmachtet ihn an. Sie ist wirklich zugedröhnt.

Raik, Tia und Serge werfen einander einen komischen Blick zu, was mein Unbehagen verstärkt. Nein, ihnen zu erzählen, woher wir kommen, war keine gute Idee.

Serge hebt sein Glas. »Die Freundin des neuen Champions in unserer Mitte. Darauf müssen wir trinken.«

Es gefällt mir zwar nicht, aber ich mache mit und leere mein Glas in einem Zug, weil es auch die anderen tun und weil ich das komische Gefühl in meiner Magengrube vertreiben will. Es sind nur junge Leute wie wir. Warum wittere ich überall einen Komplott? Das muss ich mir unbedingt abgewöhnen.

Raik springt auf. »Ich hole Nachschub.«

Schnell greife ich zu meiner Tasche, um Geld rauszuholen, doch Raik schüttelt den Kopf. »Die Drinks gehen auf mich. Schließlich trifft man nicht jeden Tag die Freundin einer Berühmtheit.«

Die Sache ist mir unangenehm. Ich bin ein ganz normales Mädchen und Lee ein ganz normaler Mann. »Hört zu Leute. Das ist kein großes Ding, wirklich nicht.«

Doch die anderen lassen sich nicht davon abbringen, dass meine Gegenwart etwas Besonderes ist. Tia fragt, ob ich ihnen Karten für den ersten Kampf besorgen kann, denn die wenigen

Tickets für die Menschen aus Downtown seien bereits ausverkauft. Ich verspreche ihr, es zu versuchen. Wir unterhalten uns und albern ein wenig herum. Nach zwei weiteren Drinks wird mir schlecht. Die laute Musik, die zuckenden Lichter und der Alkohol sind einfach zu viel für mich. Tia begleitet mich nach draußen, doch die frische Luft macht es leider nicht besser. Mir ist kotzelend. Würgend halte ich mir den Magen.

»Oh je. Lass uns schnell hinters Haus gehen, damit du dich nicht vor den Gaffern hier übergeben musst.« Tia fasst mich unter dem Arm und führt mich um die Ecke. Ich folge ihr willig, in meinem Elend ist mir alles egal.

»Weißt du«, sagt Tia, als wir hinten angekommen sind und zwischen einem Müllcontainer und irgendeinem Gestrüpp Halt machen. »Das Leben in Downtown kann ziemlich scheiße sein.«

Mein Magen krampft sich schmerzhaft zusammen. Keuchend beuge ich mich vor und stütze mich gegen die Hauswand. Dass ich so empfindlich auf Alkohol reagiere, ist mir neu.

»Wir werden mies bezahlt und wohnen so eng aufeinander, dass man quasi nie seine Ruhe hat«, fährt Tia fort. »Ich wohne mit meiner Mutter und meinen beiden Geschwistern in zwei kleinen Zimmern. Bad und Küche teilen wir uns mit drei anderen Familien. Privatsphäre ist ein Fremdwort für uns.«

Warum erzählt sie mir das? Sieht sie denn nicht, wie ich leide? »Tut mir leid«, stoße ich ächzend hervor. »In der Kolonie war das ähnlich. Viele haben in baufälligen Hütten gelebt.«

Tia mustert mich streng. »Und du? Hast du auch in einer Hütte gelebt?«

Die Schmerzen werden immer schlimmer. Ich wünschte, ich könnte mich übergeben, aber außer einem trockenen Würgen kommt nichts raus.

Tia beugt sich näher. Ihr Grinsen sieht gar nicht freundlich aus. »Keine Sorge, das geht vorbei.«

Aus den Augenwinkeln sehe ich Serge um die Ecke kommen. Seine Gestalt verschwimmt vor meinen Augen. Würgend sacke ich in die Knie. Ich höre, wie Serge etwas zu Tia sagt, so leise, dass ich es nicht verstehen kann. Dann spüre ich einen Stoß und lande auf meinen Knien. Was zur Hölle ist hier los? Alles dreht sich. Der Boden rast auf mich zu. Kleine Steine bohren sich in meine Wange.

»Ich dachte, sie wäre längst weggetreten.« Das ist Raiks Stimme. Wo kommt der plötzlich her? Mit letzter Kraft drehe ich den Kopf. Er steht neben Tia und deutet in die Dunkelheit hinter sich. »Otis ist mit dem Wagen da.«

Tia beugt sich über mich, greift in meine Haare und zerrt meinen Kopf in den Nacken. Es tut weh. »Ein paar Sekunden noch.«

Mein letzter Gedanke gilt Lee. Er wird durchdrehen vor Sorge, wenn ich nicht nach Hause komme. Dann wird alles schwarz.

13

»Das könnt ihr nicht machen.« Die Stimme klingt gedämpft, als würde ich sie durch Wasser hören.

»Aber sie ist perfekt. Sadraz wird ausrasten. Wenn wir das durchziehen, frisst er uns aus der Hand.« Das ist eine Frauenstimme. Woher kenne ich sie?

Ich will mich rühren, schaffe es jedoch nicht. Auch meine Augen bleiben zu. Irgendwas Hartes drückt unangenehm in meinen Rücken. Ein Stein? Liege ich auf dem Boden?

»Ihr müsst ein anderes Druckmittel suchen.«

»Warum?« Die Frau klingt zornig.

»Sie ist keine von denen.«

»Na und? Darauf können wir keine Rücksicht nehmen.« Diesmal hat ein Mann gesprochen. Auch seine Stimme kommt mir bekannt vor. Es ist einer der Männer, die wir in dem Tanzclub kennengelernt haben. Serge. Was ist hier los? Ächzend versuche ich, die Augen zu öffnen.

»Sie wacht auf«, stellt Serge fest.

»Wenn du sie gehenlässt, fangen wir wieder bei null an«, murrt die Frau. Tia.

Ich spüre Hände an meinen Schultern, jemand hebt meinen Kopf. »Jule?«

Endlich öffne ich die Augen und sehe das Gesicht, das zu der Stimme gehört. Magnus. Wie kommt er hierher? »Was ... was ist los?«

Mein Hals kratzt und ich muss husten. Magnus hält mir eine Wasserflasche an die Lippen. »Hier trink. Das wird dir guttun.«

Während ich meine schmerzende Kehle befeuchte, irrt mein Blick in die Runde. Serge und Tia stehen neben mir und starren mich mit unergründlichen Mienen an. Warum haben sie mich betäubt? Ich setze mich auf und lehne mich gegen die Wand. Ich bin in einer Wohnung, so viel kann ich erkennen. Im Zimmer stehen ein verschlissener Sessel und ein alter Holztisch. An der gegenüberliegenden Wand sehe ich ein Regal mit Büchern. Der Versuch, meinen Arm zu bewegen, scheitert, es rasselt und klappert nur. Sie haben mich mit Handschellen an den Heizkörper gefesselt. »Was ... », meine Stimme klingt kratzig. Ich räuspere mich. »Was wollt ihr von mir?«

Magnus schaut zu Tia und Serge auf und dann zu mir. »Du hast in Deliahs Siedlung gelebt.«

Ich nicke verwirrt. Was hat das damit zu tun, dass sie mich gefangen halten?

»Wie bist du mit dem System in der Kolonie zurechtgekommen?«, fragt er weiter.

Misstrauisch runzle ich die Stirn. »Warum willst du das wissen?«

Sein Gesicht wird hart. »Antworte mir!«

»Sie wohnt im Regierungsviertel. Das sagt doch alles«, wirft Tia ein. »Und wenn du sie gehenlässt, wird sie uns verraten.«

Magnus wirft ihr einen vorwurfsvollen Blick zu. Ich ignoriere den stechenden Schmerz in meinem Kopf und setze mich vollständig auf. »Warum habt ihr mich entführt?«

Magnus stößt einen Seufzer aus. »Wie wär's mit einem Deal? Du erzählst mir von der Kolonie und ich verrate dir, warum wir dich entführt haben.«

»Klingt akzeptabel.«

Tia schnaubt. Serge schwingt sich auf die Tischplatte und verschränkt abwehrend die Arme vor der Brust. Magnus setzt sich in den Sessel. »Wir hören.«

Stockend erzähle ich ihnen von meinem Vater und dem Reproduktionsprogramm. Von General Albert und meiner Flucht. Vom Kampf gegen das Regime und meiner Rückkehr mit den Mutanten. Je mehr ich erzähle, umso leichter fällt es mir.

»Du bist ja eine richtige Rebellin«, stellt Tia am Ende fest. Ich weiß nicht, ob es spöttisch oder ernst gemeint ist. Ihr Tonfall klingt nach einer Mischung aus beidem.

»Wir wollen Ilja Sadraz stürzen«, eröffnet Magnus.

Tia schnappt hörbar nach Luft. »Magnus. Spinnst du?«

Resigniert schließe ich die Augen. Bitte nicht. Gibt es denn keine funktionierende Stadt auf dieser Welt? Und warum werde ich schon wieder in sowas hineingezogen?

»Du kannst ihr nicht vertrauen«, sagt Serge.

»Doch, das kann ich.« Magnus klingt so überzeugt, als würde er mich mein Leben lang kennen. Ich öffne die Augen und blicke ihn fragend an.

Serge treibt dieselbe Frage um. »Warum bist du dir da so sicher?«

Tief zieht Magnus den Atem ein. »Weil sie mit meiner Mutter befreundet ist.«

14

Serge stoppt die Rikscha und lässt mich aussteigen. Da ich keinen Passierschein habe, hat er mich über Schleichwege ins Regierungsviertel gebracht. Magnus hätte mir einen ausstellen können, doch das hätte zu lange gedauert. Bis dahin wäre mein Fehlen bemerkt worden. Also schleiche ich mich wie ein Dieb zurück. Da sich in der Gegend viele Ordnungshüter rumtreiben, lässt Serge mich in einer Seitenstraße raus, etwa fünfhundert Meter von Zuhause entfernt.

»Die Kontaktdaten hast du«, sagt Serge und blickt sich nervös um. Ich nicke. »Tut mir echt leid, dass wir dich entführt haben«, fährt er fort.

»Das sagtest du bereits«, gebe ich zurück. »Mindestens zwanzig Mal. Es ist okay.«

Ist es nicht wirklich, aber ich will mal nicht so sein. Was er und seine Kumpels getan haben, war eine Kurzschlussreaktion, doch nichtsdestotrotz kriminell. Seine besorgte Miene nötigt mir ein Lächeln ab. »Ich werde euch nicht verraten, das hab ich Magnus versprochen und meine Versprechen halte ich.«

»Alles klar. Danke.« Serge tippt sich gegen die Stirn, gibt Gas und tuckert davon.

Mit schweren Gliedern schleppe ich mich nach Hause. Die Sonne steigt immer höher, vertreibt die nächtlichen Schatten aus jedem Winkel der Stadt. Höchste Zeit, dass ich ins Bett komme und meinen Rausch ausschlafe. Bevor ich die Wohnungstür aufschließen kann, wird sie von innen aufgerissen. Wie ein Berg steht Lee vor mir und funkelt mich zornig an. »Wo zur Hölle bist du gewesen? Ich bin fast durchgedreht vor Sorge.«

Schnell husche ich in die Wohnung und schließe die Tür. »Tut mir leid. Karla hat mich in einen Tanzclub geschleppt.«

»*Einen was?*«

»Das ist so eine Art Tanzveranstaltung. Wir haben völlig die Zeit vergessen.« Hoffentlich bemerkt er meinen derangierten

Zustand nicht. Mein Kopf schmerzt wie die Hölle und das flaue Gefühl in meinem Magen trägt auch nicht gerade zu meinem Wohlbefinden bei. Ich möchte mich einfach nur hinlegen und schlafen.

»Karla ist zuhause, und zwar schon seit Stunden.« Wütend kneift Lee die Augen zusammen. »Als sie nach Hause gekommen ist, war sie völlig zugedröhnt hat Liam erzählt.«

Mist. Woher weiß er das? Ist er etwa bei Liam gewesen? »Karla ist vor mir gegangen. Ich wollte noch ein wenig tanzen.«

»Wo ist dieser Tanzclub?«

»Im Arbeiterviertel«, gebe ich kleinlaut zu.

Entsetzt reißt Lee die Augen auf. »Du bist im *Arbeiterviertel* gewesen? Allein? Weißt du denn nicht, wie gefährlich es dort ist?«

Das hab ich gemerkt. Die Frage ist, woher er das weiß, wo er das Regierungsviertel angeblich noch nie verlassen hat? Wurde er von den anderen Kämpfern gewarnt? »Wirklich? Sadraz prahlt doch immer damit, wie toll und sicher Glücksstadt ist.«

»Sieh mich an!« Lee legt einen Finger unter mein Kinn und hebt meinen Kopf. »Deine Augen sind feuerrot. Du hast was genommen.«

Doppelt Mist. »Tut mir leid. Ich hab's mit dem Feiern ein wenig übertrieben.« Ich muss Lee irgendwie runterbringen, bevor ich ihm minutiös erzählen muss, was ich alles gemacht habe. Da ich eine schlechte Lügnerin bin, würde er mich sofort durchschauen. Trotzig recke ich das Kinn. »Du willst doch, dass es mir hier gefällt. Endlich hab ich mal Spaß und jetzt machst du so ein Theater. Du bist den ganzen Tag am Trainieren und sonnst dich in Bewunderung, während ich in der Wohnung hocke und aus dem Fenster starre. So wird es mir nie gefallen.«

Ihm ungerechtfertigte Vorwürfe zu machen, nur um meine Haut zu retten, ist gemein, aber es erzielt den gewünschten Erfolg. Lee wird augenblicklich ruhiger.

»Ich verstehe das«, sagt er. »Aber deshalb musst du doch nicht ins Arbeiterviertel gehen. Und Drogen nehmen geht gar nicht, Jule. Kannst du dir nicht eine andere Beschäftigung suchen?«

Natürlich kann ich das. Zum Beispiel für Rebellen herumschnüffeln. Denn das ist, was Magnus und seine Leute sind und worum er mich gebeten hat. Informationen beschaffen für diejenigen, die Sadraz stürzen wollen.

Magnus ist Mutter Deliahs verlorener Sohn.

Diese Offenbarung hat mich aus den Socken gehauen. Und wie seine Mutter setzt er sich für die Unterdrückten und Benachteiligten ein. Mit achtzehn ist er aus der Kolonie abgehauen, um seine Mutter zu suchen, die kurz nach seiner Geburt verbannt worden ist. Statt seine Mutter hat er Glücksstadt gefunden. Damals wurde die Stadt noch von einem anderen regiert. Der hat seinen Job jedoch so mies gemacht, dass Sadraz leichtes Spiel hatte. Zuerst sah es auch so aus, als wäre Sadraz die richtige Wahl. Die Stadt blühte auf. Doch bald kamen erste Zweifel und Ungereimtheiten. Menschen verschwanden, Grenzen wurden gezogen, die Zahl der Ordnungshüter verdreifacht. Aus dem großartigen Anführer Ilja Sadraz wurde ein despotischer Tyrann, hat Magnus erzählt.

Mit meiner spontanen Entführung wollten die Rebellen gelockerte Arbeitsbedingungen über die Grenzen des Arbeiterviertels hinaus erpressen, denn Sadraz sorgt dafür, dass die Menschen dort gerade genug haben, um zu überleben, aber nie die Chance bekommen, aufzusteigen. Ganz zu schweigen von den Menschen im Außenbezirk. Die leben wie die Tiere meinte Magnus. Sie betteln um Wasser und werden erschossen, wenn sie es wagen, die Stadt unerlaubt zu betreten. Verzweifelte Frauen bieten das Einzige an, was sie haben: ihre Körper. Und die Männer werden als Tagelöhner missbraucht, die in den Gewächshäusern, Klärgruben oder im Steinbruch schuften. Diese Stadt ist verdorben. Und dabei hat Magnus mir noch nicht mal alles erzählt. Es gäbe Dinge, meinte er, die für sich genommen bereits Sadraz' Sturz rechtfertigen würden. Welcher

Art diese Dinge sind, wollte er mir jedoch erst verraten, wenn ich ihm nützliche Informationen beschafft habe.

»Jule? Warum antwortest du mir nicht?«

Ups. Meine Gedanken sind abgeschweift. »Ich könnte arbeiten«, schlage ich vor, als wäre mir die Idee gerade erst gekommen.

»Okay.« Natürlich ist Lee mehr als bereit, mir zu helfen. Arbeiten ist tausendmal besser, als sich in Downtown rumzutreiben und die Nächte durchzufeiern. »Was schwebt dir vor?«

»Ich würde gerne für Sadraz arbeiten«, sage ich spontan. »Ich finde, es entspricht deiner Stellung in Glücksstadt, wenn deine Freundin für deinen Förderer arbeitet.«

Ich bin eine miese Freundin und habe keine Ahnung, warum ich mich auf diesen Mist überhaupt einlasse. Die Probleme in Glücksstadt gehen mich nichts an. Ich sollte mich raushalten. Warum tue ich es nicht? Bin ich süchtig danach, mich immer wieder in Schwierigkeiten zu bringen? Was Sadraz mir antun könnte, wenn er herausfindet, dass ich Kontakt zu den Rebellen habe, mag ich mir gar nicht vorstellen. Oder schlimmer noch: was er Lee antun könnte. Magnus hat mir versprochen, mich rauszuhalten. Nur Informationen meinte er. Ich muss nichts stehlen oder kopieren oder seine Leute heimlich irgendwo reinlassen. Ich hoffe, er hält sich daran.

Lee verspricht, mit Sadraz zu reden und verfrachtet mich dann ins Bett. Er wirkt erleichtert. Ich entschuldige mich noch mal für den Ausrutscher und verspreche Besserung. Im Bett grüble ich darüber nach, ob Sadraz' Sturz überhaupt Sinn macht. In der Kolonie hat es nichts gebracht, weil nicht alle hinter der neuen Regierung gestanden haben. Die Menschen im Regierungsbezirk wollen sicher keine offenen Grenzen, denn dann müssten sie teilen und hätten am Ende weniger. Ich sollte Magnus die Sache ausreden. Ich sollte ihm sagen, dass seine Mutter im Sterben liegt und er lieber nach Landsby reisen und sie besuchen soll. Und ich sollte ebenfalls nach Landsby gehen und diese Stadt und all ihre Probleme hinter mir lassen.

* * *

Die nächsten beiden Tage tut sich nichts. Lee hat zwar mit Sadraz gesprochen, doch der will den ersten offiziellen Kampf abwarten, bevor er entscheidet, ob ich für ihn arbeiten darf. Im Klartext heißt das: Nur wenn Lee hält, was der private Schaukampf versprochen hat, bekomme ich den Job.

Am Abend vor dem Kampf lädt Sadraz Lee, Klara und mich zum Essen ein. Ich habe sowas von keine Lust darauf, aber es ist eine gute Gelegenheit, mit Sadraz auf Tuchfühlung zu gehen. Magnus will wissen, wann Sadraz Glücksstadt das nächste Mal verlässt, damit die Rebellen seine Abwesenheit nutzen können. Nur sehr wenige Auserwählte wüssten über den Zeitpunkt und die Dauer seiner geheimen Reisen bescheid, meinte Magnus, deshalb wäre die Information sehr wichtig. Vor lauter Grübeleien über meine konspirative Tätigkeit vergesse ich völlig, mich über Karlas Einladung zu diesem Abendessen zu wundern. Erst als sie vor der Tür steht, aufgeregt wie eine Jungfrau vor der Hochzeitsnacht, wird mir bewusst, wie eigenartig das ist und was die Einladung zu bedeuten hat.

»Ilja Sadraz steht auf mich«, bestätigt Karla mit geröteten Wangen. Ihre Haare fallen in weichen, glänzenden Wellen über ihre Schultern und sie ist perfekt geschminkt. Entweder hat sie sich stylen lassen oder sie hat die Schminkerei mittlerweile drauf. Vorsichtig, um ihr rotes Seidenkleid nicht zu verknittern, setzt sie sich auf das Sofa.

»Seit wann weißt du das?«, will ich wissen.

»Seit wann weiß ich was?«

»Dass Sadraz auf dich steht.«

Karla kichert. »Das hab ich gleich gemerkt. Er hat mich immer so komisch angesehen und mir den Job besorgt, wie mir Inés verraten hat. Der mächtigste Mann von Glücksstadt und ich? Kannst du dir das vorstellen?« Sie strahlt wie der junge Morgen.

Ich setze mich ihr gegenüber und schlüpfe in die goldenen Ballerinas. Langsam aber sicher finde ich Gefallen an den Dingern. »Was ist mit Liam? Ich dachte, ihr beiden seid ein Paar.«

Schnaubend winkt Karla ab. »Das war nichts Ernstes.«

»Für Liam schon«, gebe ich zurück. »Weiß er von deinem Interesse an Sadraz?«

»Nein. Er gehört jetzt zu den Ordnungshütern und schiebt vierundzwanzig Stunden Schichten an der Außengrenze. Er hat auch ein Quartier dort. Wir sehen uns kaum.« Ein Anflug von schlechtem Gewissen huscht über ihr Gesicht. Sie hat Liam nur benutzt, das war mir klar, aber dass sie ihn eiskalt abserviert, überrascht mich dann doch. Ich frage mich, ob Sadraz Liam bewusst für den Dienst an der Außengrenze abgestellt hat.

»Du solltest Liam sagen, dass du nichts mehr von ihm willst. Alles andere wäre gemein.«

Karla stöhnt genervt. »Das hab ich ja versucht. Er setzt dann jedes Mal diesen Welpenblick auf und beteuert, wie sehr er mich liebt.«

Lee kommt aus dem Badezimmer und unterbricht unsere Unterhaltung. Er hat ebenso wenig Lust auf dieses Abendessen und das sieht man ihm auch an. So kurz vor dem Kampf würde er lieber eine extra Trainingseinheit einschieben. Aber er sieht gut aus, das muss ich zugeben. Der neue Anzug, den Sadraz für ihn hat maßanfertigen lassen, macht einen neuen Mann aus ihm.

»Wow.« Beeindruckt stehe ich auf, umfasse das Revers seines Jacketts und drücke ihm einen Kuss auf den Mund. »Du siehst toll aus. Die Frauen werden dir zu Füßen liegen.«

Lee schlingt die Arme um meine Taille und presst mich an sich. »Was ist mit dir? Liegst du mir zu Füßen?«

Ich atme seinen frischen Duft, spüre seine Muskeln unter dem Stoff, die durch das viele Training noch härter geworden sind. Lee ist wie ein Fels. »Das tue ich.«

Er küsst mich ungeniert, bis Karla sich räuspert. »Leute, ich bin auch hier. Vergesst das nicht.«

Während Lee ins Rathaus geht, um Sadraz bescheid zu geben, dass wir fertig sind, warten Karla und ich am Fuß der Treppe. Nachdenklich blickt Karla Lee nach, als er im Gebäude verschwindet. »Warum kriegst du eigentlich immer die besten Kerle?«

Verwundert ziehe ich die Augenbrauen hoch. »Sprichst du von Lee? In der Kolonie war er alles andere als der tolle Kerl für euch.«

»Kann sein, aber ich rede auch von Paul und Galen.«

Noch immer spüre ich dieses Zucken in meinem Herz, sobald jemand Galens Namen erwähnt. Ein leichtes Stolpern, gefolgt von einem Gefühl des Erschreckens. »Galen ist ein Mutant und Paul war *dein* Freund, falls du das vergessen hast.«

Karla wirft mir einen vorwurfsvollen Seitenblick zu. »Ich bitte dich, Jule. Paul hat immer nur dich gewollt, das hab ich doch gesehn. Deshalb konnte ich dich nicht leiden. Ich war eifersüchtig auf dich.«

Dass jemand wie Karla eifersüchtig auf mich sein könnte, erscheint mir absurd. »Paul und ich waren nur Freunde.«

»Und was ist mit Galen?«

»Was soll mit ihm sein?«

»Auf mich wirkte er unnahbar und irgendwie einschüchternd. Ich hab mich immer gefragt, wie er ist, wenn du mit ihm allein bist und wie du es geschafft hast, hinter seine schroffe Fassade zu blicken.«

Über Galens Wirkung auf andere habe ich mir nie Gedanken gemacht, nur über seine Wirkung auf mich. Aber Karla hat recht. Bei Fremden bleibt er auf Distanz, und wenn er seine Sonnenbrille trägt, erscheint er sogar mir oft unnahbar. Der Gedanke macht mich traurig. »Es war nicht leicht«, gebe ich zu. »Und heute glaube ich, es ist mir nie wirklich gelungen, zu ihm durchzudringen.«

Karla mustert mich. »Liebst du ihn noch?«

Aus irgendeinem Grund schießen mir Tränen in die Augen. Mist. Das darf Karla auf keinen Fall merken. Energisch schüttle ich den Kopf, presse die Lippen zusammen und tue so, als würde ich nach Lee und Sadraz Ausschau halten.

»Oh mein Gott, das tust du«, stößt Karla hervor. »Vorhin hast du mir Vorwürfe wegen Liam gemacht, dabei tust du dasselbe. Du bist mit Lee zusammen, obwohl du einen anderen liebst.«

»Das ist etwas völlig anderes«, wehre ich ab.

»Ach ja? Inwiefern? Das musst du mir erklären.«

Ich bin Karla keine Rechenschaft schuldig, trotzdem fühle ich mich verpflichtet, mich zu verteidigen. »Dass mit Galen und mir war von Anfang an kompliziert. Außerdem liebt er mich nicht mehr, das hat er mir deutlich zu verstehen gegeben. Soll ich deshalb den Rest meines Lebens alleine bleiben?«

Karla lacht. Mit allem hätte ich gerechnet, aber nicht damit, dass sie lacht. »Was ist so witzig?«, zische ich.

»Hast du denn nicht gemerkt, wie er dich ansieht?«, platzt sie heraus.

Perplex schüttle ich den Kopf.

»Meine Güte, wie kann man nur so blind sein? Wenn Galen in deiner Nähe war, hat er dich förmlich mit den Augen verschlungen. Und an dem Morgen, als der Hubschrauber über uns hinweggeflogen ist, da hättest du ihn mal erleben sollen. Nachdem er Lee und dich zusammen gesehen hat, ist er an uns vorbeigestürmt wie ein wilder Stier. Diese Blue wollte ihn aufhalten. Ich weiß nicht, was er zu ihr gesagt hat, aber sie wirkte regelrecht erschüttert und hat sich dann eilig davongemacht.« Wieder lacht Karla, während mir ein eisiger Brocken in den Magen sackt. »Ich dachte, du hättest dich für Lee entschieden, weil du ihn besser findest.«

»Das hab ich auch«, wispere ich. Der Kuss am See. Ich hatte die Wahl und habe eine Entscheidung getroffen. Mit Lee ist alles besser. Leichter. Doch hätte ich anders entschieden, wenn ich mir sicher gewesen wäre, dass Galen mich noch liebt?

»Hey.« Karla stupst mich in die Seite. »Mach nicht so ein Gesicht. Liebe ist vergänglich. Und Lee ist ein toller Kerl. Er bietet dir definitiv ein besseres Leben als Galen es je könnte.«

* * *

Das Restaurant ist ein Traum. Immer wieder versetzt mich der Reichtum in Glücksstadt in Staunen. Schicke Geschäfte, Partys, Tanzclubs und nun auch noch ein Restaurant, wo Getränke in Kristallgläsern und Essen auf Porzellantellern serviert werden. Die Stühle sind weich gepolstert, auf den Tischen liegen blütenweiße Tischdecken und die Kellner sind besser gekleidet als die Männer und Frauen auf einer Hochzeitsgesellschaft.

Ich fühle mich augenblicklich unwohl.

Eigentlich hatte ich mir vorgenommen, charmant und witzig zu sein, doch nach dem Gespräch mit Karla bin ich alles andere als das. Abwesend starre ich vor mich hin und antworte auf Fragen, wenn überhaupt, nur einsilbig. Vor dem ersten Gang bugsiert Karla mich auf die Toilette und fragt mich, ob ich nicht etwas weniger wortkarg und griesgrämig sein könnte. »Du verdirbst mir den ganzen Abend«, schimpft sie.

Also reiße ich mich zusammen. Immerhin habe ich eine Mission. Die Rebellen zählen auf mich. Yeah.

Zurück am Tisch suche ich das Gespräch mit Sadraz. »Haben Sie eigentlich Familie?«, frage ich ihn.

»Meine Eltern starben während der großen Epidemie«, erzählt er. »Geschwister habe ich leider keine.«

»Und Kinder? Haben Sie Kinder oder eine Frau?« Ich schätze ihn auf Mitte vierzig, deshalb könnte er durchaus eine eigene Familie gegründet haben. Dass er nicht verheiratet ist, weiß ich natürlich, aber das bedeutet nicht, dass er es nicht gewesen ist.

»Nein.« Er wirft Klara einen Blick zu. »Leider habe ich die Richtige noch nicht gefunden.«

So ein Quatsch. Er ist ein Frauenheld, das seh ich doch. Wahrscheinlich ist Karla nur eine weitere Eroberung für ihn. Ein hübsches, junges Ding, das ihn anhimmelt.

Sadraz wendet sich an Lee. »Bist du bereit für den Kampf morgen?«

»Das bin ich. Ich werde meine Gegner aus dem Ring fegen.« Wie Lee das sagt, klingt es wie ein Versprechen.

Sadraz lächelt selig. »Ich habe mir erlaubt, den Damen einen Platz in meiner Loge zu reservieren. Jule will deinen Triumph sicher aus nächster Nähe erleben.«

»Danke.« Unbehaglich rutscht Lee auf seinem Stuhl herum. Er weiß, dass ich dem Kampf am liebsten fernbleiben würde.

Klara klatscht entzückt in die Hände. »Das ist fantastisch. Ich freue mich darauf. Wie lange wird denn die Veranstaltung ...«

Weiter kommt sie nicht. Wie aus dem Nichts taucht eine ärmlich gekleidete Frau auf. Sie ist dünn, die dunkelblonden Haare trägt sie zu einem Zopf gebunden. Ich kenne sie. Das ist das Mädchen, das bei Anina um einen Job gebettelt hat. Mit ein paar Pfund mehr auf den Rippen und ohne das irre Funkeln in den Augen wäre sie aus der Nähe betrachtet eigentlich ganz hübsch.

Sadraz fährt zu ihr herum. »Was willst du hier? Du hast hier nichts zu suchen.«

»Ich bin schwanger und brauche einen Job«, stößt sie hastig hervor. Ihr ist bewusst, dass ihr nicht viel Zeit bleibt, bevor sie von den Ordnungshütern aus dem Restaurant geworfen wird. Flehend greift sie nach Sadraz' Hand.

»Und warum ist das mein Problem?« Sadraz wirkt ungehalten, aber beherrscht. Seine Hand zieht er allerdings hastig weg, als hätte das Mädchen eine ansteckende Krankheit. Er mustert sie abschätzend. Ein Schwangerschaftsbauch ist unter dem weiten Shirt nicht zu erkennen.

»Der Vater arbeitet für Sie«, sagt das Mädchen. Sie hat Tränen in den Augen, ihr Atem geht heftig. »Seit er es weiß, meldet er sich nicht mehr bei mir. Von was sollen mein Kind und ich leben? Bitte helfen Sie mir.«

Gleich drei Ordnungshüter stürmen in das Restaurant. Alle Gäste starren uns an. Niemand spricht. Lässig hebt Sadraz die Hand. Die Männer stoppen sofort.

»Wie ist sein Name?«

»Rasmus. Rasmus Otega.«

Sadraz' Miene verdüstert sich. »Das ist ein Kämpfer.«

Das Mädchen nickt. Sadraz scheint völlig auf sie fixiert, doch er ist sich der Aufmerksamkeit der Anwesenden durchaus bewusst. Das merke ich an der Art, wie er überlegt, bevor er spricht. »Gut. Ich kümmere mich darum.«

Er lässt die Hand sinken und sofort greifen die Ordnungshüter zu. Sie schnappen das Mädchen und zerren es in wenigen Sekunden zum Ausgang. Tränen laufen über ihre Wangen. »Versprechen Sie es mir?«

Sadraz' Grinsen erinnert mich an eine Schlange nach dem tödlichen Biss, die gemächlich abwartet, weil sie weiß, dass ihre Beute nicht mehr entfliehen kann. »Ich verspreche es.«

15

Das einzig Gute an meiner erzwungenen Anwesenheit beim Kampf ist, dass ich mich unauffällig mit Magnus unterhalten kann, er hat nämlich ebenfalls einen Platz in Sadraz' Loge bekommen. Die Loge befindet sich direkt neben der Manege und besteht aus fünf Reihen mit jeweils vier Sitzplätzen. Der unbestuhlte Bereich um die Loge herum und die Trennwände verschaffen uns ausreichend Abstand zu den restlichen Gästen, um unerwünschte Zuhörer zu vermeiden. Hastig berichte ich Magnus von dem Vorfall mit dem Mädchen im Restaurant.

Magnus reagiert unerwartet besorgt. »Sie muss wirklich verzweifelt sein, wenn sie sich zu so etwas hat hinreißen lassen. Kennst du ihren Namen?«

»Nein. Wieso?«

»Sadraz wird Rasmus zurechtstutzen, aber nicht weil er ein Mädchen geschwängert hat, sondern weil er nicht dafür gesorgt hat, dass sie keinen Ärger macht.«

Es fällt mir schwer, mein Smalltalk Lächeln beizubehalten. Unser Gespräch soll auf unbeteiligte Beobachter wie freundliches Geplänkel wirken. »Was bedeutet das?«

Magnus tippt sein Glas gegen meines, als würde er mit mir anstoßen. Wir trinken einen Schluck und lachen gekünstelt.

»Entweder wird Rasmus sich ihrer entledigen«, sagt er so leise, dass es fast ein Flüstern ist. »Oder Sadraz wird jemanden schicken, es an seiner Stelle zu tun. Jeder Bewohner in Downtown, der offen seine Unzufriedenheit zum Ausdruck bringt und es wagt, sich ins Regierungsviertel zu schleichen und dem Anführer aufzulauern, ist eine Gefahr, die beseitigt werden muss.«

Erschrocken klammere ich mich an den Stiel meines Glases. »Sie werden doch keine Schwangere töten?«

Magnus schnaubt. »Natürlich werden sie das.«

Ich muss mich beherrschen, damit ich nicht die Hand vor den Mund schlage. Mein Lächeln entgleitet mir. »Das müssen wir verhindern.«

»Dann solltest du schleunigst herausfinden, wie das Mädchen heißt, damit ich sie in Sicherheit bringen kann.«

Das sagt er so einfach. Wie soll ich das bewerkstelligen? Ich kann Sadraz nicht einfach nach dem Mädchen fragen oder?

Wie auf Kommando tritt Sadraz mit Karla im Arm hinzu. Die beiden zusammenzusehen, verursacht mir Bauchweh. Nach dem Abendessen hat er sie auf einen Drink in sein Appartement eingeladen und Karla ist trotz meiner warnenden Blicke mitgegangen. Nun trägt sie ein neues Kleid und eine hübsche Goldkette, die ich zuvor noch nie an ihr gesehen habe. So wie sie strahlt, glaubt sie, den Hauptgewinn gezogen zu haben.

Sadraz grinst uns lauernd an. »So ernst ihr beiden? Was ist passiert?«

»Ernst?« Magnus lacht. »Oh nein. Ich habe der entzückenden Jule nur erklärt, wie wichtig es ist, dass ihr Freund heute Abend als Sieger die Manege verlässt.«

»Nun mach ihr doch keine Angst«, sagt Sadraz und zwinkert mir zu. »Ich bin überzeugt von den Siegerqualitäten meines neuen Schützlings. Immerhin hat er den amtierenden Champion in Rekordzeit geschlagen.«

»Das war nur ein einziger Gegner, der zwar stark ist, aber mit wenig Finesse kämpft. Heute Abend muss Lee sich gegen sechs Gegner behaupten, die alle einen anderen Kampfstil haben.«

Ich bewundere es, wie geschickt Magnus das Thema von uns auf den Kampf gelenkt hat und wie er Sadraz mit Fachsimpelei bei Laune hält. Während die beiden über die Stärken und Schwächen der jeweiligen Kämpfer diskutieren, nehmen wir unsere Plätze ein. Karla darf in der ersten Reihe neben Sadraz sitzen, die beiden Stühle neben Sadraz bleiben auf seinen Wunsch frei. Magnus und ich nehmen in der zweiten Reihe neben zwei Sponsoren Platz. Eine davon ist Murats Sponsorin.

Ich merke, wie sich die anderen Gäste die Hälse verrenken, um einen Blick auf Sadraz' neuste Eroberung zu werfen, auch jene außerhalb der Loge. Das Zelt ist rappelvoll, die Luft heiß und so schwül, dass es mir den Schweiß aus den Poren treibt. Ein Tropfen rinnt kitzelnd meinen Nacken hinab. Wenn mir schon heiß ist, wie muss es dann erst den Zuschauern auf den Stehplätzen ergehen? Dicht gedrängt stehen sie im hinteren Drittel des Zeltes zusammen. Was ist an einem Ringkampf so toll, dass sie sich das antun?

Ich blende den Trubel aus und denke darüber nach, wie ich den Namen des Mädchens herausbekommen soll. Ich könnte Sadraz aushorchen, muss aber sicherstellen, dass mein Interesse nicht falsch gedeutet wird. Es gibt keinen plausiblen Grund, nach ihrem Namen zu fragen. Vielleicht könnte ich mich auch direkt an diesen Rasmus wenden, über Lee käme ich bestimmt an ihn ran, aber würde er ausgerechnet mir von seiner lästigen Geliebten erzählen? Ich glaube nicht.

Über meine Grübeleien merke ich kaum, dass der Kampf beginnt. Zehn Männer und vier Frauen marschieren in die Manege. Mit nichts als kurzen Hosen bekleidet, sowie einem knappen Bustier für die Frauen und den eingeölten Körpern, sehen sie aus wie moderne Gladiatoren. Die Gitterstäbe verstärken diesen Eindruck noch. Die Manege gleicht einem riesigen Käfig.

»In der ersten Runde scheidet aus, wer zuerst zu Boden geht«, flüstert Magnus mir erklärend zu. »Bei den meisten passiert das ziemlich schnell.«

Die Kämpfer stellen sich in einer Reihe auf und werden vom Kommentator nacheinander namentlich vorgestellt. Von der Reaktion des Publikums kann man bereits auf den Beliebtheitsgrad schließen. Ein Kämpfer mit dunkler Haut und kurzem Vollbart wird besonders begeistert bejubelt. Finster blickt er in die Menge, als würde er jedem einzelnen Zuschauer am liebsten den Hals umdrehen. Seine Pupillen sind schwarz und wirken riesig. Er sieht zum Fürchten aus.

Der Kommentator stellt ihn als Rasmus vor. Oh je. Ich muss schlucken. Das also ist Rasmus. Wenn ich den Kerl nach seiner schwangeren Exfreundin frage, reißt er mir wahrscheinlich die Zunge raus. Also doch lieber Sadraz aushorchen.

Alle Kämpfer bis auf zwei verlassen die Manege. Sie stellen sich in den Ring, fixieren einander wie zwei Feinde, dabei haben sie am Morgen erst miteinander trainiert. Ein Gong ertönt. Die beiden Männer gehen aufeinander los. Magnus behält recht. Es geht schnell. Nach kaum drei Minuten liegt der Kleinere auf dem Boden. Er wirkt benommen und blutet aus der Nase.

»Die richtig harten und langen Kämpfe kommen zum Schluss«, flüstert Magnus mir zu.

Ich finde es auch jetzt schon ziemlich hart. Die Kämpfer prügeln, treten und ringen einander nieder, als ginge es um Leben und Tod. Blut spritzt aus Platzwunden und gebrochenen Nasen. In der ersten Runde wohlgemerkt. Es ist ein Wunder, dass sich niemand ernsthaft verletzt.

»Als Nächstes kommt Rasmus«, flüstert Magnus in mein Ohr.

Ich bin gespannt, den Kerl in Aktion zu erleben und erwarte nichts Gutes. Mir das zierliche, dunkelblonde Mädchen mit diesem finsteren Riesen vorzustellen fällt schwer. Wenn ich eines in den letzten Jahren gelernt habe, dann, dass man nicht vom Aussehen auf den Charakter schließen kann, aber manchmal eben doch. Mars sah verschlagen und brutal aus und Rasmus fällt für mich in dieselbe Kategorie. Der Bart macht ihn älter, aber wenn ich ihn mir genau betrachte, scheint er noch ziemlich jung zu sein. »Warum hat er so komische Augen?«

»Drogen«, erklärt Magnus. »Es heißt, er nehme vor jedem Kampf etwas ein, das sein Schmerzempfinden betäubt. Letztes Jahr hat Murat ihn nur knapp besiegt. Der Sieg hat ihn zwei Zähne und ein gebrochenes Handgelenk gekostet.«

Ich weiß, dass Lee ein hervorragender Kämpfer ist, dennoch bin ich froh, dass er nicht gleich in der ersten Runde gegen diesen Rasmus kämpfen muss. In den Ring steigt der Bär mit dem Irokesenschnitt, an dessen Namen ich mich nicht erinnere. Bereits nach dem ersten Schlag erkenne ich, dass er keine Chance hat. Rasmus' Fausthieb trifft ihn so hart, dass ich deutlich das Knirschen hören kann, als sein Kieferknochen bricht.

»Rasmus ist gut in Form«, stellt Magnus fest. Besorgnis klingt aus seiner Stimme, aber auch ein Hauch Bewunderung.

Bekümmert schaue ich Magnus an. »Der Kerl ist ein Killer.«

Magnus nickt. »Das ist er.«

Nachdem Rasmus den Irokesenkopf umgehauen hat, betritt Lee den Käfig. Jubel brandet auf, lauter als bei Rasmus. Kaum jemand hat ihn bisher kämpfen sehen, aber sein Ruf eilt ihm scheinbar voraus. Da mir immer noch Rasmus und das Mädchen im Kopf herumspuken, nehme ich die dreißig Sekunden, die es dauert, bis Lee seinen Gegner mit einem gezielten Tritt gegen den Brustkorb umhaut, kaum wahr. Gerade rechtzeitig fange ich an zu klatschen, als Lee in die Loge schaut und mir zuzwinkert.

Nachdem die Zahl der Kämpfer halbiert wurde, geht es in die nächste Runde. Dazwischen gibt es eine kleine Pause, die ich nutze, um Sadraz auf die Pelle zu rücken.

»Konnten Sie den gestrigen Vorfall im Restaurant klären?«, frage ich, als er sich gerade ein Häppchen von einem Tablett nimmt.

Wie immer behält er sein glattes Lächeln bei, aber ich merke trotzdem, dass ihm das Thema unangenehm ist. Magnus hat mich gewarnt. Nichts hasst Sadraz mehr, als in der Öffentlichkeit bloßgestellt zu werden.

Wie erwartet wiegelt er mich ab. »Mach dir keine Sorgen, Jule, es ist alles geklärt.« Er will sich abwenden, doch Magnus eilt mir zu Hilfe.

»Was für ein Vorfall?«, fragt er arglos.

»Gestern Abend kam eine ...«, weiter komme ich nicht. Sadraz fällt mir ins Wort.

»Es ist nichts«, beteuert er. »Nur eine verlassene Geliebte, die sich mit ihrem Kummer an mich gewandt hat.«

Magnus lacht laut auf, als wäre das eine wirklich lustige Vorstellung. »Ach du meine Güte. Jetzt sollst du sogar schon gebrochene Herzen heilen. Als wäre regieren nicht Arbeit genug. Wer war denn die Dame?«

Sadraz winkt ab. »Ein unbedeutendes Mädchen aus Downtown.«

Magnus tut erstaunt. »Aus Downtown? Wie ist sie denn ins Regierungsviertel gelangt?«

Sadraz seufzt übertrieben. »Weiß der Himmel. Diese Leute finden immer einen Weg. Die Männer müssen bei der Wahl ihrer Gespielinnen wirklich umsichtiger sein.«

Ich wittere eine Chance. »Wo hat er sie überhaupt kennengelernt, wenn sie aus Downtown kommt?«

»In einem dieser Tanzclubs.« Der verächtliche Unterton in Sadraz' Stimme ist deutlich herauszuhören. »Sie hat dort gearbeitet, wurde aber gekündigt, weil sie gestohlen hat.«

»Sich einem Kämpfer an den Hals zu werfen hielt sie dann wahrscheinlich für eine lukrative Idee«, sagt Magnus.

Ein kalter Brocken sackt in meinen Bauch. Niemand hat bisher erwähnt, dass es sich bei dem Angebeteten um einen Kämpfer handelt. Angespannt warte ich auf Sadraz' Reaktion. Hat er den Ausrutscher bemerkt? Er behält sein unbestimmtes Lächeln bei. »Da hast du wohl recht, mein Freund.«

Unauffällig versucht Magnus, die Situation zu retten. »Fast alle Kämpfer gehen in diesen Tanzclub. Phönix heißt er glaube ich. Dort ist es ungezwungen und die Frauen liegen ihnen zu Füßen.«

»Das tun die hiesigen Frauen auch, nicht wahr?« Sadraz legt einen Arm um Karlas Taille und zieht sie näher. Während des gesamten Gesprächs hat sie kein Wort gesprochen, nur freundlich gelächelt und hübsch ausgesehen.

Sie registriert, dass offensichtlich eine Reaktion von ihr erwartet wird, und lächelt kokett. »Das kann ich nicht beurteilen. Ich hatte nur Augen für dich.«

Alle Achtung. Im Honig um den Bart schmieren ist sie gut. Der Gong ertönt und der Kommentator bittet die Zuschauer, ihre Plätze einzunehmen. Sadraz' übertriebenes Lachen hallt wie Hohn in meinen Ohren. Gut gelaunt führt er Karla zu ihrem Platz. Ich würde Magnus gerne auf seinen Fauxpas ansprechen, traue mich aber nicht. Wir müssen uns jetzt unbedingt unauffällig verhalten und dazu gehört, dass ich mich interessierter am Kampf zeige als an Magnus. Immerhin, einen Teilerfolg haben wir erzielt. Auch wenn Sadraz den Namen des Mädchens nicht genannt hat, haben wir zumindest einen Anhaltspunkt. Wenn sie tatsächlich im Phönix gearbeitet hat, müsste der Inhaber sie kennen.

Die Kämpfe fließen an mir vorbei. Die zweite Runde ist brutaler als die Erste, denn der Kampf ist erst zu Ende, wenn der Gegner entweder aufgibt oder fünf Sekunden lang am Boden bleibt. Ich kann kaum hinsehen und möchte es auch nicht. Rasmus schlägt seinen Gegner nieder und wirft sich anschließend auf ihn, holt sogar Anlauf, bevor er das tut. Der Mann am Boden stößt keuchend den Atem aus, bekommt kaum noch Luft. Die Menge schreit begeistert auf. Genau so etwas wollen sie sehen. Rasmus sieht das scheinbar als Ansporn, denn er holt aus und rammt seine Faust in das Gesicht des am Boden liegenden Mannes. Das ekelhafte Knirschen höre ich bis zu meinem Platz. Blut spritzt gegen die Gitterstäbe. Angewidert wende ich mich ab. Ich würde lieber nicht so nah dran sitzen. Karla hat die Hand vor den Mund geschlagen und sieht aus, als würde sie gleich ohnmächtig werden. Sadraz hingegen hat sich vorgebeugt, ein diabolisches Grinsen haftet auf seinen Lippen. Er weidet sich an dem Anblick, fiebert regelrecht mit.

Der geschlagene Gegner kann nicht mehr laufen und wird aus dem Käfig getragen. Sein Kopf hängt schlaff nach hinten. Verzweifelt suche ich nach einem Lebenszeichen. Atmet er überhaupt noch? Ich bin mir nicht sicher.

Magnus nimmt unauffällig meine Hand und drückt sie. »Halt durch. Gleich ist es vorbei.«

Ich nicke verkrampft. »Das hoffe ich.«

Der Höhepunkt des Abends ist der Kampf der Finalisten. Die beiden Männer, die all ihre Gegner besiegt haben und trotz ihrer Blessuren immer noch aufrecht stehen.

Rasmus und Lee. Wie ich befürchtet habe.

Am liebsten würde ich das Zelt verlassen. Ich habe Angst um Lee und gleichzeitig macht mich der Gedanke wütend, dass er sich auf sowas eingelassen hat. Sadraz dreht sich zu mir um und tippt auf den Platz an seiner Seite. »Komm, setz dich zu mir. Lass uns Lees Triumph gemeinsam genießen.«

Ich wünschte, ich hätte seine Zuversicht. Allerdings steht für ihn auch nicht so viel auf dem Spiel. Wenn Lee etwas zustößt, holt er sich einfach einen neuen Kämpfer.

»Wer ist eigentlich Rasmus' Sponsor?«, frage ich.

Sadraz dreht sich um und deutet auf einen kleinen Mann in der letzten Reihe, der mit frostigem Blick in den Kampfring starrt. Er sieht aus wie der jüngere Bruder von General Albert. »Bela Oderan. Er hat Rasmus auf der Straße aufgelesen, da war er gerade mal elf. Damals war er ein verwilderter kleiner Kerl, viel zu dünn aber angriffslustig und unerschrocken. Seitdem bildet er ihn zum Kämpfer aus.«

Das erstaunt mich. »Wie alt ist er jetzt?«

»Neunzehn. Offiziell kämpft er seit einem Jahr. Seit er volljährig ist und er wird immer besser.« Sadraz klingt widerwillig beeindruckt. »Ich hatte überlegt, auf dieselbe Weise vorzugehen, doch ich wollte nicht jahrelang ohne Protegé sein. Irgendeinen muskelbepackten Kerl aufzulesen kam ebenfalls nicht infrage. Ich wollte einen sicheren Gewinner.« Seine Augen blitzen. »Es hat fast ein Jahr gedauert, aber ich habe ihn gefunden.«

Ich bin einfach nur geschockt und frage mich, wie man es schafft, einen Jungen zu solcher Brutalität zu erziehen, wie Rasmus sie während des Kampfes gezeigt hat. Und ich frage mich, ob Lee mit dieser Grausamkeit mithalten kann. Er würde nie einen Gegner schlagen, der am Boden liegt.

Der Gong ertönt und der Sprecher kündigt die letzte und alles entscheidende Runde an. Die Zuschauer gebärden sich wie eine Horde Büffel. Sie stampfen mit den Füßen und klatschen in einem ohrenbetäubenden Rhythmus. Als Lee und Rasmus den Käfig betreten, springen sie auf und jubeln. Ich höre Lee Rufe genauso wie Rasmus, während überall Fäuste in die Luft gereckt werden. Selbst Sadraz zeigt sich ausgelassen. Er reckt ebenfalls die Faust in die Luft und brüllt Lees Namen, rückt dann aber sofort wieder seine Krawatte zurecht. Vergeblich versuche ich, mich von der Euphorie anstecken zu lassen. Ich will einfach nur, dass es endlich vorbei ist.

Der Kampf beginnt. Diesmal gibt es kein Umkreisen. Rasmus stürmt direkt auf Lee zu und trifft ihn mit einem kräftigen Fußkick am Oberschenkel. Beide gehen zu Boden, ringen miteinander und stehen wieder auf. Den ersten Angriff hat Lee nicht erwartet, doch nun ist er wachsam, weicht Rasmus geschickt aus. Es hagelt Hiebe und Tritte, mit denen man einen Baumstamm zum Bersten bringen könnte, bis Lee Rasmus zu fassen bekommt. Mit zwei gezielten Kniestößen trifft er ihn an Nase und Brust, setzt mehrere Boxhiebe nach. Rasmus will sich wehren, aber Lees Fausthiebe sind gigantisch. Rasmus hat keine Chance mehr. Seine Beine knicken unter ihm weg und er geht zu Boden. Seine Fans feuern ihn an, wollen, dass er wieder aufsteht. Er versucht es, das muss ich ihm lassen, doch scheinbar sind die Schmerzen und die Benommenheit zu groß. Nach zehn Sekunden am Boden beendet der Ringrichter den Kampf.

Lee ist der Sieger.

Sadraz springt jubelnd auf und ich bin so erleichtert, dass ich mitmache. Im Stillen danke ich den Wissenschaftlern der Kolonie für ihre Arbeit. Ohne die genetische Manipulation hätte Lee es niemals geschafft, Rasmus zu besiegen. Der Mann ist eine Kampfmaschine.

Während die Menge jubelt und tobt und auf die Siegerehrung wartet, folge ich Sadraz in den abgesperrten Teil des Zeltes zu den Umkleidekabinen. Lee sitzt auf einer Holzbank, vor ihm steht sein Trainer, der die Platzwunde an seiner Schläfe betupft. Rasmus liegt auf einer Pritsche, ein Arzt untersucht ihn auf Knochenbrüche und Prellungen.

»Jule«, Lee strahlt mich an, in seiner Miene spiegelt sich Stolz. Er streckt die Hand nach mir aus. Ich ergreife sie und setze mich neben ihn auf die Bank. Obwohl er verschwitzt ist, lehne ich meinen Kopf an seine Schulter. Sadraz' Blick nach zu urteilen gefällt ihm das nicht. Kuscheln mit der Freundin nach einem solchen Kampf hält er wahrscheinlich für unmännlich.

»Das war eine großartige Leistung«, lobt er. »Ich bin beeindruckt.«

»Danke.« Lee freut sich über das Lob. Ich wünschte mir, Sadraz würde verschwinden und Lee und mich allein lassen.

»Jetzt müssen wir nur noch an deinem Auftreten arbeiten«, fügt Sadraz hinzu.

Verwirrt runzelt Lee die Stirn. »Wie meinen Sie das?«

»Du brauchst ein Markenzeichen. Etwas, woran dich die Leute erkennen. Rasmus zum Beispiel spielt den finsteren Krieger, er wird bereits Totmacher genannt. Murat dagegen ist sowas wie der Kampfclown. Immer, wenn er einen Schlag gelandet hat, albert er herum. Wir müssen uns überlegen, was dein Erkennungszeichen sein soll.«

»Das brauch ich nicht. Der Kampf ist mein Erkennungszeichen«, gibt Lee zurück. Er will keine Show abziehen, das merkt man ihm an.

Rasmus auf der Liege ächzt. Erst als ich mich zu ihm umdrehe, erkenne ich, dass der Laut, den er von sich gibt, ein Lachen sein soll. »Du brauchst eine Show, Mann. Ohne die bekommst du keine Fans und die brauchst du, sonst will dich niemand sehen. Dann bist du in einem Jahr weg vom Fenster.«

»Hör auf deinen Kollegen«, sagt Sadraz.

Mir war nicht bewusst, dass Rasmus' eisiger Killerblick Berechnung ist. Hier in der Umkleidekabine, auf einer Pritsche liegend, wirkt er zwar nicht freundlich, aber zumindest umgänglicher.

Eine Frau steckt den Kopf durch den Vorhang. »Wie weit seid ihr? Die Leute warten auf den Sieger.«

Sadraz klopft Lee auf die Schulter. »Komm mein Junge, lass dich feiern. Spüre, wie es sich anfühlt, wenn einen die Menschen lieben.«

16

Ich lege Lee einen Zettel hin, nur für den Fall, dass er früher nach Hause kommt und mich sucht. Zwar gehe ich nicht davon aus, denn Sadraz hat ihn in seinen Krallen und lässt ihn vor Mitternacht bestimmt nicht gehen, aber sicher ist sicher. Die Sponsoren treffen sich mit ihren Protegés zu einem gemeinsamen Abendessen und anschließender Feier. Magnus meinte, das kann bis zum Morgengrauen dauern. Also habe ich spontan beschlossen, mich mit Magnus im Phönix zu treffen, um herauszufinden, wer das Mädchen ist, das Rasmus geschwängert hat.

Vor dem Haus begegne ich Liam. Er hat einen Rucksack auf und stapft mit gesenktem Kopf, die Finger in den Tragegurten des Rucksacks verhakt, an mir vorbei.

»Hey Liam«, rufe ich.

Er schaut auf und kommt dann zielstrebig auf mich zu. »Jule. Hey. Wie geht es dir?«

Besser als ihm, würde ich behaupten, aber ich hüte mich, das auszusprechen. »Danke gut. Wo gehst du hin?«

Er verzieht das Gesicht. »Zu meiner neuen Bleibe. Karla hat mich rausgeworfen.«

»Das tut mir leid.« Es ist gemein, so etwas zu denken, aber ich hoffe, Liam zeigt ein wenig Selbstachtung und schüttet mir jetzt nicht sein Herz aus. Dafür habe ich keine Zeit. Doch er tut mir den Gefallen nicht. »Ist es wahr, dass sie was mit Ilja Sadraz hat?«

»Das solltest du mit Karla besprechen«, versuche ich abzuwiegeln.

Verzweifelt schaut er mich an, als wäre ich seine einzige Hoffnung. »Sie redet nicht mit mir, hat nur meine Sachen gepackt und sie vor die Tür gestellt. Warum Jule? Bitte sag es mir. Stimmen die Gerüchte?«

Die Sache geht mich nichts, aber ich finde, Liam hat ein Recht auf die Wahrheit. Außerdem muss ich dringend weg, also nicke ich. Das ist keine wirkliche Antwort, sagt ihm aber alles, was er wissen muss.

Liam sackt in sich zusammen. »Verdammt. Ich dachte, sie hat vielleicht einen Jüngeren. Dass ich zu alt für sie bin, doch dieser Sadraz ist sogar noch älter als ich.«

Aber er sieht besser aus und ist reich und mächtig. »Ich weiß auch nicht, was in sie gefahren ist. Gib ihr einfach Zeit. Sie fängt sich schon wieder.«

»Meinst du wirklich?« Der Hoffnungsschimmer, der in seinem Gesicht aufblitzt, lässt ihn sofort jünger aussehen.

»Ganz bestimmt. Im Moment ist alles neu und aufregend für sie, doch irgendwann wird sie sich besinnen.« Das ist gelogen, aber ich will ihn nicht gleich wieder demotivieren, nachdem er gerade ein wenig Hoffnung geschöpft hat. Ich deute die Straße runter. »Ich habe eine Verabredung und muss leider gehen.«

Liam macht keine Anstalten, weiterzugehen, also lade ich ihn ein, Lee und mich demnächst zu besuchen. Das hilft. Endlich verabschiedet er sich. Erleichtert eile ich davon. In Karlas Liebeschaos hineingezogen zu werden, geht mir wirklich gegen den Strich. Warum musste sie sich ausgerechnet mit Sadraz einlassen? Das wird übel enden, da bin ich mir sicher.

Um nicht aufzufallen, laufe ich bis zur nächsten Straßenecke und winke mir dort eine Autorikscha herbei. Am Schlagbaum präsentiere ich den Passierschein, den Magnus mir besorgt hat.

Mit einem mulmigen Gefühl im Bauch betrete ich kurze Zeit später den Tanzclub. Die Nacht, als Tia, Raik und Serge mich betäubt haben, ist mir leider noch gut in Erinnerung. Ich erschrecke dann auch regelrecht, als Raik mit einem herablassenden Grinsen auf mich zukommt.

»Wo ist Magnus?«, frage ich und schaue mich absichtlich um, damit er merkt, dass ich kein Interesse daran habe, mich mit ihm zu unterhalten.

Spöttisch hebt Raik die Augenbrauen. »Er darf nicht mit uns gesehen werden und kann sich deshalb an solchen Aktionen nicht beteiligen.«

Das gefällt mir nicht. »Warum hat er mir das nicht gesagt?«

Raik zuckt mit den Schultern. »Wahrscheinlich dachte er, du machst einen Rückzieher, wenn du es weißt.«

Da hat er allerdings recht. Mit Raik und seinen Verbrecherfreunden will ich die Sache gewiss nicht durchziehen. Wer weiß, wie und vor allem wo der Abend dann endet. Mein Unwille scheint mir ins Gesicht geschrieben, denn Raik lacht und legt vertraulich einen Arm um meine Schultern. »Keine Angst. Ich werd dich nicht betäuben.«

Instinktiv zucke ich zurück und schaue ihn mit dem finstersten Blick an, den ich zustande bringe. »Lass die Finger von mir!«

Raik stößt einen Seufzer aus. »Wir dürfen nicht auffallen. Also tu bitte so, als würdest du mich mögen, okay?«

»Ich tue höchstens so, als wärst du ein lästiger Verehrer, den ich gerade noch ertragen kann. Mehr bringe ich beim besten Willen nicht zustande«, zische ich.

»Na gut. Dann wenigstens das.« Mit dem Arm auf meiner Schulter dirigiert er mich zur Bar. »Ich bestell uns einen Drink und du erzählst dem Barmann irgendwas von wegen du wärst zu Besuch und suchst eine alte Bekannte, die hier mal gearbeitet hat.« Er lässt seinen Blick über meinen Körper wandern, zupft dann am Saum meiner Bluse und dem Lederrock herum. »Das Zeug sieht teuer aus. Du hättest dich nicht so aufbrezeln dürfen.«

»Tut mir leid. Das hätte ich vorher wissen müssen. Ich trag den Fummel bestimmt nicht aus Spaß«, gifte ich. »Wenn's dir nicht passt, denk dir eine bessere Geschichte aus, zu der meine Klamotten passen.«

»Schon gut«, brummt Raik. »Kein Grund, gleich sauer zu werden. Mach einfach.«

Der Barmann ist jung und wirkt wie jemand, der möglichst stressfrei sein Geld verdienen will. Er schöpft keinen Verdacht, sondern erzählt auf meine Personenbeschreibung hin etwas von einer Cori, die mit ihren zwei Geschwistern in einem grün gestrichenen Haus im äußeren Ring lebt, direkt neben dem großen Tor. Endlich hat das Mädchen einen Namen. Cori.

Raik bezahlt die Drinks und wir schlendern so lässig wie möglich in eine dunkle Ecke.

»Wir müssen sie heute noch holen und an einen sicheren Ort bringen«, wispert Raik, während er an seinem Drink nippt und so tut, als würde er die Leute auf der Tanzfläche beobachten.

»Wir beide? Allein?«, frage ich beklommen.

»Nein. Wir nehmen Tia mit und geben Magnus bescheid. Lass uns austrinken und gehen.« Übertrieben entspannt wiegt er sich im Rhythmus der Musik. »Mach mit«, zischt er mir zu.

Da ich mich nicht so bescheuert herumwiegen will, leere ich mein Glas im Rekordtempo. In meinem Bauch kribbelt es warm und mir wird ein wenig schwindlig. »Hättest du nicht was ohne Alkohol nehmen können?«, sage ich vorwurfsvoll, grinse aber dabei, damit es aussieht, als hätten wir Spaß.

»Wir wollen nicht auffallen, schon vergessen?« Raik wirft mir einen Seitenblick zu. »Das scheint dir allerdings schwer zu fallen. Du bist eine echt miese Schauspielerin, weißt du das?«

»Ach leck mich.« Da mir keine schlagfertigere Antwort einfällt und ich nun erst recht keine Lust mehr auf Grinsen habe, wiege ich mich notgedrungen ein wenig mit der Hüfte. Dabei fällt mein Blick auf den Eingangsbereich. Irgendwas ist dort im Gange. Ein halbes Dutzend Ordnungshüter stürmt an dem Kassierer vorbei. Erschrocken stupse ich Raik an und deute zur Tür.

»Scheiße«, stößt Raik hervor. »Eine Razzia. Wir müssen verschwinden.«

»Eine Razzia? Was soll das bedeuten?«

Statt zu antworten, greift Raik meine Hand und zieht mich Richtung Bar. Mittlerweile haben die Bewaffneten die Tanzfläche erreicht.

»Niemand verlässt das Gebäude«, brüllt einer der Männer über die Musik hinweg. Ein anderer drängt sich durch die Menge zur Musikanlage. Raik zieht mich durch eine Tür hinter der Bar in einen Nebenraum, der vollgestopft ist mit Getränken.

Einige Gäste folgen uns. Es herrscht ein regelrechtes Gerangel. Ich höre, wie die Musik verstummt. Rufe und Geschrei. Die Bewaffneten scheuchen die Gäste auf die Tanzfläche und drängen sie dort zusammen. Raik öffnet das einzige Fenster, das ziemlich klein ist, und nimmt meine Hand. »Los. Kletter auf die Fensterbank.«

Ich versuche es, werde aber an meiner Bluse hinuntergerissen. Der Stoff reißt. Ich kann nur hoffen, dass ich nicht halbnackt dastehe.

»Verschwinde.« Fluchend stößt Raik den Mann, der mich zurückgerissen hat, zur Seite. Immer mehr Menschen drängen sich zum Fenster. Jeder will raus.

»Stop! Niemand rührt sich!«, höre ich einen Ordnungshüter brüllen. Ein kurzer Blick über die Schulter bestätigt meine Befürchtungen. Er meint uns.

»Weiter.« Raik umfasst meine Taille und hebt mich hoch, damit ich hinausklettern kann.

Ein Schuss fällt. Die Menschen schreien. Panik flutet durch meine Adern. So schnell ich kann schiebe ich mich durch den Fensterrahmen und lande kopfüber auf der Straße. Ich kann mich gerade noch mit den Händen abfangen, sonst hätte ich mit meinem Gesicht gebremst. Hastig rapple ich mich auf und stolpere vom Fenster weg. Ein weiterer Schuss knallt. Raik springt zu Boden, taumelt kurz und hechtet dann gebückt weiter. »Na los. Weg hier.«

Keuchend jagen wir zwischen den Häusern hindurch, durch enge Gassen und Wege, die voller Müll und Schlaglöcher sind. Wir rempeln Menschen an, die im Weg sitzen und uns Beschimpfungen hinterher rufen. Einmal reißt Raik aus Versehen ein Laken von einer Wäscheleine, die quer über den Weg gespannt ist. Es dauert Minuten, bis er sich daraus befreien kann. Wie ein Gespenst segelt es schließlich durch die Luft. Gerade als ich glaube, ich kann nicht mehr, zieht Raik mich in einen schmalen Durchgang. Nach Atem ringend lehne ich mich gegen die Hauswand hinter mir. Mein Herz rast. Es riecht modrig und feucht, unterlegt mit strengem Uringeruch.

»Was war das eben?«, will ich atemlos wissen.

»Eine scheiß Razzia.« Raik beugt sich vor und spuckt auf das Kopfsteinpflaster, durch dessen Ritzen seifiges Wasser spült. Die Haare kleben an seiner Stirn.

Ich streiche mir die Haare aus dem Gesicht. Ich bin genauso verschwitzt wie Raik. »Passiert sowas öfters?«

Er schaut mich von unten herauf an. »Hin und wieder. Aber ich wette, die Durchsuchung wurde nicht zufällig angeordnet.«

Das habe ich befürchtet. »Glaubst du, wir sind zu spät? Um Cori zu retten?«

Raik stößt den Atem aus und richtet sich auf. »Ich weiß es nicht. Aber wenn wir jetzt zu ihr gehen, müssen wir vorsichtig sein.« Er sieht mich ernst an. »Du musst nicht mitgehen, wenn du nicht willst.«

»Doch. Ich will.« Meine Stimme klingt fester als ich mich fühle. Am liebsten möchte ich umkehren, in meine schöne Wohnung gehen, duschen und mich anschließend in mein sauberes Bett legen. Mich mit meiner nach Lavendel duftenden Decke zudecken und vergessen. Doch ich tue es nicht, denn zum ersten Mal sehe ich sowas wie Achtung in Raiks Gesicht. Er deutet auf eine klapprige Holztür zu seiner Rechten. »Okay. Dann hol ich Tia und wir gehen los. Es sind nur drei Blocks bis zum Tor.«

»Tia wohnt *hier*?« Verwundert betrachte ich das Haus. Der graue Putz bröckelt von den Wänden und auf dem Dach fehlen einige Ziegel.

Raik verzieht das Gesicht. »Was dachtest du denn? Dass wir in feudalen Villen leben, nur weil wir zum Widerstand gehören?«

Bevor ich antworten kann, wird im zweiten Stock ein Fenster aufgerissen und Tias Gesicht erscheint. »Ach ihr seid's. Ich wollt schon kochendes Wasser aus dem Fenster kippen.«

Raik grinst zu ihr hinauf. »Du wolltest wirklich dein wertvolles Wasser für uns verschwenden? Welch große Ehre.«

»Halt die Klappe.« Sie wirft das Fenster zu. Kurz darauf höre ich Schritte und Tia kommt aus der Tür. Sie mustert uns. »Wie seht ihr denn aus?«

»Es gab eine Razzia«, sagt Raik.

Ach ja, die Razzia. Jemand hat meine Bluse zerrissen. Ich ziehe das Rückenteil nach vorn und kontrolliere den Riss. Naja. Vom Körper fallen wird sie mir nicht.

Tia verzieht das Gesicht. »Sadraz. Dieser Mistkerl. Ein Glück haben sie euch nicht erwischt.«

»Wir sind gerade noch rausgekommen. Aber es war verdammt knapp.« Raik dreht sich und deutet auf seinen Arm. Der Ärmel seines T-Shirts ist blutgetränkt. Erschrocken ziehe ich den Atem ein. »Das hab ich gar nicht gemerkt. Warum hast du nichts gesagt?«

Raik winkt ab. »Halb so wild. Aber Sie haben scharf geschossen. Während einer Razzia. Das ist nicht normal.«

Tia zieht seinen Ärmel hoch und betrachtet die Wunde. »Ist nur ein Streifschuss. Du wirst es überleben.«

»Wo bleibt dein Mitgefühl?«, grinst Raik. »Schließlich habe ich mein Leben riskiert.«

Tia zuckt mit den Schultern. »Mein Mitgefühl gibt es erst, wenn du im Sterben liegst. Habt ihr die Information?«

Raik nickt. »Ja. Das Mädchen heißt Cori und wohnt nicht weit von hier. Wenn wir sie retten wollen, müssen wir sofort los.«

Über Schleichwege führt er uns weiter. »Gibt Sadraz die Razzien in Auftrag?«, will ich wissen.

»Wer denn sonst?«, fragt Tia spöttisch.

»Aber warum?«

»Angeblich suchen sie nach illegalen Substanzen, Waffen und größeren Mengen Bargeld«, erklärt Raik.

Tia schnaubt abfällig. »Reine Schikane ist das.«

Trotz der späten Stunde sind die Straßen voller Leben, überall sind Lichter, Autorikschas tuckern umher, an jeder Ecke wird gehupt, was mir ein trügerisches Gefühl der Sicherheit vermittelt. Falls die Ordnungshüter uns entdecken, können wir hoffentlich in der Menge untertauchen. Händler bieten lautstark ihre Waren an, vor allem Essen. Das kenne ich weder aus der Kolonie noch aus Landsby und es fasziniert mich trotz meiner gefährlichen Mission.

»Hast du schon mal Ratte gegessen?«, will Raik wissen.

Angewidert verziehe ich das Gesicht. »Natürlich nicht. Das ist ekelhaft.«

Er deutet auf einen Handwagen, von dem eine alte Frau Fleischspieße verkauft. »Willst du mal probieren? Ist gar nicht so übel.«

Meint er das ernst? »Nein danke.«

Raik grinst schief. »Du bist Besseres gewöhnt, ich weiß. Vor allem wo dein Freund Sadraz' neuer Liebling ist.«

»Dafür kann ich nichts«, gebe ich genervt zurück. »Warum muss jeder darauf herumhacken? Lee und ich wussten nichts über diese Stadt oder nur das, was Sadraz' Gehilfen uns erzählt haben. Und das war natürlich nur Gutes.«

»Warum klärst du deinen Freund nicht auf?«, will Tia wissen.

Das habe ich mich auch schon gefragt. Vielleicht weil ich Angst davor habe, dass Lee mir nicht glaubt oder dass er etwas Unüberlegtes tut. Z.B. mit Sadraz darüber zu reden, weil er nach wie vor das Gute in ihm sieht. Am meisten aber fürchte ich mich davor, dass es ihm egal sein könnte, weil ihm seine Bequemlichkeit wichtiger ist als Gerechtigkeit. »Ich weiß nicht. Ich warte auf den richtigen Zeitpunkt, wenn er nicht gerade auf einem Höhefflug ist.«

Geräuschvoll stößt Tia den Atem aus. »Ach ja. Sein grandioser Sieg. Ich hab davon gehört.«

Raik verlangsamt das Tempo und deutet nach vorn. »Da hinten ist das Tor. Ab jetzt müssen wir vorsichtig sein. Haltet nach Ordnungshütern Ausschau.«

Aufmerksam nähern wir uns dem Tor. Das grüne Haus grenzt tatsächlich fast unmittelbar an den Zaun. Die Fassadenfarbe blättert ab, doch es ist noch genug übrig, um es eindeutig als das grüne Haus zu identifizieren. Tücher verdunkeln die Fenster, hinter einem brennt Licht. Die Tür hängt schief in den Angeln, als wäre sie kürzlich aus der Verankerung gerissen worden. Raik sieht sich zuerst um, bevor er vorsichtig die Tür öffnet. Er muss sie festhalten, damit sie nicht kippt.

»Ich hab ein ganz mieses Gefühl«, wispert Tia.

»Wem sagst du das? Wollen wir abbrechen?« Raik sieht uns beide an.

Entschlossen schüttle ich den Kopf. »Auf keinen Fall. Wenn Cori und ihr ungeborenes Kind sterben, nur weil wir zu feige gewesen sind, könnte ich mir das nicht verzeihen.«

»Ach verdammt. Du hast recht«, gibt Tia widerwillig zu.

Wir schleichen weiter, folgen den Stimmen ins obere Stockwerk. Eine Frau spricht, eine Junge weint. Ansonsten scheint das Haus leer. Tapetenfetzen hängen von den Wänden, irgendwas knirscht unter unseren Schuhsohlen. Die Ecken sind voller Staub und Sand. Oben angekommen bleibt Raik am Treppenabsatz stehen und hält Wache. Ich gehe mit Tia zu der Wohnung, wo wir die Stimmen hören. Ein Namensschild gibt es nicht, nur einen Klingelknopf, der aber keinen Mucks von sich gibt, als ich ihn betätige. Tia verdreht die Augen und klopft. Schlagartig wird es still. Ich höre ein Huschen und leise Schritte.

»Was wollt ihr?«, fragt eine Frau. Ich frage mich, woher sie weiß, dass wir mehrere sind.

»Wir müssen mit Cori sprechen. Es ist dringend«, antwortet Tia.

»Meine Schwester ist nicht hier.«

Tia und ich schauen einander an. »Wo ist sie?«

»Ich weiß es nicht. Verschwindet, sonst knall ich euch ab. Ich habe eine Waffe.«

Ob das stimmt, können wir nicht nachprüfen. »Wir wollen Cori warnen. Sie ist in Gefahr«, sagt Tia.

Ein Wispern, dann ein Klicken. Die Tür wird geöffnet und vor uns steht eine Frau mit kurzen, dunkelblonden Haaren und schmalen Lippen. Hinter ihr drängt sich ein etwa achtjähriger Junge an ihre Beine. Sie hält tatsächlich eine Pistole in der Hand und richtet sie direkt auf Tias Kopf. »Wer seid ihr?«

»Freunde von Cori«, gibt Tia ruhig zurück. Sie steht regungslos da, erweckt aber nicht den Anschein, als hätte sie Angst.

»Das ist eine Lüge. Du hast noch eine Chance, bevor ich dir das Hirn wegpuste.«

»Wir wissen, dass sie schwanger ist«, sage ich schnell. »Und auch von wem. Deshalb ist sie in Gefahr. Wir wollen sie warnen und an einen sicheren Ort bringen.« Ich frage mich, wie Tia so ruhig bleiben kann, obwohl eine Waffe auf ihren Kopf gerichtet ist. Ich bibbere am ganzen Leib und stehe bloß neben ihr.

Die Frau mustert uns prüfend, als wollte sie herausfinden, ob wir die Wahrheit sagen. »Cori ist weg.«

»Wo ist sie hin?«, will Tia wissen.

»Rasmus hat sie geholt.« Die Frau sagt das so, als wäre es völlig in Ordnung.

Entsetzt reiße ich die Augen auf. »Rasmus? Oh mein Gott. Wann?«

»Vor zwei Stunden.«

»Und Cori ist freiwillig mit ihm gegangen?«, fragt Tia.

Die Frau nickt, lässt die Waffe sinken. Scheinbar hat sie beschlossen, uns zu glauben. »Er hat gesagt, er will ihr helfen.«

Das Mädchen ist verloren, so viel ist klar. Wahrscheinlich ist Cori bereits tot. Ich werfe Tia einen fragenden Blick zu. Sollen wir der Frau die Wahrheit sagen?

»Du weißt nicht zufällig, wo er sie hingebracht hat?«, fragt Tia. Sie lässt sich nicht aus dem Konzept bringen.

Die Frau schnaubt. »Nein. Und selbst wenn ich es wüsste, würde ich es euch bestimmt nicht verraten.«

»Wir sind vom Widerstand«, gibt Tia zu. »Wir können euch helfen.«

Der Junge drückt sich noch enger an die Frau und starrt uns ängstlich an. »Wir brauchen keine Hilfe«, stößt die Frau ungehalten hervor. »Und der Widerstand ...« Sie mustert Tia abschätzend. »Der macht nur Ärger. Wenn ihr nicht wäret, hätten wir halb so viele Razzien und kämen leichter an Passierscheine.«

Diese Einstellung kenne ich aus der Kolonie. Die Benachteiligten sehen nur die Gefahr, nicht den späteren Nutzen. Auf diese Weise schaffen es Despoten, die Menschen zu kontrollieren. Sie geben ihnen gerade genug, um nicht komplett zu verzweifeln und schüren die Angst davor, dass Wenige, das sie haben, auch noch zu verlieren.

»Rasmus wird Cori umbringen«, stoße ich hervor.

Tia wirft mir einen warnenden Blick zu. »Das wissen wir nicht.«

»Doch. Das wissen wir. Du hast ihn nicht kämpfen gesehen. Der Mann ist ein Killer.«

»Hört zu«, mischt die Frau sich ein. »Euer Gelaber interessiert mich nicht. Meine Schwester vertraut Rasmus und ich vertraue ihrem Urteil. Ihr haut besser ab, bevor die Ordnungshüter kommen. Wenn sie meine Schwester suchen, werden sie früher oder später hier auftauchen.«

Tia nickt. »Okay. Wir verschwinden. Aber ich rate dir, eine Weile unterzutauchen, bis Gras über die Sache gewachsen ist, sonst benutzen sie euch, um deine Schwester aus ihrem Versteck zu locken.«

Beschützend legt die Frau einen Arm um die schmalen Schultern des Jungen. »Keine Sorge. Das machen wir.«

Coris Schwester schlägt die Tür zu und wir verschwinden. Ich fühle mich traurig und frustriert. Unsere Rettungsaktion ist gescheitert. Raik steht am Flurfenster und späht durch einen Schlitz im Vorhang hinaus. Angespannt ballt er die Hände zu Fäusten.

Tia wirkt alarmiert. »Was ist?«

»Draußen lungern Ordnungshüter rum. Ich hab sie vorbeischleichen sehen. Sie wissen, dass wir hier sind.«

Mein Herz macht einen Sprung. Panik rauscht durch meine Adern. »Können wir nicht so tun, als hätten wir Coris Schwester einen Besuch abgestattet? Das ist doch nicht verboten, oder?«

Tia stellt sich neben Raik und wirft einen Blick hinaus. »Sie brauchen keinen Grund, weil niemand sie aufhalten wird, wenn sie uns schnappen. Sadraz hat Verdacht geschöpft und ist begierig darauf, uns zu finden.«

Raik wendet sich mir zu. »Wir lenken sie ab und du haust ab.«

»Nein, das ist zu gefährlich für euch.«

»Doch. Wir brauchen dich. Magnus und du, ihr sitzt an der Quelle. Wenn sie euch erwischen, stehen wir wieder ganz am Anfang.«

Er hat recht. Trotzdem behagt mir der Gedanke nicht, ganz alleine durch die halbe Stadt zu irren und die beiden ihrem Schicksal zu überlassen.

»Du kletterst aus einem Fenster im ersten Stock«, instruiert Raik mich. »Dann rennst du zu *Sahids TukTuk Verleih*. Das ist das rote Backsteinhaus an der Kreuzung. Sahid gehört zu uns. Sag ihm, du kommst von Raik und brauchst eine Autorikscha.«

»Ich bin so ein Ding noch nie gefahren«, gebe ich zurück.

Raik winkt ab. »Sahid wird es dir zeigen.«

»Sie kommen«, zischt Tia.

Wir hechten in den ersten Stock. Raik schiebt mich in eine zerstörte Wohnung am hinteren Ende des Flurs und deutet auf eines der Fenster. »Kletter da raus. Verstanden?«

Ich nicke beklommen. Das schaffe ich nie.

»Alles klar. Wir sehn uns.« Raik wendet sich ab.

»Viel Glück«, rufe ich ihm hinterher, dann bin ich alleine. Vorsichtig klettere ich über den Schutt und die umgestürzten Möbel zu dem Fenster und bin froh über das Licht einer Leuchtreklame, das von draußen hereindringt. Das hektische Blinken macht mich zwar verrückt, aber wenigstens kann ich was sehen.

Das Fenster klemmt und ich muss mit aller Kraft ziehen, um es aufzubekommen. Als es sich endlich öffnet, knarzt es so laut, dass ich befürchte, jeder im Umkreis von fünfzig Metern könnte es hören. Mit klopfendem Herzen spähe ich nach draußen. Lausche. Alles bleibt ruhig. Glasscherben knirschen unter meinen

Füßen, als ich aus dem Fenster springe und auf dem Boden aufkomme. Erschrocken stolpere ich zurück, als ich einen Fuß erblicke, doch es ist nur ein alter Schuh, der im trockenen Gras liegt. Im Halbdunkel konnte ich das nicht sofort erkennen. Die Geräusche der Straße dringen nur gedämpft zu mir. Geduckt haste ich an der Hausmauer entlang zu einem schmalen Durchgang, der mich auf eine belebte Seitenstraße führt. Vorsichtig spähe ich um die Ecke und zucke sofort wieder zurück. Zwei Ordnungshüter stehen auf dem Gehweg gegenüber und reden mit der alten Frau, die Rattenspieße verkauft. Sie wirkt eingeschüchtert und ängstlich.

Mit angehaltenem Atem warte ich, bis die Männer weitergehen, und husche in die entgegengesetzte Richtung davon. Obwohl ich noch lange nicht in Sicherheit bin, verspüre ich einen ersten Anflug von Erleichterung, als ich endlich zu Sahids Tuk-Tuk Verleih gelange. Der Laden ist dunkel, doch das Schild leuchtet. Die kleinen Lämpchen blinken hektisch. Warum muss in dieser Stadt eigentlich alles blinken? Ich klopfe ungeduldig. Während ich warte, drehe ich mich immer wieder um und halte nach Ordnungshütern Ausschau. Obwohl ich noch zwei weitere Male mit zunehmender Vehemenz klopfe, dauert es eine halbe Ewigkeit, bis die Tür endlich geöffnet wird. Ein kleiner Mann mit pechschwarzen Haaren und unglaublich buschigen Augenbrauen steht vor mir und beäugt mich missmutig. Die Ölflecken auf seiner Latzhose erinnern mich an Manja. »Bist du blind? Ich hab geschlossen«, blafft er mich an.

Nachdrücklich deutet er auf ein rotes Schild neben der Tür, auf dem die Öffnungszeiten stehen.

»Raik schickt mich. Ich brauche dringend eine Autorikscha.«

Wenn ich dachte, der Mann zeigt sich nun freundlicher, habe ich mich geirrt. Stöhnend verdreht er die Augen. »Teufel noch mal. Muss der Junge mich immer in seinen Mist mit reinziehen?« Wieder mustert er mich. »Du kommst nicht von hier. Wer bist du?«

Ein Einfaches: *Eine Freundin von Raik* wird ihm wohl nicht genügen. »Ich wohne mit Sadraz' neuem Kämpfer im Regierungsviertel und will euch helfen. Doch zuerst muss ich schnellstmöglich nach Hause, bevor jemand merkt, dass ich weg gewesen bin.«

Sahid brummt etwas Unverständliches. »Eine Verbündete also. Na dann will ich mal nicht so sein. Komm mit.«

Er führt mich zu einer Reihe Autorikschas. Selbst im zuckenden Licht von Sahids Reklametafel erkenne ich die zahllosen Beulen und Kratzer im Lack. Die Fahrzeuge wirken alles andere als vertrauenserweckend. Sahid lacht über meinen skeptischen Blick. »Du bist hier nicht im Regierungsviertel, Schätzchen. So sehen die Dinger bei uns nun mal aus.« Er fischt einen Schlüssel aus seiner Hosentasche und reicht ihn mir. Seine Hände sind ebenso ölverschmiert wie seine Latzhose. Der Dreck bildet schwarze Ringe unter seinen Fingernägeln, die viel zu lang sind für einen Mann. »Nimm die blaue Rikscha, die ist gut in Schuss.«

Woraus er das schließt, ist mir ein Rätsel. Für mich sieht die blaue Autorikscha genauso mitgenommen aus wie die anderen. Die Sitze sind zerfetzt, die Polsterung quillt heraus, der Fußraum ist rostig, sodass ich befürchte, meine Füße könnten durchbrechen.

»Mach schon. Setz dich. Die Prinzessin kannst du im Regierungsviertel wieder rausholen.« Sahid schiebt mich auf den Fahrersitz, quetscht sich neben mich und startet den Motor. Prustend und spuckend erwacht die Rikscha zum Leben. »Mit dem Hebel gibst du Gas, das daneben ist die Bremse. Und falls die Rikscha ausgeht, musst du ein paar Mal kräftig pumpen, damit sie wieder anspringt.« Er grinst schmierig. »Viel Glück. Lass dich nicht von den Schwarzjacken erwischen.«

Während ich vom Hof fahre, befürchte ich das Schlimmste. Sobald ich vom Gas gehe, stottert das Teil und droht abzusaufen, also gebe ich Vollgas, damit das nicht passiert. Immer wieder müssen sich Fußgänger mit einem Hechtsprung vor mir in Sicherheit bringen. Die Hupe ist im Dauereinsatz. Ich konzentriere mich so stark auf das Fahren, dass ich völlig meine Angst vergesse. Erst als ich auf den Schlagbaum zufahre und ihn problemlos passiere, wird mir bewusst, wie viel Glück ich habe. Dass ich es tatsächlich schaffen könnte, unerkannt nach Hause zu gelangen. Wie die ganze Sache für Raik und Tia ausgegangen ist, steht in den Sternen. Hoffentlich konnten sie den Ordnungshütern entwischen.

Erleichterung durchflutet mich, als ich halb auf dem Gehweg parke, absichtlich ein Stück von meinem Wohnhaus entfernt, damit mir niemand die Autorikscha zuordnen kann. Sahid wird sie später abholen lassen. Um das Glück perfekt zu machen, ist Lee noch nicht zurück. Aufatmend schließe ich die Tür und lehne mich eine Minute lang von innen dagegen. Meine Nerven liegen blank. Noch dazu bin ich total verschwitzt und am Ende meiner Kräfte. Die Nacht war anstrengend gewesen und leider ergebnislos. Rasmus hat Cori erwischt. Warum ist sie mit ihm gegangen? Wie konnte sie ihm vertrauen? Ich will mir gar nicht vorstellen, was der Kerl mit ihr angestellt hat, doch die Bilder drängen sich ungebeten in meinen Kopf. Hat er sie erschossen? Erwürgt? Bei einer zierlichen Frau wie Cori brauchte es wahrscheinlich nicht viel. Ein Ruck, und ihr Genick wäre gebrochen. Plötzlich kann ich mich kaum noch auf den Beinen halten. Die Ereignisse der letzten Stunden brechen sinnflutartig über mich herein.

Mit letzter Kraft schleppe ich mich ins Badezimmer und stelle mich unter die heiße Dusche, wasche den Schmutz von meinem Körper. Die dunklen Flecken auf meiner Seele lassen sich leider nicht wegwaschen. Auch nicht die Schuldgefühle und die Traurigkeit, die mich wie ein undurchdringlicher Kokon umschließt.

Nach dem Duschen schleppe ich mich ins Bett, krieche träge unter die weiche Decke. Schlafen kann ich jedoch nicht. Das Gedankenkarussell hält mich wach. Meine Ängste und Sorgen schweben über mir wie eine bombastische Gewitterwolke, die kurz vor der Entladung steht. Der Blitz wird mich mit voller

Wucht treffen, davon bin ich überzeugt. Vielleicht sollte ich mich Lee anvertrauen. Er hat ein Recht auf die Wahrheit. Doch wie soll ich beginnen? *Hey Lee. Weißt du was? Sadraz ist nicht der Menschenfreund, der er vorgibt zu sein.* Nein. Das ist lächerlich.

Als ich den Schlüssel höre, kneife ich schnell die Augen zu und stelle mich schlafend, was völlig überflüssig ist, denn Lee schaut nicht nach mir, wie er es sonst immer tut, sondern stapft direkt ins Badezimmer und dreht die Dusche an. Das habe ich auch getan, trotzdem macht es mich stutzig. Bevor er ausgegangen ist, hat er ausgiebig geduscht. Warum tut er es jetzt erneut? Wo genau haben die Kämpfer und ihre Sponsoren gefeiert? Waren andere Frauen im Spiel? Höchstwahrscheinlich.

Die Frage ist: Würde Lee mich betrügen?

Er ist ein guter Kerl, ehrlich und loyal, doch er ist auch nur ein Mann. Alkohol und Gruppenzwang sind eine verhängnisvolle Kombination, das kenne ich noch aus meiner Schulzeit.

Angespannt warte ich, bis Lee endlich das Wasser abdreht. Auf leisen Sohlen schleicht er sich ins Schlafzimmer und klettert zu mir ins Bett. Er umarmt mich nicht, drückt mir keinen Kuss in den Nacken und kuschelt sich auch nicht an mich. Dabei hätte ich das nach den Ereignissen dieser Nacht dringend gebraucht. Ein solches Verhalten ist nicht normal für Lee. Ich überlege, ob ich ihn fragen soll, was er angestellt hat. Lee ist ein schlechter Lügner. Doch ich hatte genug Aufregung für eine Nacht und fühle mich nicht in der Lage, mich auch noch mit Lees eventuell begangenem Fehltritt auseinanderzusetzen.

Frustriert ziehe ich die Decke bis über die Nase und kneife die Augen zu. Morgen. Morgen werde ich mich um alles kümmern. Jetzt will ich einfach nur schlafen und vergessen.

17

Den ganzen Morgen über weicht Lee mir aus, dabei hat er frei und wir hätten endlich mal Zeit füreinander. Nur ein flüchtiger gute Morgen Kuss, schon stürmt er aus dem Bett ins Badezimmer und anschließend in die Küche. Angeblich um Frühstück zu machen. Während er die Eier brät, umarme ich ihn von hinten und lege meinen Kopf an seinen Rücken. Ich brauche dringend menschliche Wärme und will testen, wie er reagiert.

»Jule, ich koche«, sagt Lee nur und dreht sich weg.

Frustriert stapfe ich ins Wohnzimmer und lasse mich auf das Sofa fallen. Ich wohne in der perfekten Wohnung mit dem perfekten Mann und bin unglücklicher als je zuvor. Wie kommt das? Nach meiner Flucht aus der Kolonie bin ich natürlich auch unglücklich gewesen, aber auf andere Weise. Es war ein kurzes und heftiges Unglück, doch seit ich in dieser Stadt bin, ist es, als hätte mich jemand in einen kalten Umhang geschnürt, der mir jede Lebensfreude entzieht. Was verheimlicht Lee vor mir? Hat er eine andere Frau kennengelernt? Der Gedanke versetzt mir einen Stich, tut aber weniger weh, als er sollte.

»Fertig. Ich hoffe, du hast Hunger.« Lee kommt ins Wohnzimmer und reicht mir den mit Rührei, gebratenem Speck und Toastbrot beladenen Teller. Ich suche gezielt den Augenkontakt. Wie erwartet weicht er mir aus. Statt neben mich setzt er sich mir gegenüber in den Sessel und beginnt, das Ei in sich reinzuschaufeln.

»Wie war dein Abend?«, will ich wissen.

»Hm. Gut«, sagt er mit vollem Mund.

»Ihr seid lange weg gewesen«, fahre ich fort.

Unbehaglich zuckt er mit den Schultern. »Wenn Männer feiern. Du kennst das ja.«

Nein. Das kenne ich eigentlich nicht. »Wo seid ihr gewesen?«

»Ilja nennt es einen Nachtclub.«

Lees Wortkargheit beginnt, mich zu nerven und ich beschließe, deutlicher zu werden. »Was ist los, Lee? Du verheimlichst mir was. Das merke ich.«

Stumm isst Lee weiter. Ich beobachte ihn, bis er seinen Teller geleert hat. Dann endlich erwidert er meinen Blick.

Fragend hebe ich die Augenbrauen. »Also?«

»Die Partys sind ziemlich heftig«, gibt er zu.

Das ist doch schon mal ein Anfang. Den Rest bekomme ich auch noch aus ihm raus. »Inwiefern?«

Unbehaglich rutscht er auf dem Polster herum. »In diesem Club, da ziehen sich die Frauen aus, während sie tanzen.«

»Okay. Und weiter?«

»Sie mögen die Kämpfer und die Sponsoren«, fährt Lee fort und starrt betreten auf seinen leeren Teller. »Ich glaube, sie werden dafür bezahlt. Auf jeden Fall sind sie total hemmungslos und tun alles, was die Männer von ihnen verlangen. Das kannst du dir nicht vorstellen, Jule. Alkohol fließt in Strömen, manche nehmen sogar irgendwelche Pillen.«

Diese Eröffnung schockiert mich nicht halb so sehr, wie Lee vielleicht glaubt. Nach allem, was ich über Sadraz weiß, habe ich sowas vermutet. Auch in der Kolonie gab es Frauen, die sich den Bessergestellten an den Hals geworfen haben. »Und du hast dich hinreißen lassen?«

Ich beobachte Lee genau, will wissen, ob er mich anzulügen versucht. Er wirkt ehrlich zerknirscht, wie ein gescholtener Junge. »Ein wenig. Ich hab zu viel getrunken und eine Frau hat auf meinem Schoß getanzt.« Schuldbewusst senkt er den Kopf.

»Hast du mit ihr ...«, ich kann es nicht aussprechen. Die Vorstellung ist demütigend und tut weh.

»Nein«, beteuert Lee und sieht mich wieder an. »Aber es hat mir gefallen. Ich hatte Spaß, Jule und das macht mir Angst. Ich will mich nicht verändern. Ich will nicht werden wie die.«

»Dann geh das nächste Mal nicht mit«, schlage ich vor, als wäre es damit getan. Sadraz wird nicht ruhen, bis er Lee vollständig in seine Welt gezogen hat. Ich bin ein Störfaktor, das wird mir in ebendiesem Moment bewusst.

»Da ist noch was«, fügt Lee hinzu.

»Okay.« Abwartend lehne ich mich zurück, mache mich auf das Schlimmste gefasst. »Ich höre.«

»Der Gewinner eines Turniers geht mit den Sponsoren auf Jagd und nimmt anschließend an einem Kampf teil, der nur Auserwählten vorbehalten ist. Ilja nennt es Urlaub von den anstrengenden Regierungsgeschäften.«

Ein eisiger Schauer rieselt über meinen Rücken. Sadraz verlässt die Stadt. Das ist es! »Was ist das für eine Jagd? Wo findet sie statt?«

Lee zuckt mit den Schultern. »Keine Ahnung. Ilja meint, wir werden eine Weile weg sein und nur wer sich dort gut schlägt, hat eine Zukunft in Glücksstadt.«

Ich kann mir nicht vorstellen, dass sie Hasen jagen gehen. Es muss sich um was Größeres handeln. Oder steht die Jagd für etwas ganz anderes? Ich muss dringend Magnus danach fragen. »Musst du denn unbedingt mit?«

Traurigkeit liegt in Lees Blick, dennoch wirkt er entschlossen. Er hat sich bereits entschieden. »Ja.«

Bitterkeit spült über mich hinweg. Ich habe das sichere Gefühl, dass diese dubiose Jagd und der anschließende Kampf der Preis sein wird, den Lee zahlen muss. »Ich habe dir gesagt, dass die Sache einen Haken hat.«

»Das wissen wir nicht. Vielleicht ist der Ausflug harmlos.«

Nichts, was Sadraz tut, ist harmlos. Ich atme tief durch, beuge mich vor und greife über den Sofatisch hinweg nach Lees Hand. »Wir müssen nicht hierbleiben.«

Lee schnaubt. »Wo wollen wir denn hin? Nach Landsby? In die Kolonie? Es geht uns gut, Jule. Sogar besser als gut. Wir haben mehr als wir uns je hätten träumen lassen.« Wie zum Beweis deutet er in die Runde. »Was auch immer Sadraz von mir verlangt, ich werde es tun, solange es unser Leben besser macht.«

»Auch wenn es deine Seele kostet?« Ich weiß nicht, warum ich das frage. Oder doch, wenn ich es recht überlege, kenne ich den Grund. Die Wettkämpfe können unmöglich spurlos an den Kämpfern vorübergehen und erst recht nicht die ausschweifenden Partys mit Frauen, die sich ihnen vor die Füße werfen und für Papiergeld jede Würde verlieren. Und den Preis für unsere Bequemlichkeit zahlt nicht nur er, sondern auch die vielen Menschen im Arbeiterviertel und im Außenbezirk.

»Ich werde bleiben, wie ich bin«, verspricht Lee. »Schaukämpfe gab es schon immer, da ist nichts dabei. Und die Jagd wird sicher halb so wild.«

Soll ich ihm von Cori erzählen? Ist das jetzt der richtige Augenblick? Bevor ich mich entscheiden kann, klopft es an der Wohnungstür. Es ist Helena.

»Guten Morgen. Ilja schickt mich. Ich soll Lee etwas bringen.« Ohne auf mein Einverständnis zu warten, stöckelt sie an mir vorbei zu Lee, der wie ein Häufchen Elend auf dem Sessel sitzt, den Kopf in die Hände gestützt, als wäre er zutiefst verzweifelt. Ohne seine trübe Stimmung zu beachten, reicht sie ihm eine schwarze Segeltuchtasche. »Das ist die Kleidung für den Jagdausflug und eine Liste mit den Dingen, die du einpacken sollst. Manches musst du noch besorgen. Ich werde dich begleiten. Morgen früh um fünf geht es los.«

Schweigend ergreift Lee die Tasche und stapft ins Badezimmer.

»Morgen schon?«, rufe ich. Das muss ich unbedingt Magnus erzählen.

Helena fährt zu mir herum und lächelt süffisant. »Es ist eine Ehre für Lee. Nur Auserwählte dürfen Ilja auf seinen Jagdausflügen begleiten.«

Auf diese zweifelhafte Ehre würde ich gerne verzichten und Lee sicher auch. Am liebsten wäre mir, Lee bliebe hier, damit ich mit ihm reden kann. Diese eine Information werde ich Magnus liefern, weil ich es ihm versprochen habe, dann werde ich verschwinden. Die Probleme der Stadt gehen mich nichts an und ich will nicht wieder zwischen die Fronten geraten, so wie es in der Kolonie passiert ist. Der gestrige Abend war gefährlich genug.

Während ich mit Helena im Wohnzimmer stehe und darauf warte, dass Lee aus dem Badezimmer kommt, beschließe ich, sofort zu Magnus zu gehen. Sadraz ist sicher mit den Vorbereitungen beschäftigt und hat anderes im Kopf, als mich beschatten zu lassen. Der Zeitpunkt ist ideal. Außerdem bleibt den Rebellen dann genug Zeit, um zu tun, was auch immer sie tun wollen.

Beim Gehen drückt Lee mir einen Kuss auf den Mund, den ich etwas steif erwidere. »Ich komme so schnell wie möglich wieder, dann reden wir«, verspricht er.

An Helenas Grinsen erkenne ich, dass sie merkt, dass zwischen Lee und mir was nicht stimmt, das wiederum bestätigt meine Vermutung. Sadraz will unsere Beziehung boykottieren. In seinen Augen habe ich wahrscheinlich einen negativen Einfluss auf Lee. Vielleicht bin ich sogar der Grund, warum Lee ihn auf diesen bescheuerten Jagdausflug begleiten, und warum Helena unbedingt mit ihm einkaufen gehen soll. Meine Mutter hat mir einst erzählt, dass eine Beziehung nur funktionieren kann, wenn man sich Zeit füreinander nimmt. Zeit haben Lee und ich immer weniger.

Nachdem die beiden weg sind, esse ich das mittlerweile erkaltete Rührei, obwohl ich keinen Appetit habe, doch ich bin sowieso schon zu dünn und habe gelernt, kein Essen wegzuwerfen. Wer weiß, wann ich wieder etwas bekomme. Dann mache ich mich auf den Weg zu Magnus. Er wohnt in einem fünfstöckigen Haus nicht weit entfernt von meinem. Obwohl ich mich unbeobachtet fühle und mich in der Nacht zuvor niemand gesehen hat, schaue ich mich ständig um. Ich will Magnus nicht in Schwierigkeiten bringen, also wäre es besser, wenn niemand weiß, dass ich ihn besuche. Die Haustür ist abgeschlossen. Ich habe fünf namenlose Klingeln zur Auswahl und entscheide mich für die obere. Nichts passiert, also versuche ich es bei der Nächsten. Bei der dritten Klingel habe ich Erfolg.

Angespannt betrete ich den Hausflur. Das Gebäude ähnelt dem, in dem ich wohne. Alles ist sauber, die Treppe breit, das weiße Treppengeländer intakt. Durch die großen halbrunden Fenster ist das Treppenhaus taghell. Bevor ich entscheiden kann, in welchem Stockwerk ich mit meiner Suche beginne, wird eine Tür aufgerissen. Wahrscheinlich ist das die Wohnung, wo ich geklingelt habe. Beim Anblick der Person, die im Türrahmen steht, bleibt mir fast das Herz stehen.

Rasmus.

Er trägt ein ärmelloses, weißes Shirt und eine schwarze Sporthose. Seine Arme sind mit dünnen Narben übersät, die mir während des Kampfes nicht aufgefallen sind. Eine höfliche Begrüßung lässt er ausfallen. Finster schaut er mich an. »Was willst du denn hier?«

Ich überlege fieberhaft. Soll ich ihm verraten, zu wem ich will? Was könnte mich sonst hierher führen? Ich räuspere mich nervös. Vor mir steht ein Mörder. Das ist sowas von beängstigend. »Ähm. Ich wollte Magnus besuchen.«

Rasmus verschränkt die Arme vor der Brust. Er wirkt misstrauisch und angriffslustig. »Der wohnt im dritten Stock.«

»Aha. Danke.« Am liebsten würde ich auf dem Absatz kehrt machen und wegrennen, doch ich beherrsche mich. Stattdessen mach ich Anstalten, die Treppe zu betreten.

»Er ist nicht da«, brummt Rasmus.

Ach verdammt. Auf der Arbeit kann er nicht sein. Es ist Sonntag. »Bist du dir sicher?«

Rasmus nickt. »Seit dem Kampf ist er nicht mehr hier gewesen.«

Eine eisige Faust umklammert mein Herz. Ich schlucke. »Woher weißt du das?«

»Die Putzfrau hat es mir erzählt. Sie macht alle Wohnungen sauber.«

»Ich ...«, oh mein Gott, was mach ich jetzt? »Ich muss ihn dringend sprechen. Weißt du zufällig, wo er sich aufhält?« Sollte die Frage auffällig gewesen sein, ist mir das jetzt auch egal.

»Nein. Das weiß niemand.«

»Aha.« Woher will Rasmus das wissen? Hat er etwas mit Magnus' Verschwinden zu tun? Wenn ja, darf ich ihn nicht weiter ausfragen, weil mir das seine Aufmerksamkeit garantiert. Er wird mich bei Sadraz verpetzen, und ehe ich mich versehe, bin ich ebenfalls verschwunden. Trotzdem will ich gerne noch mehr herausfinden, nur fällt mir partout nicht ein, wie ich das bewerkstelligen soll. Auf eine Situation wie diese war ich nicht vorbereitet. »Aber irgendjemand muss doch wissen, wo er hin ist und wann er zurückkommt. Hat er vielleicht eine Freundin?«

Das hat er nicht, aber Rasmus soll nicht ahnen, wie gut ich Magnus kenne.

»Warum brauchst du ihn so dringend?« Rasmus beäugt mich aus zusammengekniffenen Augen.

»Naja, ich muss ihm was sagen. Es geht um seine Mutter«, improvisiere ich spontan.

Rasmus wirkt überrascht. »Seine *Mutter*? Ist die nicht tot?«

So krank, wie Mutter Deliah gewesen ist, kann das durchaus sein. »Das möchte ich lieber mit ihm persönlich besprechen.«

Meine spontane Idee ist wahrscheinlich keine gute gewesen. Rasmus beäugt mich wie ein gefährliches Insekt, das er am liebsten zertreten würde. Jetzt hat er mich eindeutig auf dem Schirm. Warum muss ich mich auch immer in Schwierigkeiten bringen? Ich verabschiede mich hastig von ihm und verlasse fluchtartig das Haus. Die Sache wächst mir sowas von über den Kopf. Im Sturmschritt eile ich nach Hause und warte ungeduldig auf Lee.

Ich muss ihm die Wahrheit erzählen. Und zwar dringend.

* * *

Als ich aufwache ist es tiefe Nacht. Verwirrt schaue ich mich um. Ich bin auf dem Sofa eingeschlafen. Wie viel Uhr ist es? Und wo ist Lee? Schnell knipse ich die Stehlampe an und tapse ins Schlafzimmer. Es ist halb vier. Das Bett ist leer. Lee ist nicht nach Hause gekommen. Ich suche nach der schwarzen Tasche, die

Helena gebracht hat, doch sie ist weg. Ich könnte schwören, dass sie noch da war, als ich nach Hause gekommen bin. Wer hat sie geholt und wann? Wie konnte ich das verschlafen?

Lee hätte mich geweckt, da bin ich mir sicher. Er würde nicht einfach gehen, ohne sich von mir zu verabschieden. Was zur Hölle ist passiert? Das diffuse Angstgefühl, das mich schon seit Tagen begleitet, weitet sich schlagartig zu einer konkreten Panik aus. Ich balle die Hände zu Fäusten und atme tief durch. Was soll ich tun? In anderthalb Stunden machen Sadraz und seine Auserwählten sich auf den Weg. Wenn ich herausfinde, wo sie starten, könnte ich Lee abfangen und ihn fragen, warum er nicht nach Hause gekommen und was zum Teufel hier eigentlich los ist.

Okay. Das ist ein Plan. Vierzig Minuten später mache ich mich auf den Weg zum Regierungsgebäude, wo selbst zu dieser nächtlichen Stunde die Ordnungshüter vor dem Eingang wachen. Zwei schwarz gekleidete Schatten mit bleichen Gesichtern. Sie sehen müde und gelangweilt aus. Selbstbewusstes Auftreten ist alles, also schreite ich entschlossen auf sie zu. Sie straffen sich und blicken mir äußerlich gelassen entgegen.

Auf meine Frage, wo der Jagdausflug startet, deutet der kleinere von beiden auf das Dach des Gebäudes. »Von dort oben. Sie nehmen den Hubschrauber.«

»Aber Unbefugten ist das Betreten des Hubschrauberlandeplatzes verboten«, fügt der Große mit dem Kinnbart hinzu.

Ich tue überrascht. »Warum ist das so?«

»Sabotage.«

»Ich bin kein Saboteur. Ich will mich nur von meinem Freund verabschieden«, gebe ich mit einem Augenaufschlag zurück. »Lee. Der neue Champion. Er ist mein Freund.«

Kinnbart Typ mustert mich, als würde er prüfen, ob ich hübsch genug bin, um tatsächlich die Freundin eines Kämpfers zu sein. »Möglich. Trotzdem dürfen wird dich nicht da hoch lassen«, beharrt er.

»Ist die Gruppe denn schon da?«

»Nein.« Er deutet auf den Maschendrahtzaun, der den rückwärtigen Teil des Gebäudes vor unerwünschtem Betreten schützt. »Wenn du da wartest, siehst du, wenn sie kommen und du kannst deinem Freund zuwinken.«

»Lieber nicht. Das wird dem Boss nicht gefallen«, zischt der Kleine.

Kinnbart macht eine schuldbewusste Miene und ich mache, dass ich wegkomme, bevor er mir ins Gewissen reden kann, weil er vielleicht Ärger bekommt, weil er es mir verraten hat. Während ich am Maschendrahtzaun warte, höre ich die beiden miteinander diskutieren, dann rufen sie nach mir. Ich ignoriere die Rufe. Glücklicherweise dürfen sie ihren Posten nicht verlassen, um mich zu verjagen. So langsam komme ich mir vor, wie die verschmähe Geliebte, die zur Stalkerin mutiert. Hoffentlich wird Sadraz genau das glauben.

Kurz vor fünf schälen sich sieben Gestalten aus dem Zwielicht des anbrechenden Tages. Ich erkenne Lee sofort an seiner Statur. Er überragt die anderen um eine Kopfeslänge und ist auch viel breiter. Wenn ich es richtig sehe, ist ein weiterer Kämpfer dabei, der verdächtig nach Rasmus aussieht. Na toll. Das wird sicher ein Spaß.

Ich winke und rufe. Lee entdeckt mich sofort. Ich sehe, wie er etwas zu den anderen sagt, bevor er in meine Richtung kommt. Er trägt die Tarnkleidung, die Sadraz ihm hat bringen lassen, ein Gewehr über der Schulter und um die Hüfte einen Waffengürtel. Meine Güte. Er sieht aus, als würde er in den Krieg ziehen.

»Jule. Was machst du hier?«, fragt er. Er wirkt weniger genervt als angespannt.

»Du bist letzte Nacht nicht nach Hause gekommen. Warum?«

Er wirft einen nervösen Blick über die Schulter, als wollte er sich vergewissern, dass niemand in Hörweite ist. Sadraz ist stehengeblieben und beobachtet uns. »Ilja wollte mich nicht gehen lassen. Er meinte, es wäre Tradition, das sich die Männer gemeinsam auf die Jagd vorbereiten.«

»Was ist das denn für ein Schwachsinn?«, stoße ich aufgebracht hervor. »Ich glaube, Sadraz will dich von mir fernhalten.«

»Ich weiß. Das Gefühl hab ich auch.« Lee senkt den Kopf und atmet tief durch. »Hör zu Jule. Wenn ich zurück bin, reden wir. Versprochen.«

Ich klammere mich an den Maschendraht und wage einen letzten Versuch. »Bleib hier. Sag Sadraz, er kann dich mal und verlass mit mir die Stadt. Bitte.« Ich senke meine Stimme. »Die Stadt ist nicht so toll, wie du denkst. Und auch Sadraz nicht. Glaube mir.«

Sadraz ruft und winkt. Lee schaut über die Schulter und hebt seinen Arm, zum Zeichen, dass er verstanden hat. »Ich muss los«, sagt er an mich gewandt.

»Bleib hier. Bitte.« Ich kann nicht anders als zu flehen. Wenn Lee mit diesen Männer geht, habe ich ein ganz schlechtes Gefühl.

»Ich kann nicht. Wir entscheiden, wie es weitergeht, sobald ich zurück bin okay?«

So ein Mist. Das habe ich befürchtet. Resigniert stoße ich den Atem aus. »Dann pass auf dich auf. Die Sache ist mir nicht geheuer.«

Er sieht mich ernst an, Besorgnis liegt in seinem Blick. »Pass du lieber auf dich auf. Ich kenne dein Talent dafür, dich in Schwierigkeiten zu bringen.«

Wo er recht hat, hat er recht. Ich grinse schief. Durch den Maschendraht hindurch drücken wir uns einen Kuss auf den Mund, dann wendet Lee sich ab und stapft zu seiner Gruppe zurück. Ich bleibe stehen, beobachte, wie sie im Gebäude verschwinden. Mein Blick huscht hinauf aufs Dach, wo der Hubschrauber steht. Ich kann bereits den Motor brummen hören. Wenig später schwillt das Dröhnen an, bis der Hubschrauber schließlich in den Himmel steigt. Ich schaue ihm nach, bis es hinter den Hochhäusern verschwindet.

18

Die Tage ziehen sich wie Medinas Maisbrei. Ich habe mich in der Wohnung verbarrikadiert und wage mich nur dreimal raus. Einmal zum Einkaufen, weil mein Kühlschrank leer ist, einmal gehe ich zu Magnus' Wohnung und einmal, als ich mich besonders mutig fühle, wage ich mich ins Phönix, in der Hoffnung, Raik, Tia oder Serge dort zu finden. Vergeblich. Die Ungewissheit zermürbt mich. Ich weiß nicht, ob sie es geschafft haben, den Ordnungshütern zu entkommen, ich habe keine Ahnung, wo Magnus ist und ich habe Angst um Lee.

Die meiste Zeit starre ich fingernägelkauend aus dem Fenster, beobachte die vorbeigehenden Leute und denke an meine Freunde. An Manja, Paul und Samuel. Frage mich, wie es ihnen in der Kolonie wohl ergeht. Und ich denke an Galen, daran, wie sehr ich den Mistkerl vermisse. Im Gegensatz zu Lee hätte er sich nicht einlullen und zu einer Zirkusattraktion machen lassen.

Niemand besucht mich, ich bin allein. Einmal kommt Karla vorbei. Ich sehne mich verzweifelt nach einem Verbündeten, sodass ich kurz davor stehe, sie einzuweihen. Doch als sie mir stolz die hochhackigen Schuhe und das goldene Armband zeigt, das Sadraz ihr vor seiner Abreise geschenkt hat und mir erzählt, er hätte angedeutet, dass sie bei ihm einziehen soll, schlucke ich mein Geständnis schnell wieder runter. Karla steht völlig unter Sadraz' Bann, er ist ihr Prinz in schimmernder Rüstung. Sie würde mir gar nicht glauben wollen, weil das ihre Prinzessinnenblase zerstören und bedeuten würde, dass sie wieder mit krummem Rücken auf Landsbys Feldern schuften müsste. Sie liebt es, die hübsche Vorzeigefreundin eines Despoten zu sein und im Grunde passt es auch zu ihr. Wenigstens hat sie eine ungefähre Vorstellung, wann der Jagdtrupp zurückkommt. Fünf Tage hat Sadraz ihr gesagt.

Ungeduldig warte ich auf das Ende der fünf Tage, zähle am letzten Abend sogar die Stunden. Es ist mitten in der Nacht, als Lee endlich zurückkehrt. Beim leisen Klicken der Tür schrecke ich aus meinem unruhigen Schlaf. Lee versucht, keinen Lärm zu machen, doch ich erkenne seine Schritte, höre das Rascheln und wie der Kühlschrank in der Küche aufgemacht wird. Ich brenne darauf, zu erfahren, wie der Ausflug gewesen ist, deshalb stehe ich auf und tapse barfuß in die Küche. Lee steht gegen den Herd gelehnt, ein Glas Wasser in der Hand, das er mit großen Schlucken leert. Die Tarnkleidung ist staubig und ein Schnitt zieht sich quer über seinen Handrücken.

»Hey. Du bist wieder da«, sage ich.

Lee fährt regelrecht zusammen und knallt vor Schreck das Glas auf die Arbeitsfläche. Wasser spritzt über den Rand. »Tut mir leid. Ich wollte dich nicht wecken.«

»Das hast du nicht«, lüge ich. »Ich hab auf dich gewartet.« Ich gehe zu ihm und schlinge meine Arme um seinen Hals. »Ich bin froh, dass du wieder da bist. Wie war es?«

Lee versteift sich und schiebt mich von sich. »Nicht. Ich bin schmutzig und verschwitzt.«

»Das macht mir nichts aus«, beteure ich.

»Aber mir. Lass mich erst duschen.«

Er weicht mir aus, sieht mir auch nicht in die Augen. Ein ernüchterndes Gefühl, als hätte mich jemand in eine randvolle Regentonne gesteckt. Lee drängt sich an mir vorbei ins Badezimmer. Ich folge ihm. »Was ist los? Ist was passiert?«

»Nein. Ich bin nur müde.« Mit fast schon wütenden Bewegungen zerrt Lee seine Kleidung aus. Es sieht aus, als würde er sie am liebsten in Stücke reißen.

Müdigkeit ist eine ziemlich lahme Ausrede. Wie erstarrt stehe ich im Türrahmen und überlege, was ich tun und sagen soll. Ihn zur Rede zu stellen, während er nackt vor mir steht, erscheint mir jedenfalls komisch. Bis ich die blauen Flecken und die Schnittwunden auf seiner Brust sehe. Mehrere parallel laufende Schnitte, jeder länger und tiefer als der Vorgänger. Der

Letzte ist mindestens acht Zentimeter lang und das Fleisch klafft auseinander. Die Ränder sind rot und geschwollen. Es sieht entzündet aus und muss auf jeden Fall genäht werden. »Lee. Wer hat dich verletzt?«

»Geh ins Bett. Wir reden gleich.« Matt dreht Lee das Wasser in der der Dusche auf, wartet aber nicht, bis es heiß ist, sondern steigt sofort in die Kabine und schiebt die Tür zu, sperrt mich und meine Fragen aus. Trotz des kalten Wassers verzieht er keine Miene, als würde er es nicht mal merken.

Da ich im Moment nichts erreichen kann, tue ich, was er sagt, obwohl ich mir Sorgen mache und seine Zurückweisung in mehr als einer Hinsicht schmerzt. Ich habe mir extra das neue Nachthemd angezogen. Es ist hauchdünn und extrem sexy, doch Lee hat mich nicht mal angesehen. Warum lasse ich ihn plötzlich kalt? Und wer hat ihm diese Schnitte zugefügt? Sie sind nicht das Ergebnis eines Kampfes, dafür sind sie zu präzise. Ein abartiger Initiationsritus vielleicht? Ich verstehe es nicht. Was ist auf der Jagd passiert? Tränen schießen in meine Augen. Zuerst Galen und nun auch noch Lee. Erst verschließen sie sich und dann wenden sie sich von mir ab.

Zugegeben, Sadraz hat unsere Beziehung von Anfang an sabotiert, aber ich dachte, dass Lee mich aufrichtig liebt und wir über diesen Dingen stehen. Oder ist er unter Druck gesetzt worden? Rühren die Schnitte daher? Frustriert krieche ich ins Bett, lege mich auf den Rücken und starre auf den Baldachin über mir. Tränen kullern meine Schläfen hinab und befeuchten mein Haar. Ich wünschte, ich könnte einfach verschwinden, mich und meine doofen Gefühle in Luft auflösen.

Nur mit einem Handtuch um die Hüfte geschlungen, kommt Lee wenige Minuten später ins Schlafzimmer. Die tieferen Schnittwunden hat er mit einer orangefarbenen Lösung und kleinen Pflastern versorgt, die die Haut zusammendrücken. Ich bleibe liegen, warte, bis er zu mir ins Bett steigt.

»Verrätst du mir jetzt, was los ist?« Ich drehe den Kopf weg, während ich das frage, weil ich nicht will, dass er mich heulen sieht. Meine Stimme klingt allerdings alles andere als fest.

»Können wir morgen darüber reden? Ich bin seit vierundzwanzig Stunden auf den Beinen und hundemüde«, sagt Lee matt.

Ich will nicht warten und länger in Ungewissheit schweben. Nach allem, was passiert ist, halte ich das einfach nicht mehr aus. Wie eine Furie gehe ich hoch. Meine Tränen sind mir plötzlich egal. Soll er doch sehen, dass ich heule. Ich beuge mich über ihn und funkele ihn zornig an. »Erzähl mir keinen Blödsinn, Lee. Du kannst achtundvierzig Stunden wach bleiben und anschließend immer noch kämpfen, das weiß ich genau. Was soll der Scheiß? Warum erzählst du mir nicht, was ihr gemacht habt? Woher kommen diese Schnitte?«

Sein Blick wirkt verzweifelt. »Jule ... ich ...«

Ich unterdrücke ein Schluchzen. »Was? Was *ich*? Sag es mir! Was ist da draußen passiert?«

Zuerst wirkt Lee gequält, sodass ich es fast bereute, ihn unter Druck gesetzt zu haben, dann huscht sein Blick in mein Dekolletee und der Ausdruck verändert sich. Ich folge seinem Blick und sehe, dass ein Nachthemdträger von meinen Schultern gerutscht ist und er freie Sicht auf meine nackten Brüste hat. Mein erster Impuls ist, das Nachthemd schnell wieder hochzuziehen, doch als ich das Verlangen in seinem Gesicht erkenne, lasse ich es. Verlangen ist tausendmal besser als Verzweiflung. Aber warum fasst er mich nicht an? Er liegt da, wie ein Stein und starrt. So verzweifelt sehne ich mich nach Nähe und nach einer Reaktion, dass ich impulsiv meine Lippen auf seinen Mund presse. Ein paar Sekunden lang hält er still, er schiebt mich nicht weg, nimmt mich aber auch nicht in den Arm, doch dann plötzlich reißt er mich herum und wirft sich auf mich. Mir bleibt fast die Luft weg unter seinem festen Griff und seinem Gewicht. Sein Kuss wird wild und besitzergreifend, seine Hände zerren ungeduldig an meinem Nachthemd. Wenn er so weiter macht, wird er es zerreißen. Ich verdränge die traurigen Gedanken aus meinem Kopf, die Sorgen und gebe mich seiner Leidenschaft hin, die meine in Rekordzeit entfacht. In jedem Kuss und jeder Bewegung spüre ich Lees wahre Gefühle und die sind alles andere als abweisend. Unsere Vereinigung ist ungestüm und verzweifelt, wie der Angriff eines Soldaten, der weiß, dass er das Gefecht nicht überleben wird. Eigentlich sollte mir das zu denken geben, aber ich verbiete mir jegliche vernünftige Gedanken und konzentriere mich lieber auf das Fühlen.

Eine ganze Weile später liege ich schweigend in seinem Arm. Von der wilden Rangelei bin ich erschöpft und verschwitzt. Keiner von uns will den Augenblick durch Worte zerstören. Nicht mal durch Liebeserklärungen oder Entschuldigungen. Ich habe Lees Mauer durchbrochen. Er wird sich nicht wieder verschließen, das spüre ich. Also werde ich früh genug herausfinden, was ihn quält und dann werde ich ihm sagen, was mich quält.

* * *

Als ich aufwache, ist es bereits hell. Dem Stand der Sonne nach zu urteilen, ist es nach acht. Ich bin überrascht, wie tief ich geschlafen habe. So tief wie seit meiner Ankunft nicht mehr. Lees Betthälfte ist leer. Ein Gefühl des Bedauerns rumort in meinem Bauch. Gerne würde ich mich jetzt an ihn kuscheln. Ich lausche auf Geräusche, um herauszufinden, was Lee gerade macht. Ist er in der Küche? Mein knurrender Magen könnte ein ordentliches Frühstück vertragen. Es ist still und auch nach fünf Minuten Lauschen rührt sich nichts. Mein Magen krampft sich zusammen. Aus dem Gefühl des Bedauerns wird ein kalter Brocken dunkler Vorahnung.

»Lee?« Eilig klettere ich aus dem Bett, tapse ins Bad, ins Wohnzimmer und in die Küche. »Lee? Wo bist du?«

Noch bevor ich jeden Winkel überprüft habe, weiß ich, dass er fort ist. Seine Tasche steht nicht mehr neben dem Sofa, und als ich in den Kleiderschrank schaue, stelle ich fest, dass die Hälfte seiner Sachen fehlt.

Wie konnte ich das verschlafen?

Auf dem Nachttisch, halb unter den Lampenfuß geklemmt, finde ich einen Zettel, den ich in meiner Eile übersehen habe.

Es tut mir leid. Geh wieder nach Landsby. Leb wohl.

Lee

Drei kurze Sätze. Mehr hat er nicht für mich. Unfassbar. Wut fließt wie ein glühender Strom durch meinen Körper, die mich ein paar Minuten lang lähmt, bevor sie sich ins Gegenteil verkehrt. Ich muss das brennende Gefühl an irgendwas auslassen, sonst verliere ich den Verstand. Kurzentschossen grabsche ich nach einer Vase auf der Kommode und schmettere sie gegen die Wand. Sie zerspringt in tausend Teile. Scherben rieseln zu Boden.

Nicht genug.

Als Nächstes richte ich meine Zerstörungswut auf Lees restliche Sachen. Wutentbrannt zerre ich seine Kleider aus dem Schrank und werfe sie durch den Raum, trample sogar darauf herum, bis mir ein Heulanfall Einhalt gebietet. Schluchzend werfe ich mich aufs Bett, trommle mit den Fäusten auf die Matratze. Ich habe alles zurückgelassen wegen einer fixen Idee und der Hoffnung auf Liebe und Glück. Erfüllt hat sich nichts. Wie soll ich jetzt wieder nach Landsby zurückkommen? In meiner Wut würde ich am liebsten sofort meine Sachen packen und verschwinden, doch zehn Tage allein dort draußen wären viel zu gefährlich. Wie kann Lee mir das nur antun?

Kopflos ziehe ich mich an und stürme los. Diese Demütigung lasse ich nicht auf mir sitzen. Ich werde herausfinden, wo der Mistkerl sich verkrochen hat und ihn zur Rede stellen. Zuerst führt mich mein Weg ins Trainingscenter, doch Lee ist nicht da. Alle starren mich an, manche lachen und machen dumme Bemerkungen, als wäre ich nur die verschmähte Geliebte, die einen kleinen Nervenzusammenbruch erleidet. An sowas sind die Kämpfer gewöhnt.

»Versuch's bei Rasmus«, sagt der Kerl mit dem Irokesenschnitt.

Dass Lee bei Rasmus sein soll, erscheint mir absurd, aber wenn ich schon mal dort bin, könnte ich gleich nach Magnus schauen. Wütend stapfe ich den Gehweg entlang. Es ist gut, dass ich wütend bin, denn so habe ich wenigstens keine Angst. In meiner augenblicklichen Stimmung würde ich Killer-Rasmus alles Mögliche an den Kopf werfen, ungeachtet der Konsequenzen.

Zuerst klingle ich bei Magnus, doch wieder macht keiner auf, also versuche ich es bei Rasmus. Warum ist der Kerl eigentlich nicht beim Training?

Er lässt mich ein und empfängt mich an der Wohnungstür. Sein Blick wird schmal, als er mich sieht und plötzlich wird mir doch etwas flau im Magen. »Was willst du schon wieder hier? Magnus ist nicht da. Das hab ich dir gesagt.«

Okay. Freundlich klingt anders. »Das weiß ich. Ich suche Lee. Mir wurde gesagt, er könnte bei dir sein.« Ich versuche, ruhig und beherrscht zu klingen, weniger wie die hysterische Frau, die ich gerade bin.

Er mustert mich mit seinen schwarzen Käferaugen, wirft dann einen hastigen Blick in die Runde, als wollte er sich vergewissern, dass niemand in der Nähe ist. »Lass ihn in Ruhe und verschwinde von hier. Das ist besser für dich.«

Ich sollte auf den Mann hören, das weiß ich, aber Gehorsamkeit und Vernunft gehörten noch nie zu meinen Stärken. »Warum? Was ist passiert?«

»Frag nicht. Geh einfach.«

»Also ist Lee bei dir?« Das kann ich mir beim besten Willen nicht vorstellen. Warum sollte Lee ausgerechnet bei Rasmus unterkriechen? Selbst wenn der Kerl kein Killer wäre, ist es sein größter Konkurrent.

»Mädchen. Warum bist du bloß so stur? Lee will nichts mehr von dir, kapier das endlich.«

»Ich kapier schon, aber kapiert er, dass ich nicht einfach fortgehen kann? Es ist gefährlich da draußen. Ich brauche ein Auto oder wenigstens eine Rikscha.«

Im Hintergrund höre ich ein Murmeln. Rasmus kommt auf mich zu. Ich weiche zurück. Knurrend fasst er nach meinem Arm und zerrt mich in die Wohnung. Vor Schreck stoße ich einen spitzen Schrei aus. Wird er mich jetzt umbringen?

Hektisch schaue ich mich im Wohnzimmer um. Gott sei Dank. Da ist Lee. Er steht vor dem Sofa und wirkt wie jemand, dem gerade sein bester Freund ein Messer in den Rücken gerammt hat. Sofort springen mir Tränen in die Augen. Toll. Die Heulsuse ist zurück.

Verzweifelt blicke ich von Lee zu Rasmus. »Was verschweigt ihr mir?«

»Du hast recht«, sagt Lee bedrückt. »Du kannst nicht alleine nach Landsby. Ich werde jemanden finden, der dich begleitet. Bis dahin musst du in deiner Wohnung bleiben, bis ich mich melde.«

Fassungslos starre ich ihn an. »Das ist alles, was du dazu zu sagen hast? Ich soll in meiner Wohnung bleiben? Keine Erklärung? Nicht mal eine Entschuldigung?«

Er sieht mich an und schüttelt den Kopf. Sein Blick ist leer. Etwas in mir zerbricht. Wegen ihm bin ich in diese verdammte Stadt gekommen. Wegen ihm schwebe ich schon wieder in Gefahr und muss mich verstecken und er hat dazu nichts zu sagen als: Bleib in deiner Wohnung.

Kopflos stürme ich auf Lee los, trommle mit den Fäusten gegen seine Brust. »Du elender Bastard! Wie kannst du mir das antun?«

Er wehrt sich nicht. Warum auch? Es tut ihm nicht weh, oder höchstens ein bisschen. Sein Körper ist wie Stahl. Rasmus zieht mich schließlich zurück. »Beruhige dich, Mädchen. Wir meinen es nur gut mit dir.«

»Ach ja?«, keuche ich. »Was ist gut daran, mich einfach zu verlassen und ohne eine Erklärung wegzuschicken?«

Lee steht da, wie zur Salzsäule erstarrt. Kein Wort kommt über seine Lippen. Keine noch so kleine Gefühlsregung. Rasmus schiebt mich zur Tür. »Du solltest ihm dankbar sein«, zischt er. »Denn damit rettet er dir den Arsch. Jetzt geh nach Hause, bevor jemand merkt, dass du hier gewesen bist. Wir melden uns bei dir.«

Er öffnet die Tür und schiebt mich in den Hausflur. Jeder Versuch, ihn daran zu hindern, ist vergeblich. Er ist viel zu stark. »Lee, bitte. Erklär es mir«, rufe ich.

»Geh nach Hause. Verstanden?« Rasmus funkelt mich an. Er wirkt wütend. Nicht gut. In meinem Zorn habe ich vergessen, wen ich vor mir habe. Ich nicke stumm. Rasmus wirft die Wohnungstür zu.

Schniefend wische ich meine Tränen fort und verlasse das Haus. Soll ich wirklich nach Hause gehen? Warum erzählt Lee mir nicht, was los ist? Sein abweisendes Verhalten passt kein bisschen zu ihm. Etwas ist hier im Gange und ich will verdammt sein, wenn es nicht irgendwas mit Sadraz und seinen Machenschaften zu tun hat. Schwer atmend setze ich mich zwischen zwei Häuser auf eine Bank. Sie ist heiß von der Sonne und brennt an meinem Hintern, aber das ist mir egal. Es passt zu dem glühenden Zorn in meinem Inneren. Mein Atem beruhigt sich nur langsam. Verbittert grüble ich über meine Möglichkeiten nach.

Lee wird jemanden finden, der mich nach Landsby bringt, keine Frage, aber was hat Rasmus mit dem Ganzen zu tun? Und warum hat Lee mich überhaupt verlassen? Manja würde mich für meine Neugier schelten, doch ich muss es unbedingt herausfinden. Eher kann ich die Stadt nicht verlassen. Was ist, wenn Lee Hilfe braucht? Wenn er erpresst wird? Klingt absurd, ich weiß, wäre aber möglich. Vielleicht ist Rasmus kein Kumpel, sondern sein Aufpasser.

Entschlossen verstecke ich mich hinter einem Busch neben dem Haus. Irgendwann werden sie das Gebäude verlassen, ich muss nur Geduld haben und abwarten, dann kann ich ihnen folgen.

Geduld ist etwas, was mir im Augenblick fehlt, deshalb werden die Stunden zur Zerreißprobe für mich. Einzig meine Sturheit lässt mich durchhalten. In Armlänge um mich herum wächst kein Gras mehr, ich habe jeden einzelnen Halm ausgerissen. Als es dunkel wird, ist es endlich so weit. Rasmus und Lee verlassen das Haus. Seltsamerweise tragen sie ihre Kampfkleidung. Rasmus wirkt grimmig und finster, Lee wie ein Roboter, als hätte jemand den Chip in seinem Nacken aktiviert und würde ihn fernsteuern. Ich folge ihnen in sicherem Abstand. Meine Vernunft schimpft mich verrückt und warnt mich eindringlich vor meinem Vorhaben, doch meine Neugier und meine verletzten Gefühle behalten die Oberhand. Was soll schon groß passieren? Niemand würde glauben, dass ich mich so verrückt gebärde, wie ich es gerade tue. Außerdem will ich nur wissen, wohin sie gehen.

Sie stapfen am Trainingscenter vorbei zu einem großen Gebäude mit hohen, vergitterten Fenstern. Es sieht aus wie eine Mischung aus Lagerhalle und Gefängnis. Was wollen sie da?

Die Ordnungshüter am Eingang nicken ihnen zu und öffnen die Tür. Lee und Rasmus betreten das Gebäude. Unschlüssig bleibe ich stehen. Soll ich einfach hingehen und so tun, als wollte ich zu Lee? Das wäre waghalsig, aber eine andere Idee habe ich nicht. Während ich noch überlege, sehe ich weitere Menschen, die die gefängnisartige Lagerhalle betreten. Männer in Anzügen und elegant gekleidete Frauen. Im Verhältnis zur Örtlichkeit wirkt das grotesk und bestärkt meine Vermutung, dass da drin etwas Außergewöhnliches stattfindet. Schätzungsweise ein besonders exklusiver Kampf.

Da ich Jeans und T-Shirt trage, kann ich meinen Versuch, an den Ordnungshütern vorbeizukommen, vergessen. Meine Wohnung liegt fünfzehn Minuten Fußweg entfernt, das bedeutet, ich würde eine Dreiviertelstunde brauchen, bis ich wieder hier bin. Bis dahin hat der Kampf wahrscheinlich bereits begonnen.

Ein schicker, schwarzer Wagen fährt vor und hält vor dem Eingang. Schnell ducke ich mich weiter in den Schatten und spähe um die Ecke. Ilja Sadraz steigt aus in Begleitung eines weiteren Mannes und einer knapp bekleideten, jungen Frau, bei der es sich nicht um Karla handelt.

Mein Entschluss steht fest. Ich muss in das Gebäude rein. Ich mache auf dem Absatz kehrt und flitze so schnell ich kann in meine Wohnung. Atemlos stürme ich mein Schlafzimmer, zerre ein schwarzes Kleid aus dem Schrank und schlüpfe hinein. Jetzt noch schnell die Haare. Ein straffer Knoten am Hinterkopf muss es tun. Vorsichtig zupfe ich ein paar Locken heraus, die mein Gesicht umrahmen sollen, und trage Wimpertusche und Lipgloss auf. Für auf die Schnelle sieht es gar nicht mal schlecht aus. So ausstaffiert mache ich mich wieder auf den Weg zur Lagerhalle. Bestimmt sieht es albern aus, wie ich mit gerafftem Rock in meinen Ballerinaschuhen über den Gehweg hechte. Meine Wangen glühen und ich schwitze, garantiert bin ich feuerrot im Gesicht. Vor dem Gebäude zwinge ich mich, innezuhalten und abzuwarten, bis sich mein Atem einigermaßen beruhigt hat. Dann streiche ich das Kleid glatt, kontrolliere den Haarknoten und schlendere betont würdevoll auf die Ordnungshüter zu. Gut wäre es, wenn sie mich kennen würden und wüssten, dass ich Lees Freundin bin.

»Guten Abend.« Ich sage nichts weiter, warte ab, wie sie auf mich reagieren.

Die Männer mustern mich und schauen sich dann um, als suchten sie nach meiner Begleitung. »Nur für geladene Gäste«, sagt der mit den millimeterkurz geschorenen Haaren. Den Narben und der schiefen Nase nach zu urteilen, ist er ein ehemaliger Kämpfer.

Okay. Jetzt muss ich improvisieren. »Ich weiß. Ich bin die Freundin von einem der Kämpfer. Lee. Er hat meine Einladung.«

Die Haltung der beiden verändert sich. Plötzlich sind sie wachsam und wirken extrem interessiert. »In Ordnung. Ich bring dich rein«, sagt Narbengesicht.

Das ging aber leicht. Zu leicht. »Nicht nötig. Ich geh alleine rein.« Ich will mich schnell an den Männern vorbeidrängen, doch Narbengesicht packt mich am Oberarm und hält mich auf. Sein Griff ist stählern und schmerzt. »Oh nein, Süße. Du gehst mit mir.«

Der Schreck fährt mir durch die Glieder. Ich glaube, ich stecke in der Klemme. »He. Was soll das?« Gespielt entrüstet versuche ich, mich aus seinem Griff zu winden. Erfolglos. »Weißt du was? Ich hab's mir anders überlegt. Ich bleib lieber draußen.«

Er grinst herblassend, lässt mich aber nicht los. Brutal zerrt er mich ins Innere des Gebäudes, in einen hell erleuchteten Gang aus grauem Beton. Kaltes, weißes Licht strahlt von der Decke. Weiter vorn höre ich Gemurmel und laute, aggressiv klingende Musik. Widerwillig stolpere ich neben dem Ordnungshüter her. Der führt mich nach links durch eine Metalltür, eine schmale Treppe hinauf bis zu einer Art vergitterten Balkon. Verwirrt blicke ich mich um. Der Balkon führt um den gesamten Raum. In der Mitte ist eine Art Brücke, die eine Seite mit der anderen verbindet. Mehrere bewaffnete Ordnungshüter haben sich auf ihr postiert. Ein paar Meter unter ihnen in der Mitte des Raumes befindet sich ein großer Käfig. Von oben hat man einen hervorragenden Blick auf den halbnackten Kämpfer, der in dem Käfig steht. Lee. Mein Herz setzt einen Schlag aus.

Vor mir sitzt Ilja Sadraz mit drei weiteren Sponsoren auf einer Art Podest. Die hübsche Blondine aus dem Auto reicht den Männern gefüllte Whiskygläser, eine andere sitzt auf dem Schoss von Rasmus' Sponsor und streicht mit rot lackierten Fingernägeln über seine Brust.

Der Ordnungshüter verdreht meinen Arm auf dem Rücken und schiebt mich näher. »Hier ist sie Boss.«

Sadraz dreht sich zu mir um und schüttelt tadelnd den Kopf, als wäre ich ein unartiges Kind. »Jule. Ich wusste, dass du kommst.«

Mit einer trotzigen Geste reiße ich mich von dem Ordnungshüter los und lockere meine schmerzenden Arme. »Ich wollte zu Lee.«

Sadraz deutet auf den Käfig. »Lee ist beschäftigt.«

Alle starren mich an, die Frauen eher feindselig, als wäre ich unerwünschte Konkurrenz, die Männer amüsiert.

»Was ist das hier?«, will ich wissen.

»Ein kleiner Kampf für ausgewählte Gäste«, erklärt Sadraz und hebt spöttisch die Augenbrauen. »Zu denen du nicht gehörst.«

Weitere Fragen schießen durch meinen Kopf. Zum Beispiel warum der Kampf nicht im Zelt stattfindet und warum die Zuschauerplätze vergittert sind, doch die Musik wird leiser und der Sprecher kündigt den Beginn des Kampfes an. Sadraz bedeutet dem Mann neben sich, aufzustehen und winkt mich näher. »Nimm Platz, Jule. Wo du schon mal hier bist, darfst du ausnahmsweise dabei sein. Ich bin gespannt, wie es dir gefällt.«

Misstrauisch setze ich mich. Seine Freundlichkeit wirkt aufgesetzt und lässt mich das Schlimmste befürchten.

»Im Grunde ist es gut, dass du da bist«, fährt Sadraz fort. »Falls Lee eine kleine Motivationshilfe braucht.«

War mir vorher schon mulmig zumute, verstärkt sich das Gefühl zu furchtsamer Beklemmung. Ich schlucke nervös. »Warum sollte er das nötig haben?«

Sadraz Schmunzeln ist voller Boshaftigkeit. »Er kämpft hier nicht gegen irgendwen und ... », er vertieft das Schmunzeln mit einem intensiven Blickkontakt. »Es geht um Leben und Tod.«

Oh Gott. Er meint das ernst. Jetzt bloß nicht die Fassung verlieren. »Sie setzen Lees Leben auf Spiel? Ich dachte, er wäre Ihnen wichtig.«

Der neben mir sitzende Mann lacht über meine Worte und auch die anderen fallen in sein Lachen mit ein.

»Das ist er«, beteuert Sadraz. »Leider hat ihn seine hübsche Freundin in Schwierigkeiten gebracht.« Er zupft an meiner Locke, die sich an meine Wange kringelt. »Deswegen fordere ich einen kleinen Beweis seiner Loyalität.«

Ich muss ziemlich erschrocken wirken, denn nun tätschelt er väterlich mein Bein. Seine Berührung ätzt sich wie Säure durch mein Kleid. »Keine Angst. Er wird seine Gegner mit Leichtigkeit besiegen.« Wieder dieses boshafte Grinsen. »Es kostet ihn höchstens ein wenig Überwindung.«

Wie auf Kommando kündigt der Sprecher den Gegner an.

»Eine Monstrosität«, ruft er. »Eine pervertierte Laune der Natur, mit dem Verstand eines Tieres. Unser großer Kämpfer, der furchtlose Lee, wird ihn vom Angesicht der Erde wischen.«

Was für ein pathetischer Müll, aber den Zuschauern scheint es zu gefallen. Sie applaudieren, fieberhafte Aufregung liegt in der Luft. Die Menschen wollen Blut sehen. Wenn ich über die Worte des Sprechers nachdenke, bekomme ich ein wirklich mieses Gefühl in der Magengrube. *Eine Monstrosität.* Was soll das für ein Gegner sein? Ein mutiertes Tier? Lees Brustkorb hebt und senkt sich unter seinen aufgeregten Atemzügen, sein ganzer Körper ist angespannt, sein Gesicht zu einer Maske erstarrt. Er wappnet sich, für was auch immer in den Käfig geführt wird und wenn ich seine Körperhaltung und seine Miene richtig deute, befürchtet er das Schlimmste. Genau wie ich.

Aus dem Schatten im hinteren Bereich lösen sich zwei bullige Ordnungshüter. Sie flankieren einen gefesselten Mann, führen ihn zur Käfigtür. Mir bleibt fast das Herz stehen vor Schreck.

»Emish«, stoße ich hervor. »Nein!« Ich springe auf.

Bis auf seine abgerissene Stoffhose ist Emish ebenfalls nackt. Zum ersten Mal sehe ich ihn unbekleidet. Neben seinem deformierten Gesicht hat er einen verdrehten Brustkorb. Er erscheint schief, mehrere Rippen stechen deutlich hervor und in der Mitte ist ein regelrechtes Loch.

Sadraz greift nach meinem Arm und zieht mich sanft auf meinen Platz zurück. »Er sieht schauderhaft aus, nicht wahr? Seit Marvin mir von ihm erzählt hat, war ich versessen darauf, ihn in die Finger zu bekommen.«

Tränen schießen in meine Augen. Das Atmen fällt mir schwer. »Bitte. Das können Sie nicht tun.«

Sadraz lacht. »Natürlich kann ich das. Es gefällt mir und es gefällt den Bewohnern der Stadt.«

»Emish ist ein guter Freund. Bitte verschonen Sie ihn.« Ich kann nicht anders als zu flehen und zu hoffen, dass sich irgendwo in Sadraz' Brust ein Herz befindet.

»Ohne Lees Hilfe hätten wir den Zugang nur schwer gefunden und nicht gewusst, wo die Wachen stehen«, fährt Sadraz ungerührt fort und sticht mit den Worten das Messer noch tiefer in mein Herz. »Obwohl ich zugeben muss, dass ich ein wenig Überzeugungsarbeit leisten musste.« Mit dem Zeigefinger fährt er sich ein paar Mal über die Brust, als würde er sich ritzen. Daher also rühren Lees Schnittwunden. Jetzt wird mit einiges klar.

Sadraz beugt sich näher und redet weiter, als wäre unsere Unterhaltung nicht mehr als eine nette Plänkelei. »Du bist seine Achillesferse, hast du das gewusst? Erst als ich gedroht habe, dir etwas anzutun, hat er uns alles verraten, was wir wissen mussten.«

Sprachlos balle ich die Hände zu Fäusten. Die Luft erscheint mir schwer und will meine Lungen einfach nicht füllen. Emish und Lee in diesem Käfig in einem Kampf auf Leben und Tod und dann Sadraz' Bekenntnis. Lee hat diese Männer nach Landsby geführt, hat dafür gesorgt, dass sie ungesehen reinschleichen konnten. Ich fasse es nicht. Wen außer Emish haben sie sich noch geholt? Und warum hat Lee es mir nicht erzählt?

Emish schaut sich verwirrt um, das Licht der Scheinwerfer, die seitlich am Käfig befestigt sind, blendet ihn. Lee steht einfach nur da. Ein durchdringender Laut ertönt und der Sprecher fängt an, von zehn rückwärts zu zählen. Mit jeder Zahl jubelt die

Menge lauter, feuert Lee an, den Mutanten zu zermalmen. Einige zählen laut mit. Ich will aufspringen und schreien, sie auffordern, diesen Irrsinn zu stoppen, doch Sadraz schnappt meinen Arm und zieht mich erneut auf den Sitz. »Dein Einsatz ist noch nicht erwünscht.«

Der Kampf beginnt. Das sollte er zumindest, aber Lee rührt sich nicht. Er steht einfach nur da. Emish sagt etwas zu ihm, ich verstehe nicht, was. Die Menge ist zu laut. Die ersten Zuschauer beginnen, zu pfeifen. Jemand in der unteren Ebene schiebt ein Messer durch die Gitter in den Käfig. Es schlittert über den Boden und bleibt genau zwischen Emish und Lee liegen. Emish beäugt es. Lee lässt die Schultern sinken und schüttelt den Kopf. Er wird nicht kämpfen.

In einem letzten verzweifelten Versuch wende ich mich an Sadraz. »Stoppen sie den Kampf. Ich flehe Sie an. Ich tue alles, was Sie wollen.«

Sadraz schnaubt. »Das tust du sowieso.«

Er hebt die Hand und gibt ein Zeichen. Ein Ordnungshüter ergreift mich und zerrt mich vom Stuhl. Sadraz erhebt sich ebenfalls. »Bring sie nach vorn. Er soll sie sehen.«

Brutal presst der Mann mich gegen das Gitter. Der Geruch von Angstschweiß liegt in der Luft, vermischt sich mit dem teuren Parfum der Frauen und Alkoholdunst. Sadraz stellt sich neben mich und wartet, bis unten jemand mit einem Eisenstab gegen den Käfig hämmert und nach oben deutet. Lee und Emish sehen zu uns herauf. Der Ordnungshüter presst mich noch fester gegen das Gitter, bis der Draht schmerzhaft in meinen Körper schneidet. Ich stöhne auf. Sadraz packt meine Haare und zerrt meinen Kopf in den Nacken. Ich muss die Pupillen verdrehen, um in den Käfig sehen zu können. Lee hat seine Gefühle nicht mehr unter Kontrolle. Er atmet schwer, Wut und Hass verzerren sein Gesicht. Seine Hände ballen sich zu Fäusten. Emish dagegen sieht traurig aus. Resigniert. Er weiß, was passieren wird. Mit einem Hechtsprung schnappt er sich das Messer und rollt sich dann zur Seite.

Emish hat genug Ausflüge in die Stadt und Auseinandersetzungen mit Straßengangs hinter sich, um einem Kampf nicht völlig hilflos gegenüberzustehen. Ich weiß nicht, was ich tun und fühlen soll. Einerseits fürchte ich um mein Leben, andererseits will ich nicht, dass Emish stirbt. Und ich will auf keinen Fall, dass Lee derjenige ist, der ihn tötet.

Sadraz hebt den Arm und hält den Daumen nach unten als Zeichen für Lee. Einer muss sterben. Emish oder ich. Seine Entscheidung. Emish weiß genau, für wen Lee sich entscheiden wird, deshalb hat er sich das Messer geschnappt. Lee sagt etwas zu Emish und der nickt. Sie umkreisen einander. Beide zögern das Unvermeidliche weiter hinaus.

»Warum zwingen Sie ihn zu sowas?«, wispere ich.

Sadraz zieht meinen Kopf noch weiter nach hinten, dehnt meinen Hals, bis es schmerzt und ich nicht mehr schlucken kann. »Lee ist ein Killer«, flüstert er in mein Ohr. »Und ich helfe ihm dabei, seine dunklen Triebe zu entfalten.«

»Das ... ist nicht wahr.«

»Oh doch. Ich habe es gesehen, als wir auf der Jagd gewesen sind. Wenn er entfesselt wird, ist sein Blutdurst genauso groß wie meiner.«

Erzählt er mir die Wahrheit? Oder will er nur, dass ich an Lee zweifle? Ich kann den Gedanken nicht weiter verfolgen, denn die Zuschauer beginnen schon wieder, zu pfeifen, weil Lee und Emish einander noch immer umkreisen. Sie wollen endlich Blut sehen. Ein Wächter schiebt eine lange Stange durch die Käfiggitter und schubst Emish damit nach vorne, direkt auf Lee zu. Ich will wegsehen oder die Augen schließen und kann es nicht. Es ist, als hätte jemand meinen Blick an das Geschehen gefesselt oder mich hypnotisiert.

Emish versucht, das Messer in Lees Bauch zu rammen. Lee weicht aus, jedoch nicht schnell genug. Die Klinge streift seine Lenden. Blut fließt über seine Haut. Es folgt ein gezielter Tritt gegen Emishs Kniescheiben. Er taumelt nach hinten, versucht, sich auf den Beinen zu halten, doch sein rechtes Bein knickt immer wieder weg. Schmerz steht in seinem Gesicht. Hilflos fuchtelt er mit dem Messer rum. Lee weicht der Klinge aus und rammt Emish die Faust in den Magen. Das bringt ihn endgültig zu Fall.

Tränen rinnen über meine Wange. Das Publikum johlt. Genau das wollen sie sehen.

»Ja! Mach ihn fertig«, ruft die Frau mit dem knappen Kleid. Sie sitzt nicht mehr auf dem Schoß des Mannes, sondern hüpft aufgeregt auf und ab. Absurderweise muss ich an ihre Brüste denken, die gleich aus dem Ausschnitt hüpfen, wenn sie so weitermacht.

Lee tritt Emish auf den Arm, damit dieser das Messer loslässt. Mit seinem Fuß kickt er es außer Reichweite und kniet sich dann auf Emishs deformierte Brust. Es ist ein ungleicher Kampf. Jeder kann das sehen, aber niemanden interessiert es. Die Schaulustigen brüllen Lee zu, was er tun soll. Von Gesicht zu Brei schlagen über Knochen brechen und aufschlitzen ist alles dabei. Lee zögert, schaut zu uns herauf. Das nutzt Emish, um Lee die Faust ins Gesicht zu rammen. Lee fährt herum und holt aus. Ich schließe nun doch die Augen, denn ich will nicht sehen, wie Emishs Schädel zertrümmert wird. Sekunden tröpfeln dahin. Ich höre die Anfeuerungsrufe der Schaulustigen, gefolgt von Pfiffen und buh Rufen. Irgendwas macht Lee falsch.

»Dieser Idiot«, zischt Sadraz und lässt mich los.

Keuchend ziehe ich dem Atem ein und wage einen Blick in den Käfig. Emish liegt da, äußerlich unversehrt, doch seine Augen starren ins Leere. Lee steht breitbeinig über ihm und starrt mit unbewegter Miene auf irgendeinen Punkt in der Ferne. »Was ...«, ich schlucke trocken. »Was hat er gemacht?«

»Er hat ihm das Genick gebrochen.« Sadraz sagt das abfällig, als wäre es etwas Verwerfliches. Wenn ich die Menschen um mich herum betrachte, verstehe ich den Grund. Sie wollten Blut sehen. Wollten sehen, wie die Knochen des Mutanten brechen und sein Gesicht zu Brei geschlagen wird. Lee hat ihnen den Spaß verdorben. Das ist so krank.

Vier Ordnungshüter betreten den Käfig. Zwei von ihnen schleifen Emishs Leichnam weg, die anderen packen Lee. Er lässt sich willig abführen, schaut nicht zu uns herauf. Meine Beine knicken unter mir weg und ich stolpere rückwärts auf einen Stuhl. Sadraz schaut mich gespielt mitleidig an.

»So mitgenommen meine Hübsche? Dabei fängt der Kampf gerade erst an.« Er wirft einen Blick in den Käfig. »Hoffen wir, dass Rasmus uns eine bessere Show liefert.«

19

Um ehrlich zu sein, will ich das, was noch kommt, nicht sehen, doch Sadraz lässt mir keine andere Wahl. Er zwingt mich neben sich und winkt die junge Frau mit dem Tablett herbei. Er nimmt zwei Sektgläser und hält mir eines hin. »Trink. Du siehst aus, als könntest du einen Schluck gebrauchen.«

Nach dem eben Geschehenen erscheint mir das mehr als grotesk. »Warum bin ich noch hier?«, frage ich mit tonloser Stimme.

Er drückt mir das Glas in die Hand und führt es an meine Lippen. Ich trinke, zu schwach, um mich zu wehren. Sadraz grinst, zeigt dabei seine perlweißen Zähne. »Hast du geglaubt, wir wissen nichts von deinen heimlichen Treffen mit Magnus und eurem albernen Versuch, das kleine Flittchen zu retten?«

Dass er das herausgefunden hat, überrascht mich und doch auch wieder nicht. Ich habe den Mann ganz einfach unterschätzt. Um nicht antworten zu müssen, trinke ich von dem Sekt und starre in den Käfig. Ein Ordnungshüter wischt die Blutflecken vom Boden.

»Du hast einen starken Willen«, fährt Sadraz fort. »Und einen wachen Verstand. Normalerweise schätze ich diese Eigenschaften. Doch du hast auf das falsche Team gesetzt.«

»Ich habe auf gar nichts gesetzt«, sage ich. »Ich verabscheue Unterdrückung und Korruption. Das ist alles.«

Sadraz lehnt sich zurück und legt einen Arm auf meine Stuhllehne, sein Unterarm berührt meinen. Angewidert zucke ich weg.

Sadraz lässt sich nichts anmerken. »Deine Naivität überrascht mich. Als du mit Lee in meine Stadt gekommen bist, dachte ich, du wüsstest, wie die neue Welt funktioniert.«

Ich schnaube. »Nur weil ich weiß, wie etwas funktioniert, bedeutet das nicht, dass ich es auch gutheiße.«

»Dann, meine Liebe, wirst du untergehen, denn die Dinge werden sich nicht ändern. Zumindest nicht in absehbarer Zeit.

Entweder du findest dich damit ab und spielst mit, genießt es vielleicht sogar, oder du stirbst.«

Rasmus betritt den Käfig. Er wirkt genauso finster und entschlossen wie immer. Siegessicher lässt er seine Muskeln spielen und hebt dann die geballten Fäuste über den Kopf. Die Zuschauer feiern ihn dafür. Mein Magen krampft sich zusammen. Er wird seinem Gegner keinen gnädigen Tod gewähren, so wie es Lee getan hat. Wer wird es sein? Angst schnürt meine Kehle zu.

Ich räuspere mich. »Wie viele Männer haben Sie aus Landsby entführt?«

»Sechs«, entgegnet Sadraz kühl.

Sechs. War Galen dabei? Der Gedanke erfüllt mich mit Entsetzen. Was, wenn Galen in den Käfig gebracht wird? Könnte er gegen Rasmus bestehen? Nein! Galen hätte sich nicht einfangen lassen. Sadraz hätte ihn betäuben müssen, um ihn lebend nach Glücksstadt zu schaffen. »Gab es ... Opfer?«

Sadraz hebt eine Augenbraue. »Du unterschätzt mich, Jule. Ich verstehe mein Handwerk. Ich habe die Mutanten beobachtet und auf den richtigen Augenblick gewartet. Und natürlich haben wir Betäubungsgewehre benutzt.« Ein Schmunzeln erhellt sein Gesicht. »Der Ort ist eine wahre Fundgrube. Ganz sicher kehren wir dorthin zurück.«

Entsetzt sehe ich ihn an. Dieser Mann ist ein Monster. Der Sprecher kündigt Rasmus' Gegner an.

»Heute werden wir ein Exempel statuieren«, ruft er. »Rasmus wird nicht nur einem Gegner gegenübertreten, sondern gleich zwei.« Der Sprecher wartet, bis der Beifall der Zuschauer nachlässt. »Er wird zwei Verrätern ihrer gerechten Strafe zuführen und ihr dürft dabei zusehen.«

Das klingt übel. Meine Ahnung wird durch die lautstarke Entrüstung der Menge noch verstärkt. Wenige Sekunden später sehe ich meinen Verdacht bestätigt. Zwei Ordnungshüter schleppen Magnus in den Käfig. Er hat eine Platzwunde am Kopf und wirkt benommen, immer wieder knicken seine Beine ein.

»Gleich siehst du, was wir mit Verrätern machen«, sagt Sadraz. Keine Freundlichkeit liegt mehr in seiner Stimme, seine Miene offenbart kalte Wut. Magnus muss ihn schwer enttäuscht haben.

Der Sprecher bringt die Menge zur Ruhe und fährt fort. »Ich weiß, ich weiß. Das sieht nach einem schwachen Kampf aus.« Er lacht. »Deshalb schicken wir den zweiten Verräter gleich mit in den Ring. Denn wir wollen ja, dass es spannend bleibt, oder nicht?«

Tia wird in den Käfig geschleppt. Ihre Haare sind zerzaust, Lippen und Wangen rot und geschwollen. Getrocknetes Blut klebt an ihrem Kinn. Sie muss einige Schläge eingesteckt haben. Dennoch wirkt sie entschlossen, wie jemand, der sich trotz seiner aussichtslosen Lage nicht unterkriegen lassen will. Die Menge jubelt. Wie betäubt schaue ich in die Gesichter der Menschen, die auf den vergitterten Balkonen stehen und sich am Töten ergötzen. Herausgeputzte Frauen in langen Kleidern und Männer in Anzügen. Sie sehen aus, als würden sie auf eine schicke Party gehen und nicht auf eine Hinrichtung. »Das ist krank«, stoße ich hervor. Ich merke nicht mal, dass ich es laut gesagt habe, bis Sadraz darauf reagiert.

»Die Strafe erscheint dir vielleicht drastisch, aber du musst wissen: Glücksstadt bietet viele Privilegien. Sicherheit, gutes Essen, schöne Kleider, Spaß. Doch es gibt Regeln, Jule. Ohne Regeln funktioniert diese Stadt nicht. Wer sie dennoch bricht, hat sein Recht auf ein Leben hier verwirkt. Ich halte es einfach, schaffe keine komplizierten Gesetze und Strafen, keinen bürokratischen Irrsinn. Pass dich an oder stirb. So lautet meine Erfolgsformel.« Stolz liegt in seinem Blick. »Und sie funktioniert.«

Ich muss an die Kolonie denken. Straftäter wurden in die Außenwelt verbannt. Das war mir grausam erschienen, doch war das immer noch gnädiger als das Schauspiel, dessen Zeuge ich gerade werde. »Warum verbannen Sie Verbrecher nicht einfach?«

Sadraz Gesicht bleibt hart. »Verräter verdienen keine Gnade.«

Tia stützt Magnus, der sich kaum auf den Beinen halten kann. Rasmus umkreist die beiden, er strahlt kalte Entschlossenheit aus. Tia sagt etwas zu ihm, vielleicht fleht sie ihn an, vielleicht droht sie ihm auch. Rasmus reagiert darauf, indem er ihr in den Rücken tritt, sodass sie nach vorne taumelt und auf die Knie fällt. Mir ist klar, dass er sie hätte fester treten können, trotzdem schockiert mich seine Unbarmherzigkeit. Wie kann er eine Frau treten?

Magnus schwankt. Rasmus schubst ihn einfach um, als wäre er nur eine unwichtige Nebensache, stapft zu Tia und zerrt sie an den Haaren auf die Füße. Sie schreit vor Schmerz, versucht, seine Faust aus ihren Haaren zu lösen. Rasmus zieht sie zu sich heran, umfasst mit der freien Hand ihren Hals und zwingt ihr Kinn nach oben. Ich kann nicht beurteilen, ob er sie würgt. Hilflos rudert Tia mit den Armen. Magnus rappelt sich auf, schnappt einen Eisenstab und taumelt auf Rasmus zu. Er holt aus. Der Stab kracht auf Rasmus' Rücken. Große Wirkung erzielt er damit nicht. Zwar lässt Rasmus Tia los, doch nur, um sich umzudrehen und Magnus am Hals zu packen. Er hebt ihn hoch, als wöge Magnus nicht mehr als ein Kind. Unwillkürlich frage ich mich, ob er ebenfalls genmanipuliert worden sein könnte. Magnus ringt nach Atem, versucht, Rasmus' Finger aufzubiegen. Vergeblich. Der Menge gefällt es. Sie rufen und klatschen.

Ich will einfach nur weg.

Ich habe Emish sterben sehen. Den Anblick weiterer Hinrichtungen ertrage ich nicht. Heimlich werfe ich einen Blick in die Runde. Sadraz ist von dem Schauspiel gefesselt, genau wie alle anderen. Sogar der Ordnungshüter starrt interessiert in den Käfig. Die Tür ist unbeobachtet. Soll ich es wagen? Ein Fluchtversuch reißt mich auch nicht tiefer hinein.

Bevor ich es mir anders überlegen kann, springe ich auf und stürme los. Der Ordnungshüter fährt herum, versucht, mich zu ergreifen. Ich schlage einen Haken und weiche ihm aus, stürme durch die Tür in den Gang. Ein ohrenbetäubendes Krachen ertönt. Das Gebäude erzittert. Schüsse hallen von unten zu mir herauf. Verwirrt halte ich inne. Was ist das? Von hinten naht der Ordnungshüter. Ich muss weiter.

Auf der Treppe kommen mir Männer entgegen. Sie tragen Gewehre und brüllen mich an, ich soll stehenbleiben. Ich verstehe die Welt nicht mehr. Panisch drücke ich mich gegen die Wand. Das sind keine Bewohner des Regierungsbezirks. Das sind Männer aus dem äußeren Ring. Ist das eine Befreiungsaktion?

Dummerweise sehe ich aus, als würde ich zu den Gästen gehören. Zwei Männer schnappen mich. Der Größere von beiden hält mir seine Waffe gegen den Kopf und spannt den Hahn. Das Klicken lässt mich fast ohnmächtig werden. Mein Herz rast wie verrückt. »Verdammte Schlampe, du bist tot«, zischt er.

»Ich kenne Tia und Raik«, stoße ich schnell hervor. »Wir sind Freunde.«

Der Mann hält inne. »Was laberst du da?«

»Ich gehöre zum Widerstand. Ich habe für Magnus spioniert. Wir wollten Cori retten.«

»Sie lügt«, sagt der Kleinere. Er ist etwa so alt wie Magnus, hat schmutzig blondes Haar und einen ungepflegten Dreitagebart.

»Wenn das stimmt, was machst du dann hier?«, will der Große wissen.

»Ich wollte helfen. Der Mutant, der getötet wurde, war ein Freund. Bitte, ich sage die Wahrheit. Magnus kann es euch bestätigen.«

Der Große knurrt. »Das werden wir noch herausfinden.« Er wendet sich an seinen Kumpel. »Geh weiter. Ich setz die Kleine fest, bis wir wissen, ob sie die Wahrheit sagt.»

»Kyle. Muss das sein?« Der Blonde wirkt genervt.

Kyle ignoriert den Einwand seines Kumpels. »Wir töten keine Unschuldigen, sonst sind wir nicht besser als die. Also los.«

Rücksichtslos werde ich die Treppe runtergezerrt. Mehrmals trete ich auf den Saum meines Kleides. Der Stoff reißt. Vor der Tür knallen Schüsse. Ich ducke mich instinktiv.

»Los raus hier.« Kyle reißt die Tür auf und schubst mich nach draußen. Beinahe stolpere ich über einen auf der Treppe liegenden Körper. Es ist ein Ordnungshüter. Blut rinnt aus einem Loch auf seiner Stirn und verteilt sich auf den Stufen. Ich hebe meinen Rock und steige über den Mann hinweg. Seitlich am Gebäude klafft ein großes Loch in der Hauswand. Schutt und Steine liegen überall herum. Das muss der laute Knall gewesen sein. Kyle zerrt mich zu einem Bus, der auf der gegenüberliegenden Straßenseite parkt. Eisenplatten sind an der Seite befestigt und vorne hat er sowas wie einen Rammbock. Die Falttür steht offen.

»Da rein«, befiehlt Kyle.

Ich klettere in den Bus. Die Sitze sind rausgerissen worden, an den Haltestangen hängen Handschellen. Kyle führt mich in den hinteren Bereich des Busses, schnappt ein Paar Handschellen und schließt den Ring um mein Handgelenk.

»Muss das sein?«, frage ich. Mir ist nicht wohl bei dem Gedanken, an den Bus gekettet zu sein.

»Ja. Solange wir nicht wissen, wer du bist. Sei froh, dass ich deine Hände nicht da oben festmache.« Er nickt Richtung Decke.

Wie gnädig von ihm. »Was ist, wenn die Befreiungsaktion misslingt? Wer macht mich dann los?«

Kyle macht ein grimmiges Gesicht. »Das wird sie nicht.« Er wendet sich zum Gehen.

»Befreit ihr auch die Mutanten?«, rufe ich.

Er runzelt die Stirn, mustert mich nachdenklich und nickt dann. »Wir versuchen es.«

Resigniert lehne ich mich gegen die Stange und beobachte, was draußen passiert. Viel sehe ich nicht. Es ist dunkel, die Straßenlaterne flackert und der Winkel ist schlecht. Einige Zuschauer versuchen zu fliehen, eine Frau in einem hellblauen Seidenkleid verliert einen Schuh. Als sie stehen bleibt, um ihn aufzuheben, knallt ein Schuss. Die Frau zuckt zusammen und fällt nach vorne. Ein Blutfleck auf ihrem Rücken wird rasch größer. Der Mann an ihrer Seite hechtet davon, begleitet von weiteren Schüssen. Mehrere Widerstandskämpfer nehmen die Verfolgung auf.

Kyle und sein Freund kommen aus dem Vordereingang auf den Bus zu. Sie flankieren zwei Mutanten. Mein Herz macht einen Sprung. Sind das Sylvia und Blue? Sieht ganz danach aus. Die blöde Straßenlaterne gibt völlig den Geist auf und es wird dunkel. Jetzt spenden nur noch die beleuchteten Fenster Licht. Weitere Widerstandskämpfer kommen hinter dem Gebäude hervor. Als sie ins Licht treten, sehe ich, dass sie einen Kerl mit sich führen, der sie alle überragt. Lee. Er blickt nach unten auf den Boden und wehrt sich nicht, als hätte er sich mit seinem Schicksal abgefunden.

Sylvia und Blue werden in den Bus verfrachtet und an die Stange weiter vorn fixiert. Weil Sylvia keine Arme hat, müssen sie eine Fußfessel nehmen. Ihr heiseres Schluchzen und wie sie hilflos mit ihren Armstümpfen wackelt, treibt mir die Tränen in die Augen. Da ich im hinteren Teil des Busses stehe, sehen sie mich nicht gleich. Solange die Widerstandskämpfer im Bus rumfuhrwerken, mache ich mich lieber nicht bemerkbar. Auch Lee zerren sie zu uns herein, allerdings betreiben sie bei ihm einen größeren Aufwand. Zusätzlich zu den Handschellen wird er noch mit Fußketten gefesselt. Obwohl er sich nicht wehrt, verpassen sie ihm mehrere Elektroschocks. Jedes Mal, wenn sein Körper unter den Stromschlägen zusammenzuckt, zerreißt es mir das Herz. Lees Gesicht bleibt leer, es sieht aus, als wäre etwas in ihm zerbrochen. Plötzlich schäme ich mich. Hätte ich auf ihn und Rasmus gehört und wäre ihnen nicht wie eine Idiotin gefolgt, hätte Sadraz ihn nicht unter Druck setzen können. Emish könnte noch leben. Sein Tod ist meine Schuld.

Sylvia ist völlig aufgelöst, scheint kaum was mitzubekommen. Blue sieht sich um, kneift die Augen zu Schlitzen, als sie mich entdeckt. »Ich fasse es nicht. Was machst du denn hier?«

»Das Übliche. Mir Ärger einhandeln.« Ich brauche den Sarkasmus als Selbstschutz. Vor allem bei Blue.

Ihr abschätzender Blick gleitet über meinen Körper. »Was trägst du da für einen Fummel? Hast du bei dem abartigen Scheiß etwa mitgemacht?«

»Nein. Das Kleid war nur Tarnung.«

Lee hört meine Stimme und sieht auf. Endlich kommt wieder Leben in ihn. Grenzenlose Erleichterung spiegelt sich in seinem Gesicht. »Sie haben dich rausgeholt.«

»Ja. Mach dir keine Sorgen. Ich werde ihnen alles erklären, dann lassen sie uns bestimmt frei.«

Blue schnaubt verächtlich. »Hast du eine Ahnung, was dieser Bastard getan hat?« Sie spuckt in Lees Richtung. »Er hat uns verraten. Die Mistkerle haben gewartet, bis wir auf den Feldern waren und sechs von uns betäubt und verschleppt. Wenn der freigelassen wird, werde ich ihm ein verdammtes Messer in sein Verräterherz rammen.«

Lee vor Blue in Schutz zu nehmen macht wenig Sinn, dafür kenne ich sie zu gut. Hat sich ihr Hass erstmal manifestiert, ist sie nicht zu stoppen. »Wen haben sie noch verschleppt?«, frage ich stattdessen.

Blue verzieht den Mund zu etwas, was ein Grinsen sein könnte. Sie weiß genau, nach wem speziell ich frage. »Sol und Galen haben sie auch erwischt.«

Die Information ist wie ein Schock. Ich kann kaum meine Emotionen unter Kontrolle halten. »Wo sind sie?«

»Keine Ahnung. Sie haben die Männer in eine andere Zelle gesteckt.«

Sylvia blickt schluchzend auf. »Weißt du, ob Emish noch lebt?« Ihr flehender Blick ruht auf mir. »Ich habe gesehen, wie sie ihn weggeschleppt haben.«

Oh nein. Bitte nicht. Ihr hier im Bus vom Tod ihres Liebsten zu erzählen, während sie an eine Stange gekettet ist, ist das Übelste, was ich mir vorstellen kann, doch Lügen hat keinen Sinn. Irgendwann findet sie es heraus und dann habe ich zu der

Schuld, die ich mir auf meine Schultern geladen habe, auch noch gelogen. Betreten beiße ich mir auf die Lippen und schüttle den Kopf. »Tut mir leid.«

Fassungslos reißt Sylvia die Augen auf. Tränen rinnen über ihr Gesicht. »Er ... er ist tot?«

Keine Antwort ist auch eine Antwort. Ich wünschte, ich könnte mich unsichtbar machen, damit ich keine weiteren unangenehmen Fragen beantworten muss.

Sylvia zerrt an ihren Fußfesseln. »Wer? Wer hat ihn getötet?«

Fieberhaft suche ich nach Ausflüchten. Am besten ich tu so, als hätte ich keine Ahnung. Oder schiebe es auf Rasmus.

»Ich war's«, sagt Lee.

Geräuschvoll stoße ich den Atem aus. Dieser Idiot. »Er kann nichts dafür. Sie haben ihn erpresst und bedroht«, sage ich schnell.

Sylvia stößt einen klagenden Laut aus. Blue ruckelt an ihren Fesseln. Zorn verzerrt ihr Gesicht. »Du verfluchter Wichser, ich mach dich kalt. Das schwör ich dir.«

»Blue. Er hatte keine Wahl. Du weißt, wie das läuft. Denk nur an General Albert.«

»Einen Scheißdreck weiß ich«, zischt sie. »Ich würde lieber sterben, als einen der unseren anzugreifen. Er ist ein verfluchtes Monster. Das hab ich schon immer gewusst. Und wenn die da draußen ihn nicht töten, dann werde ich es tun.«

Wieder zerrt sie an den Handschellen, beugt sich so weit wie möglich in Lees Richtung. »Hast du gehört, Wichser? Ich mach dich kalt.«

»Sein Leben wäre ihm egal gewesen«, sage ich. »Aber sie haben ihn mit meinem Leben unter Druck gesetzt.«

Blue schnaubt abfällig. »Na klar. Die arme Jule muss von ihrem Liebsten gerettet werden. Das kennen wir ja. Weißt du überhaupt noch, wie viele Menschenleben die Rettung deines erbärmlichen Lebens gekostet hat?«

Blue legt den Finger genau auf meine Wunde. Eigentlich will ich mich nicht auf sinnlose Streitereien einlassen, aber Blue provoziert das einfach in mir. Sogar in dieser Situation und nachdem wir uns monatelang nicht gesehen haben. »Ich habe auch schon Leben gerettet. Galens zum Beispiel. Wir alle stehen füreinander ein.«

Unsere Diskussion wird von den Widerstandskämpfern unterbrochen, die weitere Gefangene bringen. Einen ganzen Haufen sogar. Murat ist unter ihnen, der kleinwüchsige Sol und - mein Herz macht einen Hüpfer - Galen. Sie ketten ihn ausgerechnet neben Lee an. Draußen entsteht Bewegung. Rebellen sprinten aus dem Gebäude zu ihren Wagen. Einige huschen in der Dunkelheit davon. Plötzlich haben es alle eilig. Bevor ich mich nach dem Grund fragen kann, sehe ich Lichter in der Ferne. Mehrere Wagen kommen direkt auf uns zu. Große Wagen. Das ist bestimmt Sadraz' Kampftrupp. Einer der Rebellen startet den Bus und tritt das Gaspedal durch, ein anderer stellt sich vorne hin, hält sich an der Deckenstange fest und beobachtet uns.

In halsbrecherischem Tempo rast der Bus durch die Stadt. Mit beiden Händen muss ich mich an die Stange klammern, trotzdem werde ich hin und hergeworfen und verliere mehrmals den Halt. Ich bin überzeugt davon, dass wir jeden Moment irgendwo dagegen krachen und der Bus entweder zu einem riesigen Blechhaufen wird oder in Flammen aufgeht.

Die Wagen der Widerstandskämpfer biegen in verschiedene Straßen ein, nur zwei begleiten uns. Ich höre Schüsse, doch sie entfernen sich rasch. Die Lichter der Stadt rauschen an uns vorbei. Wenn ich an die bevölkerten Gehwege denke, kann ich nur hoffen, dass wir niemanden über den Haufen fahren. Doch wie durch ein Wunder sind die Straßen fast menschenleer. Wahrscheinlich hat sich der Angriff der Rebellen herumgesprochen. Irgendwann taucht das große Tor vor uns auf. Der Bus wird jedoch nicht langsamer. Im Gegenteil. Ich habe das Gefühl, er legt an Tempo zu. Wenn ich dachte, ich könnte unmöglich mehr Angst haben, habe ich mich geirrt. So fest ich kann klammere ich mich an die Haltestange. Schüsse knallen, treffen die Außenverkleidung des Busses. Die Ordnungshüter schießen auf uns. Das Tor ist nur noch wenige Meter entfernt.

Ein Ruck reißt mich und alle anderen von den Füßen, dann ein ohrenbetäubender Knall, und schon sind wir durch. Der Bus hat das Tor aufgerammt und rast weiter über die staubigen Straßen des Außenbezirks. Ich kann kaum noch klar denken, mein Herz hämmert, als wäre ich einen steilen Berg hinaufgerannt. Draußen ist es stockfinster, nur die Scheinwerfer stechen durch die Nacht. Mit schmerzenden Gliedern rapple ich mich auf.

Der Bus macht einen Satz. Ich kann mich gerade noch festhalten, sonst wäre ich wieder gestürzt. Rhythmisch rattert und holpert der Bus über irgendwas drüber. Angestrengt starre ich nach draußen. Die Scheinwerfer der Begleitfahrzeuge erhellen etwas, das ich als Schienen identifiziere. Außerdem sind da Wände, direkt neben uns. Wir sind in einem Tunnel. Der Bus stoppt abrupt. Der Mann, der uns im Auge behalten hat, lädt sein Gewehr durch und richtet es auf uns. »Ihr werden jetzt losgemacht. Wer aufmuckt, bekommt eine Kugel in den Kopf. Ohne Zögern und ohne Ausnahme.«

Die Männer aus den beiden Begleitfahrzeugen steigen in den Bus und öffnen die Handschellen. Nur Lee und Murat bleiben gefesselt. Sie halten die Kämpfer für gefährlich und unterschätzen dabei die Mutanten. Galen und Blue könnten die Rebellen ebenso leicht überwältigen, wenn sie es darauf anlegen würden. Vorerst verhalten sie sich allerdings friedlich, bis Blue an Lee vorbeikommt. Sie tritt nach ihm und zischt ihn wutentbrannt an.

»Hör auf damit!« Der Widerstandskämpfer hält eine Pistole gegen ihren Kopf.

Als ich an Lee vorbeigeführt werde, suche ich seinen Blick. Die Resignation in seinen Augen tut mir weh. Es ist, als hätte er mit seinem Leben abgeschlossen. »Mach dir keine Sorgen. Ich kläre das«, verspreche ich ihm.

Er antwortet mit Schweigen. Ich werde nach draußen verfrachtet. Galen hat mich noch nicht entdeckt, doch nun endlich sieht er mich. Er stockt. Wirkt fassungslos. »Jule«, sagt er bloß, dann wird er weggezerrt.

Die Männer tragen Taschenlampen, mit denen sie uns den Weg leuchten. Wir müssen auf einen Vorsprung klettern. Über den marschieren wir nach draußen. Der halbvolle Mond spendet gerade genug Licht, um die umliegenden Objekte aus der Dunkelheit zu schälen. Bäume, ein Gebäude und eine Treppe, die in die Tiefe führt. Ein großes Schild mit einem blauen U prangt darüber. Ich würde lieber über der Erde bleiben, doch die Männer treiben uns nach unten. Wir folgen langen Tunneln, steigen komische Treppen hinab, die ich von leeren Kaufhäusern kenne, und passieren einen Zug. Das muss eine U-Bahn sein. Am Ende eines Tunnels sehe ich Licht. Eine U-Bahn Haltestelle. Widerstandskämpfer lungern überall herum. Wir werden in einen Raum mit einem Sichtfenster gesperrt, zwei Männer positionieren sich vor der Tür. Einer von ihnen ist Kyle.

»Was passiert mit uns?«, wage ich ihn zu fragen.

»Das entscheidet unser Anführer«, erwidert er und schließt die Tür.

Schluchzend rutscht Sylvia an der Wand hinab zu Boden. Blue flüstert Galen irgendwas ins Ohr und kümmert sich dann um Sylvia. Aus Galens wütendem Gesicht schließe ich, dass Blue ihm von dem Kampf erzählt hat, bei dem Emish gestorben ist. Wir tragen noch immer die Handschellen, aber wir können uns frei im Raum bewegen, also schlängle ich mich zwischen den anderen Gefangenen hindurch und steuere auf Galen zu. Da ich ihm sowieso nicht ausweichen kann, bringe ich es besser hinter mich.

»Hey«, sage ich.

Er fährt zu mir herum. Sein Gesichtsausdruck wird weicher. »Hey.«

Es ist bescheuert, aber wir stehen da und starren uns an, als wüssten wir nicht, was wir voneinander halten, oder wie wir miteinander umgehen sollen.

»Hübsches Kleid«, sagt Galen schließlich.

»Danke. Passt perfekt zum Ambiente oder?« Da das Kleiderthema damit erschöpft ist, suche ich krampfhaft nach Worten. »Es tut mir leid, dass ihr gefangen genommen worden seid.«

Galen verzieht das Gesicht. »Ich wusste gleich, dass diesen Leuten nicht zu trauen ist.« Er deutet in die Runde. »Wie bist du hierhergeraten?«

Was soll ich dazu sagen? Es ist peinlich, dass ich scheinbar nirgendwo leben kann, ohne anzuecken. »Lange Geschichte.«

»Ich habe Zeit«, sagt er.

Unbeholfen zucke ich mit den Schultern. »Du kennst mich. Ich stecke meine Nase gerne in Dinge, die mich nichts angehen. Das bringt mich immer in Schwierigkeiten.«

»Ich bin froh, dass du das tust«, gibt Galen zurück. Ein winziges Lächeln kräuselt seine Mundwinkel

Ich tue überrascht. »Wieso?«

»Weil es zeigt, dass du nicht käuflich bist. Deine Loyalität und dein Kampfgeist haben mir schon immer gefallen.«

»Ach ja? Du hast mich Heulsuse genannt.« Den Kommentar konnte ich mir nicht verkneifen.

»Weil gemein zu sein einfacher gewesen ist.« Plötzlich wirkt er nervös, als wäre es ihm unangenehm, darüber zu sprechen oder als hätte er zuviel gesagt und würde das nun bereuen.

»Einfacher als was?«

Er stößt einen Seufzer aus. »Findest du, wir sollten das jetzt und hier ausdiskutieren?«

»Warum nicht? Ich hab Zeit«, nehme ich sein Argument von zuvor auf.

Wieder dieses Schmunzeln, das mich völlig aus der Fassung bringt. Mir ist nie aufgefallen, wie schön sein Mund ist. In perfekter Symmetrie zu seinem ausgeprägten Kiefer. Mehr als alles andere möchte ich ihn lachen sehen, denn dann ist sein kantiges Gesicht am schönsten. Meine Hände kribbeln, so sehr will ich ihn berühren, über seine Wange streicheln und seine glatte Haut unter meinen Fingerspitzen fühlen.

Ein Kribbeln in meinem Nacken lenkt mich ab. Ich schaue nach rechts zu Blue. Sie starrt uns an, bestürzt und verletzt. So offen hat sie ihre Gefühle noch nie gezeigt. Ich räuspere mich. Zeit für einen Themenwechsel, bevor ich etwas tue oder sage, was ich später bereue. »Hör zu. Ich weiß nicht, was Blue dir erzählt hat, aber Lee kann nichts für Emishs Tod.«

Galens Miene wird hart. »Hat er ihn umgebracht?«

Themenwechsel gut und schön, aber mit Lee und Emish anzufangen, war eine blöde Idee. Dämlich. »Er wurde dazu gezwungen.«

»Das ist mir egal. Es bleibt ein Mord.«

»Galen, bitte. Sie haben damit gedroht, mich umzubringen, wenn er es nicht tut. Was hättest du an seiner Stelle getan?«

Galens Kiefer zuckt, so fest beißt er die Zähne zusammen. Sein dunkler Blick heftet sich auf mein Gesicht, als würde er tatsächlich abwägen, ob er mein Leben gegen Emishs tauschen würde. »Er hat Landsby verraten, Jule. Ich kann ihm das nicht durchgehen lassen, das solltest du wissen.«

»Natürlich weiß ich das.« Wut steigt in mir empor und die alte Enttäuschung, die schon oft einen Keil zwischen Galen und mich getrieben hat. Galen und seine bescheuerten Prinzipien. »Aber was er getan hat, hat er aus Liebe getan. Meine Sicherheit stand für ihn an erster Stelle.«

Den Seitenhieb konnte ich mir nicht verkneifen. Für Galen kam ich immer nur an zweiter oder sogar dritter Stelle, nach Mutter Deliah und seinen Leuten.

Ich versuche, herauszufinden, ob Galen den Vorwurf verstanden hat, doch er hat wieder seine undurchdringliche Miene aufgesetzt, für die man einen Gedankenleser bräuchte, um hinter die Fassade blicken zu können.

»Liebe ist egoistisch und hilft nur zwei Personen«, sagt er mit kalter Stimme. »Viel wichtiger ist es, allen zu helfen. Das Wohl der Gemeinschaft steht über dem Wohl des Einzelnen. Nur so kann ein Zusammenhalt entstehen, wenn man sich blind aufeinander verlassen kann und keine Angst haben muss, dass dir irgendein liebeskranker Idiot in den Rücken fällt.«

Dazu fällt mir kein Gegenargument ein. Muss er denn immer so verdammt vernünftig sein? Er ist tatsächlich der perfekte Nachfolger für Mutter Deliah. Er würde sein Leben für Landsby geben. »Ich wünsche mir nur, dass du nicht gleich über ihn herfällst, wenn ihr euch begegnet. Wenn du wirklich das Wohl aller im Sinn hast, dann darfst du dich nicht von deinen Rachegelüsten hinreißen lassen.«

Er zögert. »Ich werde es versuchen. Dir zuliebe«, verspricht er schließlich. Keine Minute zu früh, denn die Tür geht auf. Murat und Lee werden in den Raum geschoben. Zu ihren Handschellen tragen sie zusätzlich Fußfesseln. Ich sehe, wie Galen sich anspannt, wie schwer es ihm fällt, Lee nicht anzufallen. Das tut Blue an seiner statt. Wie ein wütender Stier schiebt sie sich Richtung Tür und rammt Lee die gefesselten Fäuste ins Gesicht. Lee taumelt nach hinten und greift sich an die Nase. Blut sprudelt heraus. Murat springt für ihn in die Bresche und geht auf Blue los.

»Scheiße.« Galen spurtet los und eilt Blue zu Hilfe. Sol kommt ebenfalls gerannt und hüpft Lee auf den Rücken. Die anderen Gefangenen weichen zurück, bilden einen Kreis um die Kämpfenden.

»Tötet den Hurensohn«, schreit Sylvia.

Lee wehrt bloß ab, greift aber nicht an. Blue in ihrer blinden Wut ist das egal. Während Galen Murat ablenkt, versucht sie, einen verschraubten Plastikstuhl aus dem Boden zu reißen. Sie will eine Waffe.

»Hört auf!«, rufe ich.

Ich hätte genauso gut flüstern können, so wenig interessiert das die Kontrahenten. Was soll ich tun? Ich muss den Kampf stoppen, bevor sie sich gegenseitig umbringen. Kurzerhand werfe ich mich ins Getümmel. Murat schubst mich zur Seite. Galen rammt die Fäuste in Murats Bauch. Schnell rapple ich mich wieder auf und hechte dazwischen. Ein großer Fehler.

Eigentlich war der Fausthieb für Galen gedacht, doch weil ich gerade dazwischen springe, trifft er mich seitlich am Kopf. Ich falle um wie ein gefällter Baum. Keine Chance, mich irgendwie auf den Beinen halten zu könnten. Schmerz explodiert in meinem Ohr und hinter meiner Stirn.

Die Tür geht auf. »Was zur Hölle ist hier los?«

Ein dumpfes Durcheinander an Stimmen ist alles, was ich auf diese Frage höre. Mir ist schlecht und mein rechtes Ohr schmerzt höllisch. Der Raum dreht sich. Ich spüre Hände. Jemand nimmt mich auf den Arm und trägt mich. Keine Ahnung wohin.

»Nicht kämpfen«, stoße ich hervor. »Bitte.«

Ich suche Galen, will mich vergewissern, dass er mich verstanden hat, doch ich befinde mich bereits außerhalb des Raumes. Sämtliche Geräusche klingen dumpf, als hätte ich Watte in den Ohren. Etwas Feuchtes rinnt meinen Hals hinab. Ich werde auf eine Bank gelegt. Eine Frau beugt sich über mich. Sie hat dichtes, braunes Haar, in dem sich erste graue Strähnen zeigen. Kleine Fältchen umrahmen dunkelbraune Augen, die mich freundlich mustern. Die Frau sagt irgendwas. Ich sehe, wie sich ihre Lippen bewegen, doch ich höre sie nicht. Das Pfeifen in meinem Ohr ist zu laut. »Was?«

»Mein Name ist Danica. Ich muss dein Ohr untersuchen.« Obwohl sie offensichtlich sehr laut gesprochen hat, höre ich sie nur undeutlich. Sie dreht meinen Kopf zur Seite. Autsch. Das tut höllisch weh.

»Du blutest. Das deutet darauf hin, dass dein Trommelfell gerissen ist«, sagt Danica. »Hast du starke Schmerzen?«

Ja verdammt. Ich nicke.

»Dann spritz ich dir was, damit du schlafen kannst, während ich dich behandle.«

Mein Kopf ruckt herum. Au. »Nein. Ich will wach bleiben.«

Lächelnd holt Danica eine Spritze aus einem roten Koffer. Oh nein. Seit meinem Aufenthalt im Reproduktionszentrum hasse ich Nadeln. Beruhigend streicht Danica über meine Schulter. »Keine Angst, Jule. Alles wird gut.«

20

»Jule, wach auf.«

Ich will nicht aufwachen. Schlafen und Träumen ist viel schöner, vor allem, wenn ich in meinen Träumen mit meinen Eltern und meinem Bruder im Fluss herumplansche. Es ist wundervoll, endlich wieder eine richtige Familie zu haben, die mich liebt und die hinter mir steht, egal was ich tue.

»Komm schon. Wehr dich nicht dagegen.«

Halt den Mund, wer auch immer du bist. Die Stimme klingt vertraut, aber nicht vertraut genug. Meine Familie ist besser.

»Vielleicht kann sie mich nicht hören«, mutmaßt die Stimme.

»Ich habe ihr Trommelfell behandelt. Es ist nur ein kleiner Riss. Eigentlich müsste sie dich hören.«

Ein zögerliches Rütteln an meiner Schulter. Ich drehe mich zur Seite und bereue es sofort, denn ein stechender Schmerz zieht von meinem Ohr aus durch meinen Kopf. Ich stöhne und zeige damit, dass ich wach bin.

»Jule. Wir müssen hier verschwinden.«

Mist. Das kann ich nicht ignorieren. Blinzelnd schaue ich zu dem Mann auf, der mit mir spricht. »Magnus. Du lebst.« Mein Mund ist so trocken, dass meine Stimme ganz rau klingt.

Magnus lächelt. »Ja. Die Rettung kam in letzter Sekunde.« Das Weiß seiner Augen ist blutrot und er hat eine Platzwunde am Kopf. Sein linker Arm steckt in einer Schlinge. Aber er lebt.

»Warum müssen wir verschwinden?«, will ich wissen.

»Sadraz hat seine Männer zusammengetrommelt und startet eine Suchaktion. Wir sind hier nicht mehr sicher.« Er versucht, entspannt zu wirken, doch die Sorge in seinem Gesicht spricht Bände. Die Lage ist ernst.

Ächzend setze ich mich auf, was weitere Höllenstiche durch meinen Schädel jagt.

»Langsam.« Danica hilft mir auf und deutet dann auf die gefalteten Kleider zu meinen Füßen. »Ich hab dir was zum Anziehen besorgt. Mit dem Kleid kommst du nicht weit.«

»Danke.« Ich blicke von einem zum anderen. »Was ist der Plan?«

»Wir teilen uns auf, dann müssen sie das ebenfalls tun oder sich für eine Spur entscheiden. Das gibt den anderen die Möglichkeit, sich in Sicherheit zu bringen.«

Klingt nicht gerade nach dem perfekten Plan, eher nach Bauernopfer. »Ist das alles?«

Magnus seufzt. »Mehr darf ich dir nicht verraten. Wichtig ist, dass die Ordnungshüter aus der Stadt gelockt werden, verstehst du?« Er schaut mich eindringlich an.

»Ich verstehe«, sage ich. Die Widerstandskämpfer haben irgendwas vor und deshalb sollen Sadraz' Männer abgelenkt werden.

»Er hat eine Jagd angedroht.« Wie Danica das sagt, klingt es wie eine düstere Prophezeiung.

»Eine Jagd?« Fragend schaue ich Magnus und Danica an.

»Eine Menschenjagd. So wie er das immer mit seinen Vertrauten macht.«

Bestürzt reiße ich die Augen auf. »*Was?*«

Angewidert verzieht Danica das Gesicht. »Er hat gesagt, er wird uns wie Tiere jagen und in Käfige sperren, und uns vor den Augen der gesamten Stadt töten. Langsam und qualvoll.«

»Der Mann ist ein Sadist«, fügt Magnus abfällig hinzu.

Das Entsetzen ist wie ein Sturz in stürmisches Wasser. Eisige Wellen schlagen über mir zusammen. Dass der stets beherrschte Ilja Sadraz so etwas gesagt haben soll, kann ich mir kaum vorstellen, aber dann denke ich an sein kaltes Lächeln und weiß, es ist wahr. Seine Auserwählten haben die Gang in der Stadt niedergemetzelt und Galen und seine Leute entführt. Dieser Mann ist zu allem fähig. Kein Wunder, dass Lee so verstört von der Jagd zurückgekommen ist. »Wie wollt ihr ihn stoppen?«

Magnus macht ein finsteres Gesicht. »Wir werden ihn und seine Vertrauten töten, selbst wenn wir dafür das ganze Regierungsviertel in Schutt und Asche legen müssen.«

* * *

Die Gruppenaufteilung birgt einige Probleme, vor allem, seit die Gefangenen freigelassen worden sind. Blue will Lee immer noch umbringen, was eine gemeinsame Flucht unmöglich macht. Galen versucht, sie zu beruhigen, doch Blue erkennt die Halbherzigkeit, mit der er das tut und ignoriert seinen Schlichtungsversuch. Wenn ich die Blicke sehe, die Galen Lee zuwirft, würde er die Sache am liebsten selbst in die Hand nehmen. Das bedeutet für mich, dass ich mich entscheiden muss. Galens Gruppe, die sich nach Landsby durchschlagen will oder Lee, der sich Magnus und seinen Leuten angeschlossen hat. Als Wiedergutmachung sozusagen. Dafür halten sie Blue von ihm fern.

Eigentlich will ich nichts mehr als nach Landsby zurück, aber was wäre ich für eine Freundin, wenn ich Lee im Stich lassen würde? Er braucht mich mehr denn je.

Galen wartet mit seiner Gruppe neben der Rolltreppe. Er wirkt überrascht, als ich meine Entscheidung verkünde. Ich bin überrascht, dass er überrascht ist. Hat er wirklich geglaubt, ich lasse Lee einfach im Stich und komme mit nach Landsby? Blue schnaubt nur und schüttelt den Kopf. Für sie ist die Fehde mit Lee noch nicht erledigt und sie gibt nur nach, weil Galen es von ihr verlangt und die Widerstandskämpfer aufpassen.

Sylvia runzelt missbilligend die Stirn. »Wie kannst du nur bei diesem Monster bleiben?«

Ich zucke nur entschuldigend mit den Schultern. Sinnlos, ihr zu erklären, dass Lee alles andere als ein Monster ist. Sein einziges Vergehen ist, dass er mir die Entführung verschwiegen hat. »Er ist mein Freund.«

»Sie hat sich entschieden. Lasst uns gehen.« Galens Stimme klingt so hart wie das Gesicht, das er zieht. Er hat sämtliche Emotionen weggesperrt. Das kann er wirklich gut.

»Viel Glück«, sage ich, wende mich schnell ab und stapfe zu meiner Gruppe. Mein Herz fühlt sich an, als würde jemand versuchen, große Fetzen herauszureißen. Der Kloß in meinem Hals macht Reden unmöglich.

Raik nimmt mich in Empfang. »Gute Entscheidung«, lobt er. Ich kann nicht mal nicken. Stumm geselle ich mich zu den anderen. Zehn Mann, darunter Danica, Magnus, Lee und Raik.

Im Schutz der Nacht verlassen wir die U-Bahn Station und fahren Richtung Glücksstadt. Licht einschalten dürfen wir nicht, um keine Aufmerksamkeit zu erregen, deshalb kommen wir nur langsam voran. Wir parken in sicherer Entfernung und legen den Rest des Weges zu Fuß zurück. Weil ich mich noch nicht von Murats Fausthieb erholt habe, ist der Weg für mich ziemlich beschwerlich. Ich bin froh, dass Lee mich stützt.

Schon von Weitem sehe ich die Flammen. Sie sind wie Leuchtsignale in der Nacht. Es brennt an mehreren Orten. Fragend schaue ich Magnus an. Er wirkt ergriffen und zugleich besorgt. »Es hat begonnen.«

»Was hat begonnen?«, wispere ich.

»Der Krieg.« Er atmet tief durch und strafft sich, als wollte er sich damit Mut machen.

Während das Tor sich öffnet, frage ich mich, wie ich bloß in diesen Schlamassel reingeraten bin. Ich will keinen Krieg und ich will kein Teil davon sein. Langsam fährt eine Wagenkolonne heraus, die Scheinwerferlichter stechen durch die Nacht, gefolgt von mehreren hundert Ordnungshütern, deren helle Gesichter im Mondlicht leuchten. Schnell ducken wir uns ins hohe Gras.

»Sie verlassen die Stadt«, wispert Magnus. »Der Plan funktioniert.«

Schön für ihn, dass der Plan funktioniert, doch wenn ich den Weg verfolge, den einige Wagen einschlagen, könnte es für uns demnächst brenzlig werden. Die Truppen teilen sich auf und schwärmen aus, ein Trupp hält direkt auf unseren Hügel zu.

Magnus gibt uns ein Zeichen. »Okay Leute. Wir verschwinden von hier.«

Geduckt hasten wir in die entgegengesetzte Richtung, schlagen Haken, um unsere Verfolger abzuschütteln. Schüsse hallen durch die Nacht, gefolgt von Schreien. Sadraz' Männer holen auf. Obwohl sie eigentlich weit genug entfernt sind, und uns weder hören noch sehen können, scheinen sie genau zu wissen, in welche Richtung wir gehen.

Raik neben mir wirft einen Blick zurück. »Wir müssen in die Stadt. Dort können wir untertauchen.«

Die meisten halten das für keine gute Idee, doch nachdem Magnus meint, er würde ein gutes Versteck kennen, setzt Raiks Vorschlag sich durch. Obwohl es mitten in der Nacht ist, scheinen alle Bewohner des Außenbezirks auf den Beinen zu sein. In Gruppen rennen sie zwischen den Ruinen umher. Sie schwingen komische Stangen und Holzkonstrukte, die sich bei näherem Hinsehen als selbst gebastelte Waffen entpuppen. Die Menschen haben Klingen und Stacheldraht an Holzstangen befestigt oder sich klobige Schläger geschnitzt, die aussehen, als könnte man mit ihnen locker einen Schädel einschlagen.

Wir tauchen in der Menge unter, arbeiten uns durch das Gewirr aus Straßen und Gassen, klettern über Schuttberge, ausgeschlachtete Autos und Müll. Mein Kopf schmerzt wie die Hölle. Lange werde ich das Tempo nicht mehr durchhalten. Magnus scheint es ähnlich zu gehen. Er wirkt bleich und verschwitzt und hat offenbar Schmerzen.

Scheinbar willkürlich dirigiert er uns über einen riesigen Schuttberg in eine dahinter liegende Ruine, die von außen nicht so aussieht, als könnte man sie gefahrlos betreten. Das Flachdach ist eingesunken. Der gesamte Bereich wirkt auf mich unbewohnbar.

»Passt auf, wo ihr hintretet«, warnt Magnus.

Vorsichtig gehe ich durch die Tür und sehe mich um. Ein Wohnhaus war das nicht. »Was ist das?«

Magnus rüttelt am Geländer und testet die ersten Treppenstufen. »Eine Turnhalle. Früher hat man hier drin Sport gemacht.«

Dass die Menschen dafür extra eine Halle brauchten, finde ich echt komisch. Überhaupt ist die Vorstellung drollig, dass sie früher Lust darauf hatten, Sport zu treiben. Nach zwei Stunden Feldarbeit oder einer kleinen Verfolgungsjagd hätten sie das nicht mehr gebraucht.

Im Turnraum haben sich mindestens hundert Menschen versammelt. In Decken und Schlafsäcke gewickelt sitzen und liegen sie überall herum. Manche sind offensichtlich verletzt. Danica macht sich sofort daran, den Verletzten zu helfen, wir anderen suchen uns einen freien Platz.

»Wie geht es jetzt weiter?«, will ich wissen.

Magnus wirft Lee einen Blick zu. »Die Freiwilligen arbeiten sich ins Regierungsviertel vor. Wir müssen Sadraz finden und ihn eliminieren.«

Überrascht hebe ich die Augenbrauen. »Ihr wollt ihn einfach töten? Ohne Verhandlung oder die Möglichkeit einer Verteidigung?«

»Es muss sein, auch wenn es undemokratisch ist. Solange er lebt, wird es keinen Neuanfang geben.«

Lee nimmt meine Hand. »Magnus hat recht, Jule. Der Mann ist eine Gefahr und genauso krank wie General Albert.«

Das stimmt, trotzdem widerspricht das allem, woran ich glaube. Was ich mir für diese Welt erhoffe. Töten als ultimative Bestrafung, erscheint mir einfach nicht richtig. »Und wie wollt ihr das anstellen?«

»Wir nehmen uns ein Beispiel an ihm«, sagt Magnus. »Wir jagen ihn ins Rathaus, kesseln ihn ein und sprengen das Gebäude in die Luft. Das hat dann auch gleich einen symbolischen Effekt.«

»Habt ihr denn Sprengstoff?«

Ein paar Männer aus dem Außenbezirk haben Minen eingesammelt, die wollen wir zum Einsatz bringen.«

Nur zu gut erinnere ich mich an die Minen, die Landsby so lange im Würgegriff gehalten und dafür gesorgt haben, dass die Mutanten nie genug Essen anbauen konnten. Sie zu entschärfen war brandgefährlich und hätte mich beinahe das Leben kostet. »Wisst ihr denn, welche Minen ihr ausgegraben habt? Manche sind extrem gefährlich.«

Magnus verzieht das Gesicht. »Das haben wir gemerkt. Raiks bester Freund hat eine Gasmine erwischt. Das Ding hat ihm die Haut vom Körper geätzt. Raik konnte sich gerade noch in Sicherheit bringen.«

Ich schaue zu Raik. Daher also rühren die Narben an seinem Hals und auf seiner Hand. Ich will nicht, dass Lee in die Sache mit reingezogen wird. »Kann Lee nicht hier bleiben? Zu unserem Schutz?«

»Das überlass ich ihm«, sagt Magnus. »Wir zwingen niemanden. Aber falls es dich beruhigt: Raik bleibt hier.«

Ich beiße mir auf die Lippen. Raik ist mir egal. Ich will nur nicht, dass Lee an diesem Himmelfahrtskommando teilnimmt. Doch Lees entschlossene Miene bestätigt meine Befürchtung. Er ist ein Soldat, ein Krieger, und er will Rache. Hierzubleiben, um die Frauen zu beschützen, wäre unter seiner Würde. Ich stoße einen Seufzer aus. »Wann wollt ihr los?«

»So schnell wie möglich. Je länger die Kämpfe dauern, umso schlechter für uns«, erklärt Magnus. »Schnelligkeit ist unsere effektivste Waffe.«

»Jule?« Der Ruf lässt mich herumfahren. Ich blinzle fassungslos. Senta hastet zwischen den Menschen hindurch auf mich zu, gefolgt von Konstantin.

»Senta! Oh mein Gott. Ich fasse es nicht.« Aufgeregt renne ich ihr entgegen. Überglücklich fallen wir einander in die Arme.

»Was machst du hier?«, will Senta wissen.

Ich deute hinter mich. »Ich bin mit Lee hier. Was ist mit euch? Ich bin in eurer Siedlung gewesen.«

Sentas Miene verdüstert sich. Mir fällt auf, wie müde und hohlwangig sie aussieht. Offensichtlich war das Leben seit unserer letzten Begegnung kein Zuckerschlecken für sie.

»Maskierte Männer haben uns überfallen und gejagt«, erzählt sie. »Konstantin und ich konnten fliehen. Was mit den anderen ist, weiß ich nicht. Wir haben Schüsse gehört und Schreie, deshalb sind wir immer weiter gerannt, tagelang, bis wir hierher gekommen sind.«

Das waren bestimmt Sadraz und seine Anhänger. Diese perversen Schweine. »Wir haben Georg gefunden. Sie haben ihn am Bahnhof begraben.«

Senta schüttelt den Kopf. Sie wirkt gequält. »Georg ist vorher gestorben. Herzinfarkt.«

Wieder fallen wir einander in die Arme. Tränen schießen in meine Augen. Ich fühle mich schuldig. »Es tut mir leid, dass ich euch nicht früher geholt habe, aber Mutter Deliah wollte die erste Ernte abwarten. Wir hatten einfach nicht genug zu essen.«

»Schon gut. Ich verstehe das.« Sie nimmt meinen Arm und deutet auf ein paar Decken auf der anderen Seite der Halle. »Unser Lager ist dahinten. Möchtest du mitkommen?«

»Okay. Ich muss nur kurz mit Lee reden. Er will mit den anderen in die Stadt.«

Senta schaut von Lee wieder zu mir und grinst dann vielsagend. »Seid ihr jetzt etwa zusammen?«

Ich nicke. Senta strahlt. »Das freut mich. Lee ist ein netter Kerl und er war so offensichtlich bis über beide Ohren verliebt in dich, dass er mir schon leidgetan hat.«

Was soll ich dazu sagen? So viel ist passiert, seit sie ihn das letzte Mal gesehen hat. Er war auf der Jagd mit denselben Männern, die sie ihres Zuhauses beraubt haben. Er hat Landsby verraten. Er hat einen Freund getötet.

Senta greift nach meiner Hand. »Was ist? Du siehst traurig aus.«

Ich winke ab. »Ach nichts. Ich mache mir nur Sorgen, dass der Widerstand es nicht schafft, die Stadt zu befreien.«

Was passiert dann mit Lee und mir? Nach Landsby kann er nicht zurück. Wir wären heimatlos.

Senta sieht mich mitleidig an. »Sie werden es schaffen. Und Lee wird nichts passieren. Wir warten hier auf ihn. Zusammen.«

Obwohl ich Lee verabschieden muss, fühle ich mich nun, da ich Senta und Konstantin getroffen habe, ein wenig besser und auch Lee freut sich über die beiden, auch wenn seine Freude durch die bevorstehende Aufgabe gedämpft wird. Liebevoll legt er seine Hand an meine Wange. Ich spüre die Schwielen seiner Handfläche rau auf meiner Haut, schließe die Augen und lehne meine Stirn gegen seine Brust.

»Warum hast du es mir nicht gesagt?« Auch wenn es gerade unpassend ist, muss ich ihn das einfach fragen.

Er weiß sofort von was ich rede, der tiefe Seufzer beweist es. »Ich konnte nicht. Damit hätte ich dich in Gefahr gebracht.«

Ich schaue zu ihm auf. »Ihr habt meine Freunde entführt. Es ist mir egal, ob du mich damit in Gefahr gebracht hättest, du hättest es mir sagen müssen.«

Er druckst herum. »Ich dachte, dann würdest du mich hassen.«

»Warum sollte ich das? Du konntest ja nichts dafür.«

Magnus drängt zum Aufbruch. »Ich muss gehen.« Lee wird unruhig, angespannt gibt er Magnus ein Zeichen. Er will das gerne mit mir klären, das merke ich, aber dies ist weder die richtige Zeit noch der richtige Ort.

Ich zwinge mich zu einem Lächeln. »Geh nur. Es ist okay. Ich warte hier auf dich.«

Meine Worte scheinen ihn zu erleichtern, denn ein Lächeln erhellt sein Gesicht. »Keine Sorge«, sagt er und küsst mich auf den Scheitel. »Ich bin bald wieder da.«

»Ich weiß«, sage ich zuversichtlicher als ich mich fühle.

Beschützend schließt Lee die Arme um mich und ich genieße ein letztes Mal die Geborgenheit, die mir seine Umarmung vermittelt. Das kann er besser als jeder andere. »Falls was Unvorhergesehenes passiert, dann geh in den Wald. Dort findet ihr Hilfe und ein Versteck.«

Bevor ich aus seinen rätselhaften Worten schlau werde, ruft Magnus erneut zum Aufbruch. Lee hebt meinen Kopf und presst seine Lippen auf meine. Sein Kuss ist zärtlich, voller Sehnsucht nach einem Leben, das er mir nicht geben konnte, und zugleich ein Versprechen. Er wird nicht aufgeben. Er wird für unser Glück kämpfen. Mein Herz zieht sich schmerzhaft zusammen. Das ist genau das, was ich mir immer von Galen gewünscht und nie bekommen habe.

»Pass auf dich auf«, wispere ich. Tränen schießen in meine Augen, die ich mit einem Lächeln zu vertuschen versuche.

Die Gruppe setzt sich in Bewegung. Lee zwinkert mir zu und tut glücklicherweise so, als würde er meine Tränen nicht bemerken. »Bis später.«

* * *

Die Stimmung in der Turnhalle ist gedrückt. Das merkt man an dem allgemeinen Schweigen. Die Menschen unterhalten sich, wenn überhaupt, nur leise. Senta und ich haben uns viel zu erzählen, doch wir tun es im Flüsterton, um niemanden zu stören. Durch die schmalen Oberfenster sehe ich Blitze über den Himmel zucken, die in der Abenddämmerung immer heller werden. Das ist nicht ungewöhnlich. Wetterleuchten gibt es andauernd. Erst als einem besonders hellen Blitz ein ohrenbetäubendes Krachen folgt, wird aus dem Wetterphänomen ein Gewitter. Senta, Konstantin und ich rücken näher zusammen. Der Himmel öffnet seine Schleusen. Sinnflutartiger Regen prasselt auf das Flachdach, tropft durch die undichten Stellen auf den dunkelgrünen Vinylboden. Eilig stellen die Frauen Flaschen und Schüsseln auf.

»So ein Mist«, schimpfe ich. »Hoffentlich gefährdet das Unwetter nicht die Mission.«

Raik beugt sich vor und sieht mich über Senta und Konstantin hinweg an. »Das glaub ich nicht. Im Gegenteil. Ich denke, der Regen ist der beste Schutz.«

Ein Rumpeln fährt durch die Mauern, der Boden vibriert unter einem besonders heftigen Donnerschlag. Erschrocken schauen wir uns an. Die Kerzen flackern unruhig. Raik erhebt sich.

»Wo willst du hin?«, frage ich.

»Raus«, sagt Raik. »Ich will nachschauen, ob das Gebäude standhält. Das Gewitter ist mir nicht geheuer.«

Mich würden keine zehn Pferde in dieses Unwetter hinausbekommen, aber wenn Raik freiwillig gehen will, dann soll er das tun. Sicher ist sicher.

Während Raik draußen ist, besorgt Konstantin etwas zu Essen von einer älteren Frau, die alles Essbare eingesammelt hat und es nun gerecht an die Leute in der Turnhalle verteilt. Diese Art der Solidarität gefällt mir gut.

Wenige Minuten später kehrt Raik zurück. Obwohl er nicht lange draußen gewesen ist, ist er tropfnass. »Es schüttet wie aus Eimern«, bestätigt er, schnappt eine herumliegende Decke und wickelt sich bibbernd darin ein. »Die Straße ist ein Schlammloch und zwischen den Trümmern gurgeln regelrechte Wasserfälle, aber das Gebäude scheint standzuhalten.« Im Schneidersitz hockt er sich hin und nimmt das Brot, das Konstantin ihm reicht. »Wir sollten versuchen, ein wenig zu schlafen.«

Da hat er allerdings recht. Senta breitet eine Decke auf dem Boden aus, auf die wir uns legen können. Mit den anderen beiden decken wir uns zu. Nach und nach werden die Kerzen und Taschenlampen gelöscht, bis nur noch eine Handvoll Kerzen brennen, die den Weg zu den Toiletten erhellen. Ich liege neben Senta, lausche den Atemzügen und dem Schnarchen um mich herum. Blitze tauchen die Turnhalle in gleißendes Licht, schälen für Sekundenbruchteilen die eingemummelten Körper aus der Dunkelheit. Nicht nur das Donnergrollen hält mich wach, auch meine Sorgen und Ängste wälzen sich in einer Endlosschleife durch meinen Kopf.

Den lauten Rums halte ich im Halbschlaf zuerst für Donner, bis er gleich darauf ein weiteres Mal ertönt. Verwirrt schaue ich Richtung Tür. Ein grauer Morgen linst durch die Fenster herein. Scheinbar bin ich irgendwann eingeschlafen. Wieder ein Rums. Das ist kein Donnerschlag. Jemand versucht, die Eingangstür im Erdgeschoss aufzubrechen. Panisch fahre ich hoch.

»Was ist los?«, murmelt Senta und wischt sich die Haare aus dem Gesicht.

»Da ist jemand an der Tür.«

Wieder der Rums. Diesmal hören es auch andere. In sekundenschnelle sind Senta, Konstantin und ich auf den Beinen. Raik schaut verschlafen zu uns auf. Jemand brüllt: »Wacht auf, die Ordnungshüter kommen!«

Angsterfüllte Schreie. Plötzlich sind alle auf den Beinen, rennen kopflos hin und her.

»Wir müssen hier raus«, stoße ich hervor.

»Wohin?« Geistesgegenwärtig schnappt Senta einen Rucksack. Ein lautes Krachen, dann schwere Schritte auf der Treppe. Ein Schuss fällt. Panisch stürmen die Menschen zum Hinterausgang. Er ist sehr schmal, innerhalb von Sekunden herrscht ein riesen Gedränge. Ich hechte los und stürze mich ins Gewimmel. Schüsse knallen durch die Halle. Ich riskiere einen Blick über die Schulter. Mindestens ein Dutzend Ordnungshüter rennt auf uns zu, die anderen haben ihre Waffen auf uns gerichtet und schießen.

Sie schießen, obwohl wir unbewaffnet sind, und geben uns damit keine Möglichkeit, uns zu ergeben.

Fluchend taste ich nach Senta und Konstantin. Sie sind direkt hinter mir. Raik ist vor mir. Rücksichtlos pflügt er durch die Menge, schafft uns ausreichend Platz, um nach vorne zu drängen. Schüsse. Neben mir spuckt eine Frau plötzlich Blut und sackt zusammen. Die Menschen trampeln über sie hinweg.

Die Treppe ist eng und alles andere als stabil. Das Geländer hält dem Ansturm nicht stand und bricht weg. Ich schaffe fünf Stufen, dann werde ich abgedrängt, verliere den Halt und stürze in die Tiefe. Es sind höchstens zwei Meter und ein Körper bremst meinen Sturz. Ein toter Körper, wie ich bemerke, als ich runterklettere und mich aufzurappeln versuche. Die Augen des Mannes starren ins Leere. Er blutet aus Nase und Ohren.

Jemand greift meine Hand. »Los weiter.«

Raik zieht mich nach draußen. Der Regen ist wie eine Wasserwand. In Sekundenschnelle bin ich tropfnass. Dunkle Gestalten schälen sich aus dem Zwielicht. Ordnungshüter. Sie schießen auf uns.

»Komm.« Raik zerrt mich auf den Schutthaufen hinauf. Ich kann kaum etwas sehen, meine Haare kleben in meinem Gesicht. Immer wieder rutsche ich aus. Kabel und Eisenstangen liegen im Weg. Steine poltern nach unten, erschweren den nach mir kommenden den Aufstieg. Ein junges Pärchen wird von mehreren Kugeln getroffen und stürzt den Schutthaufen hinab.

Auf allen Vieren krieche ich weiter, kralle mich an allem fest, was ich in die Finger bekomme. Kugeln zischen über mich hinweg. Oben angekommen lasse ich mich fallen und rolle auf der anderen Seite hinunter. Ich ramme gegen spitze Steine, eine Eisenstange bohrt sich in meine Wade, schlitzt meine Hose auf. Ich höre das Ratschen, fühle, wie etwas Warmes mein Bein hinabrinnt, doch ich merke es kaum. Meine Blessuren kann ich später zählen, falls ich diese Verfolgungsjagd überlebe. Unsanft schlage ich auf dem Boden auf. Konstantin reicht mir die Hand und hilft mir auf. Senta folgt eine Sekunde später.

Wir rennen so schnell wir können, biegen immer wieder ab in der Hoffnung, die Ordnungshüter abzuhängen. Vergeblich. Es ist, als würden wir eine Leuchtspur hinterlassen. Das verstehe ich nicht. Durch unsere Kletteraktion hatten wir einen guten Vorsprung.

Donner hallt über die Stadt. In den Schlaglöchern bilden sich tiefe Pfützen. Regelrechte Bäche spülen durch die Gassen und verwandeln den Boden in eine glitschige Rinne, die uns manche Schlitterpartie beschert. Wir sind triefend nass. Obwohl mein Trommelfell Probleme bereitet und mein Bein wehtut, kann Senta mit unserem Tempo noch weniger mithalten. Durch das karge Essen und die schlechte Wasserversorgung im Außenbezirk ist sie unterernährt und schwach. Konstantin nimmt ihre Hand und zieht sie hinter sich her. Die Straßen sind wie leer gefegt, das Unwetter hat die Menschen vertrieben.

Raik führt uns durch immer enger werdende Gassen, ständig müssen wir Hindernisse überwinden. Alte Reifen oder Autowracks, die aussehen, als hätte sie jemand absichtlich quer gestellt. Das kostet jedes Mal ein Stück unseres Vorsprungs.

Und dann stehen wir plötzlich in einer Sackgasse.

Keuchend halten wir inne, drehen uns bestürzt im Kreis. Ringsherum Häuser. Sie stehen so eng, dass ein großer Mann sie mit ausgestreckten Armen zu beiden Seiten berühren könnte. Dazwischen kein noch so schmaler Spalt, durch den wir uns quetschen könnten.

»Verdammt«, stößt Raik hervor. »Wir müssen in eins der Häuser rein.«

Durch das Rauschen des Regens ist seine Stimme kaum zu verstehen. Wir stehen nicht nur da wie begossene Pudel, wir sehen auch so aus. Hektisch beginnen wir, an den Türen zu rütteln. Alle sind verschlossen. Adrenalin strömt durch meine Adern, drängt mich zu einer kopflosen Flucht. Ich muss irgendwas tun. Nur was?

Ach ja. Klopfen!

Gehetzt hämmere ich gegen die Türen. Doch niemand öffnet. Entweder ignorieren die Bewohner uns oder die Häuser sind unbewohnt. Die Ordnungshüter nähern sich rasch, mittlerweile höre ich ihren Marschschritt selbst durch den Regen hindurch. Sekunden später biegen sie um die Ecke. Wir sammeln uns in der Mitte der Straße, stellen uns Rücken an Rücken, als könnte uns das vor dem Kugelhagel schützen. Wir sitzen in der Falle.

Plötzlich geht hinter mir eine Tür auf. Ich fahre herum. Und erstarre.

Rasmus.

Er hält eine Pistole in der Hand. Regen tropft von seiner Nase, läuft ihm in die Augen. Er blinzelt nicht, während er die Waffe auf uns gerichtet hält. Alle Kraft weicht aus meinem Körper. Raik neben mir stößt Flüche aus, die ich gerne selbst ausstoßen würde, wenn ich nicht zu schwach dafür wäre.

»Wer ist das?«, wispert Senta. Ihre Stimme ist voller Furcht. An meinem Gesicht ist wohl unschwer zu erkennen, dass Rasmus' Auftauchen alles andere als gut ist. Resigniert lasse ich die Schultern hängen. Meine Beine zittern. Ich werde sterben. Im strömenden Regen, wie mein Vater. Dann ist meine Familie komplett ausgelöscht.

»Duckt euch!«, knurrt Rasmus.

Hä? Ich bin zu verwirrt, um zu reagieren, erst als Konstantin an meinem Arm zieht, kapiere ich. Die anderen kauern bereits auf dem nassen Boden. Bis die Ordnungshüter verstehen, dass Rasmus nicht auf ihrer Seite steht, jagt er ihnen auch schon mehrere Kugeln in den Kopf. *Peng, peng, peng.* Die Schüsse hallen ohrenbetäubend, übertönen selbst Donner und Regen und dröhnen in meinem verletzten Gehörgang. Fassungslos sehe ich zu, wie die Ordnungshüter einer nach dem anderen zusammenbrechen.

Rasmus steckt die Waffe weg, stürmt in das Haus zurück, aus dem er gekommen ist, und zerrt einen großen, schwer aussehenden Rucksack heraus. Im Gehen wirft er ihn sich über die Schultern. »Kommt mit. Schnell!«

Ich halte das für keine gute Idee, immerhin handelt es sich um Rasmus. Der Kerl ist gnadenlos. Doch die anderen folgen ihm willig. Was haben sie auch schon für eine Wahl? Ich beschließe, dass es vorerst sicherer ist, wenn Rasmus uns führt, als wenn ich alleine durch die Gegend stolpere. Immerhin hat er uns gerettet. Außerdem hat es den Anschein, als kenne er sich aus. Zielsicher führt er uns aus dem Außenbezirk in das nördlich der Stadt gelegene Waldgebiet. Lee hat gesagt, dass wir im Notfall in den Wald gehen sollen, also muss dort etwas sein. Ein Unterschlupf, den auch Rasmus kennt. Ich weiß nicht, ob ich das beruhigend oder beängstigend finden soll.

Keuchend hechten wir zwischen den Bäumen und Felsen hindurch, stolpern über loses Geäst und Wurzeln, die aus dem Boden ragen. Nach einer Weile gelangen wir zu einem schmalen Durchgang zwischen zwei Felsen.

»Da rein«, sagt Rasmus.

Während die anderen wortlos gehorchen, schaue ich Rasmus zweifelnd an. »Was ist das?«

»Eine Höhle.« Er runzelt die Stirn, was ihn noch düsterer erscheinen lässt. »Keine Angst. Ich fress dich nicht.«

»Bist du sicher? Ich habe dich kämpfen gesehen.« Warum ich sowas gerade jetzt sage, weiß ich nicht. Unter diesen Umständen ist das völlig sinnlos.

Er sieht sich um und stößt einen Seufzer aus, der starke Ähnlichkeit mit einem Knurren hat. »Wenn du deinen Hintern endlich in die Höhle schwingen würdest, könnte ich dir einiges dazu erklären. Hier draußen ist es zu gefährlich.«

Widerwillig folge ich ihm in den Durchgang. Zu allem Übel wird der Tunnel immer kleiner, bis ich nur noch geduckt gehen kann. Düsteres Zwielicht herrscht zwischen dem Felsen. Vor mir ein pechschwarzer Gang, durch den man offensichtlich kriechen muss. Rasmus geht auf Hände und Knie und krabbelt los. Mir ist die Sache nicht geheuer, ganz abgesehen davon, dass sich wahrscheinlich haufenweise eklige Insekten hier verkrochen haben. Umdrehen kommt allerdings nicht infrage, denn Senta, Konstantin und Raik sind bereits drin.

»Das wird übel enden«, wispere ich vor mich hin, während ich durch den engen Tunnel krieche. Es ist nur ein kurzes Stück, höchstens drei Meter, dann öffnet er sich zu einer Höhle, die in etwa so groß ist wie die Wohnung, die ich in Glücksstadt bewohnt habe. Am gegenüberliegenden Ende fällt Licht herein. Entweder geht es da wieder raus oder es handelt sich um eine

Art Innenhof innerhalb der Felsen. Von der Außenwelt abgeschirmt. Jemand hat ein Lagerfeuer entzündet. Die wohlige Wärme zieht mich magisch an. Ich bin komplett durchnässt und schlottere vor Erschöpfung und Kälte. Außerdem fängt mein Bein an wehzutun.

Senta, Konstantin und Raik stehen bereits um das Feuer herum, neben ihnen eine junge Frau, die ich sofort erkenne. Es ist Cori. »Du lebst«, stoße ich fassungslos hervor.

Coris blasses Lächeln wirkt müde aber keineswegs unglücklich. »Sieht so aus. Rasmus hat mich in letzter Minute gerettet.«

Jetzt bin ich baff. Rasmus hat Cori gerettet? »Ach wirklich?«

Rasmus geht zum Feuer und legt einen Holzscheit nach. »Sie hält mich für einen gefühlskalten Killer«, knurrt er, grinst aber dabei.

Liebevoll streichelt Cori über seine Wange. »Nach außen hin ist er das auch. Das musste er sein, sonst hätte er kein Jahr zwischen diesen Monstern in Menschengestalt überlebt.«

Rasmus nickt bekräftigend. »Schau dir Lee an. Er hat das Spiel nicht kapiert und steckte acht Wochen nach seiner Ankunft bereits in der Klemme.«

Mit einer Geste lädt Cori uns ein, uns ans Lagerfeuer zu setzen. Sie selbst setzt sich in den Schneidersitz und streichelt sich dann gedankenverloren über den Bauch, der sich sichtbar zu runden beginnt. »Als Rasmus offiziell mit dem Kämpfen anfing, hat er sich von mir getrennt«, erzählt sie. »Heimlich haben wir uns natürlich weiter getroffen bis zu seiner ersten Jagd. Danach meinte er, er könne das nicht mehr. Solange er mich sieht, wäre sein Dasein als Kämpfer unerträglich. Ich habe seine Entscheidung respektiert, auch wenn es mir das Herz in Stücke gefetzt hat. Fünf Wochen später hab ich gemerkt, dass ich schwanger bin.« Entschuldigend verzieht sie das Gesicht. »Da hab ich Panik bekommen und bin ausgeflippt.«

Das klingt, als würde Rasmus wirklich was an Cori liegen. »Wie lange kennt ihr euch schon?«

Liebevoll lächeln Cori und Rasmus einander an, wie zwei Menschen, die sich vertraut sind, die eine gemeinsame Geschichte haben. »Wir sind beide im Außenbezirk aufgewachsen«, erzählt Cori. »Da ich eine Familie hatte und Rasmus sich alleine durchschlagen musste, habe ich ihm regelmäßig Essen zugesteckt und ihn bei uns im Keller schlafen lassen. Dafür hat er mich vor den Schlägerbanden beschützt.« Sie stößt einen tiefen Seufzer aus und legt eine Hand auf ihren Bauch, als würde sie nun ihr ungeborenes Kind vor dem Gesindel beschützen. »Bereits mit sieben Jahren konnte Rasmus es mit einem halben Dutzend Jungs aufnehmen. Locker. Eines Tages hat Bela Oderan ihn entdeckt und ihn unter seine Fittiche genommen.«

Mit finsterer Miene stochert Rasmus in der Glut herum. »Damals dacht ich, das wär ein Glücksfall, bis das Training anfing.« Er verzieht das Gesicht bei der Erinnerung. »Oderan hat mich bis zum Umfallen trainieren lassen. War erst zufrieden, wenn ich blutend am Boden lag. Cori war mein einziger Halt in dieser Zeit.«

»Also hast du den eiskalten Killer nur gespielt?«, frage ich. »Wie hast du das geschafft?«

Rasmus' Blick ist hart. »Wenn du immer wieder dazu gezwungen wirst, deine Gefühle zu ignorieren, kannst du sie irgendwann auf Knopfdruck abschalten. Oderan wollte einen Killer und er hat ihn bekommen.«

Es beeindruckt mich, wie er es dennoch geschafft hat, seine Menschlichkeit zu bewahren. Wahrscheinlich war das Coris Verdienst.

»Nette Geschichte.« Raik schüttelt sich und streckt die Hände Richtung Feuer. »Mal eine andere Frage. Wie soll es jetzt eigentlich weitergehen?«

Cori rappelt sich auf, öffnet den Rucksack und holt gefüllte Einmachgläser und Dosen heraus. »Wir sollten was essen. Mit vollem Magen lässt es sich leichter Pläne schmieden.«

Mein knurrender Magen und Konstantins hungriger Blick geben ihr Recht. Während Cori die Gläser in einen Kochtopf leert und diesen über das Feuer hängt, inspiziert Senta die Wunde an meiner Wade. »Es ist ein tiefer Schnitt. Wir sollten ihn desinfizieren. Hat jemand Jod oder Alkohol dabei?«

Rasmus kramt eine Flasche aus dem Rucksack. »Hier ist Wodka. Aber lass mir was übrig.«

Sentas Behandlung brennt wie Seifenlauge, doch ich beiße die Zähne zusammen und gebe keinen Mucks von mir. Schmerz ist mein täglicher Begleiter geworden, langsam lerne ich, damit umzugehen. Mit einem Tuch verbindet Senta anschließend die Wunde und ich kann mich endlich über die Tomatensuppe hermachen.

Nach dem Essen diskutieren wir über unsere Möglichkeiten. Rasmus plädiert dafür, weiterzuziehen und einen anderen Unterschlupf zu suchen. Raik dagegen hält die Höhle für sicher und ist der Meinung, wir sollten nicht draußen rumlaufen. Mein Gefühl stimmt ihm zu, schon allein, weil es immer noch regnet und ich keine Lust habe, mich durch Schlammlöcher und Riesenpfützen zu schleppen, doch Rasmus hat mehr Erfahrung im Überleben. Wenn er meint, wir sollten am Morgen verschwinden, dann sollten wir das tun. Vielleicht hört das Unwetter bis dahin auf.

Nachdem das entschieden ist, verlässt Raik die Höhle, angeblich weil er mal austreten muss. Auf mich wirkt er irgendwie angepisst, als wäre ihm unsere Entscheidung nicht recht. Rasmus schaut ihm stirnrunzelnd nach. Ich will ihn gerade fragen, was ihn so nachdenklich macht, als Raik plötzlich wieder zurückkommt. Schneller als ich dachte. Und er ist nicht allein.

»Schaut mal, wer draußen rumgeschnüffelt hat«, sagt er, während er sich am Höhleneingang aufrichtet. »Die beiden haben uns gesucht.«

Zuerst erschrecke ich, bis ich sehe, wer da durch die Öffnung kommt. Aus Erschrecken wird Verblüffung. Galen und Blue. Ich fasse es nicht. In Sekundenschnelle erfasst Galen die Situation und entspannt sich, als er mich entdeckt. Blue sieht aus, als hätte sie einen Rattenspieß gegessen. Warum auch immer die beiden hier sind, Blues Idee war es jedenfalls nicht.

»Jule kennt ihr ja bereits«, stellt Raik uns vor. »Das da sind Senta und Konstantin und das da hinten ist Rasmus, ein ehemaliger Kämpfer.«

»Ein Kämpfer?« Galen verengt die Augen zu Schlitzen. Rasmus' Anwesenheit gefällt ihm nicht.

»Keine Sorge«, sagt Raik. »Er steht auf unserer Seite. Die Kleine neben ihm ist seine Freundin Cori.«

»Warum seid ihr nicht auf dem Weg nach Landsby?«, frage ich. Mein blödes Herz pocht viel zu schnell und suggeriert mir völlig unangemessene Freude.

Galen druckst herum, bis Blue ihn mit dem Ellenbogen in die Rippen knufft. »Wir hatten noch was zu erledigen«, sagt er unbestimmt.

Ich frage mich, was das sein soll und hoffe zugleich, dass ich der Grund bin, warum er umgekehrt ist. Weil er mich nicht zurücklassen will. Weil er mich ... nein! Ich muss aufhören damit. Das ist Blödsinn. Und selbst wenn es kein kompletter Schwachsinn wäre, wenn Galen mich wirklich *lieben* würde, bin ich mit Lee zusammen. Daran wird sich nichts ändern.

»Wie habt ihr uns gefunden?« Die Frage kommt von Rasmus und er klingt alles andere als begeistert. Drohend baut er sich vor Galen und Blue auf. Ich würde ihn gerne beruhigen. Nur weil Galen und Blue uns gefunden haben, bedeutet das nicht, dass uns jeder finden kann. Im Spurenlesen sind die beiden unschlagbar und mit ihren Instinkten können höchstens Supersoldaten wie Lee mithalten.

»Zuerst waren wir in der Stadt, von dort aus sind wir euren Spuren gefolgt«, erklärt Galen. Er wirkt genervt. Verhört zu werden wie jemand, der etwas zu verbergen hat, geht ihm gegen den Strich.

Rasmus lässt nicht locker. »Es regnet in Strömen. Wie könnt ihr da Spuren lesen?«

Tief zieht Galen den Atem ein. »Wir brauchen keine dämlichen Abdrücke im Boden. Dein Gestank reicht uns völlig.«

Ich stöhne ermattet und rolle mit den Augen. Galen kann es einfach nicht lassen. Sobald er sich angegriffen fühlt, fängt er an, zu provozieren. »Hört bitte auf«, sage ich. »Wir sollten es unseren Feinden nicht noch leichter machen, indem wir uns gegenseitig an die Gurgel gehen.«

Rasmus knurrt. Beruhigend legt Cori eine Hand auf seinen Arm. »Jule hat recht. Wir haben andere Probleme.«

Es zeigt sich, welch großen Einfluss Cori auf Rasmus hat, denn er entspannt sich sichtlich. »In Ordnung, aber wie habt ihr die Spuren in der Stadt gefunden? Dazu hättet ihr zuerst den Unterschlupf finden müssen.«

»Den haben wir gefunden. War keine große Sache«, sagt Blue gelangweilt.

Rasmus ballt die Hände zu Fäusten. »Wie?«

»Wir haben gefragt«, giftet Galen.

»Verarsch mich nicht!«

Blue grinst. »Was Galen sagen will: Wir haben einen dieser schwarz gekleideten Typen erwischt. Nach ein paar Anlaufschwierigkeiten ist er mit der Sprache rausgerückt.«

Mit der Erklärung gibt Rasmus sich endlich zufrieden. Mit Einschüchterungsversuchen kennt er sich wahrscheinlich aus. Cori lädt Galen und Blue ans Feuer ein und öffnet sogar eine große Dose Linsensuppe für sie, was Rasmus mit einem unwilligen Brummen kommentiert. Gierig schlingen Galen und Blue die Suppe runter. Raik tigert derweil nervös in der Höhle herum, schaut durch die hintere Öffnung immer wieder in den Regen hinaus, als würde er hoffen, dass das Unwetter endlich weiterzieht. Vielleicht macht er sich Sorgen um seine Freunde, die in ebendiesem Moment gegen Sadraz und seine Männer kämpfen. Ich frage mich, wie er in der Nacht, als wir bei Coris Schwester gewesen sind, entkommen konnte. Tia haben die Ordnungshüter erwischt. Ihn nicht. Und warum ist er gestern nicht mit seinen

Freunden gegangen? Wollte Magnus, dass er bei uns bleibt und uns beschützt?

Langsam senkt sich die Nacht herab, hüllt die Höhle in finstere Schatten. Nur das Feuer spendet Wärme und Helligkeit, die wie ein Hoffnungsschimmer wirkt.

»Morgen suchen wir ein anderes Versteck«, sagt Rasmus und schaut in die Runde. »Anschließend geh ich in die Stadt und erkunde die Lage. Wer kommt mit?«

Konstantin hebt die Hand. »Ich.«

Rasmus nickt anerkennend. »Sonst noch jemand?« Er richtet seinen Blick auf Raik. Offensichtlich erwartet er, dass dieser ihn begleitet. Raik stöhnt genervt. »Okay, okay. Ich geh auch mit.«

»Gut. Dann sollten wir jetzt schlafen.« Rasmus teilt die Wachschichten ein. Cori kramt die Decken aus dem Rucksack. Zusammen mit Galens und Blues Decken haben wir insgesamt vier. Für acht Personen. Selbstverständlich teilt Rasmus sich eine mit Cori. Das heißt, er ignoriert Coris Protest und überlässt die Decke ihr. Ich tue mich schnell mit Senta zusammen.

* * *

Jemand rüttelt vorsichtig an meiner Schulter. »Pst. Jule. Wach auf.«

Blinzelnd öffne ich die Augen. Raik steht über mich gebeugt. »Bin ich schon dran?« Es kommt mir vor als wäre ich gerade erst eingeschlafen, was ich wahrscheinlich auch bin, denn Raik hat die zweite Wachschicht, ich dagegen die Letzte. Ich bin noch nicht an der Reihe.

»Ich muss mit dir reden«, flüstert er.

Verwirrt runzle ich die Stirn. »Jetzt? Es ist mitten in der Nacht.«

»Ich weiß, aber es ist wichtig.« Er beugt sich näher und flüstert in mein Ohr. »Ich habe einen Verdacht.«

Oh je, das klingt nicht gut. »Was für einen Verdacht?«

»Pscht.« Schnell hält Raik den Finger an die Lippen. »Nicht hier.«

Vorsichtig, um Senta nicht zu wecken, stehe ich auf und folge Raik in den Durchgang. Hoffentlich regnet es nicht mehr so stark. Gemeinsam kriechen wir durch den Tunnel nach draußen. Nein, meine Hoffnung erfüllt sich leider nicht. Es schüttet, als würde jemand monströse Wassereimer über uns ausleeren. Bibbernd bleibe ich zwischen den Felsen stehen. »Können wir hier reden? Ich will nicht wieder nass werden.«

Raik fasst nach meinem Arm und zieht mich mit. »Geht nicht. Ich muss dir was zeigen.«

»Ach komm schon, Raik. Was ist los?« Seine Geheimnistuerei beginnt, mich zu nerven. Abrupt reiße ich mich los.

Raik richtet seine Taschenlampe auf mein Gesicht. Geblendet schütze ich meine Augen und zucke zurück. »He. Nimm das Ding weg.«

Ich höre ein Klicken, Raiks Arm schält sich aus der Dunkelheit, taucht ins Licht der Taschenlampe. *Was zum Teufel tut er da?* Er hält eine Pistole in der Hand und zielt damit auf meine Stirn. »Komm!« Seine Stimme hat sich verändert. Er klingt böse, wie jemand, der zu allem entschlossen ist.

»Raik. Was soll das?« Die Angst kriecht meinen Rücken hinauf und verteilt sich in meinem Körper, reißt ihn endgültig aus seiner Schlaftrunkenheit.

»Wenn du schreist oder versuchst, wegzurennen, werde ich schießen«, sagt er. »Los jetzt. Wir gehen.«

»Gehen? Wohin?« Fieberhaft suche ich nach einem Ausweg. Ich muss ihn ablenken. Es ist dunkel und es regnet. Mit etwas Glück könnte ich es schaffen, ihm zu entwischen.

»Die Ordnungshüter kommen gleich. Wir gehen in die Stadt«, sagt Raik. »Sadraz wartet auf uns.«

Ich verstehe es nicht, will es gar nicht verstehen. Zu absurd ist der Gedanke und doch ist es eine Tatsache. »Du hast uns verraten«, stoße ich entsetzt hervor.

»Wenn du es so nennen willst. Jetzt komm!« Erneut fasst er nach meinem Arm und zerrt mich vorwärts.

»Nein!« Ich reiße mich los.

»Zwing mich nicht, dich zu erschießen, Jule. Sei froh, dass Sadraz dich lebend haben will.«

Oh ich kann mir vorstellen warum. Er will Lee ködern. »Sei doch vernünftig, Raik. Deine Freunde zählen auf dich. Tu ihnen das nicht an.«

Raik schnaubt. »Meine Freunde gehen mir am Arsch vorbei. Sie ziehen mich nur runter. Ich habe genug gegeben und will endlich ein gutes Leben für mich und meine Familie und dafür brauche ich Sadraz.«

»Die Rebellen werden siegen«, sage ich. »Dann bekommst du das Leben, das du dir wünschst.«

Raik schnaubt. »Das schaffen die nie. Hast du ihre Waffen gesehen? Mistgabeln und Küchenmesser. Damit gewinnt man keinen Krieg.«

Ich könnte ihm sagen, dass man noch mit viel weniger einen Krieg gewinnen kann, aber das würde er mir sowieso nicht glauben. Kein Argument bringt seine Entschlossenheit ins Wanken. »Sie haben Bomben.«

Raik lacht verächtlich. »Niemand weiß, ob die Dinger überhaupt funktionieren. Und glaubst du, Sadraz lässt sich einfach so in eine Falle locken? Er ist kein Idiot, Jule.«

»Dann musst du mich erschießen, denn ich werde meine Freunde nicht im Stich lassen«, behaupte ich. Was ich da rede, ist völlig verrückt, denn es beruht auf der Hoffnung, dass er es nicht fertigbringt, mir in den Kopf zu schießen.

Tut er auch nicht. Er richtet seine Waffe auf mein Herz. »Ich zähle bis drei. Wenn du dann nicht tust, was ich sage, schieße ich. Eins ...«

Ich schlucke. Mein Mund fühlt sich an, als hätte ich einen Schwamm verschluckt, der eine Woche in der Sonne gelegen hat. Meine Hände werden taub. »Bitte Raik.«

»Zwei.«

Der Regen übertönt meinen rasenden Herzschlag, aber ich spüre das schnelle Pulsieren in meinem Hals. Kalter Wind sprüht Regentropfen in mein Gesicht, ich merke es kaum. Mein Körper ist wie betäubt. Soll ich mit Raik gehen oder soll ich stur bleiben? Wird er mich wirklich erschießen? Wenn ich wenigstens sein Gesicht erkennen könnte, um seine Entschlossenheit einzuschätzen.

»Drei.« Raik spannt den Hahn. »Du hast es so gewollt.«

Ein kräftiger Ruck fährt durch meinen Körper, zeitgleich mit dem Knall. Ich stolpere seitwärts, falle zu Boden. Bin ich getroffen? Es fühlt sich nicht so an. Aber warum bin ich dann hingefallen? Verwirrt starre ich in Raiks Richtung.

Die Taschenlampe liegt im nassen Gras, neben ihr der röchelnde Raik und eine weitere Person. Nein! Das darf nicht sein. Hastig rapple ich mich auf und krieche hin. »Blue. Oh mein Gott. Hat er dich getroffen?«

Blue hustet. Ich sehe Blut an ihren Lippen. »Sieht so aus. Ist er ... tot?«

Ich fahre zu Raik herum. Ein Messer steckt in seinem Bauch, seine Brust zuckt. Ein dunkler Fleck, der schnell größer wird, tränkt sein Shirt. »Noch nicht.«

»Bring es ... zu Ende.«

Raik ist mir im Augenblick egal. Er sieht nicht so aus, als könnte er uns weiterhin gefährlich werden. »Nicht nötig. Der ist erledigt. Wo hat er dich getroffen?«

Blue antwortet nicht. Ihr Atem geht keuchend.

»GALEN, SENTA! KOMMT HER! SCHNELL!« Hektisch grabsche ich nach der Taschenlampe und leuchte Blues Körper ab. Meine Hände zittern. Ein Loch ist in ihrer Brust, doch nur wenig Blut. Ich leuchte weiter. Eine Blutlache bildet sich unter ihrem Rücken. »Scheiße. Du blutest.«

»Ach was.« Blue stößt einen seltsamen Laut aus, den ich als verächtliches Lachen deute. »Ich bin ... im Arsch.«

»GALEN!«, brülle ich erneut und an Blue gewandt: »Nein bist du nicht. Wir bekommen das wieder hin.«

Blue krallt sich in meinen Arm, als wäre ich ihr Rettungsanker. »Bleib bei ihm.«

»Was?« Panisch zerre ich am Saum meines T-Shirts rum, versuche, ein Stück abzureißen, damit ich die Blutung stoppen kann. Verdammt. Der Stoff ist zäh. Ich atme so hektisch, dass mir schwindlig wird.

»Hör auf.« Trotz ihrer Verletzung klingt Blue befehlsgewohnt, doch ihre Stimme verliert an Kraft.

Ich wische mir über die Augen und schaue sie an. Ihre Haut ist bleich, Blut klebt an ihrem Mundwinkel. Die Bäume schützen uns ein wenig vor dem Regen, aber es prasselt noch genug auf uns herab. »Du hast mich gerettet«, stelle ich fest.

Wieder dieses schaurige Lachen, mehr ein gurgelnder Laut, als ein Lachen. »Bescheuert oder?« Blue stößt den Atem aus, hustet dann. »Galen. Er kann ... ohne dich ... nicht leben.«

Was redet sie da? Hat sie vergessen, dass ich mit Lee zusammen bin, oder kann sie nicht mehr klar denken? »Hör auf, sowas zu sagen. Wir kümmern uns jetzt erstmal um dich. Senta kommt gleich. Sie wird dir helfen.«

Blue ignoriert meine Worte. »Du musst ... ihm verzeihen.« Sie schluckt hart, ich sehe, wie sich ihr Kehlkopf bewegt, als fiele ihr das Schlucken unglaublich schwer. Eine einsame Träne rinnt ihre Schläfe hinab, die mich fast mehr schockiert, als die Schusswunde. Blue weint nicht. Niemals. »Er ... liebt mich«, stößt sie angestrengt hervor. »Aber anders. Ich werd nie gewinnen ... gegen dich.«

Blues Stimme wird schwächer und ich habe keine Ahnung, was ich machen soll. Warum kommt denn niemand? Ich will gerade wieder losbrüllen, als ich die Gestalten sehe, die zwischen den Felsen hervorkommen. Endlich.

Mit zwei großen Schritten ist Galen bei uns. »Blue. Scheiße.« er kniet sich neben mich und sieht mich fragend an. »Was ist passiert?«

»Raik wollte mich erschießen. Blue hat das verhindert«, stoße ich hervor.

Zorn verdüstert Galens Gesicht. Blue tastet nach seiner Hand. »Hey.«

Sofort reißt er sich zusammen, wechselt innerhalb eines Herzschlags von zornig zu besorgt. »Hey. Wie fühlst du dich?«

»Scheiße.« Sie gurgelt und ein neuer Schwall Blut strömt aus ihrem Mund. Galens Mimik wirkt angespannt. Senta schiebt uns zur Seite. »Lasst mich mal.«

Zuerst fühlt sie Blues Puls, dann untersucht sie die Wunde. Nach jedem Handgriff wirkt sie besorgter. »Zieh dein Shirt aus und reiß es in drei Teile«, sagt sie zu Galen.

Ohne zu zögern, streift er sein Shirt über den Kopf, zerfetzt es und reicht die Stofffetzen an Senta weiter.

Senta beugt sich über Blue und legt beruhigend eine Hand auf ihre Schulter. »Ich rolle dich jetzt auf die Seite. Das wird wehtun, aber es muss sein, damit ich die Wunde verbinden kann.«

Galen hilft Senta dabei, Blue umzudrehen. Sie stöhnt. Schnell und geschickt schiebt Senta Blues Shirt hoch und presst den Baumwollstoff auf die Wunde. »Feste drücken«, befiehlt sie Galen. Dann reißt sie die andere Hälfte des T-Shirts so, dass der Fetzen länger wird, wickelt ihn um Blues Bauch und knotet die Enden zusammen. Vorsichtig kippt sie Blue wieder auf den Rücken. »Konstantin. Hol die Decken aus der Höhle.«

Sie hat recht. Blue zittert. »Nimm ihre Hand«, befiehlt sie Galen.

Er tut es sofort. »Was ist mit der Kugel?«

»Sie steckt nicht mehr in ihrem Körper. Am Rücken ist die Austrittswunde.«

Konstantin kehrt mit den Decken zurück. Eine breitet Senta über Blue aus, die andere reicht sie an Konstantin und Rasmus. »Haltet die über uns, wir brauchen einen Regenschutz.«

»Sie wird doch wieder, oder?« Hilflos schaut Galen Senta an. Er will einen Hoffnungsschimmer, doch an Sentas Gesicht erkenne ich die Antwort. Ihr unverbindliches Lächeln, das so winzig ist, dass man es kaum als Lächeln erkennt, der distanzierte Blick. »Sie hat innere Blutungen.«

»Und was bedeutet das?« Panik klingt aus Galens Stimme.

Blue drückt Galens Hand. »Hör auf.«

»Nein!« Keuchend stößt Galen den Atem aus. »Ich hör nicht auf. Wir werden dich retten.«

Betreten senke ich den Kopf. Senta hat getan, was sie konnte, aber es gibt keine Rettung für Blue. Sie wird sterben. Wegen mir. Weil sie glaubt, dass Galen mich mehr braucht als sie. Wenn ich ihn mir anschaue, dann sehe ich das nicht. Er ist kurz vorm Durchdrehen.

»Wir sollten sie in die Höhle bringen«, schlägt Rasmus vor.

Blue atmet flach, ihre Lider flackern. Galen springt auf und fasst Blue an den Schultern. »In Ordnung. Rasmus. Du nimmst ihre Füße.«

»Das geht nicht«, werfe ich ein.

Rasmus Kopf ruckt zu mir herum. »Wieso?«

»Raik hat uns verraten. Sadraz' Männer sind auf dem Weg hierher.«

»Fuck.« Rasmus geht neben dem toten Raik in die Knie, durchwühlt seine Hosentaschen und zieht ein kleines, schwarzes Kästchen hervor. »Der Wichser hat ein Funkgerät. Jule hat recht. Wir müssen abhauen.«

»Was ist mit Blue?«, frage ich.

»Wir nehmen sie mit.« Rasmus wendet sich an Galen. »Kannst du sie tragen?«

Natürlich kann er das. Allerdings sieht Senta das anders. »Sie ist nicht transportfähig.«

»Wir müssen es versuchen«, gibt Rasmus zurück.

Die Blicke, die Rasmus und Senta austauschen, sprechen Bände. *Blue stirbt, wenn Galen sie rumschleppt,* sagen Sentas Augen. *Sie stirbt sowieso,* besagt Rasmus' unbarmherziger Blick. Galen ist nicht dumm, er merkt, was zwischen den beiden abgeht.

»Ihr könnt abhauen. Ich bleibe bei ihr«, sagt er.

Ich wünsche mir, Blue würde ihm das ausreden, doch sie hat das Bewusstsein verloren.

»Galen bitte.« Um meinen Worten mehr Nachdruck zu verleihen, lege ich meine Hand auf seine Schulter. Seine Haut ist kalt und nass von Regen. »Sie will, dass du lebst. Wenn du hierbleibst, ist ihr Opfer umsonst.«

Die anderen machen sich startbereit. Rasmus und Konstantin kriechen in die Höhle und holen die Rucksäcke.

Verzweifelt lässt Galen die Schultern hängen. »Ich kann sie nicht einfach zurücklassen.«

»Das musst du auch nicht. Wir nehmen sie mit.«

Ein paar Sekunden lang starrt Galen mich an. »Ich bin schuld«, sagt er schließlich. »Ich wollte unbedingt umkehren.«

»Du hast sie nicht gezwungen, dich zu begleiten.« Das weiß ich zwar nicht, aber ich gehe stark davon aus.

Galen schnaubt. »Du kennst Blue. Sie würde mich nie im Stich lassen.«

»Dann ist es so, wie es ist. Wenn du hierbleibst, machst du es nur schlimmer. Lass uns verschwinden, dann sehen wir weiter.«

Wie zur Bestätigung hören wir ferne Stimmen durch das Rauschen des Regens hindurch. Die anderen haben sich unter dem Baum versammelt und warten ungeduldig.

»Wir müssen los. Sofort!«, drängt Rasmus.

Galen schaut einen nach dem anderen an, dann nimmt er Blue samt Decke auf seine Arme. »Gehn wir.«

Ich weiß nicht, wie groß unser Vorsprung ist, aber dem Tempo nach zu urteilen, das Rasmus anschlägt, ist es nicht viel. Im Marschschritt hetzt er durch das Gelände, meidet dabei die Wege. Wegen des aufgeweichten Bodens kommen Senta und ich kaum hinterher.

Galen trägt Blue wie eine Opfergabe und macht dabei ein so finsteres Gesicht, wie ich es noch nie an ihm gesehen habe. Und ich habe schon viele düstere Gesichter gesehen.

Vor uns am Fuße des Hügels tauchen die Häuser des Außenbezirks auf. »Gehen wir etwa in die Stadt?«

»Dort erwarten sie uns nicht«, brummt Rasmus. »Und ich hab ein Versteck.«

Das gefällt mir nicht, vor allem nach Raiks Verrat. Warum sollten wir näher an den Feind rücken? Da die anderen nicht protestieren, behalte ich meine Bedenken jedoch für mich. Mir fehlt sowieso der Atem für Diskussionen und ich will endlich aus diesem verdammten Regen raus. Das Gewitter hat wieder an Stärke zugelegt. Unentwegt zucken Blitze durch die Nacht, tauchen für Sekundenbruchteilen die Landschaft in gespenstische Helligkeit. Die Donnerschläge sind gruselig. Sie grollen über den Himmel, als wollten sie ihn spalten. Sogar der Boden vibriert unter der unvorstellbaren Kraft. Ich zucke jedes Mal ängstlich zusammen.

Trotz des Gewitters und der Uhrzeit sind die Straßen in der Vorstadt nicht menschenleer. Im Vorbeihuschen sehe ich Lichter, Rufe hallen durch die Nacht. Schreie. Der Aufstand ist in vollem Gange.

Rasmus führt uns in eine schmale Seitengasse, in der wir nur hintereinandergehen können, biegt dann in einen stockfinsteren Winkel ein, der noch enger ist als die Gasse.

»Wer hat die Taschenlampe?«, fragt Konstantin. »Ich seh nix.«

»Kein Licht«, knurrt Rasmus. »Wir sind gleich da.«

Blind taste ich mich an den Hausmauern entlang und bin zum ersten Mal froh über die Blitze, die den Weg wenigstens kurz erhellen. Unrat und Gerümpel liegen im Weg und ich bin sicher, es gibt auch Ratten.

Die Tür, die sich im Blitzlicht aus der Dunkelheit schält, wirkt massiv. Wie eine Stahltür oder sowas in der Art. Rasmus hat einen Schlüssel. Wir betreten ein baufällig wirkendes Haus, klettern über kaputte Stühle und ein zerfetztes Sofa, das mitten im Weg liegt. Mehrere Ratten rennen quiekend davon. Erschöpft und triefend schlurfen wir die Stufen hinauf, hinterlassen eine

Wasserspur auf dem Holz. Die Treppe knarzt wie verrückt, sodass ich mich frage, ob sie unser Gewicht überhaupt tragen kann. Der Unterschlupf gefällt mir ganz und gar nicht.

Im dritten Stock betreten wir einen Raum. Eine schnelle Abfolge von Blitzen zuckt über den Himmel und gibt mir die Möglichkeit, das Zimmer in Augenschein zu nehmen. Auf einem Bettgestell liegen zwei große und vor allem saubere Matratzen. Daneben stehen eine Truhe und ein Schrank mit Büchern, Bildern und Gesellschaftsspielen. Vor dem Bett liegt ein runder Teppich mit einem wunderschönen Muster aus Ornamenten, Trauerweiden und Zypressen. Darauf ein Tisch mit bunten Lampions. Der Unterschlupf gefällt mir.

»Was ist das?«, frage ich staunend.

»Hier haben Rasmus und ich uns immer getroffen«, erklärt Cori. »Mit dem ersten Geld, das er verdiente, haben wir uns einen gemütlichen Rückzugsort eingerichtet.« Sie öffnet die Truhe und holt Kleider, Kissen und Decken heraus. Eine Decke breitet sie auf dem Boden aus für Blue, die schlaff auf Galens Arm hängt. Sie sieht aus wie tot. Rasmus dreht eine Gaslampe an.

Vorsichtig legt Galen Blue ab. Ihr Kopf kippt zur Seite, die Augen sind halb geöffnet. Senta geht neben ihr in die Knie und tastet nach ihrem Puls, sieht uns dann kopfschüttelnd an. »Sie ist tot.«

Obwohl ich wusste, dass Blue sterben wird, ist es ein Schock. »Nein.«

Galen verzieht das Gesicht und stößt einen unmenschlichen Laut aus. Schluchzend verschränkt er die Arme über dem Kopf und geht neben Blue in die Knie. Wir stehen betreten daneben. Galen streichelt über Blues Kopf, als wäre sie seine Geliebte oder sein Kind. Die Verbindung, die die beiden hatten, werde ich wohl nie verstehen. Blue hat Galen geliebt, so sehr, dass sie sich für mich geopfert hat. Weil sie glaubte, er würde mich brauchen. Wie falsch sie damit gelegen hat. So wie er leidet, würde er besser mit meinem Tod zurechtkommen als mit ihrem.

»Ich will sie nach Landsby bringen«, sagt Galen. Er klingt emotionslos und sieht uns nicht an, während er redet.

»Dann brauchst du ein Auto oder wenigstens eine Rikscha«, sagt Cori.

Galen steht auf. »Gut. Dann besorg ich mir eine.«

»Zuerst schlafen wir, anschließend checken wir die Lage und erst dann besorgen wir dir einen fahrbaren Untersatz«, wirft Rasmus ein. »Alles andere ist zu gefährlich.«

»Nein! Ich brauche es sofort.« Galen richtet seinen Eisblick auf Rasmus, der ihn mit seinem finsteren Killerblick erwidert. In meinem Nacken kribbelt es. Eine Auseinandersetzung ist das Letzte, was wir jetzt gebrauchen können. Zärtlich lege ich meine Hand auf Galens Arm. »Ich sage es nur ungern, aber Rasmus weiß, von was er spricht. Du verlierst höchstens einen Tag.« Ich zögere kurz. »Ich kann Rikscha fahren. Wenn du wartest, bringe ich dich nach Landsby.«

Jetzt richtet Galen seinen Blick auf mich. »Das musst du nicht.«

Ich versuche, seinem Blick standzuhalten, was gar nicht so einfach ist. Der Mann könnte einen Stein gefrieren. »Ich weiß. Ich will es aber.«

Sein Kiefer zuckt. Immer wenn er nachdenkt, beißt er so fest die Zähne zusammen. »Bist du dir sicher?«

Ich nicke. »Hundertprozentig sicher.«

Ein kurzes Zögern, bevor er antwortet. »Also gut. Ich warte.«

Galen und Konstantin bekommen trockene Shirts von Rasmus, Senta und ich zwängen uns in Coris Kleider, dann decken wir die Matratzen mit den Laken ab und legen uns schlafen. Ich liege am Rand, das Gesicht dem einzigen Fenster zugewandt, und starre in den anbrechenden Morgen. Das ist besser als auf Blues Leichnam zu schauen und mich den widerstreitenden Gefühlen zu stellen, die ihr Tod in mir auslösen.

Wie ein graues Ungetüm zieht der Tag herauf, bringt nichts als weiteren Regen. Ich kann mich nicht erinnern, wann es zum letzten Mal so heftig und ausdauernd geregnet hat. Auch wenn es unsere Lage verkompliziert, ist der Regen eine Wohltat für die ausgetrockneten Felder und Flüsse. Sobald er vorbei ist, wird alles wachsen und gedeihen.

Ich habe Galen versprochen, ihn nach Landsby zu bringen. Was er nicht weiß ist, dass ich bleiben werde. Mein Entschluss steht fest. Doch ich kann der Stadt nicht einfach den Rücken zukehren und gehen. Zuerst muss ich Lee finden und mich von ihm verabschieden.

* * *

Erfrischt fühle ich mich nicht, als Rasmus und ich uns wenige Stunden später mit Plastiksäcken über unseren Kleidern Richtung Tor aufmachen. Der Regen hat zwar nachgelassen, aber falls er wieder stärker wird, schützt der Plastiksack mich davor, komplett durchnässt zu werden. Dass Galen bei Blue geblieben ist, macht unser Vorhaben nicht leichter, obwohl es natürlich besser ist, wenn er uns nicht begleitet, schon allein wegen Lee. Ich will nicht, dass die beiden sich begegnen. Auch Senta und Konstantin sind zurückgeblieben. Die Flucht hat Senta ausgelaugt und Konstantin wollte auf sie aufpassen. Cori wäre mit uns gegangen, aber Rasmus hat es ihr wegen ihrer Schwangerschaft verboten. Obwohl Rasmus bewiesen hat, dass er auf unserer Seite steht, habe ich ein ungutes Gefühl im Bauch. Er könnte mich ausliefern und anschließend behaupten, die Ordnungshüter hätten mich erwischt. Ich beschließe, vorsichtig zu sein und ihn genaustens im Auge zu behalten.

Eigentlich wollten wir einen Schleichweg nehmen, der uns zu einem geheimen Durchgang führt, durch den die Bewohner des Außenbezirks unbeobachtet in die Stadt gelangen, doch als wir uns nähern, sehen wir, dass das Tor offen steht.

Das erklärt zumindest, warum die Straßen so leer sind.

Hinter dem Tor ist es ebenfalls ungewöhnlich ruhig. Ich kenne diesen Teil der Stadt nur als bunt und überfüllt, deshalb mutet diese Stille in Verbindung mit dem Starkregen ein wenig wie ein böses Omen an. Als ich die vielen Toten sehe, bei denen es sich hauptsächlich um Einwohner und nicht um Ordnungshüter handelt, bin ich sicher, dass es tatsächlich ein böses Omen ist. Wenn der Widerstand unterliegt, rennen wir geradewegs in unser Verderben.

Rasmus ist extrem wachsam, achtet auf jedes Zeichen. Auf diese Weise schaffen wir es unbehelligt ins Regierungsviertel. Dort wird es allerdings heikel, weil wir nicht wissen, ob die Sprengladungen bereits angebracht worden sind und wenn ja, wo. Wir ducken uns hinter einen Wagen. Rasmus überlegt, wo sich die Rebellen versteckt haben könnten. »Auf jeden Fall irgendwo, wo sie das Rathaus im Auge haben«, meint er.

»Warum hast du dich ihnen eigentlich nicht angeschlossen?«, will ich flüsternd wissen.

Rasmus starrt schweigend geradeaus, als würde er nachdenken oder meine Frage ignorieren. »Ich mache mein Ding. So war es schon immer«, sagt er schließlich. »Alleine komme ich besser klar.«

»Aber du bist nicht allein«, gebe ich zurück. »Du hast Cori. Und bald auch ein Kind. Willst du für die beiden nicht eine bessere Welt?«

Rasmus schaut mich an, als wäre ich ein kleines Mädchen, das ihre naiven Weltverbesserungsträume träumt. Ich hasse das. Warum muss ich jedem meine Ansichten auf die Nase binden? Das bringt mir entweder Gelächter oder Ärger ein. Trotzdem würde ich alles für eine demokratische, gerechte Welt geben. Halt warte. Wirklich alles?

Würde ich persönliche Gefühle zurückstellen?

Urplötzlich beginne ich, Galen zu verstehen. Nicht nur theoretisch, sondern *wirklich* zu verstehen. Er hat eine genaue Vorstellung, einen Traum und dafür kämpft er. Wie konnte ich verlangen, dass er für mich sein Ziel aus den Augen verliert, so wie ich es in der Kolonie getan habe? Dass er Menschen, die auf ihn zählen, enttäuscht, weil ich sonst unglücklich gewesen wäre?

Das ist keine Liebe, das ist purer Egoismus.

Rasmus deutet auf ein mehrstöckiges Gebäude mit glänzender Fassade. »Dort könnten sie sich verbarrikadiert haben.«

Ich weiß nicht, woraus er das schließt, aber hier zu hocken und darauf zu hoffen, dass sich irgendwas tut, ist auch keine Lösung. »Dann lass uns nachsehen.«

Geduckt hasten wir über den Gehweg in den Windschatten des nächsten Hauses, dann weiter zwischen zwei Gebäuden hindurch. Jetzt müssen wir nur noch eine breite Straße überqueren, um zu dem vermeintlichen Unterschlupf zu gelangen. Doch dafür müssen wir unsere Deckung verlassen.

Rasmus gibt mir ein Zeichen. »Ich schau nach, ob die Luft rein ist. Rühr dich nicht von der Stelle, verstanden?«

Bevor ich meine Zustimmung geben kann, ist er weg. Das macht mich sofort wieder misstrauisch. Hat er mich absichtlich zurückgelassen? Raik hat uns ohne zu zögern verraten, wer gibt mir die Garantie, dass Rasmus nicht dasselbe tut?

Nervös schaue ich mich um. Es ist viel zu still und zwischen den Häusern gibt es kein Versteck. Soll ich lieber verschwinden? Vorsichtig schiebe ich mich an den Hausrand und spähe um die Ecke. Die Straße ist leer, Rasmus nirgendwo zu sehen. Mein Gefühl drängt mich zur Flucht. Die Vernunft hingegen rät mir, abzuwarten.

Unruhig schleiche ich zwischen den Häusern umher. Hin und hergerissen zwischen Gehen und Bleiben. Ich könnte mich hinter dem Kleinbus verstecken, der in der angrenzenden Seitenstraße parkt. Von dort aus habe ich die beiden Häuser im Blick und sehe es, wenn Rasmus zurückkommt. Und falls er Ordnungshüter dabei hat, kann ich schnell verschwinden. Nur muss ich dafür meine Deckung verlassen. Außerdem weiß ich nicht, ob sich nicht jemand in der Seitenstraße versteckt.

Je mehr Zeit vergeht, umso panischer werde ich. *Rasmus wird mich verraten. Nein, wird er nicht. Doch wird er.* Arrrgh. Ich fühle mich innerlich zerrissen, wie Jekyll und Hyde. Andererseits - sollten die Widerstandskämpfer und Sadraz' Anhänger nicht gegeneinander kämpfen? Diese Stille ist unnatürlich.

Ich halte die Ungewissheit nicht mehr aus. Schätzungsweise fünfzig Meter sind es bis zu dem Kleinbus. Das müsste ich schaffen. Entschlossen löse ich mich von der Hauswand und spurte in die Seitenstraße. Husch, husch hinter den Van, bevor mich jemand entdeckt. Geschafft.

Keuchend lehne ich mich gegen die Schiebetür. Die Fenster sind getönt und verwehren mir einen Blick ins Wageninnere, also muss ich entweder unter den Wagen kriechen oder hinter ihm hervorspähen, wenn ich die Hochhäuser im Auge behalten will.

Urplötzlich entsteht Bewegung. Die Tür hinter mir wird aufgeschoben. Ich werde gepackt und ins Wageninnere gezogen. Eine schwielige Hand presst sich auf meinen Mund, erstickt meinen Schrei. Ich raste völlig aus, trete und strample herum, versuche, die Hand zu beißen.

»Haltet sie fest!« Die Männer drücken mich auf den Boden und fixieren meine Arme und Beine.

Einer rammt mir sein Knie in den Bauch. »Halt still verflucht!«

Es sind Ordnungshüter. Sie rollen mich seitwärts und verdrehen schmerzhaft meine Arme, sodass ich mich nicht mehr wehren kann, dann fesseln sie mich, reißen dabei den Plastiksack, den ich als Regenschutz getragen habe, ab. Einer fixiert meine Beine, bis ich verschnürt bin wie ein Paket.

»Der Boss wird begeistert sein«, sagt der bullige Ordnungshüter mit der schiefen Nase.

»Wie kommen wir ins Gebäude?«, fragt einer mit kahl rasiertem Kopf.

»Wir rammen uns durch den Zaun«, gibt der Bullige zurück. »Dann gehen wir durch den Seiteneingang.«

Während sie ihre Plätze einnehmen, steckt einer einen Knebel in meinen Mund. Ein dreckiges Tuch, das durchdringend nach Öl riecht. Es ist ekelhaft. Tränen rinnen meine Schläfen hinab. Ich bin so wütend auf mich. Diesen Schlamassel habe ich mir selbst eingebrockt. Weil ich immer so misstrauisch und ungeduldig bin.

»Die Scheißkerle werden schießen. Wir müssen schnell sein«, warnt der Glatzkopf.

»Alles klar. Haltet euch fest.« Mit Vollgas rast der Wagen los. Die Reifen quietschen. Ich rolle über den Boden, kann mich wegen der gefesselten Hände nicht festhalten. Mein Herz hämmert wild in meiner Brust. Schüsse knallen, schlagen seitlich in den Kleinbus ein. Die Männer ducken sich fluchend. Wo halten die Widerstandskämpfer sich versteckt? Hoffentlich können sie den Wagen stoppen, möglichst ohne mich aus Versehen zu erschießen. Der Maschendrahtzaun muss ganz in der Nähe sein. Innerlich wappne ich mich gegen den Aufprall. Mit einem Ruck brechen wir durch, zumindest nehme ich an, dass das Geschepper der Zaun gewesen ist. Der Kleinbus jagt um die Kurve und stoppt dann mit quietschenden Reifen.

Die Wagentür wird aufgeschoben. »Los! Alle Mann raus.«

Der bullige Kerl zerrt mich nach draußen, wirft mich über die Schulter und spurtet los. Ich höre Schüsse, doch sie erreichen uns nicht. Ein Ordnungshüter tritt die Seitentür ein. Die Männer stürmen ins Gebäude, die schmale Treppe hinauf bis zu den breiten Fluren.

Sadraz hat sich mit einem Dutzend Ordnungshüter, ein paar Sponsoren und Helena in seinem Büro verbarrikadiert. Karla sehe ich nicht. Als der bullige Kerl mich ihm vor die Füße wirft, mustert er mich und lacht dann laut los. Es dauert bestimmt eine Minute, bis er sich wieder beruhigt. »Wie habt ihr sie erwischt?«

»Wir hatten uns in Ihrem Fluchtwagen versteckt, als sie plötzlich aufgetaucht ist. Wir mussten nur die Tür aufschieben und sie uns schnappen.«

Überrascht hebt Sadraz die Augenbrauen. »Sie war allein?«

Der bullige Ordnungshüter nickt. »Kurz zuvor haben wir sie mit Rasmus gesehen. Sie sind zwischen den Häusern verschwunden, deshalb hielten wir es zuerst für eine Falle, als sie direkt auf uns zugekommen ist, und haben abgewartet.«

Wieder lacht Sadraz auf, beugt sich dann über mich und schüttelt tadelnd den Kopf. »Es gibt wohl kaum ein dümmeres Mädchen als dich. Aber ich danke dir für deine Dummheit. Du wirst meine Fluchthelferin sein.« Er wendet sich dem Glatzkopf zu. »Miro, ich vertraue dir. Du gehst zu den Verrätern und erzählst ihnen von unserer Geisel. Die Bedingungen kennst du. Freier Abzug und keine Verfolgung.«

Miro wirkt alles andere als begeistert. »Was wenn sie sich nicht darauf einlassen?«

Sadraz grinst listig. »Das werden sie. Mein ehemaliger Schützling ist bei ihnen. Er würde alles für das Mädchen tun. Und Magnus mag sie. Er wird sie nicht opfern. Dafür ist er nicht skrupellos genug.«

Da könnte Sadraz sogar recht haben. Das schlechte Gewissen, das ich deswegen habe, ist stärker als meine Angst. Sollte Sadraz ungeschoren davonkommen, bin ich schuld. Miro macht sich auf den Weg. Sadraz setzt sich hinter seinen Schreibtisch. Für einen Mann, der in die Enge getrieben wurde, wirkt er erstaunlich gelassen.

»Sollen wir ihre Fesseln lösen?«, fragt der bullige Kerl.

»Nein.« Sadraz' Antwort kommt prompt. »Wir dürfen kein Risiko eingehen. Außerdem ...«, er schmunzelt gehässig. »... verdient sie keine Bequemlichkeit.«

Verdienen vielleicht nicht, aber ich bräuchte es dringend. Meine Arme und Schultern tun weh und ich bekomme zu wenig Luft. Mir ist schon ganz schwummerig. Helena klackert an mir vorbei. Nicht mal jetzt verzichtet sie auf ihre hohen Absätze. Eine Strähne hat sich aus ihrem Haarknoten gelöst und ihr Lippenstift ist ein wenig verwischt, das ist der einzige Hinweis auf die schwierige Lage, in der sie sich befindet. Ich verdrehe den Kopf, weil ich sehen will, was sie macht. Sie steht an der Minibar und kippt irgendein Gesöff in ein Glas, dabei starrt sie mich so hasserfüllt an, dass mir ganz flau im Magen wird. Bestimmt würde sie mir am liebsten ihre Absätze in den Schädel rammen. Auf dem Rückweg zum Schreibtisch tritt sie mir dann auch auf die Finger. Ich stoße einen Schrei aus, der durch den Knebel gedämpft wird und bei den Anwesenden nur abfälliges Gelächter provoziert.

Eine Weile diskutieren Sadraz und seine Männer über ihre Möglichkeiten. Es sind nicht viele, aber eines wird mir aus dem, was ich höre, klar: Sie bereuen nichts und sie geben nicht auf. Die Minuten tröpfeln dahin. Ich frage mich, wie lange Miro brauchen und wie Lee reagieren wird. Hoffentlich stampft er nicht wie ein wütender Stier ins Regierungsgebäude, um einen unüberlegten Befreiungsversuch zu starten. Damit würde er alles nur noch schlimmer machen.

Endlich kommt Miro zurück. Die Schmerzen in meinen Armen und Schultern und die Luftknappheit nehmen mittlerweile meine gesamte Aufmerksamkeit in Anspruch. Könnte ich sprechen, würde ich Sadraz anflehen, die Fesseln zumindest zu lockern und mich von dem Knebel zu befreien.

»Sie wollen sie sehen«, sagt Miro.

Sadraz seufzt theatralisch. »Das dachte ich mir. Nun, dann zeigen wir sie ihnen. Hebt sie auf.« Zwei Männer zerren mich auf die Füße.

»Löst ihre Fußfesseln und bringt sie zu dem großen Fenster im Festsaal. Von dort müssten die Verräter sie sehen können.«

Missmutig macht Miro sich wieder zum Hauptquartier der Widerstandskämpfer auf. Die beiden Ordnungshüter schleppen mich in den Festsaal, dorthin, wo Lees erster Schaukampf stattgefunden hat. Die anderen halten die Waffen im Anschlag und sichern den Weg. Das Laufen fällt mir schwer, denn ich habe kein Gefühl mehr in den Füßen. Erst auf halbem Weg kehrt es langsam zurück. Sadraz folgt uns, die anderen Feiglinge bleiben in seinem Büro.

Ohne die Tische und die Dekoration erscheint mir der Festsaal riesig. Die überdimensionalen Fenster habe ich an dem Abend der Party nicht wahrgenommen, wahrscheinlich, weil die dicken Samtvorhänge zugezogen waren. Ein Ordnungshüter reißt das Flügelfenster auf und postiert sich dann seitlich. Die beiden Männer, die mich hergeschleppt haben, schieben mich zum Fenster, führen mich bis zum Rand. Meine Schuhspitzen stoßen gegen den schmalen Absatz. Wenn sie mir jetzt einen Stoß verpassen, stürze ich vier Stockwerke in die Tiefe. Unter mir sehe ich den Rathausplatz, auf dem mehrere Autos und Rikschas stehen. Außerdem eine Bewegung in dem Gebüsch gegenüber und zwischen den Häusern. Die Widerstandskämpfer.

Sadraz schiebt einen Ordnungshüter zur Seite und tritt neben mich, packt mich im Genick wie eine Katze. Das Blut rauscht in meinen Ohren. Wo ist Lee? Wird er kommen oder betrachten sie mich aus der Ferne, wie ich hier stehe, geknebelt, die Hände auf den Rücken gebunden wie ein Opferlamm? Ob Rasmus bei ihnen ist und Gift und Galle spuckt, weil ich einfach abgehauen bin? Meinem Bauchgefühl werde ich zukünftig jedenfalls nicht mehr trauen. Vorausgesetzt ich überlebe das Ganze hier. Da Sadraz der Unbarmherzigste von allen ist, würde ich nicht auf mich wetten.

Eine Bewegung zieht meine Aufmerksamkeit auf sich. Ein Mann kommt über die Straße und stapft auf den Platz zu. Es ist Lee. Tränen schießen in meine Augen, als ich ihn erkenne. Ich bin in die Stadt gekommen, um mich von ihm zu trennen und jetzt verschaffe ich ihm vorher auch noch einen halben Herzinfarkt. Breitbeinig baut er sich unten auf. Seine düstere Miene könnte eine Sonne verfinstern. »Lass sie gehen, Sadraz«, ruft er zu uns herauf.

»Das werde ich, wenn ihr meine Bedingungen erfüllt.« Sadraz klingt ruhig, als wäre er sich seiner Sache sicher. Ich frage mich, ob er wirklich dermaßen überzeugt von sich ist, oder einfach nur ein guter Schauspieler.

»Stell dich unserer Rechtsprechung.«

Sadraz schnaubt. »Rechtsprechung. Dass ich nicht lache. Ihr wisst doch nicht mal, wie das geht. Seid nichts, als ein Haufen Verräter, die Eroberer spielen wollen. Willst du deine Freundin lebend oder soll ich sie dir vor die Füße werfen?«

Sadraz drückt meinen Oberkörper nach vorn. Jetzt blicke ich direkt auf den grauen Asphalt. Panisch stemme ich mich gegen seinen Griff. Ein winziges Stückchen noch und ich stürze in die Tiefe.

»Hör auf!« Lee versucht, ruhig zu bleiben, doch ich erkenne Furcht in seiner Stimme.

Nur mit einer Hand in meinem Nacken hält Sadraz mich in Position. Meine Beine zittern vor Angst und weil ich krampfhaft versuche, nicht vornüber zu kippen. Wenn ich wenigstens meine Hände benutzen könnte.

»Wenn Jule fällt, bist du tot«, droht Lee.

»Und wenn ich sie festhalte?«, fragt Sadraz lauernd. Er hat die Macht und das weiß er genau.

Wie erwartet gibt Lee nach. »Dann reden wir.«

Mit einem Ruck reißt Sadraz mich zurück. »Also gut. Reden wir.«

Lee stemmt die Arme in die Hüften. »Was sind deine Bedingungen?«

Sadraz grinst siegesgewiss. »Meine Männer und ich werden dieses ...«

Weiter kommt er nicht. Ich höre ein Zischen. Seine Hand löst sich von meinem Nacken. Entgeistert starre ich ihn an. Ein feiner Blutfaden rinnt aus seiner Stirn über sein Gesicht. Erneut zischt etwas knapp an mir vorbei. Diesmal trifft es den Ordnungshüter zu meiner Rechten. Sadraz sackt zu Boden. Helena schreit. Die Tür zum Festsaal wird aufgestoßen. Schüsse knallen. Ich spüre einen Stoß. Meine Füße verlieren den Halt. Oh nein. Ich darf nicht fallen.

Ich falle.

Panisch zerre ich an meinen Fesseln. Ich muss mich irgendwo festhalten und kann nicht. Auch nicht um Hilfe rufen. Gewimmer ist alles, was der Knebel durchlässt. Wie in Zeitlupe kippe ich nach vorn.

Jemand packt meinen Arm. »Hoppla.« Rasmus. Lässig reißt er mich zurück. Ich stolpere gegen seine Brust. Er wirbelt mich herum und durchtrennt geschickt meine Fesseln. Was für eine Wohltat. Schluchzend reiße ich den Knebel aus meinem Mund, sacke zu Boden und reibe meine schmerzenden Knöchel. Rasmus packt mich unter den Armen. »Du kannst jetzt nicht ausruhen. Wir müssen raus.«

»Wieso?« Warum er mich so drängt, will mir nicht in den Kopf. Sadraz und seine Männer sind tot.

»Das Gebäude fliegt gleich in die Luft.«

Das will mir noch weniger in den Kopf aus denselben Gründen. »Aber Sadraz ist tot.«

»Es soll ein Zeichen für seine Anhänger sein, dass jetzt eine neue Zeit beginnt.«

An Rasmus' Tonfall erkenne ich, wie dämlich er das findet. Ächzend rapple ich mich auf. Fluchtartig verlassen die Widerstandskämpfer den Festsaal. Rasmus packt mich am Arm und zieht mich hinter sich her. Im Treppenhaus kommt uns Lee entgegen. Als er mich entdeckt, wirkt er unglaublich erleichtert.

»Macht schneller«, ruft er. Ich versuche es, aber ich bin noch steif von den Fesseln und außerdem ziemlich fertig, da hilft auch kein Adrenalin. Lee geht in die Knie. »Spring auf meinen Rücken.«

Wie bitte? Ich bin doch kein Kind. Als kleines Mädchen bin ich immer auf dem Rücken meines Vaters geritten.

»Nun mach schon«, drängt Lee.

Na gut. Ich klettere auf seinen Rücken und er spurtet los. Auch wenn ich ordentlich durchgeschüttelt werde, ist das wesentlich angenehmer als in dem unterirdischen Labor, wo wir zahllose Treppen hinaufrennen mussten. Ich höre mehrere kleine Explosionen, der Boden vibriert. Wir stürmen aus der Tür, die Freitreppe hinab über den großen Platz. Der Knall ist ohrenbetäubend. Ich glaube, mein Trommelfell ist endgültig geplatzt. Wie ein Affe klammere ich mich an Lees Hals. Der fliegt förmlich über den Platz, Rasmus direkt neben uns. Geballte männliche Kraft. Metall kreischt, das gesamte Gebäude rumpelt abwärts, knickt dann plötzlich ein und rast auf uns zu. Lee rennt und in dem irrwitzigen Moment, bevor das zerstörte Gebäude auf den Boden kracht, frage ich mich, warum die Widerstandskämpfer mit der Sprengung nicht gewartet haben, bis wir in Sicherheit sind.

Die Wucht des Aufpralls ist gigantisch.

Das Rumpeln und Donnern klingt, als würde das Gebäude die Erde spalten. Eine riesige Staubwolke rast auf uns zu. Keine Chance, ihr zu entkommen. Lee hechtet über die Straße und springt hinter ein parkendes Fahrzeug. Ich gleite von seinem Rücken und ducke mich. Trümmerteile zischen an uns vorbei. Schützend schlingt Lee seine Arme um mich, bedeckt mich mit seinem Körper. Gegen die erstickende Staubwolke kann er allerdings nichts tun. Sie wälzt sich über uns hinweg wie ein Tsunami, hüllt uns ein und nimmt uns die Luft zum Atmen. Hustend presse ich mein Shirt vor den Mund. Ich kann nichts mehr sehen, die Welt ist grau, die Luft schwer wie Blei.

Lee ergreift meine Hand. »Komm.«

Ich schüttle den Kopf. Wie soll ich laufen, wenn ich weder etwas sehen noch atmen kann?

»Wir müssen aus der Staubwolke raus«, presst Lee hustend hervor.

Ich sehe seine schemenhafte Gestalt, das bleiche Gesicht, das aussieht, als hätte er sich in Kalkpuder gewälzt. Er zerrt mich weg. Geduckt überqueren wir einen Rasen. Der Boden ist weicher und die Grashalme kitzeln meine Fußknöchel. Während ich laufe, huste ich und ziehe Luft in meine Lungen, die nur aus Staub zu bestehen scheint. Lee führt mich zu dem glänzenden Gebäude, was ich erst erkenne, als ich direkt davorstehe.

Das Hauptquartier des Widerstands.

Nach einem Klopfzeichen wird die Glastür von innen aufgeschoben. Wir betreten ein schickes und vor allem staubwolkenfreies Foyer. Meine Lungen gieren nach Luft, doch meine Bronchien wollen zuerst den eingeatmeten Staub loswerden. Ich beuge mich vornüber und huste mir fast die Lunge aus dem Leib, spucke graue Brocken auf den Marmorboden.

Jemand hält mir eine Flasche Wasser hin. Ich schaue auf. »Magnus. Hey«, krächze ich.

Von irgendwoher gesellt sich Rasmus zu uns. Er wirkt stinksauer. »Was war das für ein Scheiß? Ihr wolltet doch warten, bis wir in der sicheren Zone sind.«

»Tut mir leid. Ich habe die Sprengung so lange wie möglich rausgezögert«, sagt Magnus zerknirscht.

Magnus' Entschuldigung scheint weder Rasmus noch Lee zufriedenzustellen.

»Ihr miesen Schweine hättet uns geopfert«, schimpft Rasmus weiter. »Das ist fast genauso fies wie das, was Sadraz abgezogen hat.« Bei jeder Bewegung wirbelt Staub in kleinen Wolken aus seiner Kleidung. Auch Lee und ich sehen gepudert aus, mit dunklen Augenringen wie Waschbären.

In kleinen Schlucken trinke ich das Wasser, spüle meine Kehle durch, bis das Brennen und der Hustenreiz endlich nachlassen.

»Geht euch erstmal waschen. Wir treffen uns oben«, schlägt Magnus vor. Er hat eindeutig ein schlechtes Gewissen.

»Darüber reden wir noch«, brummt Lee, legt einen Arm um meine Taille und führt mich weg. Wir hinterlassen eine Staubspur auf dem Boden. Bevor wir das Foyer verlassen, halte ich Rasmus auf und bitte ihn darum, Galen, Senta und Konstantin bescheid zu geben, damit sie sich keine Sorgen machen.

»Hätt ich sowieso gemacht«, knurrt er. »Wegen Cori.«

Die Toiletten sind der Hammer. Ein Waschtisch aus glänzendem, schwarzem Marmor, mehrere Waschbecken mit goldenen Armaturen. Die Toilettenkabinen sind aus dunklem Holz. Ein riesiger Spiegel mit Goldrahmen zeigt mir, wie beschissen ich aussehe. Nicht nur der Staub, auch meine Haare sind völlig zerzaust, eine Platzwunde an meiner Schläfe hat den Staub in rostroten Matsch verfärbt, mein T-Shirt hat einen großen Riss und meine Jeans starrt vor Dreck.

»Wir brauchen dringend frische Kleider«, sage ich.

Lee umfasst meine Schultern und dreht mich zu sich um. »Alles in Ordnung? Bist du verletzt?«

Ich schaue an mir hinab. »Keine Ahnung. Nichts Schlimmes schätze ich.«

»Ich hab mir solche Sorgen gemacht.« Aufatmend zieht er mich in seine Arme. Eigentlich will ich das nicht, doch seine tröstende Umarmung tut so gut, dass ich gar nicht anders kann, als mich fallenzulassen. Eng umschlungen stehen wir da und freuen uns, dass wir noch leben. Ich verdrücke ein paar Tränen, löse mich dann von ihm und wende mich einem Waschbecken zu. »Okay. Ich muss unbedingt den Dreck loswerden.«

Lee lässt mich allein, um Kleider aufzutreiben. Ich ziehe mich aus, lasse Wasser ins Waschbecken laufen und tränke mein T-Shirt, um mich damit zu waschen. Die Tür ist nicht abgeschlossen. Nach der emotionalen Achterbahnfahrt der letzten Tage ist es mir total egal, ob jemand reinkommt und mich nackt sieht. Wasser, saubere Kleidung und einen halbwegs bequemen Schlafplatz ist alles, was ich mir im Augenblick wünsche. Dass Sadraz tot und die Stadt befreit ist, lässt mich merkwürdig kalt. Wahrscheinlich ist das eine Schutzfunktion meines Körpers, damit ich nicht durchdrehe. Vielleicht habe ich mit der Stadt aber auch abgeschlossen. Ich sehne mich dem vertrauten Grün in Landsby, nach dem Wasserfall und meiner Blockhütte. Nach der Stille und den zahllosen Sternen, die am Nachthimmel wie Diamanten funkeln. Plötzlich wird die Sehnsucht so überwältigend, dass ich mich an den Waschtisch klammern und meine Augen schließen muss. Vielleicht wäre ich sogar zu Boden gesunken, doch Lee kommt zurück. »Jule. Was ist los? Geht es dir nicht gut?«

Schnell kommt er auf mich zu und hält mich unter den Armen. Ich winke ab. »Nein. Alles gut. Ich bin nur fix und fertig.«

Lee hebt die Kleider auf, die er wegen mir fallengelassen hat, und legt sie neben das Waschbecken. »Bist du sicher?«

Ich nicke. Lee mustert mich, nicht auf begehrliche Weise, eher wie ein Arzt mich mustern würde, um herauszufinden, was mir fehlt. »Was ist das für ein Schnitt an deiner Wade?«

»Das ist auf der Flucht passiert, aber er tut kaum noch weh und heilt gut, siehst du.« Ich hebe mein Bein und lasse ihn die verkrustete Wunde inspizieren.

Lee fährt sich durch die Haare. »Das ist alles meine Schuld. Ich hätte dich nicht zurücklassen dürfen.«

»Hör auf. Niemand ist schuld. Sadraz ist tot und wir leben. Alles ist gut, hörst du?«

Lee nickt geknickt.

»Gut. Jetzt zieh dich aus und wasch dich. Du siehst aus wie ein Höhlenmensch«, sage ich mit einem schiefen Lächeln.

Mit der Seife, die Lee mitgebracht hat, waschen wir uns gegenseitig die Haare. Lees Nacktheit ist mir nicht fremd und im Anbetracht der Situation auch nicht unangenehm, trotzdem meide ich intime oder allzu liebevolle Berührungen.

Die Kleider sind mir zwei Nummern zu groß, aber sie sind sauber und gut erhalten. Mehr kann ich im Augenblick nicht erwarten. Nachdem ich mich angezogen habe, kämmt Lee meine Haare. Vorsichtig zieht er den Kamm durch die Locken.

»Ich bin froh, dass Sadraz tot ist«, sagt er. »Jetzt können wir neu beginnen. Vielleicht dürfen wir sogar unsere Wohnung behalten.«

Mein Magen krampft sich zusammen. Da ich Lee nicht belügen und ihm keine falsche Hoffnungen machen will, schweige ich. Zärtlich streift Lee meine feuchten Haare zurück, schlingt von hinten seine Arme um mich und drückt mir einen Kuss auf den Scheitel. Eigentlich wollte ich auf einen besseren Zeitpunkt warten, wenn wir den Schock der letzten Stunden halbwegs überwunden haben und ausgeschlafen sind, doch das wird nicht funktionieren. Dafür müsste ich Lee etwas vorspielen. Abgesehen davon, dass er das nicht verdient hat, fehlt mir dazu die Kraft.

Seufzend drehe ich mich und sehe ihn an. »Ich werde nicht hierbleiben.«

Er runzelt die Stirn. »Wie meinst du das?«

Die Worte kleben in meiner Kehle, als hätte ich sie mit dem Staub verschluckt. Ich muss sie regelrecht rauszwingen. »Ich verlasse die Stadt.«

»Warum? Sadraz und seine Männer sind tot. Ich werde nicht mehr kämpfen. Alles wird anders.«

»Ich fühle mich hier nicht wohl und das werde ich auch nie. Es tut mir leid.« Das tut es wirklich. Ich liebe Lee, er ist der beste Kerl, den eine Frau sich wünschen kann, aber es reicht nicht. Wenn ich hierbleibe, lebe ich sein Leben, doch ich will mein eigenes Leben leben. Außerdem muss ich immerzu an Blue denken. Daran, was sie gesagt hat.

Lees Miene ist irgendwas zwischen entsetzt und fassungslos. »Du kannst mithelfen, die Stadt zu dem zu machen, was du dir vorstellst.«

»Das will ich aber nicht. Ich will nach Landsby. Dort gehöre ich hin.«

Lees Gesicht wird hart. »Du weißt, dass ich nicht mit dir gehen kann.«

Ich nicke betreten. »Ich weiß.«

Schweigend sehen wir uns an. Die Gedanken spiegeln sich in Lees Augen. »Ist es wegen ihm?«, fragt er schließlich.

Was soll ich darauf erwidern? Ich gehe nicht wegen Galen, zumindest nicht nur. »Blue ist tot. Er braucht mich.«

Wenn ihn die Nachricht von Blues Tod überrascht hat, zeigt er es nicht. Vielleicht ist er auch einfach nur auf Galen fixiert. »Ich versteh es nicht, Jule. Warum ist er dir immer noch so wichtig? Er nimmt niemals Rücksicht auf dich und hat dich nicht verdient. Glaubst du, weil Blue tot ist, wird er dich wieder wollen?«

»Nein. Ich will auch gar nicht mit ihm zusammen sein.« *Lügnerin.* »Aber Mutter Deliah ist tot. Landsby braucht Menschen, die sich für den Ort einsetzen. Galen tut das und ich will ihn dabei unterstützen. Als guter Freund.«

»Das ist Schwachsinn, Jule. Das weißt du genau. Willst du mich damit bestrafen? Weil ich Sadraz nach Landsby geführt habe?«

»Red keinen Blödsinn.« Ich greife nach Lees Hand, doch er reißt sie weg. »Ich schwöre dir, ich gehe nicht wegen Galen zurück und auch nicht, um dich zu bestrafen. Ich tue es, weil ich es aus tiefstem Herzen will.«

Ruckartig dreht Lee sich um, geht ein paar Schritte und fährt sich dabei durch die Haare. Er wirkt verzweifelt, als suche er nach einem Ausweg, obwohl er weiß, dass es keinen gibt.

»Lee, bitte. Ich liebe dich, aber ich kann nicht hierbleiben«, versuche ich es erneut. »Ich wünsche mir, dass du das verstehst.«

Er stoppt und funkelt mich an. »Das tue ich nicht und werde es nie, Jule. Aber wenn du gehen willst, dann geh. Ich halt dich nicht auf. Ich liebe dich zu sehr, um dich zu etwas zu zwingen, was du nicht willst.«

Gott, ich hasse sein Verständnis und dass er immer das Richtige sagt. Das macht es mir noch schwerer, ihn zu verlassen. Tränen schießen in meine Augen. »Es tut mir leid.«

»Das muss es nicht. Mir geht es gut.« Abrupt dreht er sich um und verschwindet.

»Lee ...«, rufe ich, doch er wirft die Tür zu und ist fort.

Da ich nicht im Hauptquartier bleiben will, schleiche ich mich in unsere Wohnung. Ich muss eine Weile alleine sein und über alles nachdenken, ohne Senta und Konstantin und vor allem auch ohne Galen. Überraschenderweise finde ich Karla dort. Sie sitzt auf dem Sofa, die Hände im Schoss gefaltet und starrt aus dem Fenster.

»Karla. Hey. Wie bist du reingekommen?«

»Ilja hat einen Universalschlüssel«, sagt sie mit tonloser Stimme.

Wieso überrascht mich das nicht? Ich setze mich neben sie. Eine Weile starren wir gemeinsam aus dem Fenster.

»Ist er tot?«, fragt sie irgendwann.

Ich nicke. »Ja.«

Endlich sieht sie mich an. »Warum hast du mir nicht gesagt, dass er ein Schwein ist?«

Erst jetzt sehe ich den blauen Fleck auf ihrer Wange und die Platzwunde auf ihrer Stirn. »Was hat er dir angetan?«

Sie zuckt mit den Schultern. »Ich wollte nicht mit ihm gehen. Da ist er ausgeflippt.«

Ein Glück wollte sie das nicht, sonst wäre sie ebenso tot wie Sadraz. Tröstend nehme ich ihre Hand. Karla ist wie ein Fohlen, das einen mit unschuldigen Rehaugen anschaut, sodass man es einfach nur beschützen will.

»Was soll ich jetzt tun?« Verzweiflung klingt aus ihrer Stimme.

»Kommt darauf an. Du kannst hierbleiben, Lee wird sich um dich kümmern, oder mit mir nach Landsby gehen.«

Ihre Augen werden groß. »Du gehst nach Landsby zurück?«

Ich nicke. »Ja.«

»Wann?«

»Morgen.«

»Und was ist mit Lee? Bleibt er hier?«

Schmerz durchzuckt mein Herz. Ich schlucke schwer. Hoffentlich schwankt meine Stimme jetzt nicht. »Ja. Das tut er.«

Fassungslos schüttelt Karla den Kopf. »Das ist verrückt, Jule. Wie kannst du ihn bloß verlassen? Weißt du denn nicht, was du für ein Glück mit ihm hast?«

Das weiß ich genau, und wenn ich eins nicht gebrauchen kann, dann, dass ausgerechnet Karla es mir unter die Nase reibt. »Es ist meine Entscheidung«, gebe ich unwirsch zurück.

»Wo ist er jetzt?« Karla wirkt extrem interessiert.

»In dem glänzenden Hochhaus, das aussieht wie Glas. Alle Widerstandskämpfer sind dort. Auch Tia und Magnus. Wieso? Willst du hingehen?«

»Ich weiß nicht. Sie werden mich bestimmt hassen.«

»Nein, werden sie nicht. Jeder weiß, dass du mit Sadraz' Machenschaften nicht zu tun hattest.«

»Bist du sicher?« Ihre Augen glänzen hoffnungsvoll. Sie will unbedingt eine Bestätigung von mir. Es überrascht mich, wie schnell sie neue Pläne schmiedet und ich frage mich, ob Lee ein Teil dieses Plans ist. Ihrer Meinung nach könnte er bestimmt Trost gebrauchen.

»Das bin ich.« Ich möchte neutral klingen, doch scheinbar kann ich mein Unverständnis und den Anflug von Wut nicht verbergen.

»Ich will nicht nach Landsby zurück«, gibt sie zu. »All die Mutanten und in Hütten zu wohnen, das ist so ... primitiv. Ich versteh nicht, was dir daran gefällt.«

»Das musst du auch nicht verstehen«, sage ich und zwinge mich zu einem Lächeln. »Jeder soll leben dürfen, wie es ihm gefällt. Wenn du lieber hierbleiben willst, dann tu das.«

Karla nickt bekräftigend. »Okay. Also sollte ich wohl bei den Siegern vorbeischauen und mir ein paar Freunde machen.«

Mit ihren veilchenblauen Augen, dem herzförmigen Gesicht und den blonden Haaren dürfte ihr das nicht schwerfallen. Ich verdränge die gehässigen Gedanken und streiche Karlas Haare aus der Stirn, lege die Platzwunde frei. »Zeig ihnen, was der Kerl dir angetan hat, dann findest du schneller Freunde, als du Ilja Sadraz sagen kannst.«

* * *

Die Nacht verbringe ich allein. Das habe ich so gewollt, doch ich bereue es, denn alles, was ich tue, ist rumzuheulen. Ich höre Blues vorwurfsvolle Stimme in meinem Kopf, die mich Heulsuse und Jammerlappen nennt. Und sie hat recht. Statt mich in Selbstmitleid zu suhlen, sollte ich mich zusammenreißen und tun, was getan werden muss. Dazu gehört Packen und Lee suchen, denn so, wie wir uns verabschiedet haben, kann ich nicht gehen.

Mit frischen Kleidern und einem prall gefüllten Rucksack auf dem Rücken stapfe ich entschlossen zu dem glänzenden Hochhaus. Auf dem Weg begegne ich überraschend wenigen Menschen. Wahrscheinlich haben sich die Bewohner des Regierungsviertels in ihren Wohnungen verkrochen und fürchten um ihr Hab und Gut.

Ich muss Lee nicht suchen. Gemeinsam mit mindestens zwei Dutzend Männern und Frauen hockt er im Foyer. Überall stehen leere Flaschen und Teller mit Essensresten herum. Lee sitzt breitbeinig auf einem Ledersessel, eine vollbusige Brünette auf dem Schoß, die ihm irgendwas ins Ohr gurrt und dabei seine Haare krault. Scheinbar hat seine Beliebtheit unter dem Umsturz nicht gelitten. Als sie mich kommen sieht, will sie aufspringen, doch Lee zieht sie provokativ auf seinen Schoß zurück. Er will mich verletzen. Seltsamerweise gelingt ihm das auch.

Ich stelle mich vor die beiden. Lee sieht mich herausfordernd an. »Was willst du?« Seine Stimme klingt verwischt. Er hat getrunken.

Vor der Frau kann ich nicht offen sprechen. »Ich will los und brauche ein Auto.«

Lee legt den Arm um die Frau. »Okay. Dann such dir eins aus. Draußen stehen genug Fahrzeuge rum.«

»Ich brauche auch einen Fahrer«, füge ich so ruhig wie möglich hinzu. Seine abweisende Art ist verletzend, aber vielleicht wird man so, wenn einem das Herz gebrochen wird.

»Und das ist mein Problem weil ...?«

Ich atme tief durch. Bloß nicht aus der Ruhe bringen lassen. »Weil du nicht willst, dass ich zehn Tage lang durch die Wildnis laufe und Blue derweil zu verwesen beginnt.«

Das hat gesessen. Lees arroganter Gesichtsausdruck verschwindet, leider wirkt er nun eher wütend als zerknirscht. Er starrt mich an, als wollte er mich am liebsten erwürgen, schiebt dann die Brünette weg und steht auf. »In Ordnung. Ich besorg dir einen Fahrer.«

Ich will ihm folgen, doch er hebt die Hand. »Stopp. Warte hier.«

Lee stapft davon. Ich stehe da wie bestellt und nicht abgeholt. Alle Anwesenden starren mich an, einschließlich der Brünetten. Gelangweilt spielt sie mit einer Strähne ihres Haares, während sie mich ausgiebig mustert. Himmel. Wo ist das Mauseloch, in das ich mich verkriechen kann?

Es dauert eine halbe Ewigkeit, bis Lee endlich zurückkommt und mir einen Schlüssel zuwirft. »Nimm den schwarzen Kleinbus.«

»Ich danke dir. Wer fährt?«

Er weicht meinem Blick aus, während er spricht. »Magnus. Er will sowieso nach Landsby, hat er gesagt.«

»Super. Das freut mich.« Nervös trete ich von einem Bein aufs andere. »Sobald ich kann, werde ich dich besuchen, um zu schauen, wie es läuft.«

»Tu das.« Lee wirft sich wieder in den Sessel und zieht die Brünette auf seinen Schoß. Ich sehe, wie angestrengt er versucht, cool zu wirken. Ich sollte das akzeptieren. Sein Stolz ist alles, was er noch hat.

»Okay. Leb wohl.« Ich verabscheue diese Stadt, aber Lee zu verlassen bricht mir das Herz. Ehrlich. Er war nicht nur mein Geliebter, er war auch ein Freund. Der Beste, den ich seit Manja hatte. Tränen schießen in meine Augen und ich mache, dass ich wegkomme, damit mich niemand weinen sieht. Tränenblind stapfe ich den Gehweg entlang. Wo ist der verdammte Kleinbus?

»Jule. Warte.«

Ich stoppe abrupt, schließe die Augen. Hat Lee es sich anders überlegt? Unauffällig wische ich meine Tränen fort und drehe mich um. Lee kommt auf mich zugerannt und wirkt kein bisschen wütend oder arrogant, als hätte er die bitteren Gefühle einfach abgestreift. Erleichtert falle ich ihm in die Arme.

Fest drückt er mich an sich. »Verdammt Jule, ich werd dich vermissen.«

»Ich dich auch«, schluchze ich.

»Warum bleibst du dann nicht?«, wagt er einen letzten Versuch.

»Ich kann nicht.«

Dazu sagt er nichts mehr, hält mich einfach nur fest und ich versinke in seiner Umarmung. Diesmal wirklich zum letzten Mal. Als wir uns voneinander lösen, fühle ich mich unendlich traurig und zugleich leichter, als hätte mir jemand eine schwere Last von der Seele genommen. Natürlich wäre es einfacher gewesen, zu gehen, wenn er wütend auf mich ist, doch so sind wir nicht. Meine Beziehung zu Galen glich einer stürmischen See, Lee und ich dagegen waren der berühmte Fels in der Brandung. Stark und unantastbar.

21

Die Fahrt verläuft größtenteils schweigend. Die Gegenwart von Blues Leichnam ist uns nur allzu bewusst und Galens Frostblick und mein Herzschmerz, dem ich durch wehmütiges Starren aus dem Autofenster Ausdruck verleihe, trüben die Stimmung zusätzlich. Dass ich bei meiner Rückkehr vertraute Menschen um mich habe, ist das einzige positive Gefühl in mir.

Galen und ich vermeiden es, einander anzusehen. Es ist, als würden Lee und Blue zwischen uns sitzen und verhindern, dass wir miteinander sprechen. Vor dem Gebirgspfad parkt Magnus den Wagen. Den restlichen Weg müssen wir zu Fuß zurücklegen. Wir schultern unsere Habseligkeiten und marschieren los. Mit jedem Schritt steigt meine Aufregung und ich verspüre sogar so etwas wie Vorfreude. Galen stapft hinter uns her, mit Blue auf dem Arm. Obwohl es stetig bergauf geht, lässt er keine Zeichen von Anstrengung erkennen, als hätte er nicht nur seine Emotionen weggesperrt, sondern auch jedes Anzeichen von Schwäche oder Müdigkeit.

Das Tal öffnet sich vor mir wie die Tür zu einem Zauberland. Das klingt übertrieben, ich weiß, aber die Wärme und Freude, die mich beim Anblick des Wasserfalls und der Blockhütten zwischen den Bäumen durchströmen, beweisen mir, dass ich die richtige Entscheidung getroffen habe. Dieser Ort ist mein Zuhause, auch wenn ich dafür zwei Mal im Jahr auf den Feldern schuften muss und den einzigen Mann zurückgelassen habe, der mich bedingungslos liebt. Das ist der Preis, den ich für Gleichheit und Gerechtigkeit zahlen muss.

Die Bewohner strömen auf das Plateau, um uns zu begrüßen. Das kenne ich bereits und habe mich gegen die neugierigen Fragen gewappnet. Sylvia stürmt auf Galen zu. Als sie sieht, was passiert ist, lässt sie einen Klagelaut erklingen, der über das gesamte Plateau hallt. Blues Tod trübt die Erleichterung über Galens unversehrte Rückkehr und lässt sämtliche Fragen unwichtig erscheinen. Mir ist es nur recht. Ich suche Medina und frage sie nach einem Schlafplatz für Senta, Konstantin und Magnus. Sie weist ihnen vorerst einen Platz in den Höhlen zu. Mir bietet sie einen Schlafplatz in Galens ehemaliger Hütte an, in der sie noch immer wohnt.

»Und was ist mit Galen?«, frage ich. Da Mutter Deliah tot ist, wird er bestimmt nicht mehr in den Höhlen schlafen wollen.

Medina seufzt. »Er kann Blues alten Schlafplatz haben. Das wird er sicher wollen.« Sie hakt sich bei mir unter und begleitet mich zu Galens Hütte. »Wie ist Blue gestorben?«

Ich gebe ihr die Kurzfassung. »Sie wurde erschossen, weil sie mich retten wollte. Ohne sie wäre ich jetzt tot.«

Medina wirkt nicht überrascht. »Ich verstehe.«

»Wirklich? Du verstehst das? Ich nämlich nicht.« Medina kannte Blue, vielleicht kann sie mir eine Erklärung liefern. »Als sie starb, sagte sie mir, sie hätte es für Galen getan, aber das ergibt keinen Sinn. Sie hasste mich. Warum sollte sie mich da retten?«

»Das war kein Hass, Jule. Auf gewisse Weise mochte sie dich, doch weil sie Galen liebte, er aber nur Augen für dich hatte, war das echt schwer für sie.«

Tränen stehlen sich in meine Augen. Zum ersten Mal seit Blues Tod kann ich offen sprechen. »Ich hab ein schlechtes Gewissen, weil ich immer so genervt gewesen bin. Ich hätte versuchen sollen, auf sie zuzugehen. Allein schon Galen zuliebe.«

Medina winkt ab. »Passiert ist passiert, du kannst es nicht mehr ändern. Ich würde mir deswegen keine grauen Haare wachsen lassen.«

Verständnislos schaue ich in ihr ebenmäßiges Gesicht. Warum lacht sie? Anmutig streicht sie über ihren glatten Schädel. Ach so. *Graue Haare wachsen lassen*. Ich verstehe.

Nach der kurzen Lachattacke werden wir wieder ernst und sehen uns traurig an. »Ich werde sie vermissen«, seufzt Medina.

Blue hat mich ständig aufgezogen und provoziert, aber sie war eine Konstante in meinem Leben. Jemand, auf den ich mich verlassen konnte. »Ich auch.«

Die Hütte ist ziemlich unordentlich. Überall liegen Kleidungsstücke herum, ungespültes Geschirr steht auf dem Tisch. Medina hat beide Betten zusammengeschoben und sich mit Kissen und bunten Decken ein hübsches Doppelbett geschaffen. »Ich brauche Platz beim Schlafen. Außerdem hab ich öfters Übernachtungsgäste«, erklärt sie mir augenzwinkernd. »Aber bis wir ein weiteres Bett auftreiben, gebe ich dir gerne eine Betthälfte ab.«

Während sie eine Schublade für mich freimacht, besorge ich Essen und gehe dann in die Höhlen, um zu sehen, ob Senta und Konstantin sich eingerichtet haben. Magnus will nur einen Tag bleiben und begnügt sich mit Feldbett und Schlafsack.

Bei Sonnenuntergang wird Blue bestattet, neben Mutter Deliah unter einem alten Apfelbaum, etwas außerhalb von Landsby. Alle kommen zur Beerdigung und es ist niemand dabei, dem Blues Tod nicht nahegeht. Vielleicht war sie kein Sonnenschein, aber sie war unerschrocken und loyal und immer zur Stelle, wenn jemand in der Klemme steckte.

Galen verbirgt seine Gefühle wie üblich hinter seiner dunklen Sonnenbrille, doch er sieht blasser aus als sonst und steht da wie eine Statue. Medina und Sylvia sind an seiner Seite. Einige halten Reden, erinnern an Blue, aber auch an Mutter Deliah und Emish. Zum Schluss nimmt jeder eine Wildblume aus den bereitstehenden Schalen und wirft sie ins Grab. Als Galen an der Reihe ist, nimmt er das Lederband mit dem Anhänger ab, das er um den Hals trägt, geht in die Knie und legt es vorsichtig auf Blues Leichnam. Dann nimmt er die Schaufel, die nebendran in dem Erdhügel steckt, und beginnt, das Grab zuzuschütten. Niemand darf ihm dabei helfen.

Magnus wendet sich der Grabstätte seiner Mutter zu. Ein einfaches Holzkreuz markiert die Stelle, wo sie bestattet worden ist. »Ich hätte nicht aufgeben dürfen, nach ihr zu suchen«, sagt er.

Tröstend streiche ich über seinen Arm. »Sie war ein wunderbarer Mensch. Ihr Vermächtnis schenkt vielen Verstoßenen eine Heimat. Mehr kann ein Mensch nicht hinterlassen.«

Er nickt, schluckt schwer. »Ich danke dir, Jule.«

»Wofür?«

»Dafür, dass du zu ihr gehalten hast. Dass du eine Freundin gewesen bist.« Prüfend sieht er mich an, als würde er abzuschätzen versuchen, wie vertrauenswürdig ich bin. »Ich werde das Erbe meiner Mutter bewahren«, sagt er schließlich.

Ich bin überrascht. »Willst du hierbleiben?«

Er schüttelt den Kopf. »Nein. Die Widerstandsvereinigung will mich als einen der neuen Anführer in Glücksstadt. Und ich werde meine Position nutzen, um Landsby zu schützen und euch zu helfen, damit ihr wachsen könnt.«

Seine Worte zaubern ein Lächeln in mein Gesicht. Hoffnung erblüht in mir wie eine wilde Blume, die sich durch Unkraut und Gestrüpp kämpfen muss, um ans Sonnenlicht zu gelangen. Eine Allianz mit einer Stadt wie Glücksstadt wird Landsby ein großes Stück weiterbringen.

Nach der Bestattung schwimme ich eine Runde im See und huldige meinem geliebten Wasserfall, bevor ich mich wieder in die Hütte begebe. Obwohl ich in den letzten Tagen nicht viel geschlafen habe, fühle ich mich aufgekratzt. Meine Gedanken kommen einfach nicht zur Ruhe. So viel ist passiert.

Medina ist nicht da, aber sie hat aufgeräumt. Ich trockne mich ab, ziehe ein T-Shirt über und packe dann meinen Rucksack aus. Zwei Fächer hat Medina für mich leer geräumt. Mehr als ausreichend für meine wenigen Habseligkeiten.

Hinter mir wird die Tür geöffnet. »Danke für die Schubladen.« In Erwartung, Medina zu sehen, drehe ich mich um.

»Was machst du hier?«, platzt Galen heraus. Er steht im Türrahmen und starrt mich an wie einen Geist.

Ich starre ebenso entgeistert zurück. »Dasselbe könnte ich dich fragen.«

Er tritt ein und schließt die Tür. »Medina hat darauf bestanden, dass ich in meiner Hütte schlafe.«

Aha. Dieses Luder. Warum hat sie das getan? Galens Blick wandert über meinen Körper und mir wird bewusst, dass ich nur ein T-Shirt trage. Hitze schießt in meine Wangen und woanders hin. »Tut mir leid. Das hab ich nicht gewusst. Sie hat mir den Schlafplatz angeboten.«

Galen steht mit hängenden Armen da, die Jeans tief auf den schmalen Hüften sitzend. Das enge Tanktop betont seinen muskulösen Oberkörper. Oh Mann. Ich checke ihn genauso ab wie er mich.

Er deutet auf die Schubladen, die ich gerade im Begriff war, zu füllen. »Wie lange willst du bleiben?«

»Ähm. Medina und ich haben das nicht so genau definiert. Sie meinte, ich kann bleiben, solange ich möchte.«

Galen runzelt die Stirn, wirkt plötzlich verwirrt.

»Ich hab gesehen, dass neue Hütten gebaut werden«, fahre ich schnell fort. »Wenn die fertig sind, kann ich dort einziehen.«

»Du kehrst nicht in die Stadt zurück?«

Ach so. Das habe ich ihm nicht gesagt. Mein Fehler. »Nein.« Ich schlucke nervös. »Wenn es dir zu lange dauert, geh ich halt in die Höhlen.«

Er weiß, dass ich die Höhlen nicht mag. Zu düster und kalt für mich.

»Nein. Ich will nicht, dass du in den Höhlen schläfst. Ich werde gehen.« Er sagt das zwar, doch er rührt sich nicht von der Stelle. Er sieht so traurig und zugleich sexy aus, dass mein Körper überall kribbelt, weil ich ihn so gerne in den Arm nehmen und trösten möchte. Aber das würde er nicht zulassen, weil er weiß, dass es Blue verletzen würde, wenn er mich umarmt.

»Es ist deine Hütte, also sollte ich gehen.« Nervös ziehe ich am Saum meines T-Shirts. Was wir hier veranstalten, ist albern.

Statt uns endlich auszusprechen, diskutieren wir sinnlos herum. Wer geht und wer bleibt ist doch völlig egal.

»Schon gut.« Galen wendet sich zum Gehen. Ich will etwas sagen, ihn aufhalten, aber ich bekomme keinen Ton heraus. Eine seltsame Spannung liegt in der Luft. In seiner Nähe verspüre ich Sehnsüchte, die mich unbeholfen und sprachlos machen und ihn jedes Mal die Flucht ergreifen lassen. Es ist zum Verrücktwerden.

Die Tür schlägt hinter Galen zu. Verfluchter Mist. Verzweifelt raufe ich mir die Haare. Warum habe ich ihn gehenlassen? Ich halte dieses Hin und Her nicht mehr aus. Egal was er tut oder von mir denkt, ich muss mir endlich Klarheit verschaffen. Und das geht nur, wenn ich ehrlich zu ihm bin.

Zum Hose anziehen bleibt keine Zeit. Entschlossen reiße ich die Tür auf, stürme nach draußen. Und pralle gegen Galen. Erschrocken fahre ich zurück. »Ich dachte, du bist weg.«

Galen schiebt mich rückwärts in die Hütte. »Nein. Ich bleibe hier.« Sein Blick ist unnachgiebig und besitzergreifend. *Ich bin der Mann,* sagt er mir.

Lässige schließt er die Tür mit seinem Fuß, lässt mich dabei nicht aus den Augen. Ich stehe da wie eine Maus, die ins Visier einer Schlange geraten ist. Mein Herz pocht wie verrückt. Als ich ihm hinterhergerannt bin, hatte ich einen Entschluss gefasst. Er scheinbar auch.

»Wollen ... wollen wir reden?«, frage ich kläglich.

Er kommt auf mich zu, stellt sich so dicht vor mich, dass wir uns bei jedem Atemzug berühren. Sein glühender Blick brennt sich in mein Gesicht. »Müssen wir reden?«

Stumm schüttle ich den Kopf. Nein, müssen wir nicht. Wir können auch einfach hier stehen und uns anstarren. Meine Lippen prickeln, so sehr ersehne ich Galens Kuss. Ich will ihn anfassen, meine Hand unter sein Shirt schieben und sie auf seine glatte Brust legen. Doch ich rühre mich nicht von der Stelle, denn ich will ihn nicht verschrecken, nur für den Fall, dass diese Nähe alles ist, was ich von ihm bekommen werde.

Er beugt sich zu mir herab. Ein Sturm der Gefühle braust über mich hinweg. »Jule«, flüstert er. Ich kann seinen Atem auf meinen Lippen spüren.

»Galen«, wispere ich zurück.

Wir sprechen unsere Namen wie eine Liebeserklärung und vielleicht ist es das auch. Galens Kuss ist wie nach Hause kommen und entführt mich zugleich an meinen größten Sehnsuchtsort. Ich habe vergessen, wie gut es sich anfühlt, wie sehr ich seine Küsse liebe. Wie sehr ich sie brauche.

Wie sehr ich *ihn* brauche.

Wie konnte ich mir einreden, ihn nicht zu wollen, wo ich mit jedem Atemzug nach ihm giere? Die Wahrheit ist: Ich liebe diesen Mann und es gibt nichts, was ich dagegen tun kann.

Stürmisch schlinge ich die Arme um seinen Hals und animiere ihn dazu, seinen vorsichtigen Kuss zu intensivieren. Er vergräbt eine Hand in meinem Haar, hält meinen Kopf, als hätte er Angst, ich könnte ihm entwischen. Mit der anderen presst er meine Hüfte gegen seinen Körper, sodass ich spüren kann, wie sehr er mich will. Ich kann ihm gar nicht nah genug sein, will am liebsten mit ihm verschmelzen. Stöhnend hebt Galen mich hoch. Ich schlinge die Beine um seine Hüften und lasse mich von ihm zum Bett tragen. Meine Gedanken schalte ich aus. Keine Zweifel sollen diesen Moment zerstören.

Galen ist genauso begierig wie ich. Er küsst mich leidenschaftlich und streift mir währenddessen ungeduldig die Kleider ab. Mindestens ebenso ungeduldig zerre ich an seinen. Ich glaube, ich habe noch nie etwas so gewollt, wie das, was gerade geschieht. Als er in mich eindringt, entweicht mir ein Schrei. Es ist so lange her. Die Empfindungen überwältigen mich. Ich könnte heulen vor Glück, weil ich ihm endlich wieder nahe bin, und vielleicht tue ich es auch, wer weiß. Galen küsst den Schrei von meinen Lippen und trägt mich mit sich fort.

Wir brauchen eine ganze Weile, bis unser größter Hunger gestillt ist und wir eine Pause einlegen. Galen liegt auf dem Rücken, mein Kopf ruht auf seinem Brustkorb. Wir sind beide verschwitzt. Nachdenklich streiche ich mit den Fingerspitzen über Galens Brust, er fährt meine Wirbelsäule entlang.

»Bereust du das, was wir eben getan haben?« Ich sollte das nicht fragen. Diese eine Nacht sollte ich mir gönnen, bevor wieder alles den Bach runtergeht, doch ich bin ein ungeduldiger Mensch und will es wissen. Ich will wissen, ob das, was er mir in den letzten Stunden vermittelt hat, mit seinen tatsächlichen Gefühlen übereinstimmt.

Sein Zögern zeigt, dass er ernsthaft darüber nachdenkt. »Nein«, sagt er schließlich. »Ich bereue es nicht.« Sein Brustkorb zuckt. Er lacht. »Himmel. Hätte ich es noch länger zurückhalten müssen, wäre ich wahrscheinlich explodiert.«

Ich stütze das Kinn auf meinen Arm und sehe ihn an. Sein verschmitztes Grinsen ist Balsam für meine Seele. »Und was machen wir jetzt?«

Liebevoll streicht er mir eine Locke aus der Stirn. »Kommt darauf an.«

»Auf was?«

»Ob du es nochmal mit mir versuchen willst.«

Mein Herz macht einen kleinen Hüpfer. Aber ich darf nicht gleich euphorisch werden. »Hältst du das für eine gute Idee?«

Er zuckt mit den Schultern. »Ich werde Landsbys Führung übernehmen, da könnte ich ein wenig Hilfe gebrauchen. Es sei denn, du hast schon den nächsten Supertypen im Visier.«

»Ist das eine Anspielung auf Lee?«

Sein Grinsen ist eigentlich Antwort genug. »Kann sein.«

Ich stoße einen Seufzer aus. Der Mann ist unmöglich. »Also wirst du Mutter Deliahs Platz einnehmen?«

Schlagartig wird er wieder ernst, setzt sich sogar auf und zieht mich auf seinen Schoss. Zärtlich umfasst er meine Brüste, nicht mit dem Ziel, mich zu erregen, sondern eher so, als würde ihn die Berührung beruhigen. »Ich habe die Aufstände in der Kolonie erlebt und gesehen, wie eine Stadt im Chaos versunken ist«, sagt er. »Ich wurde verachtet, gejagt und eingesperrt. Landsby soll ein guter Ort bleiben. Eine Heimat für alle Verstoßenen, wo jeder gleich behandelt wird. Wo wir sicher sind. Dafür werde ich sorgen.«

Ich streichle über seine Wange. Wie glatt seine Haut ist, kein kratziger Bart ziert sein markantes Kinn. »Das sehe ich genauso. Landsby ist etwas Besonderes.«

Etwas Tiefes, Wahrhaftes blitzt in seinen Augen auf. »Genau wie du.«

Spielerisch schlage ich ihm gegen die Schulter. »Hör auf mir zu schmeicheln.«

»Das ist keine Schmeichelei. Ich meine es ernst. Du bist etwas Besonderes für mich, und wenn ich dir das nicht gezeigt habe, dann tut es mir leid. Wenn du mir vergibst und mich nimmst, wie ich bin, mit all meinen Fehlern, dann verspreche ich dir, dass ich dich lieben werde, Jule. Das tue ich, seit ich dir das erste Mal begegnet bin, und werde es auch noch in zehn Jahren tun.« Er stößt den Atem aus. »Verdammt, ich brauche dich.«

Blue hat es gewusst. Aus diesem Grund wollte sie, dass ich lebe. Spontan umfasse ich Galens Gesicht und drücke ihm einen Kuss auf die Lippen. Seine Worte sind wunderschön und berühren mein Herz. Dumm nur, dass ich deshalb schon wieder zu flennen beginne.

»Ich brauche dich auch«, schluchze ich.

Wir schlafen nicht viel in dieser Nacht. Ich berausche mich an Galens Nähe, hole mir all das, was ich so lange vermisst habe. Dazwischen sprechen wir uns aus, reden über die Dinge, die wir falsch gemacht haben und die wir besser machen wollen, schmieden Pläne für Landsby und unsere gemeinsame Zukunft. Wir reden auch über die Menschen, die wir verloren haben. Die Liste ist lang. Im Anschluss klammern wir uns wieder aneinander, als wäre die körperliche Vereinigung ein Schutz, als könnte uns nichts und niemand etwas anhaben, wenn wir uns nur oft genug lieben.

Im Morgengrauen schleichen wir zum Wasserfall, planschen herum wie Kinder, bis die ersten Bewohner erwachen. Wir wollen niemanden sehen. Nach den Strapazen der letzten Wochen gönnen wir uns einen freien Tag. Einen Tag, der nur uns gehört.

Hastig stehlen wir uns in die Hütte zurück und schlüpfen ins Bett. Mir war nicht bewusst, dass man so glücklich sein kann, wie wir es in dieser Nacht sind und hoffentlich noch lange bleiben werden.

Ende

15331032R00173

Printed in Poland
by Amazon Fulfillment
Poland Sp. z o.o., Wrocław